한수산

부초

Published by MINUMSA

Floating Weeds
Copyright ⓒ 1986 by Han Su-san
All rights reserved.
Printed in Seoul, Korea.

For information address Minumsa Publishing Co.
506 Shinsa-dong, Gangnam-gu, 135-887.
www.minumsa.com

Third Edition, 2005

ISBN 89-374-2008-2(04810)

오늘의 작가총서 8

한수산

부초

민음사

차례

부초 · 7

작품 해설 떠도는 길 위의 인생들
          / 조성면 · 313
작가 연보 · 322

1

 불빛 아래 이정표는 하얗게 서 있었다.
 찬바람이 휘몰려가는 철길을 건너 윤재는 역사를 나왔다. 이월 하순이었지만 아직도 밤은 추웠다. 대합실에서 흘러나온 불빛이 바람에 쓸리듯 어른거리는 역 앞 광장에 낡은 가방 하나를 든 윤재는 얼마 동안을 서 있었다. 몇 집 상점이 아직 문을 열고 있을 뿐, 텅 빈 광장 주변은 어둠에 묻혀 아무것도 보이지 않았다. 시내로 뻗어 나간 길 저쪽은 늪과 같았다. 마른 풀잎이 스적이는 듯한 소리를 내면서 바람이 불어왔다.
 광장 건너편으론 습지를 헤매는 반딧불처럼 포장술집의 불꽃이 몇 개 떠 있었다. 몸을 숙여 담배를 붙여 문 윤재는 옷자락을 펄럭이며 포장술집으로 다가갔다. 포장을 들치고 들어선 윤재는 모서리마다 철사가 비죽이 튀어나온 낡은 가방을 탁자 위에 올려놓았다. 흐린 불빛 속으로 상처처럼 깊게 주름진 윤재의 얼굴이 드러난다. 움푹 들어간 눈은 컸고 눈꺼풀은 축 처져 있었다. 잠바에 목도리를 두른 그의 옷차림은 추위를 견디기에는 너무 허술해 보였다.

쇠잔한 모습도 마찬가지여서 지붕은 새고 벽은 허물어지고 쥐들이 아우성치는 폐가(廢家)와 같았다. 김이 피어오르고 있는 솥 저편에 앉아 있던 주인 여자가 일어서며 그를 쳐다보았다.

"국수나 하나 말아주슈."

바람이 포장을 펄럭이며 쓸려갔다. 여자는 힐끔 윤재를 쳐다보고는 국수를 말기 시작했다. 여자가 솥뚜껑을 열었다 닫았다 할 때마다 더운 김이 쏟아져나와 포장 안으로 퍼지는 것을 바라보며 윤재는 국수가 앞에 놓여질 때까지 아무 말이 없었다. 나무젓가락을 들어 국수를 뜨려다가 말고 그는 고개를 들었다.

"잔술 한잔 주시구려."

"뭘로 할라요? 소주 드릴께라우?"

윤재는 고개를 끄덕였다. 그릇을 들어 국물을 후룩후룩 마시고 난 그는 소주 두 잔을 거푸 비우고서야 젓가락을 들어 국수를 먹기 시작했다. 선 채로 국수 한 그릇을 비우고 나서 담배를 피워 문 윤재는 길게 연기를 뱉어내며 일렁거리는 나무의자를 당겨서 자리에 앉았다.

"그거 병째 주시오."

여자가 내밀어준 소주를 마시는 동안 윤재는 아무 말이 없었다. 안주는 뭘로 할라요 하고 여자가 두 번 물었지만 윤재는 놀라듯 얼굴을 들고는 이내 고개를 저었다.

소주를 다 마시고 난 윤재는 그 깊이 패인 눈으로 간데라 불빛을 바라보았다.

"남성동이 어딥니까?"

"남성동이면 바로 저쪽잉께 다리 건너갖고 시내로 빤듯이 가면 되지라우."

"거기 써커스가 들어와 있지요?"

"싸까쓰요?"

"예, 곡마단 말이외다. 줄 타고 땅재주 넘고 나팔 불고…… 옛날엔 말광대라고들 했죠. 시장 쪽에 있다고 하든데…….”

"시장 쪽에 있는가는…… 잘 모르겠구만이라우. 원, 시방 시상에도 그런 게 다 있는감.”

바람이 비닐포장을 흔들며 지나갔다. 돈을 치르고 윤재는 일어섰다.

"갈 때도 올 때도…… 바람뿐이로군."

아직 녹지 않은 눈이 남아 있는지 어둠 속으로 희끗희끗 바닥이 드러나보이는 작은 개천 위에 덩그마니 세워진 다리를 건너서 윤재가 시장 뒤편 공터에 자리잡은 일월곡예단의 천막까지 찾아갔을 땐 이미 오늘 공연은 끝나 있었다. 밖은 컴컴했다. 무대 쪽에서만 여린 불빛이 새어나오고 있을 뿐이었다. 바람 속에 서서 윤재는 밤바람에 펄럭이는 천막을 쳐다보았다. 어둠 속이라 색 바랜 천 위에 씌어진 일월곡예단이라는 글씨도, 그 옆에 그려 붙인 출연자의 모습도 보이지 않았다. 헌 가방을 들고 얼마를 그 앞에 서 있던 윤재가 천막 안으로 들어갈 때였다.

"누구요?"

오줌을 갈기고 있던 단원 하나가 퉁명스레 물었다.

"나 사람을 찾아왔는데.”

"사람이오? 밤중에 누굴 찾아요. 낼 오셔. 낼.”

"자넨 누군가?"

"뭐요? 아니 이 양반이…….”

저벅저벅 청년이 다가왔다. 어둠 속에서 윤재를 기웃거리던 그가 물었다.

"어디서 오셨소?"

"쪼가린 어디 있나? 여관에들 들었나?"

"예에?"

윤재가 더 대꾸를 않고 안으로 들어가려 했을 때였다.

"이봐요. 어딜 들어가요."

청년이 앞을 막았다. 그때 뒤에서 울리는 목소리가 있었다.

"뭐니? 종길아."

"아, 이 양반이 사람을 찾는다면서 내일 오래도 자꾸 안으로 들어가겠다잖아."

"누굴 찾아오셨는데 그러쇼. 우리 단원을 찾아오셨소?"

"너 하명이구나. 나다."

윤재는 얼굴을 보여주기라도 하려는 듯 희미하게 불빛이 번져오고 있는 거리 쪽으로 돌아섰다.

"아니, 윤재 아저씨 아닙니까."

하명이 덥석 그의 손을 잡았다.

"잘 있었냐?"

"그, 그럼요. 밖에서 이럴 게 아니라 안으로 들어가세요."

하명은 윤재의 팔을 잡고 천막 안으로 들어갔다. 무대 앞쪽 원형 마루를 지나 분장실 쪽으로 들어가 불빛 아래 섰을 때, 하명은 말을 잇지 못했다.

"아저씨⋯⋯ 동해집에서 일 시작하셨단 얘긴 들었어요."

눈가에 잔주름을 잡으며 백열등 아래서 웃던 윤재는 의상을 넣는 나무 궤짝 위에 주질러앉았다. 하명은 담배를 뽑아주는 윤재의 손을 내려다보았다.

"손은, 다 나았습니까?"

"그래, 이제 다 나았다. 그러니 돌아왔지."

윤재의 얼굴에 잔잔한 미소가 지나갔다.

이태 전이었지. 하명은 그의 손을 내려다본다. 수전증으로 떨리는 손을 천막 기둥에 쾅쾅 쥐어박으며 그는 울부짖었었다. 술 때문이라고들 말했지만 그때 윤재 아저씨는 더욱 술을 마셨었다. 사람의 팔자라는 건 참 기막힌 거구나…… 마술하는 놈이 손이 떨리다니…… 그렇게 중얼거리며 그는 떠났었다.

"여긴 지금 누가 있냐?"

"거의 다들 있어요. 태기, 웅칠이도 아직 저랑 그네를 타고요. 자전거 타는 임씨도 그냥 있고, 연희, 지혜도 다들 있어요."

"칠룡인 없니?"

"칠룡인 천도로 안 갔습니까. 지금 천도집에 있습니다. 칠룡이가 많이 보고 싶어 했는데."

다들 있군그래. 윤재의 눈앞을 소리없이 지난날 그들의 얼굴이 흘러간다. 무슨 소리, 강아지도 돈 있으면 멍 사장인 세상인디, 모두가 아자씨 마음 같은 줄 아십니까 하던 임씨. 아저씨요, 무는 호랑이는 뿔이 없는 법이랍니다. 제 두 다리가 짧으니까 하느님이 가운데 다리 하나는 큼지막하게 맹글어주셨다 그 말입니다, 하며 웃던 칠룡이……. 그놈 난쟁이치고는 심성이 곱더니. 찬바람이 천막을 펄럭이며 지나간다. 냉기가 소리내어 달려드는 것 같다. 무대 밑에서 누군가가 잠결에 이가는 소리가 들린다.

"이럴 게 아니라 이야기는 됐다 하고 오야지한테 인사부터 하시지요."

"그럴까."

둘은 밖으로 나왔다. 후견들은 무대밑 방에, 곡예단원들은 가까운 여관에 자리잡고 있었다. 별들이 푸르도록 차갑게 박혀 있는 어둠 속을 걸어 단장이 있는 여관으로 향하면서 하명은 가슴 밑바닥에 모래가 훅훅 뿌려지는 것 같았다. 아버지 같았던 사람. 곡예단 천막 안에서 잔뼈가 굵은 하명을 윤재는 형같이 아버지같이 보살펴 주었었다. 겨울이면 털양말이나 내의를 사서 입혀주기도 했었고, 여름이면 공연이 끝난 저녁에 강으로 나가 등을 밀어주던 윤재였다. 다섯 손가락이 움직이면 무지개가 피어나는 뛰어난 재주를 가졌으면서도 이 나이가 되도록 돈도 못 모았고 자식 하나 없이 살아온 그였다. 윤재는 말했었다. 걱정 마라. 사람이란 게 말이다, 자기 마음 하나 이기면 세상을 다 이기는 거야. 자기 마음에 지면, 그럼 끝이지. 안 그러냐 흐흐흐.

둘 다 말없이 얼마를 걸었다. 옆에서 걷는 하명의 듬직한 어깨를 바라보며 윤재는 그의 등을 툭 쳤다.

"너 장가는 갔냐?"

"장가는 무슨. 줄 타는 놈 따라 살겠다는 여자가 그게 어디 여잡니까."

"허허, 이놈 봐라. 몸만 실해진 줄 알았더니 너 그동안 말도 늘었구나."

하명이 소리없이 웃는다.

"네가 스물두 살이던가…… 참, 너 군대 갈 나이 아니냐?"

"첩의 자식…… 사생아는 군대도 못 간답니다."

하명의 얼굴이 어둠 속에 얼어붙는다. 바람에 실려 문 닫는 시장 골목길에서 생선 비린내가 풍겨왔다. 몇 집 술집에서 목쉰 유행가 소리가 젓가락 장단에 섞여서 들려오고 있었다. 여관 앞에 다다랐을 때 윤재는 물었다.

"이번 겨울엔 어땠니?"

"뭐가요?"

"손님 좀 들었냐?"

"말하나마나죠. 언제 겨울에 손님 들던가요. 반일당도 못 탄 날이 하루이틀이 아녜요."

"그럼 손해 많았겠구나."

"몇 십만 원 박아넣나 보던데요. 오야지가 말이 없으니 우리야 자세한 건 모르지만요."

"웃자기는 언제 한다든?"

"워낙 사람이 안 드니 어쩔라는진 모르지만 오늘낼 수원 쪽에 허가가 떨어진대거든요. 그럼 여기서 말뚝 뽑아야 뭘 보자고 있겠어요."

"그래…… 난 앞 도바에 가서야 일을 할 모양인데……."

"단장님이랑 얘기가 다 됐군요."

"내가 어딜 가겠냐. 준표도 날 버릴 수는 없는 일이고."

단장 준표와 다음 장소에서부터 일을 하기로 한 윤재는 사흘을 누워 지냈다. 밤이면 술을 마셨고, 낮이면 시장 옆 여인숙에 죽은 듯 엎어져 있었다. 손바닥만한 창이 하나 나 있을 뿐, 낮에도 불을 켜야 할 정도로 컴컴한 여인숙의 제일 후미진 방은 밖에서 장사치들이 손님을 부르며 내지르는 목소리로 종일 시끄러웠다. 채소장수들이 몰려드는 소리를 들으면 아직 아침이구나 했고, 생선장수들이 목소리를 높이면 오후였다. 생선장수들이 나오기 시작할 무렵이 되어서야 창으로 들어온 햇살이 창보다도 더 작은 크기로 벽 위에 얼마를 머물다가 지나가면 이내 저녁이었다. 끝나가는 겨울이, 헐벗은 작부와 같은 얼굴을 한 늦겨울 날씨가 밤이면 골목을 얼어붙이며 맵고 찬 바람을 쏟아놓곤 했다. 아침에 한 번, 점심때 한 번 하명은 여인숙에 들러 윤재를 살펴보곤 했다.

"뭘 좀 드셨습니까?"

"잠이나 좀 잘란다."

"밤엔 뭐하시고 낮에 잠을 주무시겠다고…… 퍼뜩 일어나세요."
"그놈 참. 네가 내 버릇 가르칠래?"

아침이면 하명은 윤재를 들깨워 해장국집으로 데려갔다. 그동안 밤에 도둑질 나가는 거 배워왔느냐고 히죽거리면서 돌아간 하명은 점심때면 공연 중 시간을 내서 또 윤재를 보러 왔다. 그는 자고 있었다. 깨울 생각은 않고 돌아가다가 하명은 중국집에서 우동을 시켜 윤재에게 보내곤 했다.

"어디 아픈 거 아닌가 모르겠네."

저녁에 찾아가면 우동그릇만 비워져 있었고 윤재는 방에 없었다. 혼자 어디론가 술을 마시러 나간 것 같았다. 마술도구가 든 헌 가방만이 덩그마니 빈 방을 지키고 있을 뿐이었다. 사흘째 되던 저녁이었다. 공연이 끝난 뒤였다. 막 나가려는 하명을 윤재가 천막 안으로 찾아왔다.

"오늘은 밤일 안 나가셨는가 봐요?"

하명이 놀리듯 말하자 윤재는 희끗거리는 머리칼을 쓸어올리며 히죽이 웃었다.

"너 술 사줄려고 왔다."

"또 술이에요? 이러다 정말 큰일나십니다. 몸이 배겨나겠습니까 어디. 손이나 또 떨리면 어쩌실려고."

"내 몸 생각을 해주는 사람이 다 있구나."

"그냥 이리 앉으세요. 돈도 없을 텐데 무슨 술을 산다고."

"허, 이번엔 내 주머니 생각을 하는구나. 나 그동안 술 끊은 적 없다."

윤재가 부득부득 우겨서 하는 수 없이 소주 한 병과 북어를 들고 온 하명은 연탄 화덕을 가운데 놓고 마주 앉았다.

소주를 마시면서 윤재는 별말이 없었다. 술을 마시려는 것도 아니었는지 하명이 따라놓은 잔을 물끄러미 내려다보다간 어이 자네도 추운데 한잔해, 하며 아직 잠자지 않고 무대밑 방에서 꿈지럭거리거나 변소를 가는 단원을 불러 술잔을 건네곤 했다. 천막 밖에서 스며들어오는 냉기로 하명은 등이 써늘했다.

"이런 소릴 아저씨한테 해서 되는 건지 모르겠지만, 영 아저씨도 전 같지 않네요. 뭔지…… 그냥…… 사람 망가진 것만 같고 딱한 생각만…… 듭니다."

하명의 손을 윤재는 물끄러미 바라본다.

"네 맘을 내가 모르진 않지. 넌 내가 다시 일을 안 했으면 좋겠지. 허기사 나도 다시 이 집엘 오니 바람이 설렁설렁 들어오는 게 맘이 춥구나. 가죽만 남아서 내가 여길 또 왔으니."

"그래요. 저도 아저씨가 이젠 일을 좀 그만두었으면 했어요. 그런데 얼마 전에 색기놀이하러 왔던 애가 아저씨 얘기를 하데요. 또 일을 시작했다구요."

"나도 그랬잖냐. 남들이 줄 타고 접시 돌리다가 단체를 떠날 때면 그애들 술 사준 것도 나였고 뽀라지 쥐어박은 것도 나였지. 너 다신 오지 마라. 떠난 다음에 이런 데서 날 만날 생각은 마라! 그랬지만…… 난 그 사람들이 다시 돌아오리라는 걸 내 손바닥같이 알았다. 송충이 갈잎을 먹을까. 손가락 끊으며 곡마단밥 안 먹겠다고 가던 놈들 해도 기울기 전에 다시 오더구나. 그런데, 그런데…… 나도 이젠 갈 데가 없어."

"아저씨 재주야 이마빼기 파란 애들하고야 다르잖아요. 아저씨가 안 가서 그렇지 약장사 따라나서면 아직도 한철인 건 다 아는 일이에요."

"다 옛날 얘기다. 요샌 뼈에 얼음이 끼어서 소리가 난다. 살보다 더 삭삭하게 뼈가 풀려야 하는데."

바람이 천막을 펄럭이며 지나갔다.

"나도 이젠 늙었다. 가죽만 남아도…… 팔자에 이 짓을 버릴 수가 없으니."

윤재가 천천히 고개를 들었다.

"줄부터 끊으라 안 하나!"

총무 명수가 천장에 올라간 종길에게 소리쳤다. 단원들은 콩튀듯 움직였다.

"쇠봉 떨어진다아! 비켜. 뒈질라고 그 밑에 있나, 비키라니까."

"말 좀 하고 일합시다, 말."

"뻰찌 가진 놈이 밑에 있음 어쩔 거야. 올라오란 말이다. 올라와."

"천막 푸는 거 처음 보나. 넌 뭘 멍하고 서 있어?"

명수는 어느새 뒤쪽에서 고함이다.

"요놈의 새끼 눈깔을 꽉 도서부러. 사람은 안 보고 시방 어디다 뭣을 던지냐?"

기둥과 기둥을 묶었던 새끼를 끊어서 던진다는 것이 밑에 있던 임씨와 덕보에게 맞자 임씨는 위에다 대고 돼지 멱따는 소리를 내질렀다. 그러자 위에서도 가만있지는 않는다.

"긍께 내가 시방 미안하다고 안 그랬소."

"저게 죽을라고 환장을 했나. 너 내려오기만 해라, 다릴 확 뿐질러놓을 테니."

"하이고, 아자씨한테 다리 뿐지르고, 내일부터는 편허게 앉아서 밥 빌어먹게 될랑가. 팔자 피네, 오늘 날짜로 나도 팔자 피능구만."

위에서는 태연하게 중얼거리며 다음 칸의 줄을 풀러 천장을 얽고 있는 장대를 기어나갔다.

위천막이 걷혀져 아래로 내려뜨려지는 사이 다른 단원들은 제각기 자기 짐들을 챙겼다. 하늘을 가리고 있던 맨 마지막 천막이 걷혀졌다.
"자, 내려간다."
몇 명의 고함소리와 함께 천막은 묵중하게 밑으로 떨어져내렸다.
"아이쿠."
내려오는 천막을 피해 달아나는 사람들의 북새통에 하나가 미처 빠져달아나지 못하고 두툼한 천막에 덮여씌워지고 만다. 꿈틀꿈틀 덫에 걸린 짐승처럼 안에서는 천막을 헤치고 나오느라 끙끙거리고, 위에서는 키들키들 웃음이 터졌다.
"거 천막 속에서 재주피는 게 어느 놈이야?"
천막 밑에서 겨우 빠져나온 웅칠이는 위에다 대고 팔을 걷어올리며 고래고래 소리를 질렀다.
"니미 씨팔 사람 찡겼잖아, 보고 좀 내려!"
"발 됐다 뭘 할려고 도망도 못 가?"
"입은 됐다 뭐하니? 천막 내려간다고 소리도 못 질러주냐?"
"하하 입? 입 말이냐? 됐다가 흉년들면 밥 빌어먹는 데 쓸란다. 와?"
왁작거리며 웃음이 터지고 웅칠은 볼을 문지르며 중얼거렸다.
"아이구 쓰려라, 볼때기 까졌는가 보다. 재수 없게시리."
"좀 퍼뜩퍼뜩 해라. 뭐하고들 있나 말이다."
명수는 이리저리 뛰어다니며 소리를 질러댔다.
단원들은 수군거렸다.
"야, 오늘따라 총무님 왜 뿔이 나서 야단야단이냐?"
"몰라서 묻니?"
"모르다니? 무슨 일이 있어?"
"종태가 지 뽈레기랑 발랐잖냐."

"뭐야? 종태 뽈레기가 누군데?"

"깜깜하구만. 은옥이지 누구야. 왜? 너도 은옥이한테 침흘렸냐?"

"지랄하고 있다."

위에서 내려진 천막은 모서리를 잡은 네 명의 후견들에 의해서 차곡차곡 개켜지고, 다시 밧줄로 十자로 묶여서 한쪽으로 정리되어 나갔다. 위로 올라간 자들은 주룩주룩 기둥을 타고 내려오며 새끼를 끊어 장대를 하나씩 풀었다. 내려진 장대들은 차에 싣기 좋게 한쪽으로 쌓여졌다. 천장이 걷히고 하늘이 환히 드러나자 이제까지 어둠침침했던 천막 안은 갑자기 그 초라한 몰골을 어수선하게 드러낸다. 원숭이나 말 같은 동물들을 우리 안에 집어넣고 나서 헐리는 천막 안으로 들어서던 덕보는 고개를 들었다. 천막이 떨어져내리며 한순간에 허옇게 드러난 잿빛 하늘이 그의 앞에 펼쳐져 있었다.

"어따. 그러고 보니 하늘 한번 넓네."

멀리 봄빛이 스민 하늘, 잘 갈린 칼날처럼 푸른빛이 돋아나는 겨울 하늘을 바라보는 덕보의 눈이 가느다랗게 좁아들어간다. 하늘이 저런 빛일 땐 고향에서 두엄을 내곤 했는데…… 보리밭에도, 비탈진 고추밭 자리에도. 덕보 뒤쪽이 시끄러워진다.

"아 누가 떼먹는데요."

"아니먼? 아니먼 뭐여. 돈을 줘야 말이제."

"주면 되는 거 아녜요."

"그려, 말 한번 잘히였여. 주면 되는 거여. 고로코 잘 아는 사람이 내가 왜 왔는지 모르것능가라우? 안 중께 온 거 아냔 말여. 여러 잔소리 말고 빨리 내놓기나 히여, 돈 내, 얼릉."

"거 정말, 악마구리 같네 샹."

"샹? 뭐여 샹? 샹이라니, 눈깔을 부라리먼 니가 어쩔 테여. 나도 춥고 배고파서 장사나온 사람이여. 쏘주 한 병 팔아야 몇십 원 남어.

누군 흙 퍼갖고 장사헌 줄 알어. 어째 안 갚고 갈라 하느냐 말여."

"가긴 누가 가요!"

"안 가면? 어자께 저녁엔 갚는다고 그래놓고 천막은 험시로 왜 돈 줄 생각은 안 히여?"

반듯하게 묶여진 천막을 지고 돌아나온 하명이 끙하며 장대들 옆에 천막을 내려놓으면서 흘끔 돌아보았다. 어느 놈이 또 까바리 쳤군. 하명은 아낙네 쪽으로 다가갔다.

"뭐요? 아줌마."

"외상 먹고 돈은 안 주고 끼대 갈라고 그랑께 글치 않아요."

"그래서 저애가 그 돈 안 갚고 간답디까?"

버럭 소리를 지르자 주춤 아낙네의 목소리가 낮아진다.

"오늘 준다 하고서 안 중께 받으러 온 것이제. 뭘 성질을 내고 그러요."

"나중에 와도 되잖아요. 거 왜 일하는 데 와서 씨끄럽게 떠들어요. 써커스 사람들 외상 먹음 돈 떼먹고 내뺀다고 누가 그럽디까? 우리 그런 짓 안 하니까 나중에 와요."

"또 오기는요. 지금 주시면 좋것는디."

"나중에 오라니까요. 비켜요, 일들 하는데."

"글먼 아저씨가 대신 돈 주실라요?"

"뭐어요?"

새끼로 묶여진 기둥들을 풀고 포장을 접고 도구들을 챙기느라 여기저기 고함소리는 여전한데 부산하게 움직이는 단원들과는 달리 아이들은 저희들끼리 짐보따리 옆에 모여앉아 노래들을 불렀다. 오호늘은 어어디 가서 뗑깡을 놓고, 내에일은 어디 가서 연애를 거나, 헤이헤이헤이. 태연한 얼굴들이다. 덤블링을 하거나 노래를 부르는 열 살도 안 된 아이들이었다. 바람을 피해 쌓아놓은 짐 밑에 모여들 앉아서 아이들은 노래를 불러대다가 주머니를 뒤져 껌을 까씹곤 했다.

이월의 짧은 저녁해가 거의 떨어질 무렵이 되어서야 천막은 걷혔다. 짐이 차에 실렸을 땐 이미 어둠이 발끝을 기어오르고 있었다.

오늘 아침 단장 김준표를 따라 사업부장 홍석준과 윤재 세 사람이 먼저 떠났다. 공연할 장소를 돌아보고, 올라오는 짐을 받아서 풀어놓기 위해서였다. 천막과 장대들을 실은 첫차가 떠난 것은 단원들이 국수를 삶아 점심을 끝낸 뒤였다. 이어서 무대를 뜯은 판자와 줄, 대나무, 사다리 같은 소도구를 실은 다음 차가 떠났다. 마지막 차에 단원들의 숙소를 뜯은 천막과 살림도구들이 든 나무상자를 실었다. 막차에 포장을 씌우고 고무밧줄로 묶어 떠나보내고 나자 서른여섯 명 단원들만이 남았다. 먼저 여자 단원들을 역으로 보냈다. 그들의 인솔은 쪼가리 대전댁이 맡았다.

역 앞 작고 허름한 식당에서 순댓국으로 저녁을 마치고 단원들이 차를 탄 것은 아홉 시 오십 분 밤열차였다.

이리 몰리고 저리 몰리고 왁작거리며 떠들어대는 한 무더기의 단원들을 다른 승객들은 무슨 일이라도 났는가 기웃거리며 바라본다. 흩어지지 말라고 명수는 특히 아이들에게 몇 번씩 당부를 했다. 종일 밖에서 바람에 나부끼고 추위에 언 몸들이었지만 다들 희희낙락 떠들어대며 개찰을 마치고 열차에 올랐다.

"아이고, 이제 서울 쪽으로 올라가는 거 보니 봄은 봄인 모양인데, 왜 아직도 이렇게 춥나 모르겠다."

우르르 열차에 올랐다. 서로 이름을 불러가며 자리를 잡아 앉느라 또 한번 부산해지고 나자 열차는 이내 홈을 빠져나가 어둠이 차창에 칠흑처럼 발리어지는 밤의 그 한가운데를 달리기 시작했다. 늘 그렇듯이 아내가 있는 사람들은 부부끼리, 총각들은 총각들끼리

자리를 잡고 있었다. 나이든 사람들은 잠을 잘 채비를 했다. 젊은 패들은 벌써 술을 홀짝이고 있었다. 덕보는 꾼을 모으기 위해 화투를 들고 여기저기 기웃거렸다. 앞쪽에서 술내기 화투를 시작한 패들이 하명을 불렀다.

"하명아, 안 낄래?"

"나 빠져도 머릿수 차겠는데, 오늘은 개평술 좀 먹자."

"도둑장가 갔나. 어느새 공것은 되게 밝히네."

"왜? 도둑장가 가야만 공술 얻어먹냐?"

"앗다, 장가가고 돈 아끼지 않는 사람 못 봤다."

어둠에 눈을 주며 하명은 차창에 머리를 기댔다. 선뜩하게 한기가 이마에 와닿는다.

혹은 몸을 눕히고 혹은 서로 몸을 기대고 단원들은 하나하나 잠이 들어갔다. 화투치는 젊은 단원들만 술을 마셔가며 패를 들여다보는 눈에 불이 붙어가고 있었다.

서커스는 봄이면 서울을 중심으로 한 중부지방으로 올라왔다. 대도시 중심의 공연이 시작되는 것이다. 봄부터 가을까지 지방에서는 공연이 되지 않았다. 농민이 관객의 대부분인 사정이고 보면 바쁜 계절에 농사일만으로도 일손이 달리기 마련인데 말뚝을 박고 천막을 올려보아야 손님이 들 리 만무였다. 따뜻한 철에는 지방흥행이 안 된다는 것이 이들에게는 계율이었다. 그래서 얼음이 풀렸다 하면 단체들은 저마다 북상했고 가을이 되어 서릿발이 비치기 시작할 무렵이면 남행 야간열차를 탔다. 남쪽 조금이라도 따스한 곳을 찾아서였다. 일을 끝낸 시골에서는 겨울이 와야 겨우 손님이 들기 때문이었지만 가설무대라 천막 안의 난방시설이 불가능하다는 것도 그 이유의 하나였다. 천막이 펄럭일 때마다 찬바람이 스며드는 객석에 앉아서 구경을 하겠다는 사람이 도회지에는 없었던 것이다.

화신(花信)을 따라 봄이면 낙동강 줄기가 시작되는 영을 넘어 북쪽으로 올라왔다가 늦은 가을이면 지리산 남쪽으로 내려가는 여로는 철새의 생리를 닮은 서커스의 가장 긴 이동이었다. 물론 서해 쪽에서 태백산맥을 넘어 동해바다로 가는 이동이 없는 것은 아니었지만.

찬 새벽바람을 볼이 아프게 받으며 수원에 내린 단원들은 해장국집으로 몰려가 몸을 녹였다. 덕보는 하명과 함께 그 검은 얼굴이 더 검어져서 콧물을 흘려가며 해장국을 먹었다.

"사타구니 새에서 그게 달그락달그락 헌다. 얼어도 되게 얼었어."

연탄재며 쓰레기들이 널려 있는 매립지, 봄이면 곧 집을 지으려고 겨우 터를 닦아놓은 곳에서 그날부터 단원들은 천막을 올리는 작업에 들어갔다. 한쪽에서는 먼저 숙소를 짓고, 남은 단원들은 기둥을 박을 구덩이를 팠다. 땅은 물렀지만 별것을 다 쓸어넣은 자리라 삽이 들어가지 않았다. 나무를 쪼개서 화톳불을 지펴가면서 단원들은 몸을 녹이느라 소주를 홀짝거렸다.

천막을 올리고 첫 공연을 가지던 날도 날씨는 여전히 스산했다.

"장내에 계시는 시민 여러분. 대단히 오랫동안 기다리셨습니다. 쓰리, 투, 원, 제로."

나팔이 찢어지게 울어댄다. 낡고 얼룩진 막이 일월곡예단이라는 붉은 글씨를 구기면서 천천히 올라갔다. 그사이 규오는 흘러간 가요, 군세어라 금순아의 곡조에 맞춰서 가사를 바꾼 노래를 불렀다.

"오호늘 오신 여러 손님들 그흐 동안 안녕하세요. 지금부우터 일월쇼가 시작됩니다. 즐거운 노래와 춤을 여러분께 선사합니다. 이 무대의 명사회자 넘버 화이브 인사합니다."

노래가 끝나고 막이 올랐다. 여섯 명의 악사가 드럼을 가운데 하고 서 있는 앞에서 규오는 마이크를 잡고 객석을 내려다보았다. 듬성듬성 앉아 있는 삼십여 명의 손님들, 이래 가지곤 오늘도 일당 다 나오긴 글렀나 보다 하는 생각이 머리를 스치는데도 말은 기계처럼 입에서 튀어나왔다.

"감사합니다. 대단히 감사합니다. 금일 주간공연에도 본단을 사랑하시는 마음으로 이처럼 드문드문 빈자리 없이 여기저기 만장의 성황을 이루어주셔서 감사합니다. 본 일월곡예단은 제1부 즐거운 노래와 춤의 쇼쇼쇼, 제2부 아슬아슬한 묘기의 지상곡예, 제3부 아라비아 대마술과 소마술, 제4부 대공중곡예, 이상을 가지고 여러분을 모셔드리겠습니다. 부족한 점이 있더라도 부모같이, 남편같이 아이구 실례했습니다. 손주같이 며느리같이 생각하시고 이해해 주셨으면 감사하겠습니다. 그러면,"

규오의 음성이 조금 더 빨라진다.

"맨 먼저 이 무대에 서게 될 가수들의 이름을 소개해 올리겠습니다. 국내에서 활약하는 인기가수 남진이를 비롯하여 이미자, 김추자, 배삼룡, 구봉서 등등 그런 분을 모셔드리게 되었으며언, 얼마나 좋겠습니까."

규오의 목소리에 맥이 빠지면서 객석에서도 실없는 웃음이 키들키들 일어난다.

"마는, 그런 분들을 모시지 못하고 가족적인 분위기에서 여러분들과 호흡을 같이하기 위하여, 자, 오프닝 넘버부터 시작합니다."

무대 옆에서 다섯 무희가 나온다. 짙은 화장으로 얼굴을 가리다시피 한 임씨 마누라, 애크러배트의 연희, 2인조 애크러배트에 줄까지 타는 지혜, 모두들 팬티와 브래지어 위에 살이 드러나보이는 옷을 입었다. 무대를 돌기도 하고 손을 내저으며 멋대로 한참 흔들다가 들어가고 나자 털썩털썩 몇 명이 박수를 치는 둥 마는 둥 곡예는 시작도 되기 전에 보나마나라는 얼굴들이다. 성능이 나빠 음성이 찢어지는 것 같은 마이크를 잡고 규오가 또 나온다.

"감사합니다. 지금 박수치는 분들은 금년 내내 감기 걸리지 마시고 여름철 모기 물리지 마시고 백 살까지 오래오래 사십시오. 그리고 박수치시지 않은 분들도 감기 들지 마시고 여름철에 모기 물리지 마시고 백 살까지 사시든지 말든지는 마음대로 하십시오. 자 그러면 오픈 싱어, 본단이 자랑하는 늘씬한 미녀가수 주연희 양의 노래부터 선사합니다. 주우 여언 히이."

펄럭이며 바람이 천막을 흔들고 지나간다. 천막을 둘러친 양철 막이가 덜컹거린다. 바람이 들어오는 곳을 흘끔거리며 손님들은 팔짱을 낀다. 추위는 무대까지 기어올라가서 연희의 목소리는 한기에 얼어드는 것 같다.

하명은 시계를 보았다. 차례까지는 아직 두 시간이 넘게 남아 있었다. 연희의 노래가 귓전에 따갑다. 노래도 노래지만 저놈의 마이크 좀 갈아쳐야지 저게 어디 소린가. 분장실에 들렀다가 나온 하명은 숙소인 뒤쪽 천막으로 걸어갔다. 연탄난로라도 끼고 앉았으려고 천막 안으로 들어서자 이미 쭈그리고 앉은 사람이 있다. 외발자전거를 타는 임씨다.

"손님 좀 드나?"

"있을 턱이 있나요."

"진장. 이쪽으로 앉어라. 날씨치고는 먼 놈의 늦추위가 요렇게 심헌지 모르것다."

"임씬, 옷 안 갈아입어요?"

"아직도 멀었는디 뭘. 그나저나 하명이 너 추와서 그네 타것냐. 애먹것다."

"춥고 더운 거 가리겠어요. 벗고 춤추는 사람도 있는데."

"조심히여. 이런 날이 사고나기 딱 좋웅께."
"예, 알겠습니다."
"오늘도 일당 나오긴 글렀지?"
"글쎄요. 저녁때 봐야 알지 않겠어요."
"빌어먹을 거. 돈 있으면 강아지도 멍 사장인 시상에서 벌이가 이래 갖고 어디 살것나. 자전거고 뭐고 다 때래치우고 그저 푹 뒤집어쓰고 따뜨턴 아랫목에서 잠이나 잤음 좋것다."
"허어, 사돈이 내 말 하네그려."
덕보가 들어오며 뒤에서 한마디 한다. 밖에서 얼었는지 입술이 시퍼렇다.
"너 그 사돈 소리 자꾸 했다간 모가지 뿌러질 줄 알아!"
실실 웃으며 덕보는 연탄난로 옆으로 와 비집고 앉는다.
"사돈 하기 싫으면, 장인 하거라. 내 숫처녀 장가 좀 가볼 모양이니. 나 같은 사위 두면 좋지 뭘 그래. 앗다, 초저녁부터 새벽까지 빳빳하게 서는데 오죽 좋아헐까. 어디 딴 데 보낼 생각 말어. 내 잘 해줄 모양이니께."
"에라 이 자슥아."
임씨가 이마빼기를 쥐어지르자 덕보는 뒤로 벌렁 나자빠졌다가 일어나앉으며 낄낄 웃는다.
임씨의 여덟 살 난 딸을 두고 덕보가 농담을 한 것이다.
"덕보 저놈의 새끼, 뭐 보는 게 있어야 닮제. 맨날 말새끼 엉뎅이나 쓰다듬고 있응께 보고 배우니 말×밖에 더 있냐."
"그래서? 심통이 난다 그 말이냐? 너도 한번 배워봐라. 한 달만 나한테 배우면 빼지 않구……."
하다가 덕보는 뒷전을 흘깃 보았다. 여자단원이 지나가고 있었다.
"죽일 놈."

임씨는 오종종한 얼굴로 입맛을 다셨다. 불 위에 얹은 손을 비비며 덕보는 중얼거렸다.

"원숭이새끼 때문에 야단이네. 무슨 놈이 그렇게 추위를 타나 몰러."

"너 닮았능가 보다."

"무슨 소리여. 나야 어디까지나 조련산데. 닮을려문야 두발자전거도 못 타고 외발자전거나 타는 주제인 널 닮았겠지. 안 그러냐? 내 말이 틀리진 않았을 게다."

늘 하는 수작을 하명은 웃으며 듣고 있다.

"하명이 너는 인마 뭘 웃냐. 너도 뭐 아냐? 에에이 못쓴다. 총각이면 총각다워야지."

"제가 뭘 압니까."

하명이 시침을 뚝 뗀 얼굴로 덕보를 쳐다보았다.

"허기야 너는 신선 아니냐. 임가 이놈이야 이게 사람이냐? 두발도 아닌 외발자전거 그것도 핸들로 뺐다 박았다, 페달에 거꾸로 서서 이 지랄하며 손으로 젓질 않나 아이구 벨 왼갖 지랄을 하는 놈, 사람도 아니지, 암. 그렇다만 너야 다르지, 다르달 밖에. 아 하늘을 날으는데 신선다워야지."

"근다고 하명이가 네놈헌테 술 살 줄 아냐?"

"술 같은 소리하네. 내가 술 먹드냐. 내가 술 먹는 거 본 사람 있냐? 나 술 안 먹는다. 소주 먹지."

"에라 이 똥도 다 못 싸고 죽을 놈아."

"허허허."

덕보는 목젖을 흔들며 웃다가 주머니를 뒤져 꽁초 하나를 연탄난로에 대고 비벼서 불을 붙인다. 하명이 담배를 꺼내 임씨에게 그리고 덕보에게 권했다.

"이걸 피십쇼."

"담배야 꽁초 맛이지."

덕보는 하명이 준 담배를 받아 주머니에 넣고 꽁초를 입에 물고 열심히 빤다. 입으로 코로 연기가 무성하다. 흐린 날 토담집 굴뚝에 여기저기 멋대로 뿜어져나오는 저녁연기 같다. 천막 밖으로 귀를 기울이며 임씨는 또 손님이 드는지 궁금한 낯빛이었다.

"사람 좀 드나?"

"오늘 하루도 어째 베린 날인가 봐. 텡 비었어. 그나저나 윤재 씨 아직도 펄펄하데."

"거, 노인네가 손주나 업고 있을 일이제…… 다 늙어갖고 볼썽사납게……."

"업어줄 손주가 있어야 업죠."

"자식새끼 하나 없어가지고 더 늙으면 어쩔려고 여길 못 떠나는지 몰라. 지금이라도 약장사 따라나서면 더운 밥 먹을 텐데. 그 양반 팩 하는 거야 써꺼스 바닥에 호가 난 거지만 이젠 성깔 죽을 때도 됐는데 그러는구먼."

윤재에게는 타고난 예인(藝人) 기질이랄까, 그런 것이 있었다. 자기의 재주를 그만큼 아끼기 때문이었겠지만 결코 밥이나 먹자고 하는 짓은 아니라는 오기를 가진 윤재였다. 자기의 재주를 인정해 주지 않을 때면 공연이 계속되는 중이라도 그는 마술도구가 든 가방 하나를 들고 거칠 것 없이 단체를 떠났다. 그 대신 자기의 재주를 높이 보고 사람을 귀하게 다루는 단체에서는 일당이 밀려도 일체 말이 없는 그를 하명은 알고 있었다.

"개는 밥을 주는 사람을 따르지만 사람은 자기를 알아주는 사람을 섬겨야 하는 거다."

그런 처신으로 해서 사람들은 윤재가 돈을 모으지 못한 이유를 알 만하다고 고개를 끄덕였다. 궁둥이를 털며 일어난 덕보는 밖으로 나오며 내질렀다.

"어이구, 시끄럽긴. 개도 안 들어오는데 나발은 불어 뭐할 꺼여."

2

아직 찬바람이 불고 아침이면 살얼음이 깔리기도 하는 이른 봄의 스산한 날씨를 뚫고 일월곡예단이 공연지를 바꾸며 위쪽으로 올라오는 사이, 봄은 성큼 다가와서 서울 변두리에서 두 번의 공연을 끝냈을 땐 개나리가 흐드러지게 피고 있었다.

날씨가 풀리면서 손님들도 차츰 그 숫자가 늘었다. 악몽의 겨울을 잊으며 단원들은 두툼한 털옷이며 오버코트 따위를 좀약 몇 봉지와 함께 낡은 나무상자 속에 집어넣고 지난해 넣어두었던 얇은 옷들을 꺼내입었다. 봄옷들을 사기도 했다. 서울에서 세 번째로 공연장이 된 곳은 청량리를 지난 변두리였다. 옆에선 새로 주택을 짓느라 공사판이 한창이었다. 벽돌공장 옆에 천막을 치던 날은 부슬거리며 봄비가 내렸다.

"꽃 피려고 비가 오나 봐요, 언니."

지혜는 가느다란 빗발을 석이네와 함께 내다보고 있었다. 석이네는 누워서 발끝으로 버드나무로 된 통을 굴리는 여자곡예사, 다섯 살 난 아이 이름이 석이였다.
"꽃이야 벌써 폈지. 개나린 예전에 다 떨어졌을걸."
"그래도 벚꽃철은 아직 안 됐잖아 언니."
"벚꽃이야 아직 멀었지."
"언제 꽃이 피는지도 모르겠네요."
"써커스에 있으면 세월 하나는 빠르지."
"꽃 같은 소리들만 하고 있구만."

밧줄을 나르랴, 장대를 세우랴 부산하게 움직이는 단원들을 살펴보던 명수는 버럭 소리를 질렀다. 석이네는 웃으며 일어났다.
"처년데, 봄비 오시는 날 심란하지 않을 나인가요."
"앗따 객쩍은 소리 그만하고 석이 비 맞는 거나 좀 붙들어다 둬요. 감기 들까 무섭소."

그 비도 개이고 고양이 졸음 같은 봄날씨가 계속되었다. 아침을 끝낸 하명은 담배를 피워 물고 천막을 나왔다. 뒤쪽으로 돌아가면 시멘트 벽돌을 찍어내는 공장이 있다. 산같이 쌓인 모래 옆에선 부산하게 벽돌들을 찍어내고 있었다. 모래더미 옆을 지나가던 하명은 흘러내린 모래 위에 쪼그리고 앉아 있는 지혜를 보았다. 손으로 모래를 쥐어올려 발끝에 주르르 쏟아버리고 있는 그녀의 어깨에도 발끝에도 봄볕은 빛나는 깃털처럼 내려와 얹히고 있었다.

"뭐 하니?"
"볕이 참 따스해요."

지혜는 고개를 돌려 그를 쳐다보고는 슬며시 웃었다. 넋을 놓고 앉아 있던 자신이 부끄럽기라도 한 얼굴이었다.

"벽돌 찍는 일을 여기 앉아 가만히 내려다보고 있자니 졸음이 오네요. 똑같은 일을 저렇게 하루종일 하나 보죠? 꼭 우리 공연하는 것 같애."

모래와 시멘트를 섞은 것을 쇠로 된 틀에 삽으로 떠넣는 사람, 그 걸 들어 몇 번 구르는 사람, 들어다 나무판 위에 뽑아놓는 사람들은 그 똑같은 몸놀림을 기계처럼 계속하고 있었다. 새로 찍어낸 벽돌들은 나무판 위에 정교하게 쌓여가고……. 그 일하는 모양을 바라보며 하명은 지혜 옆에 나란히 모래를 깔고 앉았다. 강바닥에서 실어온 모래는 희고 깨끗했다.

"우리 여기 온 지 며칠 됐죠?"

"열흘이 넘었어…… 오늘로 열이틀째잖아."

"이렇게 모래 위에 앉아 있으니깐…… 아주 옛날 생각이 나. 외가에 가던 생각이."

여기 온 후로 지혜는 아침이면 이 모래 위에 앉아 있곤 했다. 모래를 바라보며 앉아 있으면 그녀의 마음 저 바닥에선 가라앉아 있는 옛 유년시절의 앙금이 떠오르곤 했다. 모래가 흔들어놓는 그 기억의 앙금은 한없는 모랫길을 눈앞에 펼쳐주었다.

외갓집으로 가던 길이었다. 당목 치마저고리의 어머니는 가을이면 지혜를 데리고 친정으로 가곤 했다. 어디에 청상의 상이 있었는지 어머니는 지혜 하나를 낳고 혼자 몸이 되었다. 아버지의 얼굴조차 기억할 수 없는 지혜였다. 어머니마저 돌아가시고 난 그 후의 일들은 다 잊혀갔지만 지혜는 그 모랫길을 잊어본 적은 없다. 외가에 있다가 주인이 중국계였던 곡마단에 팔려간 게 여덟 살 때였으니 그 기억은 다섯 아니면 여섯 살 때의 일일 텐데도 어째서 잊혀지지가 않는 것일까. 길고긴 은모랫길. 감이 익어가는 외갓집으로 가던 그 길을 지혜는 엄마가 새로 사준 신발을 아끼느라 맨발로 뛰어가곤 했었다. 발에 밟히던 모래의 감촉이 어제인 듯이 남아 있는 까닭을 몰라하면서 지혜는 이동하는 열차에서나 트럭 위에서도 강의 모래만 보면 그때를 생각했다.

바닷가에 앉아서 어머니는 한없이 펼쳐진 물결을 바라보았다.

바다 저쪽은 어디야?

어디긴 용궁이지.

아, 나도 안다. 심청이 있는 용궁이지, 그렇지?

그럼, 똑똑하기도 해라. 우리 새끼.

우리도 거기 가봐 엄마.

그러면 어머니는 말문을 닫았다. 뱃사람이었던 남편, 물로 나간 채 시신도 돌아오지 못한 남편을 용궁이나 있으면 거기 가서 이쁜 색시 얻어 살고 있으려나 생각했는지도 모른다. 어장에 나가 멸치를 고르며 살던 어머니는 어린 지혜를 두고 차마 감지 못했던지 눈을 뜨고 죽었다. 흰 모랫길과 바다와 그 길에 은회색으로 빛나던 수평선의 망연한 색깔을 어린 가슴에 담으며 외삼촌을 따라 어머니와 함께 걷던 그 모랫길을 걸어서 외가로 갔었다. 신던 고무신과 옷가지가 든 보퉁이를 들고서. 나이들면서 엄마 혼령도 나처럼 떠도는 거나 아닌가 모르겠다는 생각을 할 때면 지혜는 목을 타고 넘어오는 무거운 것을 참느라 이를 옥물곤 했었다.

"옛날 생각…… 하면 뭐하냐."

햇살을 받은 지혜의 얼굴에 보얗게 솜털이 일고 있었다. 잘 익은 복숭앗빛 두 볼은 화사했다.

지혜도 하명도 벽돌을 찍어내고 있는 사람들에게로 눈길을 돌렸다. 호랑나비 한 마리가 모래더미 위를 날아가고 있었다. 지혜가 벌떡 일어섰다.

"어머 나비 봐, 호랑나비야."

"내가 잡아줄까."

하명도 일어섰지만, 그러나 나비는 팔랑팔랑 날아올라 모래더미를 넘어 어디론가 날아가버렸다. 지혜는 나비가 날아간 곳을 바라보며 손을 마주잡았다.

"호랑나빌 보면 그해 좋을 징조라던데, 올해 처음 호랑나비를 봤네."

"난 많이 봤는데…… 첨 봤니?"

고개를 끄덕이면서 지혜는 하명을 쳐다보았다. 쪼그리고 앉았던 좀 전과는 달리 그녀는 함초롬히 웃었다. 둘은 모래를 털고 일어났다. 바로 천막으로 갈 생각은 않고 벽돌공장 뒤쪽으로 뻗어 있는 길을 걸었다. 봄빛이 마음속까지 스며드는 듯한 기분을 숨겨가면서 하명은 지혜를 바라보았다. 새삼스러웠다. 두텁던 겨울옷을 벗고 흰 바지에 물빛 스웨터를 걸친 그녀는 한 마리 나비처럼 날렵했다. 탐스럽게 기른 머리를 뒤에서 한 번 묶어 등 뒤로 늘어뜨린 모습에 눈을 주면서 하명은 가슴 한쪽 끝이 타들어가는 기분이었다.

어느새, 다 컸구나……. 함께 뒤섞여 지내면서 느끼지 못했던 체취를 새삼스레 맡아보는 것 같았다. 얼굴이 달아올라 하명은 담배를 찾아 불을 붙였다. 그들이 돌아오는 모습을 천막 뒤에서 빨래를 널고 있던 연희가 보았다.

"그림 좋네. 설렁설렁한데. 두 청춘 남녀가 어딜 갔다 오실까아."

"갔다 오긴. 뒤에 가서 벽돌 찍는 구경했다."

그물이 천천히 내려졌다. 네 명의 후견들이 민첩하게 달려나가 바닥에 내려진 그물 끝을 잡고 섰다. 세 대의 조명에 불이 들어왔다. 바닥에 늘어뜨린 그물 한쪽은 천장에 비스듬히 걸려 있었다. 그 위에 천막의 좌우를 가로지르는 긴 밧줄이 팽팽한 긴장을 유지하며 걸렸다. 점점 소리를 높여가던 음악이 한 순간에 멎자 무대를 가린 막 가운데가 헤쳐지며 일곱 명의 여자들이 뛰어나왔다. 진홍빛 타이츠에 까아만 천으로 만든 비키니 수영복 모습의 의상에는 구슬들이 끝끝이 달려 있었다.

무대 중앙에 늘어서서 나란히 인사를 하고 여자들은 일제히 그물을 기어오르기 시작했다. 비스듬히 천장을 향해 걸린 그물이 출렁거리고 갓 잡아올린 고기처럼 퍼들거리는 그들의 지체를 세 대의 조명이 핥고 지나갔다. 드럼이 울렸다. 조명을 받은 그들의 몸에선 옷에 붙인 구슬들이 비늘처럼 빛나고 있었다.

그물을 다 기어오른 여자들은 하나씩하나씩 줄을 잡고 줄 양쪽에 세워진 받침대 위로 올라갔다. 세 명은 오른쪽, 다른 세 명은 왼쪽이었다. 중앙으로 기어오른 한 명이 높이 걸린 쇠줄을 잡고 몸을 뒤치어 가볍게 줄 위에 올라앉았다. 좌우에서 세 명의 여자들이 팔을 벌렸다가 허리를 아래쪽으로 굽혀 관객에게 인사를 했다.

한쪽이 내려졌던 그물은 후견들에 의해 팽팽히 당겨져서 위에서의 추락을 대비할 수 있게 바닥과 평행을 유지하며 안전한 제자리로 돌아갔다. 악사들은 음악을 바꿔 행진곡풍의 가락을 울려주기 시작했다. 줄 위의 일곱 명 여자들은 긴 대막대기로 몸의 균형을 유지하며 나란히 줄 위를 걸어나갔다. 철선대행진(鐵線大行進)이었다. 객석에선 침을 삼켰다. 아이들은 갑자기 오줌이 마려워하면서 눈을 깜박이며 그들의 행진을 바라보았다. 처음에는 각자가 장대를 들고 걸었다. 그 다음에는 장대 없이 팔을 벌린 자세로 걸었다. 줄 위의 왕복이 끝나자 양쪽에 한 명씩만 남고 다섯 명의 여자들은 줄 가운데 와서 나란히 섰다. 순간 객석에서는,

"악!"

하는 외침이 새어나왔다. 그 중 한 여자가 아래로 떨어졌던 것이다.

관중들이 자기도 모르게 감았던 눈을 떴을 때, 여자는 출렁거리는 그물 위에서 가볍게 몸을 뒤치며 일어서고 있었다. 그것은 실수가 아니었다. 그물 위로 떨어지는 묘기였다. 객석이 수런수런 들뜨

면서 긴장이 풀려가는데 남아 있던 여자들도 하나씩 허공에 몸을 날려 그물 위로 꽃잎처럼 떨어져내렸다. 그들이 다 내려오고 나자 객석에서 드문드문 박수가 새어나왔다.

줄 위에 두 명의 여자가 남았다. 천장으로 올라가 말뚝에 매인 발판 위에서 한 여자가 몸을 굽히자 다른 여자가 그녀의 몸에 걸터앉았다. 머리를 잡은 여자를 어깨에 올려놓고 밑의 여자는 줄을 걷기 시작했다. 줄을 다 건널 때까지 숨을 죽였던 관중은 그들이 무사히 걸어가 몸을 허물며 양팔을 벌려 아래쪽에 인사할 때야, 참았던 숨을 내쉬었다. 천장에서 뱀처럼 사려진 밧줄이 휘익 소리를 내며 바닥으로 떨어졌다.

흰 타이츠를 입은 네 명의 남자가 무대로 뛰어나왔다. 하명과 태기, 웅칠이…… 공중 그네타기조였다. 후견들이 밑에 매달려 팽팽히 잡아주는 줄을 타고 그들은 천장으로 기어올라갔다. 자기를 쳐다보고 있는 관중들의 조그마한 얼굴을 내려다보며 발판을 밟고 선 하명은 오른팔을 크게 벌려 인사를 했다. 건너편에선 태기가 그네를 구르고 있었다.

자신의 그네를 굳게 잡고 하명은 태기를 건너다보았다. 그네는 세 번을 건너왔다가 되돌아갔다. 온몸의 살갗에 뜨거운 물이 닿는 듯했다. 하명과 태기의 눈이 마주쳤다. 하명이 허공에 몸을 날렸다. 아무것도 없었다. 천장이 거꾸로 뒤집혔다가 쏟아지고, 객석은 하늘로 떠오르고 있었다. 좌르르 사람들이 쏟아지려는 순간 하명은 그네를 놓으며 몸을 허공에서 비틀었다. 물보라 같은 공기가 가슴을 막았다. 발끝에서부터 머리칼까지 불이 붙는 것 같았다. 끝없이 하얀 물보라가 눈앞을 가렸다. 그 파도를 넘어 태기가 보내준 그네가 눈앞으로 천천히 떠올라오고 있었다. 채찍을 들어 말을 치듯이 하명은 그네를 잡았다. 출렁거리며 몸이 흔들리고 있을 때 그는 태기가 섰던 발판 위에 닿는 발의 감촉을 느꼈다. 공중 일회전이었다.
 갑자기 하명은 분수처럼 솟아나오는 성욕을 느낀다. 땀구멍마다에서 뜨거운 열기가 끓어올랐다. 황홀한 도취가 팽팽하게 살갗을 부풀리며 온몸을 감싸는 것 같았다. 긴장을 풀기 위해 하명은 깊이 숨을 들이마셨다가 토해냈다. 입속이 건조해져서 그는 혀를 굴려 입천장을 핥았다.
 곡예는 계속되었다. 태기의 공중 이회전에 이어 하명의 이회전이 있었다. 자신이 타고 간 그네를 놓고 허공에서 몸을 두 번 회전한 다음, 반대편에서 다가오는 그네를 잡고 돌아왔을 때 손바닥에선 땀이 배어나고 있었다.
 마지막 묘기가 남았다. 한 사람이 천장 가운데 매달린 그네에 발을 걸고 거꾸로 매달려서 기다리고 있으면 이쪽에서 그네를 타고가 몸을 날려 그의 손을 잡는다. 얼굴과 얼굴이 아래위로 마주 본 그 자세로 그네를 한 번 구르고 나서 다시 몸을 날려 다가오는 반대편 그네를 잡고 건너가는 곡예였다. 중앙그네로 가기 위해 태기가 그네의 시간을 맞추고 있는 사이에 하명은 말했다.
 "땀 닦아라, 손에."
 태기는 잡고 있는 줄에 손을 문질렀다.
 "날씨 좋군."
 진홍빛 하늘이었다. 벌어진 천장 사이로 넘어가는 저녁놀이 물들어 있는 하늘을 하명은 잠깐 올려다보았다. 태기와 눈이 마주쳤다. 하명은 그 눈에서 뻗어나와 두 사람의 몸을 얽매어주고 있는 신뢰의 밧줄을 느낀다. 태기가 몸을 날려 중앙그네에 가 매달렸다. 한 번, 두 번, 세 번, 태기는 거꾸로 매달린 몸을 굴려 그네가 그리는 부챗살 모양의 궤적을 넓혀갔다. 그가 내려뜨린 손을 마주잡아 준비완료의 표시를 해보이며 이쪽으로 눈을 돌렸다. 눈길이 마주치는 그 순간이었다. 하명은 그네에 몸을 싣고 태기에게로 날았다. 줄 끊어진 연처럼 허공을 날아내리는 몸이 태기의 손에 잡혔다. 천장이 몸으로 쏟아지듯 가까워왔다. 하명의 몸이 태기의 손에 잡혀서 위로 치솟고 있었다. 순간, 태기는 하명의 손을 놓았다. 온몸의 관절 마디마디가 끊어져 허공에 날리는 듯했다. 해체된 몸이 하늘로 가루가 되어 날아가버리는 것 같은 순간, 눈앞에 다가오는 지평선에 하명은 쇄아 소리를 내며 응결했다. 굵은 붓으로 힘차게 그려놓은 듯한 그 지평선을 건너온 그네의 손잡이였다. 달아오른 쇠를 잡듯이 손에는 뜨거운 통증이 왔다. 공포가 극도로 응결되어 달아오르는 전율이었다. 그네를 바꿔잡고 허공을 차고 오른 하명의 몸은 건너편 발판 위에 사뿐히 내려앉았다.

태기와 함께 하명은 줄을 타고 바닥으로 내려왔다.

초라한 객석이 눈에 들어왔다. 누군가가 확 얼굴에 물을 끼얹은 것 같았다. 분장실로 들어가는 등 뒤에서 박수소리에 섞여 연속 공연을 알리는 규오의 목소리가 들려왔다.

"화장실을 이용하실 분은 무대 왼편 문을 열고 나가면 있사오니 장내에서 아이들 소변을 보는 일이 없도록 해주시면 감사하겠습니다. 곧 이어서, 야간공연을 연속으로 보내드립니다."

태기는 의상을 넣어두는 상자에 털썩 주저앉았다.

"담배 하나 줘."

"여기 있네. 이걸 피우게나."

윤재가 자신의 담배를 꺼내 주었다.

"수고들 했어. 하명이도 담배 하나 줄까?"

가쁜 숨을 몰아쉬며 하명은 담배를 받았다. 극도의 긴장상태가 풀어지면서 오는 허탈인지 태기와 하명은 허기진 사람처럼 담배를 빨았다.

"저녁들 먹세나."

윤재가 궁둥이를 털며 일어섰다. 스찌바로 걸어가면서 태기는 하명을 돌아보았다.

"오늘따라 왜 이렇게 손에 땀이 나는지 모르겠다."

"손이 눅눅하더라. 땀이 나게 더울려면 멀었는데 왜 그래?"

"별일이야……."

"사람이, 벌써 한물가는 거 아냐?"

윤재는 태기의 안색을 살폈다.

"저녁에 고기라도 좀 먹어야겠다. 안 되겠어."

"그러게나. 혹시 허해서 그럴지도 모르지. 요전에 몸살하고 나더니만."

"몸살쯤 가지고 그럴 리가 없는데 이상한데요…… 어떻게 땀이 나는지."

"몸들 조심해야지, 있는 재산이라곤 그거 하나야."

주방 쪽에서 된장 끓는 냄새가 퍼져나왔다. 하명은 물통에서 바가지로 물을 떠 대야에 들고 밖으로 나왔다. 얼굴과 손을 씻었다. 밖에는 어스름이 깔리고 휘장이 나부끼고 있는 천막 입구에는 붉은색 등이 켜져 있었다. 하명은 부걱부걱 소리내어 얼굴을 씻었다. 물기에 젖은 얼굴을 들었을 때 지혜가 다가섰다.

"닦아."

엷은 하늘색 수건을 내밀었다.

"고맙다."

수건에서 풍겨오는 비누냄새가 신선했다. 하명은 문득 그 수건에서 이성(異性)의 청결함을 느꼈다. 깊이 숨을 들이마시며 얼굴을 닦았다. 대야의 물을 버리고 난 지혜는 하명의 닦인 얼굴을 쳐다보았다. 싱싱한 얼굴이었다. 포장 끝에 매달린 백열등 불빛 속에 선 그의 얼굴은 수려했다.
 마지막 밤공연에서였다. 천장 가까이 높은 발판에 서 있을 때 하명은 태기의 옆구리를 쿡 찔렀다.
 "너 오늘 밤부터 마누라랑 각방자리 해라."
 "뭐 어째 인마?"
 "손에 땀이 난다면서? 그거 양기 부족이다."
 "장가도 못 간 놈이 어디서 지저분한 건 많이 주워들었다."
 "양기야 네 마누라가 할 걱정이다만, 손에 땀나서 내가 떨어져 죽을까 그게 걱정이다."
 언제 그런 이야기를 했더냐 싶게 그네를 잡는 두 사람의 얼굴은 차갑게 굳어 있었다. 매일 세 번씩 치러야 하는 공중비행이면서도 그때마다 손에 땀이 나는 듯하기는 하명도 마찬가지였다.

 밤바람에 머리칼을 나풀거리며 지혜는 길가에 서 있는 조그만 리어카를 바라보았다. 하명이 그녀를 끌고 리어카로 다가갔다.
 "우리 호떡 먹자. 따뜻합니까?"
 "예에. 지금 막 구운 걸로 드리죠. 싸드릴까요?"
 "그러세요. 한 열 개 주십시오."
 "아녜요. 두 개씩, 네 개만 주세요."
 철판에 눌러 구운 손바닥만한 호떡을 종이봉지에 싸들고 둘은 다시 둑길로 올라왔다. 갓 구워낸 호떡은 손에 따스했다.
 지혜가 종이 한쪽을 찢어 호떡을 감싸서 준다. 하명은 지혜가 내밀어주는 호떡을 받아 베어물었다. 단물이 입 안에 감돈다. 다들 잠자리에 들었거나 누워서 두런두런 이야기들을 하고 있는 천막 속을 몰래 빠져나오면서 하명은 이 어둠 속으로 자신을 끌어내는 낯선 감정은 무엇인가 잠시 생각했었다. 남몰래 비밀을 간직한다는 데서

오는 기쁨과 단체 내에서 금지된 규율을 깨고 있다는 막연한 흥분까지 겹쳐져서 벽돌공장 모래더미 옆에 서 있는 지혜를 보았을 때, 하명은 그녀를 와락 안고 싶은 충동으로 발가락을 꼼지락거렸다.

"손 닦아."

하명이 두 개를 다 먹고 나자 지혜는 손수건을 꺼내주었다. 하명이 손을 바지에 문지르고 난 뒤였다.

"괜찮아."

"아네요. 닦으세요."

"벌써 닦았어."

"언제요? 닦으라니깐."

"바지에 문질렀단 말야."

"어머."

하명의 얼굴이 달아올랐다. 강을 건너오는 바람이 푸근했다.

"우리 좀 앉을래?"

"그래요. 저기 앉을 데 있네."

둑을 쌓고 남은 돌인가 보았다. 네모진 돌들 위에 둘은 걸터앉았다. 멀리 강바닥에선 모래를 캐내는 채취선이 불을 달고 밤일을 하고 있었다. 그 너머 어둠 속으로 아파트가 방마다 불을 켜고 동화의 나라처럼 줄지어 서 있다.

"꼭 무슨 잔치하는 것 같아요."

둘은 말없이 그 불빛들을 바라본다. 강도 어둠에 잠기고, 모래채취선은 습지의 반딧불처럼 떠 있고, 그 너머 꽃을 뿌린 듯한 불빛들.

"어떤 사람들일까, 저런 데 사는 사람들은. 아마…… 우리랑은 다른 사람들이겠죠."

"내가 처음 곡예 배울 때, 지금은 그 단체가 없어졌는데 새나라라고 있었어. 거기 접시 돌리는 노인이 있었거든. 육손이라구 아마 살았으면 윤재 아저씨보다 나이가 좀 많을걸."

"아, 나도 들은 적이 있는 것 같아요. 같은 집에 있진 않았지만."

"그 양반이 술만 취하면 날보고, 이놈아 넌 무슨 역마살이 끼어서 싸까스엘 들어왔니 그랬었거든. 그 양반이 늘 하던 얘기가 뭐였는지 알아?"

"뭔데요?"

"집을 가지고 싶은 생각 있거든 곡예 배우지 마라 그랬어. 곡예 하는 놈이 집 쓰고 처자식 두고 싶어 해서는 곡예다운 곡예가 될 리 없다는 거였지. 천막 안에서 장가들고 천막 안에서 애 낳고, 천막 안에서 죽어라 그거였어."

"주사가 심했다면서요?"

"말도 못했어. 술만 취하면 오야지 멱살을 잡는 게 일이니까. 보통 땐 말도 한마디 없는 사람인데."

"그럼, 오빠도 집 안 갖고 평생 여기서 살 생각이야?"

"모르지. 그걸 어떻게 알겠어. 사회에 나가서 자리가 잡힌다면야 못 떠날 것도 없겠지마는……."

"하긴, 나간 사람들 열에 아홉은 다시 들어오는 거 보면…… 그래도 오빤 너무 위험해서 난 오빠가 힛구할 때면 차마 쳐다보질 못하겠드라."

"네가 걱정해 줘서 내가 안 떨어지나 보지?"

"장난으로 하는 얘기가 아녜요."

"위험하기야 너는 안 그러니, 마찬가지지."

"난 줄이 낮잖아요."

"다 그 재미에 하는 거지. 집 짓고 사는 사람은 그 재미에 살 테고, 우리야 떠돌아다니는 그 맛에 살지. 팔도강산 땅 있는 데는 다

내 집 아니니."

윤재가 늘 하는 말을 흉내내면서, 하명이 낮고 공허하게 웃었다. 오스스 한기를 느끼는지 지혜가 몸을 떨었다.

"춥니?"

"아니오."

"추운가 본데…… 이만 가자."

둘은 일어섰다. 가슴으로 내려왔던 지혜의 긴 머리칼이 등 뒤로 날린다.

"옷 벗어줄까? 추우면 걸쳐."

하명이 웃옷을 벗으려 했을 때였다.

"아니 그게 뭐예요?"

"뭐가?"

"그 앞자락에 뭐 묻었잖아요."

"어디 뭐가 있다고 그래?"

흰 잠바 앞자락에 꺼멓게 묻어 있는 것이 있었다. 지혜가 가까이 다가섰다.

"아유, 이거 호떡에서 흘렀잖아요. 설탕 녹은 거예요."

"이런!"

"가만 계셔보셔요, 닦아지려나 모르겠네."

지혜가 손수건을 꺼내어 하명의 가슴팍을 문질렀지만 이미 굳어가고 있는 자국은 지워지질 않았다. 강바람이 그녀의 머리칼을 날려 하명의 얼굴을 스쳤다. 고개를 숙인 조그마한 어깨가 바로 가슴 앞에 있었다. 바람 때문은 아니었다. 하명의 목소리가 흔들리고 있었다.

"지혜야."

고개를 드는 지혜의 얼굴이, 물에 잠긴 모래바닥처럼 어둠 속에서 하얗게 떠올라왔다. 하명의 손이 그녀의 손을 더듬어 잡았다. 잡힌 손을 그의 가슴에 묻은 채 지혜는 미동도 없이 그를 쳐다보고 있었다. 그 고개가 꺾이는가 하자, 하명은 그녀의 어깨를 돌려 안았다.

원형 마루무대에 돗자리가 깔렸다. 소반 위에 받쳐놓은 돼지머리는 입이 찢어지게 웃고 있었다. 두 개의 촛불이 펄럭였다. 드문드문 열어놓은 천막 옆 부분으로 바람이 들어오고 있었지만 찌는 듯한 날씨는 등에 땀이 흘렀다.

"다 모였나?"

총무 백명수는 단원들을 둘러보았다. 악사들을 중심으로 중앙에 곡예단원들이 서고 오른쪽으로 쇼단원과 후견들이 모여섰다.

"덕보가 안 보이는데?"

"찌라시 뿌리러 가는 데 함께 갔습니다."

명수가 단장에게 고개를 돌렸다.

"그럼, 시작할까요?"

고개를 끄덕이며 단장은 소반 앞 돗자리로 올라섰다. 그가 허리를 굽히자, 단원들이 일제히 땅바닥에 엎드려 절을 올렸다. 배례가 끝나자 단장이 제일 먼저 술을 올렸다.

"손님 많이 들고, 아무쪼록 단원들 사고나 없게 해주십시오."

단장이 술을 붓고 절을 하고 나자 명수는 술잔을 들어 무대 주변에 세 번 나누어 뿌렸다. 다음으로 명수와 홍석준이 잔을 올렸다.

"나오세요, 잔 드십시오."

명수가 내미는 잔에 술을 따르고, 윤재도 절을 했다. 단체가 장소를 옮길 때마다 천막을 다 짓고 나면 언제나 제일 먼저 치르는 고사였다. 소주 한 잔에 북어 하나가 오를 때도 있었고, 돼지머리에 막걸리가 초롱으로 준비되는 때도 있었다. 추운 겨울, 적자를 감내

하면서도 막을 올리지 않을 수가 없어 말뚝을 박을 때도 고사는 없어서는 안 되는 과정의 하나였다. 기원의 특별한 대상이 있는 것은 아니었다. 무대 앞에 이렇게 단원들이 모여서 제각기 흥행의 성공과 위험 많은 곡예에 사고가 일어나지 않기를 마음속으로 비는 것이 전부였다. 이 순간이면 단원들은 한결같이 굳은 얼굴이 되었다. 낯선 마을 낯선 거리에 천막을 치고 나면 그곳이 이슬을 피해 잠을 자야 할 집이 되는, 가설무대에 생활을 건 자신들의 행불행이 피부에 느껴져서였다. 윤재가 술을 올리고 나자, 마지막으로 전 단원은 다시 한 번 허리를 굽혀 큰절을 했다. 고사가 끝나자 돼지머리가 베어져 나오고 단장부터 한 모금씩 술로 목을 적셨다.

"어이, 술 할 줄 아는 사람 이리 나와."

언제나 하는 명수의 말에 단원들은 실없이 웃었다. 술을 못하는 단원이라야 어린아이를 빼고 나면 손에 꼽을 수 있는 몇몇 사람뿐이었다. 사십여 명이 넘는 전 단원에게 한 잔씩 돌아갈 만큼 많은 술을 준비하지 않으면서도 고사가 끝나면 언제나 명수는 술 할 줄 아는 사람 이리 나와 하고 소리쳤었다. 그러나 오늘은 달랐다. 밤에 조금씩 빗발을 보이다가도 아침이면 말짱하게 개어버리는 가뭄이 계속된 덕분이기도 했지만 그동안 손님은 가는 곳마다 수월찮게 들어왔었다. 흥행의 특징이랄 수 있는 장소와 시간이 맞아떨어져 주었던 것이다. 주변 인구도 적고 손님도 없는 그런 장소에 천막을 쳤을 때는 날씨가 좋다가 힘들게 허가를 얻어낸 좋은 자리에서 한몫 잡아보려 할 때, 며칠 비나 쏟아지고 나면 흥행은 이미 볼 장 다 보게 되는 것이다. 한해 중 제일 호경기인 이 봄과 가을의 서너 달을 어떻게 잘 타고 넘어가느냐에 그해 일 년의 수입이 좌우될 정도였다.

지난 석 달 동안 말뚝을 박았다 하면 들어차준 손님은 이미 겨울 동안의 적자를 메워주었고, 단체는 여름을 거뜬히 넘어갈 수 있는 돈을 모아놓고 있었다. 그런 경기 탓으로 단장은 단원들을 위로할 겸 고사를 지내며 술을 내고 돼지머리와 다리 하나를 샀던 것이다.

"오늘 목구멍 때 좀 벗기나 보다."

"너도 남의 살은 되게 밝히는구나."

"말허면 입 아픈 소리여, 놈의 살 그것 좋지. 생날것이면 더더욱 존 거고. 넌 몰렀냐, 내가 털도 안 뽑고 멍는 줄."

"엣기 자슥아. 외상 긋고 오입하는 놈 너밖에 없을라."

소주를 마시는 쪽에서 태기가 벌떡 일어섰다.

"아줌마요. 거 혓바닥은 날 주깁니다."

단장 준표는 윤재와 돗자리 위에 따로 앉아 술잔을 건네고 있었다.

"올봄엔 뭔가 좀 되는 것 같아. 그렇지?"

"앞으로가 문제죠. 장마철을 잘 넘겨야 할 텐데."

"비 오는데야 낮잠들이나 자야지 도리가 없는 거고, 그나저나 자네 공이 커."

"내야 다 늙은 게 뭐 하는 일이 있어야죠."

"아냐. 자네가 와서 일을 봐주기 시작하면서 손님이 들거든."

"그렇다믄야 이런 술 갖고는 안 되는데요, 허허."

"내 한잔 사지. 짬 한번 내세나."

단장이 잔을 들어 윤재에게 넘겼다.

"윤재, 이 사람아."

"예?"

"자네 그냥 이렇게 늙고 말 건가?"

"이렇게라니요. 누군 늙고 싶어 늙나요, 어디."

"딴청 피우지 말고, 어때? 내가 전세방거리는 해줄 테니까 생각 좀 돌려봐."

"전세방 얻어 뭘 합니까. 사글세 받아먹게요?"

"이 사람아. 자식은 하나 둬야 할 것 아닌가."

"날보고 이제 장가를 들라 그 말입니까?"

"장가를 들건 혼인을 하건. 늙어가는 몸처럼 믿지 못할 것도 없어. 더 늙어 운신도 못하게 되면 어쩔 텐가."

"그때 되면 단장님이 좀 안 봐주시겠습니까."

"고집피우지 말고 생각 한번 해봐. 친구로서 하는 말이야."

술을 들어 훅 한숨에 마시고 난 윤재는 단장에게 잔을 돌리고 나서 안주를 집었다. 단장은 그에게서 눈을 떼지 않는다. 윤재는 말이 없다.

"방은 내가 주선을 해준다지 않나."

"내가 어디 여잘 가까이 안 해서 후사가 없었던가요? 팔자에 없는 자식이니까 태이질 않는 거죠."

"어디 단 일 년이라도 데리고 산 여자는 있었고?"

"아닙니다아. 자식이 있을 품이었으면 버얼써 있었겠지요. 이 나이 되도록 혼자일 리가 있겠습니까."

"저놈의 고집. 송곳 꽂을 땅뙈기 하나 없으면서…… 그 고집은 죽을 때 관 속까지 데리고 갈 텐가."

"허허허허. 넣어주면 갖고 가지요."

얼추 술들이 돌았는지 목소리들은 점점 커지고, 버얼건 얼굴로 벌떡벌떡 일어서는가 하면 벌써부터 변소를 드나드는 단원도 있었다.

"이제 그만하렵니다."

명수가 내미는 잔을 마다하면서 하명은 일어섰다. 명수도 따라서 자리를 털고 일어섰다.

"총무님, 그나저나 덕보 형이 안됐군요. 술 생각 때문에 정신이 없을 텐데."

"소주 한 병 따로 둬두라고 했어."

그때, 더위로 얼굴이 시뻘겋게 된 덕보가 뒷문으로 들어섰다.

"판이 벌써 다 깨지는 건 아녀?"

"그노메 새끼 콕구멍 하나 좋네. 술 냄새 맡고 그새 왔구나. 이리 와라. 내 한잔 주께."

임씨는 짝을 만났구나 싶어서 벌쭉 웃었다. 덕보는 땅바닥에 펄썩 주저앉으며 임씨가 부어주는 부연 막걸리 사발을 손가락으로 휘휘 저었다.

"다 붙였냐?"

"거지 반, 저쪽 시장 너머는 애들 시켜 보내고 왔다."

"술 묵고 싶어서?"

"그럼 사돈 재장구 타는 거 구갱하러 온 줄 알어?"

막걸리가 넘어가는 덕보의 목에선 목젖이 꿈틀꿈틀 움직였다.

"잘 넘어가는구나. 술이라고 하면 덫에라도 기어들어갈라."

"어이구 씨원타. 무슨 놈의 더위가 이건 복날 뺨치겠어."

단원들을 한 바퀴 둘러보고 난 명수는 손뼉을 쳤다.

"자, 여기 좀 보십시다. 웬만큼들 들었으면, 저녁 어둡기 전에 거리돌기를 한번 해야 할 테니까 준비들 합시다. 여섯시에 출발하겠으니 그렇게들 알고 그사이 후견들은 소도구를 풀어놓도록!"

덕보는 임씨 다리를 툭 친다.

"니가 안됐다. 참말루."

"지랄허고 있네."

"흐흐. 술맛 날 만한데 마찌마리라. 너 또 술 먹었다구 재장구 뿌셔먹지 마라. 안됐다. 얼굴 벌개져서 백주 네거리에서 재장구 타구 쏘하게 생겼으니."

"니놈은? 원생이 끌고 안 나갈 거라서 큰소리냐?"

"나? 나야 종길일 시키기로 안 했냐. 앞을 좀 내다보고 살어라. 그게 다 선견지맹이라는 거여."

이렇게 될 줄을 알고 있던 덕보는, 미리 선전지를 붙이러 나가는 종길일 잡아서 자기와 바꿔하기로 했었다. 돼지고기를 입 안 가득 쑤셔넣으며 덕보는 연신 땀을 훔쳤다.

하명의 품에 조그맣게 안겨서 지혜는 아카시아 향기를 맡고 있었다. 그 향기가 뜨겁게 자기를 껴안아오는 하명의 체취라고⋯⋯ 몽롱히 젖어가면서.

밤이면 둘은 몰래 천막을 빠져나오곤 했다. 이런 행위가 누군가의 눈에 띄게 될 때, 결혼을 하든가 아니면 둘 중 하나가 단체를 나가야 한다는 것을 지혜도 하명도 잘 알고 있었다.

남녀가 섞여 생활을 해야 하는 단체로서는 그것은 사고를 미리 막기 위한 가장 엄한 계율이었다.

"지혜야, 우리 날라버릴래?"

"왜 그런 생각을 해?"

"도둑놈도 아니겠고, 밤에만 만나는 거 난 못 참겠어. 낮에 널 보고 있자면 난 가슴에 불이 난다. 누가 네 옆에 서는 것도 싫어. 네가 누구랑 말하는 것도 싫은걸."

바람이 숲 속을 흔들며 지나갔다. 그 바람에 실려 어둠에 젖은 꽃향기가 가루처럼 번져왔다.

"아버지한테 말할까? 둘이 살겠다고 말야."

지혜는 단장을 아버지라고 불렀다. 어려서부터 그의 손에서 자랐기 때문에 붙여진 호칭이었다.

"그건 안 돼."

"왜? 남들도 그렇게 살잖아. 임씨 아저씨랑 태기랑처럼 우리도 그렇게 살지. 내가 자기 밥도 타다 주고 반찬도 챙겨주고."

"듣기 싫어."

단체에서는 아침과 저녁 두 끼의 식사가 나왔다. 점심은 각자가 공연 사이사이 시간나는 대로 사먹었다. 홀몸인 오비야 단원들은 스찌바라고 하는 비닐장판을 깐 식당에 모여서 먹지만 부부가 함께 있는 단원들은 대개 아내가 밥을 타다가 숙소에서 둘이 먹었다. 그러므로 부부들은 둘만의 반찬을 따로 더 해먹기도 했다.

어둠 속에서 하명이 태우는 담뱃불만이 이따금 바알갛게 피어올랐다가 재에 덮여갔다.

"나도 많이 생각해 봤어. 단체에서 둘이 살 생각을 안 해본 게 아냐. 그러나 그때마다 왠지 그래선 안 될 것만 같아."

"왜? 왜 그런 생각을 해. 둘이 돈 모아서 그때 떳떳하게 떠나면 되잖아."

"부부가 단체에 있으면서 떠나는 사람 봤니?"

"사람 나름이지. 자기들 할 탓이잖아."

하명은 어둠 속에서 고개를 저었다. 곡예를 하는 자신을 후회스러워해 본 것은 처음이었다. 나이들며 공중에서 그네 타는 것밖에 배운 것이 없는 자신을 곰곰이 돌아볼 때, 이 여자를 데리고 천막 밖의 세상에 나가 살 생각을 하자면 막막한 것뿐이었다. 어디 가서 기술을 배우기에도 늦은 나이였다. 이제 남의 밑에 들어가 매맞아가며 심부름이나 할 수는 없지 않은가. 그렇다고 장사라도 할 만큼 모아놓은 돈도 없었다. 몸 하나는 믿을 만하니까 노동일이라도 하지, 하는 생각을 안 해본 것도 아니었다. 그러나 노동품 팔 테니 천막 떠나 살자고 지혜에게 말할 수 없는 자신을 하명이 더 잘 알았다. 몸 하나로 밥 먹기는 여기나 저기나 마찬가지지.

"우리 그런 얘기 그만해요."

"……."

"조급해 하지 말아요. 무슨 방법이 있겠죠."

지혜는 하명의 가슴에 머리를 묻었다. 하명의 떨리는 손길이 허리가 휘도록 그녀를 안는다. 환희인가. 살 깊이깊이에서 터져나올 것만 같은 고통스러운 기쁨이 두 사람을 감싼다. 지혜의 몸이 그의 팔에 안겨 눕혀지고 지혜는 눈을 감는다. 귀밑에 와닿는 그의 숨결이 뜨겁다. 하명의 손이 지혜의 몸을 더듬어 내려간다. 불에 단 인두처럼 그의 손이 가닿는 곳마다 지혜는 뜨거움을 느낀다. 지혜가 몸을 뒤치며 몇 번이고 했던 말을 되풀이했다.

"이, 이런 데서는 싫어."

아쉬움 때문에, 몸이 굳어질 정도의 갈증을 느끼면서도 하명은 잘 참았다. 돌아오는 밤길을 그녀를 업고 걸었다. 지혜의 몸은 나비처럼 가벼웠다. 등어리에 닿는 그녀의 젖가슴을 느끼면서 컴컴하게 어두운 길을 걸었다. 멀리 주택가의 불빛이 하나둘 꺼져갔다. 왜 우리는 환하게 불 켠 방 하나도 없는가 하는 생각에 잠시 가슴에 모래가 흩뿌려져서 하명은 그 생각을 쫓느라 지혜의 궁둥이를 철썩 갈기며 껄껄 웃었다.

지혜가 하명과 헤어져 발소리를 죽이며 여자숙소로 돌아왔을 때 한방의 석이 엄마는 잠이 깨어 있었다. 가슴이 철렁 내려앉는 듯했다.

"어딜 갔다 오니?"

어둠 속에서 석이네가 물었다.

"아, 저 변소에요."

"변소?"

"배탈이 났는지…… 속이 안 좋아서…… 밖에 좀 나가 앉았었어요."

"배 아프면 따스하게 엎드려 있어야지 나가서 찬바람을 쐬면 어쩔려고."

석이네는 더 묻지 않았다. 등에 땀이 흐르는 것 같아 지혜는 몰래 숨을 토해내며 물었다.

"왜 안 주무셨어요? 어디 편찮으세요?"

"자다가 깼어. 벌써부터 모기가 어찌나 극성인지 애가 잠을 자야지."

"석이가 많이 물렸나 보군요."

석이는 부채바람을 쐬면서 잠들어 있었다.

"내일은 모기약을 사다가 뿌리든가 해야지. 배 아프면 내 담요 갖다 깔고 엎드리려무나."

"예."

어둠 속에서 옷을 벗는 지혜를 보다가 석이네는 문득 깨달았다. 변소엘 다녀온다는 지혜는 잠옷바람이 아니었다. 그러나 그녀는 아무 말도 안 하고 석이에게 부채질만을 계속할 뿐이다. 젊은 게 밤에 나다니면 좋은 일 날 거 하나도 없는데.

며칠 후였다. 천막 위에선 초여름의 햇빛이 지글지글 끓었다. 연신 땀을 닦아내는 악사들, 트럼펫 소리도 지친 듯 늘어지고 있었다.

"이 일을 어째. 이 일을."

석이네 얼굴빛이 시커멓게 죽는다.

"이 애가 이젠 똥물까지 올라오네. 석아, 석아!"

석이의 등을 문지르면서 석이네 목소리에는 울음이 섞이기 시작했다. 점심을 먹고 난 후였다. 아이가 설사를 시작했을 때 석이네는 별것 아닌 배탈이려니 했었다. 그런데 아이가 몇 번 변소를 들락거리더니 나중엔 좌악좌악 맹물 같은 것을 막 쏟아내는 것이었다. 뭐가 나오는지 어쩌는지도 모르는 모양이었다. 앉았다가 일어서면서 엄마…… 하며 손이 뒤로 가서 벗겨 보면 어느새 옷을 입은 채 지려 놓고 있었다. 약방에 가서 설사약을 사가지고 왔을 땐, 석이는 이미 얼굴이 노랗게 되어 젖은 빨래처럼 널브러져 있었다. 겨우 약을 먹이고 눕혀놓았더니 이번엔 토하기 시작했다. 점심으로 먹은 국수가락이며 과일들이 삭지 않은 채 막 쏟아져나왔다. 헛구역질을 해가며 노오란 물까지 토해냈을 땐 아이는 눈동자까지 풀어져서 허옇게 흰자위가 드러나고 있었다.

낮잠이나 잘까 해서 그늘을 찾아 숙소로 돌아왔던 덕보가 토해내는 아이에게 세숫대야를 받치고 안절부절못하고 있는 석이네를 보았다.

"왜 그래요? 석이가 탈났습니까?"

"나도 모르겠네요, 글쎄, 왜 이런데요?"

"약 멕이지 그래요."

"약이 넘어가야지요. 물 한 모금만 먹어도 약까지 토해내니."

"토사곽란인가? 아깐 설사를 한다더니요."

"설사를 하더니 이젠 토하기만 하네요."

"거 곽란에는 꿀물 끓여 멕이문 직효라든데, 어디 꿀이 있나. 의사한테 가지 그래요."

병원엘 데리고 가보라는 말에 석이네는 가슴이 후들후들 떨렸다. 병원 얘기만 들어도 어쩐지 애를 죽이는 것만 같았다. 공연을 끝내고 내려오던 하명은 지혜에게서 석이네한테 좀 가보라는 말을 들었다.

"왜?"

"석이가 많이 아픈데도 병원엘 안 가요."

"그래?"

석이네에게 온 하명은 버럭 소리부터 질렀다.

"앨 죽일라고 이럽니까. 왜 병원엘 안 가고 이렇게 되도록 있어요, 어쩔려고."

"겁이 나서 못 가겠어요. 우리 석이 죽나 봐요. 다리가 후들후들 떨려서…… 오금이 펴져야 가지요."

"이러는 지 오래 됐습니까?"

"점심 먹고 나더니 그래요."

"보기보다 석이 엄마 참 미련하군요. 석이 이리 주십쇼. 병원 갑시다."

하명이 석이를 번쩍 들어안았다. 한낮이 지났지만 더위는 후텁지근했다. 바람 한 점 없는 거리를 걸으면서 석이네는 벗겨져나가곤 하는 슬리퍼를 주워 다시 신으며 연신 코를 풀었다. 병원엘 가서도 또 얼마 동안을 토해내던 석이는 주사를 맞고 링거를 꽂고 난 저녁 무렵 겨우 잠이 들었다.

"염려 안 하셔도 되겠습니다. 너무 걱정하지 마십쇼."

"나 염려 안 해요."

의외로 석이네 목소리는 가라앉아 있었다. 조그마한 병실 창밖으로는 한낮의 더위에 들끓던 지붕들이 저녁 어둠에 묻혀가기 시작했다. 조금 남아 있던 잔광이 하늘 저쪽으로 멀어져갔다. 그 어둠의 잿빛 날개 사이로 날려오는 빛의 깃털들이 창을 마주하고 앉은 석이네의 얼굴에 얹히고 있었다. 빛나는 눈이었다. 희미한 어둠 속에서도 그 눈빛에 머물러 있는 빛을 하명은 보았다.

"걱정 놓으십시오. 애보다도 난 석이 엄마가 절단나는 줄 알았습니다. 무슨 애엄마가 그렇게 겁이 많아요. 얼굴빛이 다 죽습디다. 이제 고비는 넘겼으니까…… 의사선생님이 다 알아서 해주실 겁니다."

"우리 석이는 죽지 않아요. 죽을 수가 없는 아이니까요. 내가 무슨 생각을 했는지 알아요?"

"무슨······."

"석이가 죽으면 나도 죽는다. 죽을 수밖에 없다 그랬어요. 죽으면 나도 따라 죽는 길밖에 도리가 없다면서 하명이 뒤를 따라나섰는데 생각이 달라지더군요. 석이는 결코 죽을 수 없는 아이라는, 그래요, 죽을 수가 없는 아이라는 생각이 들잖아요."

혼자 말하듯이 중얼거리면서 석이네는 잡고 있는 아이의 손을 가만히 내려다보았다. 그 모습에서 하명은 아이와 석이네를 얽어매고 있는 굵고 질긴 밧줄을 보는 듯했다. 죽을 수 없는 아이라는 생각이 하명의 가슴에도 차올랐다.

석이네는 누워서 버드나무로 된 통을 굴리고, 의자 위에 사람을 올리기도 하는 곡예사였다. 아이를 데리고 혼자 살았다.

석이 아버지는 곡예사가 아니었다. 풍기공연 때 만난 그 남자는 고등학교를 나와 인삼과 마늘 농사를 짓고 있던 한 살 손아래 청년이었다. 공연을 끝내고 단체가 이동할 때, 석이네는 풍기에 남았다. 눈을 피해 희방사를 오르내리며 계곡의 얼음같이 찬 폭포물을 맞으며 사랑을 했고, 끝내는 여섯 달을 함께 살았다. 어디서 굴러다니던 부지깽이가 들어와 남의 집 기둥을 치냐면서 남자의 집 사람들이 들고일어났다. 뭐어여? 싸까쓰 여자라구? 술집 작부도 그보단 낫겠어. 아암. 임신중이라는 것을 알고도, 그게 뉘 씬지 누가 알겠냐고 마주앉지도 않았다. 다시 곡예단 천막으로 돌아올 때 그녀는 임신 육 개월의 무거운 몸이었다. 석이네는 그 몸으로 통을 굴렸다. 천막에서 아이를 낳았다. 산욕으로 부어오른 얼굴이 빠지기도 전에 그녀가 화장을 하고 무대에 서야 했을 때, 그 모습을 바라보던 단원들은 가슴에 돌이 하나씩 얹히는 듯했다. 새까맣게 기미가 앉은 얼굴에 눈에만 독이 올라서 반들반들 빛나는 그녀를 보면서 단원들은 저 물러빠지기만 하던 여자한테 저런 독한 구석이 있었던가 싶었다. 별 미친 짓을 하고 있다면서 아이는 아버지한테 갖다주라고 단장도 팔을 걷고 나섰지만 석이네는 막무가내였다. 석이를 들쳐업는 그녀의 눈에는 퍼렇게 불이 흐르는 것 같았다.

이제 다섯 살이 된 석이였다. 단원들은 석이 머리통에 군밤 하나 쥐어박는 일이 없었다. 이 자식이 어떤 자식인데 손찌검이냐고 석이네가 멱살을 잡고 늘어지기 때문이었다. 그런 그녀이지만 천성을 버릴 수는 없는 것인지, 일당이 적은 새로 들어온 후견들이 점심을 굶을 때면, 엣소 짜장면 하나라도 먹어야지. 돌을 먹어도 삭일 펄펄한 장정이 끼니를 건너서 어쩌겠어, 하며 꼬깃꼬깃 모은 돈을 쥐여주는 것도 단체에는 그녀뿐이었다.

"그러고 보니 참 석이 아버지 오실 때가 됐군요. 겨울에 왔다갔으니······."

"장마 시작되면 오겠지요."

참 그렇구나. 장마 때면 찾아오기 때문에 언젠가 단장은 석이네 듣는 자리에서 그애 애비는 왜 꼭 우리 장사 안 될 때 골라서 오는 거냐고 볼멘소리를 지르기도 했었으니까. 하명이 고개를 끄덕였다.

"그렇게 석이 아버지 오실 날을 꼽아가면서 석이 엄마는 사는가 보죠?"

아주 잠깐 그녀의 얼굴에 웃음이 떠올랐다가 사라져갔다. 이제는 병실 안까지 들어와 있는 어둠에 묻혀가는 듯한 웃음이었다.

"기다리진 않아요. 애아버질 기다릴 거면 내가 이렇게 살지를 않지."

"그래도 오실 때가 가까워오면 석이 엄마도 몹시 조바심하십디다. 제 눈에 그렇게 보이던데요."

"고맙잖아요. 한 해 두 번 그렇게라도 찾아주니······ 어디 사람이야 미워할 수 있어야지."

"복 받으실 날 있지 않겠습니까."

"복 받을 년이 애비 없는 새끼 낳아서 기르겠어요."

방 안의 어둠이 더 짙어졌을 때, 하명은 일어나 병실에 불을 켰다.

"참 내가 경황이 없어서 내 생각만 했네. 가봐야지요."

"아직은 뭐. 그나저나 석이 엄마 저녁을 뭘 좀 드셔야 할 텐데, 시켜드릴까요?"

"소도 아니겠고, 지금 뭐가 넘어가겠어요."

"그래도……."

"나중에 먹을 생각 있으면 제가 챙겨먹을 테니 염려 마세요. 총무한테 얘기나 해주세요."

하명은 밖으로 나왔다. 오래 참았던 담배부터 먼저 피워 물고서 그는 단체로 돌아왔다. 하명을 본 명수가 먼저 물었다.

"애는 좀 나았어?"

"걱정 안 해도 되겠어요. 뭘 잘못 먹어서 식중독이래요. 링거 꽂고 자는 걸 보고 왔습니다. 석이 엄마 야네기다리는 빼야겠습니다."

"하는 수 없지. 그러면, 줄타기 좀 늘여서 천천히 하고, 마술에서 시간들을 좀 끌라구 하지 뭐. 나 좀 가보고 올 테니까."

총무가 일어서고 안으로 들어가는 하명에게 지혜가 다가섰다.

"다행이네요. 고생했어요."

"사람들 인심이 그래서야. 한솥밥을 먹으면서 보고만 있음 어떡해."

"석이 엄마가 너무 애를 가지고 얼고 저니까 단원들이 무슨 말을 했다가 또 욕이나 먹을까봐 그랬지 뭐."

"아무리. 여자 혼자 그러고 있는데…… 너도 그래서 못 본 척했니?"

"난 자기한테 얘기했잖아."

"어떻게 돼가는 게 단원들 인심이 점점 칼날같아져서. 전에는 남의 일 내 일이 없었는데…… 너도 그렇게 맘먹으면 안 된다."

"공연히 날 가지고 야단이야."

"그냥 하는 얘기다. 왜? 그래서 삐쳤니?"

"그래요. 삐쳤어요. 꼴도 보기 싫어요. 배고플 텐데 어서 저녁이나 먹어요."

"병원에 가 있었더니, 어째 밥맛이 싹 가시는데. 병원이라면 아이구 딱 질색이니까."

주방 쪽으로 걸어가는 하명과 헤어져 지혜는 분장실로 갔다. 자기 차례가 가까워 있었다.

그날 밤이었다. 자정이 넘으면서 후둑후둑 떨어지던 소나기가 땅을 적시는가 하더니 그쳤다. 습기찬 바람이 쓸려가는 칠흑같은 어둠 속을 헤치고 움직이는 그림자가 있었다. 천막 왼쪽 동물사 옆이었다. 두시가 넘었다. 손가락 안으로 말아쥔 담배가 반딧불처럼 반짝이더니 어둠 속으로 날아가고 그림자는 여자숙소가 있는 쪽으로 다가갔다. 습기 머금은 바람이 그의 조심스레 내딛는 발자국소리를 덮어갔다. 펄럭이며 바람이 천막을 흔든다. 그림자는 우뚝 멈추었다. 사위는 죽은 듯 고요했다. 어디선가 멀리 차가 달리는 소리가 들려올 뿐이다. 움츠렸던 그림자는 천막을 돌아 숙소 뒤쪽으로 가 서더니 살며시 천막을 들친다. 그의 몸이 빨려들어가듯 천막 안으로 숨어들어갔다. 뒤쪽에서 첫 번째 지혜와 석이네의 방이었다.

휘장 안에서 그림자는 얼어붙은 듯 서 있었다. 저쪽 끝에서 누군가가 입맛을 다시며 몸을 뒤치는 소리가 나더니 그것도 잠잠해졌다. 그의 팔이 지혜의 방 휘장을 천천히 걷어올렸다. 바람처럼 그림자는 안으로 들어갔다.

꿈인가. 가슴에 막막한 무게가 실리고 있었다. 석이네가 잠결에 다리를 올려놓았는가 몸을 뒤치는데 여전히 무겁다. 아니다. 지혜는 번쩍 눈을 떴다. 석이네는 오늘 병원에 갔다. 이 방에는 나 혼자다. 순간 가슴을 헤집고 들어오는 억센 손길, 지혜는 비로소 본능적인 공포에 몸이 굳어진다. 팔을 들어올리는데 손에 와닿는 엄청난 무게가 있다.

"누, 누구?"

넓은 손이 입을 막았다. 덫에 걸린 것처럼 이미 그녀의 몸은 사내의 몸무게에 꼼짝할 수 없이 눌려 있었다. 거친 숨결이 귓가에 훅훅거리며 다가오고, 속옷을 헤집으며 무자비하게 밀고 들어온 손이 아랫도리를 벗겨내렸다. 지혜는 겨우 풀려난 한 손으로 사내의 얼굴을 후벼파기라도 하듯 부여잡았다. 다리를 버둥거리면서 입술과 볼을 힘주어 잡는데 윽 하는 소리가 간발의 차이로 두 사람에게서 동시에 새어나왔다. 찢어져라 지혜가 그의 얼굴을 잡아뜯는 순간 아랫도리로 파고들던 사내의 손이 날아와 지혜의 턱밑을 쥐어박았던 것이다. 뒷골이 멍해진다. 귓속까지 더운 김이 훅훅 와닿는 목소리가 낮고 음산하게 새어나왔다.

"말 안 들으면 죽여버려!"

그 순간 지혜의 몸에서 힘이 스르르 빠져나갔다. 귓속 깊이 뿜어대는 목소리는 그게 누구의 것인지 알 수가 없었다. 언뜻 하명의 얼굴이 눈앞을 스칠 때, 지혜는 아랫도리가 벗겨져나가는 것을 알았다. 부끄러움이, 질퍽거리는 본능적인 치욕이 몸을 휩싸왔다. 힘을 다해 다리를 오므렸다. 사내의 발이 두 다리를 벌리며 버둥거리고 있었다. 그때였다. 다시 한 번 턱밑에 강한 충격이 왔다. 거의 정신을 잃을 정도의 아픔이 머리를 어지럽혔다. 하늘이 엎어지는 것 같은 현기증이었다. 다리에 힘이 빠지고 사내의 몸이 무겁게 더 무겁게 얹혀오고, 거친 숨결이 이마에 확확 와닿을 때,

몸을 받쳐주고 있는 땅 저 밑에서부터 올라오는 아픔이 지혜의 몸을 찢었다.

3

"아이고, 이, 이기 뭐꼬, 거, 거머리 아이야."
"거머리는 무슨 지렁이지."
"징그러바서 못살겠다. 참말로."
"이름도 제대로 모르면서 징그럽기는."
비닐장판 밑에서 지렁이가 또 기어나온 모양이었다. 천막 숙소에서는 매일 야단들이었다.
긴 장맛비는 그칠 생각도 없이 하루종일 주룩주룩 장대처럼 쏟아졌다. 벌써 며칠째인지, 날짜를 세기에도 다들 지쳤다.
"지렁이가 같이 살자카니, 이건 방도 아이다. 석이네 팔자가 부럽고나. 내도 여관으로 가등가 무슨 수를 내야지 못 살 일 아이가."
"그건 어디 쉽나요. 석이 엄마가 그렇게 부러우면 손님 중에 아무나 붙잡으슈. 하늘을 봐야 별을 따지."
"덕보 니가 악담을 한다이. 내 저놈의 아가릴 꿰매놓고 말끼다."
장마가 시작되자 석이네는 여관으로 방을 옮겼다. 눅눅한 잠자리, 천막 한 겹 저쪽은 비가 쏟아지는 밖이어서 아이가 혹 병이라도 나면 어쩌느냐는 것이 이유였지만 아무도 그 말을 믿지 않았다. 그건 석이네 자신도 마찬가지였다.

 말은 그렇게 했지만 여관으로 방을 옮겨 앉으면서 석이 아버지를 기다리는 것이다. 장마가 시작되면 그것도 하나의 자연의 섭리인 양 찾아오는 사내. 빗속을 뚫고 여름에 한 번 겨울에 한 번, 석이 아버지 동일은 석이네를 찾아왔다. 그가 오는 날도 울고 보내는 날도 또 울지만, 장마가 시작되자 동일을 기다리는 석이네 얼굴에는 남모를 비밀을 간직한 여인의 애잔함이 흘렀다.

 모든 단원들이 다 비가 오기 시작하면 풀이 죽고 텅 비는 객석을 바라보며 가슴을 쳤기에, 여관으로 방을 옮기는 석이네는 눈총을 받기가 일쑤였다. 여자단원들에게는 더했다.

 "남의 첩질하는 주제에, 저런 여자가 있으니까 써커스 사람이 몰아서 욕을 먹는다구!"

 한 남자와 식 올리고 아이 기르며 사는 여자여서인지 석이네를 제일 힐난하고 나서는 여자는 언제나 임씨 아내였다. 임씨 아내의 말에 연희는 샐샐 웃었다.

 "남자는 잘생겼던데요. 그 인물 가지고 어디 여자가 없어서 석이 엄마한테 반했나 모르겠드라."

 "밑이 좋았나 보지."

 "언니는. 몇 달에 한 번씩 저렇게 왔다 가면 정이 더 옴푹옴푹 들겠죠?"

 "처녀가 못하는 소리가 없구나. 세상이 망할려니까 요샌 계집이 더 꼬리를 치고 지저분스럽다니까. 처녀가 유부남하고 붙는 걸 보통으로 아는 세상이라."

 그런 단원들의 눈치를 모를 리 없지만, 석이네는 변함없이 여관으로 방을 옮겼다. 석이가 짧은 시간이나마 아버지와 함께 있어 정이 들게 하고, 또 동일에게도 아이와 함께 지내는 시간을 되도록 많이 주고 싶었기 때문이다. 내 다시 올게, 하고 떠나가는 그 말을 한번도 믿어보지 못한 석이네였다. 이제 가면 끝이다 다시는 안 온다 보내고 돌아서는 발목을 흔들릴 수 없는 절망이 붙잡지만, 다음 여름이 오고 그리고 또 겨울이 오면 마음보다 먼저 몸이 그를 기다렸다.

여관으로 방을 옮기고 나면 석이네는 참담한 기다림 속에서 살았고, 단원들은 이제 죽기보다 싫은 장마철이 왔다는 것을 실감했다. 땅바닥을 다지고 그 위에 나무판자를 깔고 비닐을 얹은 방에서는 한밤의 폭우로 새어든 비에 이불을 적시는 단원들이 나왔다. 천막 둘레에 깊은 도랑을 파고 물이 안으로 넘쳐들지 못하게 둑을 쌓기까지 했지만 천막 숙소는 물속에 떠 있는 방이나 마찬가지였다. 걸어놓은 옷은 습기를 받아 채 마르지 않은 빨래처럼 눅눅했고, 땀에 전 옷에선 곰팡이가 꽃을 피웠다. 바닥에 불을 넣을 수 없으니, 이부자리마저 물먹은 듯 척척 몸에 감기고 잠을 자고 나면 몸이 찌뿌드드한 것이 기분마저도 영 말이 아니었다.

숙소의 통로나 분장실에는 빨랫줄이 매어지고, 단원들이 빨아 널은 빨래가 기저귀처럼 널려서 허리를 구부리고 다녀야 했다. 잘 마르지 않는 옷가지에서는 냄새까지 풍겼다.

"추워서 못살겠다. 불이라도 피워야 될까봐."

입술이 퍼렇게 된 단원들은 중얼거리기도 했다. 하늘을 쳐다보는 눈마다에 그늘이 덮이고 여기저기서 한숨이 새어나왔다.

장맛비에 풀이 죽은 덕보는 오비야 숙소 한구석에 가마니를 깔고 앉아 별로 나다니지를 않았다. 무대에서 들려오는 소리에 맞추어 차례가 되면 동물들을 끌어내갈 뿐, 하루종일 원숭이와 노닥거리며 말이나 손질하면서 틀어박혀 있었다. 임씨가 찾아와 한가한 시간을 보내다가 가곤 했다. 천막 한끝을 접어올려 놓고 쏟아지는 빗발을 내다보며 덕보는 무좀으로 근질거리는 발바닥을 긁적거린다.

"지랄겉네. 지랄겉어. 이러다간 농사는 다 절단나는 일 아녀!"

"걱정 한번 크게 허는구나."

"크게 하지 않으면, 아 조선놈이 쌀 안 먹고 보리 안 먹고 살 건가. 이래 가지곤 가려놓은 보리 밑에서도 몽조리 싹이 난단 말이다. 싹난 밀가루가 그게 어디 가룬 줄 아냐. 국수를 해도 끈기가 없어 국숫발이 느적는적 끊어지지."

"니 입 걱정이나 해라. 일당 받은 게 언젠지 모르겠다."

"내 한 몸 등따뜻허고 배부른 게 문제가 아니지. 만사가 적당해야 다 일이 되는 법인데, 비도 이렇게 와가지고는 작파되는 일이 많을 것이여."

"덕보야 분수를 알아라. 너나 내나 손님 들어야 밥 먹는 신센디, 먼 농사일 걱정이냐."

"아새끼 쫌시럽기는, 너는 그렇기 땜에 한다는 짓이 재장구 다리나 뺐다 박았다, 지랄이나 하고 살아."

임씨는 허허 웃는다. 장마를 근심하는 얼굴이 덕보 그답지 않게 수심어려 있었고 진지했기 때문이다. 덕보가 손을 내민다.

"담배나 하나 다우."

"맡겨놓은 거 겉네. 너 이걸로 두 개피 모자라는 한 갑이다. 사람이 계산은 아쌀해야 쓰는 법이여."

담배 살 돈까지 궁한 정도는 아니었지만 정 못 참겠을 때 피우느라 덕보는 담배를 참고 있었다. 나중에 갚겠다면서 한 개비씩 임씨에게 얻어 피운 담배가 벌써 곽이 차는 것이다. 담배 연기를 훅 빗속으로 뱉어내는 덕보를 바라보며 등 뒤에서 임씨는 묻는다.

"너 농사를 짓긴 지어봤냐?"

"강원도 촌놈이 땅 파먹는 재주밖에 더 있겠냐. 내 신세가 이렇게 팍 오그라붙었다만 예전에는 나도 실한 농사꾼이었지."

"고향에 땅이 얼마나 되는디?"

"드러운 부자는 못 돼도 먹고살 만했지. 모내고 피사리하고 나면 강에 가 천렵하고, 복날이면 개 끌고 강에 나가 개추렴하고, 이제 좀 지나면 삼할 때지."

"삼?"

"삼도 몰러? 부모 상 당하면 입는 삼베 말이다. 삼칼 들고 순을 쳐서, 가마에 넣고 찌지 않냐. 팔월에 삼가마에 불 넣자면 억수로 덥지, 젠장할. 그걸 꺼내서 강물에 담갔다가 벗겨내면 머리채같이 실팍한 삼이 나오지. 저릅은 또 어떻다구, 껍질 벗겨내면 처녀 다리통 같은 허연 저릅이 쑤욱쑤욱 빠져나오지. 허허허, 그리고 사는 건데."

"난 농사일을 모릉께, 그것도 헐만 허냐?"

덕보의 눈길이 꿈꾸듯 빗발 속을 날아간다.

"헐만 허지, 씨암탉같이 암광진 마누라 얻어서 아이 새끼 낳으면서 콩밭 매다가 둘이 느직해서 오는 길에 개울에서 목욕도 하고, 허허, 마누라 궁뎅이도 닦아주고."

"얼씨구, 노총각 굿허고 있네. 입으로 기와집 짓는구나. 왜? 그럭허고 살지 뭐 하러 싸까슨 따라나섰냐?"

"꽃놀이 한번 잘못해서 삐끗하고 이 꼴 아니냐. 그러니 사람 사는 게 요사 속이지."

덕보는 손끝까지 타들어간 담배를 초조하게 두어 번 더 빨고는 빗속으로 던졌다. 치륵, 꽁초는 빗물에 잠기며 이내 꺼져버렸다. 덕보가 고개를 돌렸다.

"사돈, 우리 옥시기 사다 먹을래?"
"점점."
농사짓는 일을 생각하다가 문득 풋옥수수의 그 달고 졸깃거리는 맛을 생각한 덕보는 침을 삼켰다.
"내 봐뒀다. 시장에 파는 데 있더라."
"무슨 입맛 찾아 살겄다고 비온디 강냉이를 사러 다니냐. 굶으면 굶었지 그 짓은 안 허겠다."
"생각이 굴뚝같애. 비오는 날은 소꼴도 벨 필요가 없는 거라. 뒤껕에 나가 옥시기를 대궁째 척척 베어 한 짐 지고 들어와 옥시기는 까서 삶아먹고 대궁은 소 주고 호박잎에 된장이라도 끓여서 먹는 풋옥시기 맛이야…… 참, 그거 참."
"배냇 촌놈은 할 수 없다니까. 객적은 소리 집어치우고 가자, 가서 소주나 한잔씩 하자."
"비도 오고 볼 일이군그래. 임자가 술 사겠다는 날도 다 있으니 우리 이담에 진짜로 사돈하자."
매점 쪽으로 가기 위해 분장실 앞을 지나가던 덕보와 임씨는 지혜를 보았다. 그녀는 넋을 놓고 쭈그리고 앉아서 흘러가는 빗물을 바라보고 있었다.
"저 애가 요새 어디 아픈가?"
"누구?"
"지혜 말여, 영 얼굴빛이 안 좋아."
"나잇값을 히여. 니가 여자 얼굴 보고 다닐 츠지냐."
"너야 자식새끼가 주렁주렁하다만 난 총각인데, 총각이 처녀 얼굴 보는 게 뭐 안 됐어?"
남보기에도 한눈에 어딘가 비어보일 정도로 지혜는 변해 가고 있었다. 석이네가 병원에서 밤샘을 하던 날, 누군지 알지도 못하는 사내에게 몸을 버린 후 그녀는 침식을 잃었다. 어둠 속에서 소리도 못 지르고 당한 일이 아니었던가. 밤이면 악몽에 시달리다가 지혜는 눈을 뜨곤 했다. 그럴 때면 온몸에 식은땀이 흘렀고 까닭없이 아랫배가 아팠다. 장마 때문에 밖에서 만날 수가 없기는 했지만 하명을 만나지도 않았고, 오히려 그를 피해 일찍 자리에 누웠다.
 무릎을 싸안은 지혜는 빗발을 바라본다. 천막에서 떨어지는 추녀물이 닿는 자리에 잡초가 설핏하게 자랐다.
 풀잎으로 가던 지혜의 눈이 반짝 빛난다. 청개구리 한 마리가 잎새에 앉아 있었다. 손톱만한 크기의 청개구리는 몸을 쪼그리고 붙어서 미동도 없다. 지혜는 빗속으로 나와 가만히 손을 뻗어 청개구리를 붙잡았다. 그러곤 풀잎 몇 개를 따가지고 방으로 들어왔다.
 손바닥에 붙은 청개구리는 물방울 같았다. 무게를 느낄 수 없는 작은 몸을 청개구리는 신기하게 오물거렸다. 지혜는 방구석에 풀을 깔고 그 위에 청개구리를 놓아주었지만 청개구리는 그 작은 다리를 움직여 구석으로 달아나려고만 했다. 조그만 움막처럼 풀로 그의 몸을 덮어놓고 지혜는 할딱거리는 그의 목을 바라보았다. 빗발이 천막을 두드린다. 요렇게 작은데도 넌 어떻게 사니. 꼭 나 같구나. 청개구리야, 아니? 너는 누군지 아니.
 단원임에는 틀림없다고 지혜는 생각했었다. 그러나 그뿐, 사내가 누구였는지 전연 짚이는 데가 없었다. 자기를 범한 누군가의 눈이 자신의 몸을 핥으며 보고 있으리라는 생각에 낮이면 몸이 떨렸다. 그러다 보니 지혜는 더욱 사람들 눈을 피해 혼자 있게만 되었다. 몸 버린 년이 살면 뭐하나, 오죽 못났으면 눈뜨고 멀쩡게 누워서, 그게 누군지도 모르며 당했을까. 생각하면 혀를 깨물고 싶었다. 아침이면 눈이 부어오른 그녀를 보고 석이네는 묻곤 했다.
 "너 어디 아프냐, 눈이 왜 그래 붓니? 울었어?"

"울긴요."

"여자가 얼굴 붓는 거 안 좋은 건데, 웬일이람."

"아녜요, 자리가 눅눅해서 잠을 설쳐 그러나 봐요."

"잠 설친다고 눈이 다 부을까. 하기는 너 요새 매일아침 보면 그렇드라."

청개구리는 풀잎에 싸여, 더 어디로 갈 생각을 버렸는지 그냥 엎드려 있었다. 천막을 때리는 빗소리가 요란하다.

문득 그녀의 기억은 먼 옛날 함석지붕을 때리던 빗소리 속으로 날아간다. 함석지붕은 빗소리가 언제나 요란했다. 엄마는 그 빗소리에 언제나 몸을 떨었다. 태풍에 아버지를 잃고 나서 얻은 병이, 빗소리만 들어도 활랑거리며 가슴이 뛰어 까무러치기가 일쑤였던 엄마였다. 꽁치철이면 동해안 작은 어장마을은 온통 비린내에 휩싸였고 오징어가 잡히는 여름이면 불을 단 통통배가 밤새 포구를 드나들어 잠을 설쳐야 했던 마을, 철따라 생선을 이고 엄마는 새벽부터 내지의 농가를 돌아야 했다.

"눌러. 더 힘껏 눌러!"

뱃속 저 밑에서부터 돌같이 딱딱한 것이 치밀어 올라오면 엄마는 까무러칠 듯이 소리쳤고, 어린 지혜에게 그 돌덩이 같은 것을 누르라고 했었다. 그러다가 안 되면 지혜를 배 위에 올려 세우기도 하고, 방바닥을 설설 기면서 벽에 머리를 부딪쳤다. 화병이라고도 했고, 속앓이라고도 했다. 치밀었다 하면 엄마는 며칠이고 아무것도 먹지 못했다. 빗발이 하늘이 무너지듯 두드려대는 함석집 처마 밑에 지혜는 쪼그리고 앉아 있었다. 손에는 땀과 눈물에 젖은 종이돈이 들려 있었다. 인절미 사오라는 말을 기다리면서 무서움을 참아야 했다.

"지혜야, 어됐냐?"

"여, 엄마."

"가서 인절미 좀 사온, 얼른."

인절미 사오라는 소리에 비로소 지혜의 눈물이 얼룩진 얼굴이 빛난다. 인절미 사오라는 말은 엄마의 속앓이가 가라앉았다는 것을 뜻했다. 몸이 나으면 엄마는 언제나 인절미를 먹었다.

"너도 알아둬라. 속병엔 인절미밖에 삭여지는 게 없어."

"알아 엄마, 나도 다 알아."

"너도 먹어라, 에이그 불쌍한 내 새끼."

"아냐, 엄마 먹어. 난 하나 먹었으니까 엄마가 많이많이 먹어."

콩고물에 묻힌 인절미를 씹으며 엄마는 목이 메고, 지혜는 왠지 까닭모를 설움이 맺혀 품에 얼굴을 묻으면 비는 여전히 함석지붕을 두들겨대고 있었다. 엄마 눈물은 눈물이 아니겠지. 울음이 아니었어. 한이었고 병이었다. 그 고생하고도 못다한 팔자치레가 있어 딸년마저 이 꼴이오. 얼굴도 모르는 놈한테 야밤에 몸 버리는 딸, 어쩌다 엄마는 자식까지도 이다지 못나게 놓았소.

엄마 산소엔 풀이 무성하겠지, 이제 가면 찾지도 못할 거다. 모르지, 제삿날 물도 한술 못 드시는데 무슨 까닭에 풀이나마 무성할라고. 시뻘건 황토겠지.

눈물을 찍어내며 일어서는 지혜의 눈이 궤짝에 가서 꽂힌다. 그 눈에 순간 불이 붙는다. 퍼렇게 타오른다. 칼을 사다가 궤짝에 숨겨둔 지 며칠째, 밤이면 지혜는 그 칼을 자리 밑에 깔고 잤다. 네놈이 언젠가는 또 올 거다. 아암, 이제 닦아놓은 길이라 생각하고 내 집처럼 들어오겠지, 맘놓고 오거라. 나도 기다리니까. 네놈 옆구릴 쑤셔놓지 않고 내가 잠이 들 줄 알고. 그자가 누구든 간에, 석이네가 없는 것을 알고 기어들어올 자라면 결코 한 번만으로 끝낼 리가 없다는 믿음은 바위같았다.

"뭐 하니? 혼자서."

불쑥 뒤통수를 치는 목소리에 지혜는 숨겨둔 칼을 들키기라도 한듯 깜짝 놀라 고개를 돌렸다. 하명이 문 앞에 서 있었다.

"놀라긴. 못 볼 사람 봤나."

애써 그를 피하는 지혜의 까닭을 모르는 하명으로선 말투가 좋을 리 없다. 지혜는 말없이 고개를 숙였다.

"지금 윤재 아저씨 차례야. 준비 안 하고 방에서 뭐 하고 있어. 빨리 옷 갈아입어."

지혜는 입술을 물었다. 가슴에서 쏴아 강물이 소리내어 흐르는 것 같았다.

"알았어요."

지혜의 목소리는 빗소리에 묻혀서 더욱 낮았다.

"바람까지 부는데, 꼭 나가야겠냐?"
"여기선 좀 곤란합니다."
"그래……."

하명의 얼굴을 훑어보고 난 윤재는 우산을 찾아들었다. 나갈 것까지야 뭐 있겠냐 싶었지만 하명의 얼굴이 심상치 않아서 윤재는 더 말이 없이 빗속을 따라나섰다. 바람이 천막을 찢을 듯 불어대고 있었다.

한 달 가까이 계속된 장마였다. 천장에서는 이음새가 터진 곳으로 빗물이 흘렀다. 악사들은 여관으로 들어갔고 그나마 여관비의 여유도 없는 단원들은 입술이 시퍼렇게 얼어서 밖에는 얼씬도 하지 않았다. 관객이 있을 리 없었다. 막을 내릴 수는 없어서 하루 한 번 야간공연을 해나갔지만, 가까운 주택가에서 맨발에 슬리퍼를 끌고 찾아와 껌을 씹으며 키들거리다가 가는 식모아이들과 방학을 한 조무래기들뿐 관객은 하루 백 명 선에도 모자랐다. 단원들은 곰팡이 스는 냄새가 스멀스멀 새어나오는 무대밑 방에서 낮잠을 자거나 스찌바에 모여앉아 신명 없는 화투를 조이며 보냈다. 이미 곳곳에서 물난리를 치르고 있었지만, 손바닥만큼 햇빛이 나는가 싶으면 다시 부슬거리는 빗발이 그칠 줄 모르게 계속되었다.

"하여튼 쌩똥 싸는 건 전라도밖에 없다닝께."

누군가가 심심함을 참다못해 사온 신문을 들여다보며 중얼거렸다.

"무슨 소리야? 전라도가 왜?"

"비왔다 하면 수재민도 전라도서 나고, 가뭄 들었다 하면 작살나는 데도 전라도 아닙니까."

"사람이 다 제 고장 닮아간다는 게 그래서 하는 얘기야. 풍수지리설이 말짱 헛것은 아닌 게, 풍수가 모질면 사람도 모질어지는 법이거든."

"어찌했거나 수재민깨나 나올 모양인디…… 생각헌께 우리도 수재민 아니여라우."

"허긴."

"젠장헐, 장마 땜시 판판이 밥 굶는 놈들은 여기도 있는디 우리도 그 뭐란가 수재의연금 좀 안 줄라나."

"내 말이 그 말인디…… 다 그만두고 장마나 그쳐야 쓸 일인디 내일도 볕 나기는 글렀는갑다."

비는 내리고 손님이 없으니 곡예도 곡예대로 맥이 빠질 수밖에 없었다. 관중에 민감하기로도 뛰어난 연희는 지혜와의 애크러배트 열두 가지의 곡예를 서너 개쯤 빼버리고 건성건성 해치우기가 일쑤였다. 의자 위에서 몸을 뒤로 눕혀 바닥에 있는 물컵을 입으로 물어올리는 지혜와 연희의 2인조 곡예가 끝나면 마이크를 잡은 규오는

그런 그녀에게 맞장구를 치듯이,

"안됐다. 밥 벌어먹는 재주도 가지가지로구나아."
느릿느릿 씨부려대서 몇 안 되는 관중이나마 웃겼다.

낮잠에도 섰다에도 질려버린 단원이 거리로 나갔다가 사들고 온 주간지들은 손에 손을 거치면서 나발나발 귀가 닳았다. 여기저기서 굴러다니는 철지난 주간지들을 한 움큼 주워들고 걸어올린 천막의 낙숫물가에 앉아 펜팔난까지 읽어대며 하루낮을 보낸 명수는 이른 저녁을 먹으러 들어가다가 객석에서 걸음을 멈추었다. 객석을 이렇게 텅 비게 만든 자들은 바로 이런 한 움큼의 주간지 같은 것들이 아니었던가. 비바람 속에 자신들의 발을 묶어놓고 진흙덩이를 얼굴에 처바르고 있는 것은 바로 이런 소일거리였다는 생각이 퍼뜩 들었다.

그것은 결코 멀리 있는 것들이 아니었다. 자신의 하릴없이 나자빠진 시간까지도 손쉽게 거두어준 주간지마저도 결국은 이렇게 객석을 텅 비게 만드는—빗속을 걸어서 천막을 찾아오지 않아도 되게 구경에의 갈증을 없애준 바로 그것들 중의 하나라는 생각을 그때 명수는 했었다.

매표소 앞 공지의 질벅거리는 흙탕물을 밟으며 하명과 윤재는 거리로 빠져나왔다. 번화가 쪽에선 빗속으로도 훤히 불빛이 어른거리고 있었지만 늘어선 건물 뒤편 천막 쪽은 음산한 어둠뿐이었다. 살아 있는 아무것도 이쪽에는 없는 것 같았다. 비닐우산 따위가 견디기에는 바람이 너무 거세었으므로 윤재는 우산이 뒤집히지 않도록 이마를 우산 속에 처박았다. 아예 머리까지 파커를 뒤집어쓴 하명은 가능하다면 두 팔로 머리를 가슴팍에 끼어안기라도 할 듯 몸을 웅크리고 걸었다. 번화가로 나왔을 때, 하명은 자신이 먼 들판을 건너 오랜만에 마을로 찾아든 것처럼 느껴졌다.

다방에 마주앉았을 때 하명은 젖은 머리를 터는 윤재를 보며 미안한 생각이 들었다.

"술집으로 갈 걸 잘못했나 봐요. 을씨년스러운 게 어째……."

"아니다. 술집에서 할 얘기가 따로 있지."

차를 시키고, 날라온 차를 마시고 빈 찻잔이 치워질 때까지 두 개비의 담배를 피워댄 하명이 번쩍 고개를 들었다.

"아저씨, 저 결혼할랍니다."

자리를 좀 편하게 가지려는 생각에서 윤재는 가만히 하명을 건너다보았다.

"여자는 있고?"

"예. 우리 단체 안에 있는 여잡니다."

"그래애, 거 우선 축하할 일이로구나. 누군데?"

"지혜…… 입니다."

잠시 눈썹이 꿈틀하더니 윤재는 고개를 끄덕인다.

"나도 짐작을 하고 있었다. 그동안 말은 안 했다만 네가 밤에 나갔다 오는 것도 알고는 있었고. 지혜라…… 그만하면야 우리 단체선 제일 낫지."

"말이 너무 쉽게 나오시네요."

"아니다. 그런 뜻이 아니고…… 지혜야 애가 됐지. 어른 알아볼 줄 알고, 어려서부터 단체에서 컸으면서도 그만큼 조순한 애도 드무니까. 둘이 얘기는 다 됐나?"

"그런 셈입니다만……."

"둘이 좋으면 됐지. 지혜도 부모가 안 계시니까 걸릴 것 없을 테고, 경사났구나, 암 경사지. 그런 좋은 일에 술 한잔 없이 다방에서 이렇게 때울 생각은 아니겠지?"

"그, 그러믄요."

하명은 목덜미까지 벌겋게 달아올랐다.

"그래 언제쯤 식을 할래?"

"실은 그 일 때문인데……."

"그러니까 나보고 일을 좀 만들어달라는 얘기겠다. 중신애비 노릇은 이미 끝난 일이니 필요가 없겠고, 하여튼 나가자꾸나, 이렇게 냉랭해서야 어디. 좋은 일에는 술이 있어야지."

다방을 나오는 윤재의 얼굴은 밝지가 않았다. 윤재에게 도움을 청하고 나선 하명도 어둡기는 마찬가지여서 둘은 늪을 빠져나가기라도 하듯 술집으로 걸음을 빨리했다. 밖으로 나온 두 사람은 몇 집 술자리가 조용한 곳을 찾아 골목을 기웃거렸다.

바짓가랑이를 적시며 들어간 집에서 안주인은 파를 다듬고 있다가 그들을 맞았다.

"비 맞으셨군요. 얘, 금순아 거기 손님들께 수건 좀 내드려라."

"이거 무슨 놈의 비가……."

수건을 받아 빗물을 닦으며 둘은 자리를 정하고 앉았다. 안주인이 다듬다 놓은 파를 들어보며 윤재가 말했다.

"거 파 한번 실팍하네. 해장도 하십니까?"

"니예. 버스 주차장이 옆이래 놓으니 아침 손님들이 많아서요. 손님들도 해장하러 오세요."

"그럽시다. 우리 여기 술 좀 주고 뭐 따끈한 걸로 찌개를 하나 해주십시오."

"니예, 네. 손님들도 으스스하신지 찌개들만 찾으시네요. 가물 끝은 있어도 장마 끝은 없다고 비가 이렇게 오니 큰일은 큰일이구만요."

이 집도 마찬가진가, 손님이 없어 썰렁한 술청 안을 둘러보며 윤재는 젖은 머리카락을 쓸어올렸다. 꽝꽝 벌어서 쌓아놓고 사는 놈은 님네 아닌 바에야 너나없이 며칠 벌어 며칠 먹어야 하는 사람들에게 긴 장마가 걱정이기는 매일반이로구나. 장마 한번 지면 당장 생활을 밀고 가던 두 바퀴가 헐렁헐렁 빠져나가는 이 하루하루의 삶이 빗발처럼 가슴을 두들겨왔다. 목숨이 살아가는 길이라는 것도 잠깐 하루볕 나들이길 같았으면 오죽 좋으랴. 손발 열심히 움직여서 자족하며 살아가는 그 푼수를 깨닫고 나면, 배부르다고 다 배부른 게 아니고 헐벗었다고 저마다 또 추운 것만도 아닌데.

 술잔이 돌기 시작했다. 눈밑이 발그스름해지면서 윤재는 하명을 바라보았다. 이 장대같은 빗속에서 장가를 가겠다고 나서는 펄펄한 사내가 거기 있었다. 바람이 천막을 흔들고 지나가는 겨울밤이면 이불자락을 당겨주던 아이가, 어느새 구레나룻이 꺼멓게 자라서 그의 앞에 앉아 있었다. 너는 이렇게 살아선 안 되는 놈이었다. 손털고 나가 기름 묻은 옷을 입고 기계 고치는 기술을 배우든가, 아니면 신실한 장사꾼이라도 되길 바랐었다. 그런데 이놈아, 하다가 윤재는 술잔을 들어 입속에 털어넣었다. 그런데 뭐가 어째? 단체 안에 있는 여자와 결혼을 하겠다고. 그래서? 그래서…… 자식새끼 낳아 또 싸까스 시킬래? 대대손손 줄이나 타다가…… 좋겠다 이놈아, 호를 내려무나. 줄 타던 놈 저승 가면 줄로 묶어놓지나 않나 모르겠다, 으허허허. 윤재는 소리없이 웃는다.

 "그래서, 앞으로의 일에 대해서도 작정은 다 돼 있냐?"

 "작정이라는 게 막연해요."

 "막연하다니?"

 "사실 전 지금 말입니다, 아저씨. 식이라도 올려놓고 보자 그것밖에 없어요."

 "그건 또 무슨 소리야? 지혜가 식을 올려야 품에 안기겠다든?"

 "아저씨!"

"허허 미안하구나. 내가 벌써 술이 취한 것도 아닐 텐데."

윤재의 얼굴이 다시 굳어졌다.

"생활은 어떻게 할래? 너나 지혜나 둘이 다 재주는 해야 할 것 아니냐."

"그렇죠. 지금으로서야 모아놓은 돈도 없고 단체를 나간다고 해서 뾰족한 수가 있는 것도 아니니까요."

"한 일이 년 둘이 아껴쓰면야 그다지 어려울 일도 아니지. 돈 모아서 조그만 가게라도 하나 잡아 나가살면, 사람 하는 일인데 안 될 일도 아니겠고, 그렇긴 하다만, 일당 모아서 언제 그 일을 하겠냐. 아무리 둘이라지만 쉬운 일은 아니지. 지혜 생각은 어떻든?"

"아직…… 그런 얘기도 못 해봤습니다."

"허긴 젊은 나인데 훗날 생각하겠냐, 틀린 말도 아니다."

"그런 뜻이 아녜요."

"보아하니 몸이 단 건 네 쪽이로구나. 그렇지?"

"그런가 봅니다."

"놈들 줄타는 재주 하나만 좋은 줄 알았더니 그런 재주도 있었군."

하명이 고개를 숙였다. 그의 정수리를 뚫어져라 바라보다가 술잔을 들어 마신 윤재는 탁자에 잔을 내려치듯 놓으며 목소리를 높였다.

"못난 놈!"

하명이 번쩍 얼굴을 들었다.

"허우대가 아깝구나. 겨우 생각한다는 것이, 못난 놈 같으니라구."

하명의 눈길이 윤재에게 날아갔다. 하명의 눈을 피하지 않으며 윤재는 내쳐 소리쳤다.

"장가갈 결심이면, 왜 훌훌 털고 나가서 달리 살 궁리를 못하냐.

네 나이가 이제 몇인데? 늦을 거 하나없는 나이야. 고작 보고 배운 게 단체서 여편네 얻어 둘이 벌어먹는 거 그것밖에 없었냐?"

탁자를 손바닥으로 내려친 윤재는 고개를 돌려 벽을 바라보았다. 하명은 어금니를 힘주어 물었다. 담배를 찾아 무는 윤재의 손이 떨렸다.

"미안하구나. 난 네가 남같지 않아서 그래서 하는 말이니 노엽게 생각진 마라."

"아저씨 말이 노여울 하명이는 아닙니다. 그럴 거면 아예 이런 말을 꺼내지도 않았지요."

"그렇게 생각한다니 얘기다만, 너하고 나하고는 또 다르다. 뭐가 다른지 아냐? 나야 손놀림으로 사람 눈이나 속여먹는 마술하는 몸이다만 넌 줄을 타는 곡예사야. 그건 젊어서나 하는 거지 나이 들면 못해. 나하고는 또 다르다."

"……."

"몇 년만 지나봐라. 너도 그땐 일이 몸에 무거울 건 뻔한 이친데 그다음에 뭘 할래? 대지집의 차주환이, 고향의 강경식이 잘 알잖니. 여편네 사십 오십이 다 되도록 줄타고 통굴리고 사내놈 거기 붙어서 재주하는 뒷일이나 보며 사는 꼴, 그 꼴 안 난다고 누가 보장하니."

"그걸 제가 몰라서 하는 일이 아닙니다."

"모른다. 넌 아직 몰라! 늙어봐야 알지. 강 건너 불 보듯, 그 사람들 보아야 다 남의 일 같고 평생 늙지 않을 것 같을 테지."

돌아갈 집도 처자식도 없이 늙어버린 마술사. 열 손가락 마디마디의 조화만을 믿고 살아온 험난한 이력이, 넓지 않은 술집 안을 비춰주고 있는 형광등 불빛 아래 윤재의 주름살을 타고 출렁이고 있었다. 세월의 딱정벌레가 스멀스멀 기어가는 얼굴이었다.

"부부가 만나 살다보면 자식 기르게 되는 건 당연지산데, 그땐 또 어떡할래? 애들이란 좋은 건 귀를 잡아끌어도 안 배우면서도 나쁜 일은 장대를 들고 서서 막아도 배우는 거야. 한 달을 붙어 있지 못하고 돌아다녀야 하는 우리네다. 단체 안의 어린애들이 못된 건 또 얼마나 잘도 배우든."

"그러니 어쩝니까."

"모르겠냐? 왜 못난 놈이라는지 모르겠어? 아무 작정도 없이 어쩌자고 정을 주니 정을 주긴."

"저도 괴롭습니다. 사람 좋아지는 게 어디 마음먹는 대로 되는 일입니까."

이번에는 윤재가 말이 없다. 도망치듯 술잔을 집어든다.

둘 다 멍하니 탁자 위에 눈을 내리깐 채 앉아 있었다. 빗소리만 술청 안에 가득했다. 이 집도 천막도 다 떠내려가도 좋겠다. 쏟아지거라, 너라도 속시원히 쏟아지거라, 하명은 고개를 숙인다.

윤재의 손이 나와 하명의 팔을 잡았다.

"하명아."

"예. 말씀하세요."

"무슨 도리가 있겠지. 나도 생각해 보마. 젊은 놈이 저 좋은 계집 데리고 살려는데 뭐는 못하겠어."

"아저씨, 그런데 모를 일이 하나 있습니다. 사실은 이 얘기부터 드릴려고 했던 건데."

"모를 일이라니?"

"지혜가 갑자기 날 피합니다. 만나려 하질 않아요. 아무런 이유도 없이 말입니다."

"그건 또 무슨 소리야?"

덜컹거리며 바람이 술집 미닫이문을 흔들고 지나가고, 파 다듬기를 마친 주인 여자는 허리춤을 뒤져 피우다 끼워넣은 꽁초를 찾아 불을 붙이고 있었다.

그때였다. 드르륵 문이 열리며 들어서는 남자가 있었다. 가방을 들었다. 남자는 안으로 들어서며 우산을 접었다. 하명의 눈길이 남자에게 가 멎고 있을 때, 우산을 접고 난 사내가 돌아섰다. 그의 눈이 하명과 마주쳤다.

"아니, 이거 김형 아닙니까?"

놀라는 빛이 가시면서 사내가 웃었다. 훤한 얼굴이었다. 하명이 일어서며 손을 내밀었다.

"그러지 않아도 올 때가 됐는데 어째 이번에는 늦으시는구나 했죠."

"부끄럽습니다. 별일 없으셨습니까?"

"네. 자 이리 앉으세요."

"죄짓고는 못 산다더니 술이나 한잔할까 하고 들어왔는데 여기서 만납니다그려."

그를 위해 의자를 당겨주던 하명이 윤재에게 사내를 소개했다.

"아저씨, 이분이 바로 석이 아버지 되십니다. 서로 인사하시죠. 같이 계시는 분입니다."

"그러십니까, 저 이동일입니다. 인사드리겠습니다."

석이 아버지라고? 일 년에 두 번씩 아이를 보러 온다는 녀석이 바로 너로구나. 그놈 얼굴 한번 멀쩡하게 생겼군. 윤재의 취기어린 눈이 이동일의 몸을 훑어내려갔다. 쓸개 빠진 놈이 여기 또 하나 있었군그래.

"예, 초면입니다. 나 오윤재라고 합니다."

고개를 조금 숙이고 난 윤재의 눈이 동일의 얼굴에서 움직이지 않는다.

"내가 야속하지?"

동일의 눈길이 그윽하게 다가왔다. 석이네는 고개를 숙였다.

"또 그런 말을."

"사람 할 짓이 아니라는 생각이 들어서 낯두꺼운 놈이라는 생각이 들어서 그래……."

"그래서 술 잡수셨어요?"

"모르겠다. 나도 마음은 언제나 너한테 와 있으면서, 왜 막상 네가 옆에 있으면 이렇게 가슴이 막혀야 하는지."

"오지 마세요. 그럼 되잖아요."

"그런 소리 마라. 네가 오란다고 오는 내 아니다. 발길이 나도 모르게 향하니 그래서 와보면 네 곁이지."

말이 없던 석이네가 천천히 고개를 들었다.

"자리 펼까요?"

동일이 온 지 사흘이 지난 밤이었다. 석이네가 공연을 끝내고 돌아왔을 때, 동일은 방에 없었다. 석이만이 혼자 잠이 들어 있고 그 머리맡에 쪽지 하나가 있었다. '석이 재워놓고 바람 쐬러 나간다.' 몸을 닦고 기다렸지만 동일은 열두시가 가까워서야 술이 취해서 들어왔던 것이다.

자리를 펴는 석이네를 벽에 기대서 바라보던 동일은 벗지도 않은 채 벌렁 자리에 누워버렸다.

"벗으셔야죠."

말없이 올려다보는 그의 눈을 바라보다가 석이네는 옷을 벗겨주기 시작했다. 몸을 맡긴 채 누워 있던 동일이 석이네의 몸을 안았다. 바람같다.

"불 꺼야지요."

했을 땐 이미 그녀의 몸은 자리에 쓰러져 있었다. 일어선 동일이

불을 껐다.

  오래 목마른 사람처럼 동일의 몸이 덮쳐들었다. 흙먼지가 이는 마른 땅, 갈라진 틈 사이로 물이 스며들듯이 몸이 더워가고, 두 사람은 서로를 확인하고 또 확인했다. 감미롭게 물결은 차올라 두 사람은 작은 목선인 양 떠 있었다. 얼마나 지났을까. 동일의 가슴에 땀이 흘러내리고 있었다. 석이네는 찬 물수건을 집어 그 가슴을 닦아주었다. 그런 석이네의 몸을 동일이 당겨안는데 그녀의 등에도 땀이 흐르고 있었다. 동일은 석이네 손에서 수건을 받아 그녀의 등을 닦아주었다. 그의 팔을 베고 누워 석이네는 홑이불을 당겨 벗은 앞가슴을 가렸다. 비도 그쳤는지, 열어놓은 창으로 서늘한 바람이 들어온다. 어둠 속에 누워서 둘다 말이 없었다. 원망도 안타까움도 사라지고 없었다.

  "비가 그쳤나 봐요."

  "그래."

  잠시 침묵이 흐른다. 바람이 창을 넘어 들어오고 열어놓은 커튼이 펄렁거렸다.

  "전 원망 같은 건 벌써 잊었어요."

  "그 얘긴 그만두자. 아까는 내가 잘못했다."

  "전 더 바라지 않아요. 이렇게 있으면…… 아이 학교 갈 때까지만이라도……."

  "내 말이 많이 노여웠나 보구나. 그만해 두렴. 미안했다지 않니."

  옆에서 석이가 잠결에 몸을 뒤챘다. 동일은 몸을 일으켜 홑이불 자락으로 아이의 배를 덮어주고 다시 누웠다. 석이네 머리칼에 손을 넣어 쓸어내리며 동일은 가만히 말했다.

  "석이가 그 동안 참 많이 컸어."

  "매일 보니까 난 모르겠어요."

석이네는 요전에 석이가 아팠던 이야기를 동일에게는 하지 않았다. 이미 지난 일인데 괜한 걱정을 할까 싶어 염려스러웠던 것이다.
　"정신아."
　석이네가 움찔 고개를 들었다. 그의 목소리로 듣는 자신의 이름에는 불쑥 먼 옛 일들을 불러와 눈앞에 세우는 힘이 있었다. 잊혀져 가던 지난 일들이 벌떡벌떡 일어나 눈앞으로 걸어올 것 같았다.
　"정신아."
　"왜 그래요?"
　"사람이 부르면 대답이 있어야지."
　"싱겁긴."
　"내일 아침에 우리 석이 데리고 일찍 나가자."
　"어딜 가게요?"
　"나가서 석이 옷도 사주고 맛있는 것도 먹고, 우리 정신이도 하루쯤 쉬었음 좋겠지만 그럴 수는 없는 일이니 나갔다가 공연 때까지 들어오면 되지 않겠어."
　"석이가 참 좋아하겠네요. 일찍 나가야겠지요?"
　"그러자. 내일은 너도 나한테 뭐든 떼 좀 써보지 그래."
　"난 당신만 있음, 그럼 다인걸."
　그의 품으로 파고들며, 석이네는 가슴에 얼굴을 묻었다. 이 좋은 남자를 나는 어찌하여 모시고 살 수가 없는가.
　곡마단에서 재주하는 계집이 누구 집엘 들어오겠다고? 개가 다 웃을 일이다. 식초 먹으며 매맞아 가며 산다지? 듣자하니 갈보나 다를 게 없더라마는 너 참 엄청난 계집애구나. 이 남자의 어머니는 나와 마주앉지도 않았었다. 잘 살기를 바랐다. 부모가 맺어주는 규수를 아내로 맞아서, 배운 거 많고 집안 좋은 딸 가진 집 사위가 되어 다시는 내 앞에 보이지 않기를 바랐다. 입술을 깨물기 얼마였던 가. 작은 상처로써는 메워질 수 없는 아픔이라 여겼기에 더욱 철저 하고 더욱 치열한 고통과 모욕이 있기를 오히려 바랐다. 그 길만 이 자기에게 살아낼 수 있는 힘을 줄 것 같았다. 그랬건만 어느 날 찾아온 남자는 고무신에 무릎이 나온 바지차림이었다. 집에서 입고 있던 그 차림으로 오백 리 길을 달려온 남자 앞에서 석이네는 허리를 꺾으며 울었다. 그때 이미 뱃속의 아이는 출산을 기다리고 있었다.

동일이 석이네 얼굴을 들여다보며 물었다.

"왜 그래 당신?"

품에 안긴 석이네의 볼을 타고 흘러내린 눈물이 동일의 가슴팍 을 적시고 있었다.

"아녜요, 아녜요."

눈물에 젖은 얼굴을 더욱더 그의 가슴에 문지르며 품으로 파고 들던 석이네는 아이처럼 조그맣게 꼬부리고 잠이 들었다.

다음 날 아침, 비는 그쳤지만 하늘은 그냥 흐려 있었다. 그들 셋 은 일찌감치 버스를 타고 시내로 나왔다. 가게에 들러 석이 옷을 한 벌 사고 굳이 마다하는 석이네를 끌다시피 들어가 동일은 그녀에게 구두를 하나 골라 신겼다. 석이는 한쪽 손에는 동일을 또 한쪽 손에 는 어머니를 잡고 펄쩍펄쩍 뛰었다.

"아버지 나 저거 사주세요. 네?"

동일을 잡고 졸라대다가 아이는 석이네 눈치를 보곤 했다. 석이 의 숫기가 좋아서만은 아니었다. 곡예단 아이들은 누구든 자기에 게 호감을 가진 사람에게는 아저씨 껌 하나만 사주세요, 십 원만 주실래요 하며 달라붙었다. 그런 속에서 손님들에게 돈을 얻을 때 처럼 아이가 제 아버지에게도 아무거나 사달라고 하는 것만 같아서 석이네는 얼굴을 붉혔다. 점심을 먹으러 가면서 동일은 석이에게 물었다.

"석아, 뭐 먹고 싶니? 뭘 젤 좋아하지? 우리 석이."

"짜장면이오."

"겨우 짜장면이야."

아이의 머리 위에서 동일의 눈이 석이네와 마주쳤다. 겨우 짜장면이나 먹고 싶다는 아이가 마음에 아픈 동일의 심정을 석이네도 모를 리 없다.

"애가 가루음식을 좋아해요. 당신 닮아서 그런가 봐요."

"그래? 허허, 그렇지만 석아 오늘만은 아버지랑 엄마랑도 있으니 우리 고기를 좀 먹자꾸나."

한식집에 들어가 불고기를 시켜놓고 먹으면서 동일은 석이네에게 물었다.

"당신 몇 시까지 들어가야 돼?"

"한시에 시작하지만 난 차례가 늦잖아요. 두시까지만 가면 돼요."

"그럼 당신 먼저 들어가. 난 애 데리고 영화나 하나 구경시켜 주고 갈 테니까."

"애가 무슨 영화를 볼 줄 안다고요."

"오다가 보니까 극장에 만화영화를 붙였더군. 애들이야 만화는 다들 좋아하니까."

석이가 때 만났다는 듯이 수저를 놓는다.

"아버지, 빨리 가요. 난 영화 한번도 못 봤단 말예요. 지영이한테 약올려줘야지."

"지영이가 누군데?"

"지영이라고 있걸랑요. 지영이 엄마는 쏴해요."

지영이는 자전거를 타는 임씨의 딸이었다.

"그러니?"

부자의 이야기를 듣는 석이네 얼굴이 어두워진다. 석이새끼 엄마는 통굴려요 하고 말하는 아이들의 소리가 귀에 따갑게 들려오는 듯해서 석이네는 슬며시 수저를 놓았다.

석이와 동일을 극장으로 보내고 혼자 돌아오는 석이네의 마음은 어두웠다. 아이가 크기 시작하면서 석이네는 서서히 눈앞에 다가오는 동일과의 헤어짐을 생각했었다. 이 생활에서 어린애들이 보고 배울 수 있는 것은 뻔한 것들이었다. 남 속이고 물건 훔치고 욕질하고…… 흡수가 잘되는 종이처럼 어디에나 널려 있는 나쁜 것들을 빨아들이는 아이들을 볼 때마다 석이네는 결국 석이를 아버지한테 돌려보내야 할 날이 다가서고 있음을 느껴왔다.

"참대밭에서는 쑥도 곧게 자란다더니…… 옛말 그른 것 없지……."

하루라도 더 데리고 있다가는 아이가 사람 되기 어렵겠다는 생각이 들었고, 아이를 보내고 나면 그 후에는 동일과도 관계를 끊어야 하리라는 쪽으로 마음은 더욱 굳어져왔다. 그러나 아이를 떠나보낸다는 생각을 하면 석이네는 앉아 있어도 다리가 후들후들 떨렸다.

차창에 머리를 기대며 석이네는 눈을 감았다. 옷을 사고 아이의 손을 잡고 거리를 걷고 점심을 먹고…… 잠시 훔쳐본 저 건너편의 세상은 내 건 아니다. 아이를 위해서, 지금 이렇게 혼자 천막으로 돌아가듯 그날이 오면 나는 혼자 돌아가야 한다. 아이를 위해서라도 나는 천막에서 살아야 한다. 석이는 내 목숨이 아니냐.

아랫입술을 물며 바라보는 차창 저 멀리에선 장마가 끝나지 않은 먹구름이 하늘을 덮고 있었다. 지금은…… 지금은 아무것도 생각하지 말자. 그이가 내 옆에 와 있지 않느냐.

지혜는 뚫어져라 앞만을 바라보며 앉아 있었다. 담배를 든 하명의 손이 떨렸다.

"괜찮다. 말해라, 싫어졌으면 싫어졌다, 맘이 변했으면 변했다, 속 시원히 말이나 해라. 싫어졌니? 변했니?"

지혜가 가만히 고개를 저었다.

"그런데 왜 식을 못 올리겠다는 거야?"

"난 결혼 안 해."

"너도 했던 말 아냐. 같이 살자고 너도 그랬었잖아."

"옛날엔 그랬지."

"뭐야?"

"싫어. 난 이제 다 싫어. 결혼도 싫고 줄 타는 것도 싫고."

두 팔로 무릎을 감싸며 지혜는 얼굴을 묻었다. 천막을 빠져나와 걷던 걸음이 멈춘 곳은 교회 앞이었다. 문이 열려 있었다. 교회 앞뜰의 조그만 어린이 놀이터에 들어가 앉았을 땐 이미 지혜는 결코 결혼 같은 건 안 하겠다고 하명에게 말한 뒤였다. 바람에 흔들리는 쇠그네 줄이 뎅그렁거리는 소리가 이따금 들려올 뿐 어둠 속은 고요했다.

"나도 그동안 많이 생각했어. 단체 안에서 둘이 사는 건 나도 싫었어. 그렇지만 당장 무슨 수가 나는 것도 아니잖냐. 그래서 생각했던 거야. 둘이 한꺼번에 떠날 수는 없으니까, 네가 먼저 나가서 편물학원이든 미용학원이든 다니는 거야. 그동안 내가 벌어서 뒤는 댈 테니까. 네가 취직을 하면 나도 나가서 테레비 고치는 기술이라도 배우면 되지 않겠니. 고생이야 하겠지만 둘이 밥이야 굶을라고."

하명이 그녀의 얼굴을 감싸안았다. 잠시 그렇게 안겼던 지혜는 하명의 몸을 밀쳤다.

"난 결혼 안 해. 안 한단 말야."

하명이 담뱃불을 집어던졌다.

"네가 뭐래도 난 식 올린다!"

"안 돼. 얼마나 이야기해야 해. 난 결혼할 수 없어."

"그런 소리 마라. 난 윤재 아저씨한테도 이런 얘기 다 했어."

"왜 그런 짓을 해? 누가 결혼한댔어? 어쩌자고 남한테 말을 하는 거야."

"남이 아니니까. 난 그 아저씨를 남이라고 생각하지 않으니까."

벌떡 일어선 지혜가 어둠 속으로 뛰어나갔다. 지혜의 발소리가 들리지 않을 때까지 하명은 우두커니 앉아 있었다. 담배를 피워 물고 의자 등받이에 머리를 기대었다. 어둠 속으로 희미하게 교회의 십자가가 바라보였다.

담배 한 대가 다 타들어가도록 하명은 일어서지 않았다. 보이지 않는 칼끝이 가슴을 후비고 있었다. 그것은 오랜만에 맛보는 외로움 같은 것이었다. 천천히 담배를 밟아 끄고 하명은 일어섰다. 왜? 우린 결혼할 수가 없다니…… 왜? 내가 고잔가.

천막으로 돌아온 하명은 숙소로 들어가지 않았다. 뒷문으로 해서 객석 안으로 들어간 하명은 어둠 속을 더듬거려서 장내를 비추는 외등을 하나 켰다. 텅 빈 객석은 황량했다. 한쪽 구석에 쌓아올린 의자들, 허물다 만 집처럼 솟아 있는 객석의 층계, 무대는 휘장을 내린 채였다. 공연이 끝나고 그냥 내려뜨려놓았던 그네가 천장 꼭대기에서부터 길게 늘어져 있었다.

하명은 천천히 걸음을 옮겼다. 그물이 이마 높이로 다가왔다. 그물을 잡고 올라간 하명은 웃옷을 벗어던졌다. 그는 천장 맨 가운데서부터 바닥까지 내려뜨려져 있는 줄을 잡고 기어오르기 시작했다.

두 손으로 그네를 움켜잡은 하명은 몸을 늘어뜨리고 매달려 있었다. 그의 발이 힘차게 뛰어오르며 허공을 박찼다. 줄이 크게 흔들리면서 그의 몸은 한 마리 연어처럼 뛰어올랐다. 희미한 어둠 속에서 하명은 크게 반원을 그리며 회전하고 있었다.

 허공을 차고 뛰어오르던 몸이 한순간에 멎었다가 쏟아지듯 되돌아올 때면 후텁지근한 바람이 목덜미를 스쳤다. 다시 솟구쳤던 하명이 무너지듯 떨어져내리는 순간, 천장에 매달린 아홉 개의 등에 불이 들어왔다.

 "내려와. 다친다!"

 윤재가 서 있었다. 하명의 몸이 두 번 반복을 거듭했을 때 윤재는 다시 소리쳤다.

 "그만두라니까. 하명아."

 쇳소리 같은 음성이었다. 하명이 소리쳤다.

 "불 끄십시오."

 윤재가 천장의 불을 껐다. 천막은 다시 희미한 어둠에 싸였다. 줄을 타고 미끄러져 내려온 하명은 그물을 잡고 서서 윤재를 바라보았다. 윤재가 천천히 걸어왔다. 갑자기 하명이 웃음을 터뜨렸다.

 "한밤중에 뭐 하는 짓이니, 미쳤구나."

 하명의 웃음이 그치지 않는다.

 "뭐가 우스워!"

 "우습지요. 아저씨는 내 꼴이 우습지 않으세요? 하명이가 장가를 가겠답니다. 매여 살기 싫어서 떠돌아다니던 놈이 제 손으로 제 몸을 매겠답니다. 으하하하."

 통곡처럼 하명은 껄껄거렸다. 윤재가 그의 어깨를 잡아 흔들었다.

 "하명아."

 웃음이 그치자 어둠이 두 사람 사이로 소리내어 밀려들어왔다.

희미하게 비쳐주는 외등 아래서 윤재는 하명의 눈이 불빛을 받아 번쩍 빛나는 것을 보았다.
"젊은 것도 죄로구나. 무슨 일이 있었냐?"
"들어가 잘랍니다."
하명이 뚜벅뚜벅 안으로 들어갔다. 그의 넓은 어깨가 어둠 속으로 사라져간 뒤에도 윤재는 우두커니 서 있었다.

동일이 돌아가지 않고 있었기 때문에 비가 개었지만 석이네는 석이와 함께 여관에 머물렀다. 긴 장마가 개이고 벗겨진 하늘에는 별이 흩뿌려지고 은하수가 길게 소리치듯 흘러갔다. 일당 계산이 끝나기가 바쁘게 석이네는 여관으로 향했다.

아침에 여관을 나오면 자기 차례의 공연을 끝내고 한 번씩 여관에 들러 동일과 함께 잠시 앉았다가 나오지만 아쉽기는 오히려 석이네 쪽이어서 그녀는 일당 계산을 뒤로 미루고 여관으로 돌아오기도 했었다.

열한시가 다 된 거리에는 여기저기서 가게들이 문을 닫고 있었다. 부지런히 걷는 석이네의 발걸음이 여관이 있는 골목 앞에서 멎었다. 맥주나 한 병 사가지고 들어갈까. 석이가 안 잘지 모르니 참외도 몇 개 사가지고 가야겠다. 석이네는 식품점 앞으로 걸어갔다.
"석아."
누군가가 부르는 소리에 그녀는 놀라 뒤를 돌아보았다. 동일이 서 있었다.
"아니, 왜 나왔어요?"
"마중나왔지, 우리 석이 누가 업어갈까 봐서."
동일이 싱겁게 웃었다. 석이네가 다가서며 그의 팔을 잡는다.
"다 늙은 걸 누가 업어가요."

"벌써 그렇게 됐던가. 난 아직 처년 줄 알았더니."
그녀의 팔을 잡고 돌아서던 동일이 물었다.
"뭘 살려는 것 같더니?"
"당신 맥주나 한 병 사려 했는데. 드실래요?"
"술 생각 없어. 그보다 우리 좀 걷다 들어가자. 바람도 시원한데."
"석이는?"
"자, 조금 전에 잠들었어."
둘은 천천히 밤늦은 거리를 걸었다. 시간에 쫓기는 택시들이 달려가고 수양버들 가로수가 머리 위에서 치렁거렸다. 동일이 석이네의 손을 찾아 쥐었다.
"아이, 이이는."
석이네가 흘끔 동일을 쳐다보고는 고개를 숙인다.
"부끄러워서? 좀 전엔 누가 업어가지도 않게 늙었다더니, 이젠 또 손 잡히는 것도 부끄러운가?"
"아니오."
"그럼?"
"좋아서요, 당신이 너무 좋아서예요."
석이네 목소리는 나직했다. 고개를 숙이고 있었다.
"당신은 욕심이 너무 없어서 큰일이야."
"왜요, 내가 얼마나 욕심이 많다고요."
"이 박정한 사내야 하고 나한테 대들어도 뭐할 텐데 좋다니까 하는 소리지."
"싫어요, 그런 얘긴."
바람이 버드나무를 흔들며 지나갔다. 손가락과 손가락을 깍지 끼어 잡고서 두 사람은 말없이 걸었다. 사람이 점점 뜸해지더니 문 닫는 상가도 끝나고 가로등만 차갑게 빛난다.

석물(石物)공장이 눈에 들어왔다. 망두석, 촛대, 상석 같은 것을 만들고 있는 작업장이었다. 돌들이 가득히 널려 있었다. 서로 한 번 쳐다보고 나서 두 사람은 다듬다가 버려둔 돌 위에 나란히 앉았다.

"저녁때 석이가 날보고 태권도를 가르쳐달래."

"웬 태권도를?"

"체육관엘 가봤다나. 자기보다 조그만 애들도 배우더라면서 하는 얘기가, 아마 그애들이 꽤 부러웠던 모양이야."

"싸움질하는 거나 가르치면 커서 뭐 되게요."

"싸우지 말라고 가르치는 거야. 그런 거 배운 사람은 오히려 싸움을 안 해."

"……."

"더 있었으면 좋겠지만 나도 내일은 가야 할까봐. 벌여놓은 일도 있고 해서."

"그러셔야죠. 너무 오래 계셨어요."

가기로 한 날보다 벌써 이틀이 지나 있었다.

"이거 받아두거라, 돈이다."

석이네가 얼굴을 돌려 그를 쳐다보았다.

"아직도 절 모르세요? 이러지 않기로 서로 약속했잖아요. 제가 언제 돈 받던가요. 이럴 양이면."

"오지도 말아라 그런 얘기냐? 네 마음을 몰라서가 아니야. 석이를 위해서지. 네 아이고 또 내 아이다. 못난 애비다만 애비 아니니. 돈 없어서 애 기죽이는 일이나 없어야지 않겠어. 잘못이야 나한테 있지, 어린 그게 무슨 죄가 있겠냐."

"그만두세요. 이러실 작정이라면, 나…… 아이 데리고 어디든 숨어살래요."

"고집피울 일이 아니라니까. 내가 네 맘을 몰라서 이러니."

석이네 손을 잡아 동일이 봉투를 쥐여준다. 그 손을 잡고 있던 동일이 주머니를 뒤져 반지 하나를 꺼냈다.

"그리고 이거 끼고 있어라. 금인데 석 돈이다."

그를 바라보는 석이네 마음에는 깊은 수렁이 패는 것 같았다. 이 남자가 다시는 오지 않으려는가 보다. 이제까지 한번도 없었던 일을, 안 하던 짓을 그는 지금 하고 있었다. 석이네 목소리가 떨려 왔다.

"왜? 왜 이러시는 거예요?"

"사람이 언제 흉한 일을 당할지 모르는 거니까. 몇 푼 안 되는 거지만 그래도 돈 될 걸 몸에 지니고 있으면 언제든 급한 일에는 요긴하게 쓰이지 않겠어. 금이야 값이 정해진 거고 어디서나 쉽게 처분이 되니까."

"안 됩니다. 이러시면 아, 안……."

동일은 그녀의 손가락을 잡아 반지를 끼워준다. 테가 없어서인가 가락지는 손가락에 헐렁하게 들어갔다. 동일의 어깨에 이마를 묻는 석이네 눈에는 눈물이 그렁그렁했다. 그녀의 어깨에 팔을 두르며 동일은 낮게 불렀다.

"정신아."

목을 치밀어오르는 울음 때문에 석이네는 대답을 못하여 더욱 깊이 얼굴을 묻었다.

"아이 잘 기르거라. 그것 하나가 우리한테는 희망이 아니냐. 넌 말을 안 했지만 난 다 들었다. 요전에 석이가 많이 아팠다지…… 하명이 그 사람이 병원에도 데리고 갔었다고. 다 좋은 사람들이구나."

돌아오는 길을 동일은 석이네의 어깨를 감싸안고 걸었다. 헐거운 반지와 돈이 든 봉투를 쥔 손을 으스러져라 잡고 걷는 석이네에게는 벌써 동일이 떠나고 난 뒤의 허전함이 설렁설렁 옷을 파고들어서 걷는 것인지 떠 있는 것인지 자꾸 발이 헛놓인다.

"무슨 끝이 있어도 있겠지."

동일의 목소리가 바람소리처럼 지나가고 있었다. 여관으로 들어왔을 땐 자정이 가까운 시각이었다.

자리를 하고 난 석이네는 조용히 옷을 벗었다. 두 사람은 정성을 들여 애무했다. 그것은 이제 서로가 서로에게 바칠 수 있는 고통스러운 정염의 불꽃이었다. 가장 진실한 몸짓이었다. 이미 발밑에 와서 출렁이고 있는 별리의 슬픔과 회한도 지금은 사랑이었다. 그 모든 것이 한데 섞이고 휘몰아칠 때 그것은 두 사람만의 순백한 의식이었다. 석이네 눈에는 환희의 눈물이 맺혔고 남자의 몸에서 맺힌 땀이 그녀의 땀과 섞여 흘러내렸다. 좌르르 소리를 내며 떨어질 듯한 별들이 하늘 가득 설레고 있었다. 유성이 그 하늘 끝을 그으며 소리없이 떨어져내렸다.

천막 밖에 나와 오줌을 갈긴 윤재는 하늘 저끝을 바라보다가 담배를 피워 물었다. 주위를 둘러보고 윤재는 천천히 걸음을 옮겼다. 버릇처럼 그는 여자숙소 밖을 한 바퀴 돌 생각이었다. 지혜의 방이 있는 뒷문 쪽을 향해서 걷고 있을 때였다. 바람인가, 펄럭 휘장이 흔들렸는가 하자 튀어나오는 그림자가 있었다. 정수리를 가르고 지나가듯 윤재의 몸에 소름이 쫙 끼쳐왔다. 흠칫 놀라며 담배를 밟아 껐다.

사내였다. 엉거주춤 밖으로 나온 그가 몸을 폈을 때 윤재는 이미 그의 앞에 와 서 있었다. 두 사람의 눈이 어둠 속에서 서로를 확인하는 순간 둘 다 흠칫 몸을 사렸다. 놀라기는 상대편에서 더 놀란 것 같았다. 모습을 확인하고 달려든 윤재였지만 저쪽에서는 아무 방비가 없었던 것이다. 한 걸음 물러서는가 하자 사내가 옆으로 몸을 틀었다.

 달아나는구나. 윤재의 직감이 그렇게 느끼는 순간, 윤재는 몸을 날리며 사내의 팔을 부여잡았다. 두 사람의 몸이 바닥에 나뒹굴었다. 먼저 일어난 쪽은 사내였다. 넘어진 채 달아나려는 발목을 잡으려고 버둥거렸지만 사내의 발이 더 빨랐다. 윤재가 몸을 일으켰을 땐 이미 사내는 거친 발소리를 남기며 천막을 돌아 사라지고 난 후였다.

 쫓을 생각도 없이 윤재는 그 자리에 서 있었다. 그의 확신은 흔들릴 수 없는 것이었다. 규오지…… 맞아. 규오 그놈이야. 겨드랑에서 암내나는 놈, 그 냄새까지도 맡은 거 같았거든. 틀림없는 규오야.

 여자숙소 쪽으로 눈이 갔다. 그쪽에서는 기척도 없었다. 소리를 질러버릴까, 분명히 저기서 나온 것을 보았으니까. 아니면 단원들을 깨워버려? 저놈이 내뺐으니 숙소에는 못 돌아갔을 테고, 그럼 누군지는 분명해지는 일이다. 그러나……? 그래서…… 어쩐단 말이냐. 윤재는 침을 뱉었다. 마음을 진정하느라 길게 가래침을 돋우면서 그는 일의 해결을 생각했다.

 하명에게 지혜가 자기를 피한다는 이야기를 들었을 때, 처음엔 지혜의 곁을 감도는 다른 남자 단원이 있지 않나 생각했었다. 그러나 며칠 주의해 본 결과 그렇지는 않다고 결론을 내린 윤재는 과일을 사들고 들어가거나 자신의 터진 옷가지를 꿰매달라는 핑계를 대면서 불쑥불쑥 지혜의 방으로 들어갔었다.

 "괜찮다. 늙은이 앞에서 어떠냐. 이거 먹어보라고 가져왔다."

 앞가슴을 가리며 무안해하는 지혜를 본체 만체 이불자락을 치우고 펄썩 주저앉으면서도 윤재의 눈은 음흉하리만큼 치밀하게 지혜의 몸짓 하나까지 놓치지 않았고 결국은 지혜가 칼을 숨기고 잔다는 사실까지 알아냈다. 요 밑에 무엇인가를 감추는 그녀를 본 윤재가 다음 날 지혜가 공연하는 사이에 그녀의 방을 뒤졌던 것이다. 그렇게 해서 심상치 않다는 윤재의 예감은 맞아갔고 어떻게든 자신이 몰래 일의 실마리를 풀어줘야 한다고 다짐했던 윤재였다. 한 단원이 갑자기 겉돌기 시작할 때, 특별히 옷을 맞춘다든가 혹은 공연한 불평이 많아질 때 대체로 그가 곧 단체를 떠나는 일이 생긴다는 것은 오랜 연륜 속에서 윤재는 알고 있었다. 몰래 도망을 치든가 아니면 다른 단체로 이단(移團)을 하는 것으로 한 단원이 일으켰던 그런 일상에의 변화는 얼마간의 시간을 단체 내에 물결을 일으키며 남았다가 시간과 함께 사라지곤 했다. 떠난 단원의 이야기는 좋든 나쁘든 과장되어 입에 오르내렸다.

주머니에서 담배를 꺼내 문 윤재는 성냥을 그었다. 바람을 막느라 손을 오므려 불을 붙이던 그는 성냥불에 비친 자신의 손에 묻어 있는 검은 자국을 보았다. 다시 성냥을 그어 손을 비쳐보았다. 오른손에 묻어 있는 것, 그것은 피였다. 넘어질 때 다쳤나 했지만 그것은 분명히 어딘가에서 묻은 것이었다.

피…… 윤재는 머리칼이 서는 것 같았다. 그렇다면 저놈이 당했다는 얘기 아닌가. 시위를 떠난 화살처럼 윤재의 눈이 여자숙소로 날아갔다.

숙소에서는 왜 아무 소리가 없지? 혹시 저 나쁜 놈이 만에 하나 목이라도 졸랐으면…… 크 큰일 아닌가. 가만히 있을 일만도 아니로구나. 마음이 급해지며 앞으로 나가려던 윤재의 발걸음이 흠칫 놀라며 얼어붙었다. 여자숙소의 휘장이 펄럭하더니 누가 밖으로 나왔고 화장실 쪽으로 걸어갔던 것이다.

"거기 누구냐?"

우뚝 걸음을 멈춘 그림자가 천천히 돌아섰다. 아무 대답이 없었다. 윤재의 목소리가 떨려나왔다.

"누, 누구냐니깐."
"아저씨세요?"
"그, 그런데 넌?"
"저예요. 지혜예요."
헛기침을 하며 윤재는 물었다.
"아무 일 없냐 거, 거기······."
"······."
"어, 없으면 됐고 알았다. 알았어."

4

"손은 왜 그래? 다쳤어?"
붕대를 감은 규오의 손을 보며 하명이 물었다.
"아, 이거."
손을 뒤로 돌리는 규오의 눈이 가늘게 찢어진다.
"왜 그래, 많이 다쳤어?"
"조금, 다치긴 뭘. 장난 좀 치다가."
다가오던 석이네가 물었다.
"아니 무슨 장난을 했길래…… 여름살은 성나면 큰일인데, 언제 그랬어요?"
"거 참, 별거 가지고 다 야단일세."
규오가 버럭 소리를 질렀다. 흰자위 많은 눈을 희번득이는 그는 얼굴까지 벌겋게 달아올랐다.
"놀래라. 애 떨어지겠네. 어쩌자고 그렇게 돼지 먹따는 소리를 질러요? 나 참."

"남이사 돼지 모가질 따건 부랄을 까건."

"저 말하는 것 좀 봐. 별일이네."

"예에, 별일이오. 누가 석이 엄마보고 오지랖 넓으랬소. 쓸데없이."

"규오야, 내가 너한테 뭐 섭섭하게 한 일 있니? 성질낼 일도 아닌데 왜 그러냐."

규오의 희번득이는 눈알을 쳐다보는 석이네 음성에도 언짢은 빛이 역력했다.

"말 잘하셨소. 내 그러지 않아도 한번 얘길 할려고 했는데. 규오가 뉘 집 개새끼 이름이요? 내 나이가 몇인데 툭하면 규오야 규오야 하고 말을 찍찍 놓는 거요. 석이 엄마 도대체 몇 살이요?"

"하이고, 너 오늘 날받아서 기다렸나 보구나. 너 아주 막 나온다. 부르라고 있는 이름 좀 불렀기로서니 그게 그렇게 고깝냐?"

"이런 쌍, 확 받아버릴까 부다."

규오가 이를 부드득 가는데, 동일이 떠나고 난 후 설렁설렁 마음을 못 잡던 석이네 독기가 얼굴로 몰린다. 한발 다가서는 석이네 눈에 확 불이 붙었다.

"오오냐, 받아봐라. 이놈아 너는 애비 에미도 없냐? 네 이마빼기 받힌다고 죽을 나도 아니다. 받아라. 받아!"

"이거 정말 왜 이래. 뜨거운 맛을 봐야겠나."

치켜드는 석이네 손을 잡아 확 비틀어버리고 규오는 소리쳤다.

옆으로 꼬꾸라진 석이네가 몸을 버둥거리는데 규오의 뒤에서 으앙 울음을 터뜨리며 달려드는 아이가 있었다. 석이였다. 주먹에 쥔 돌로 규오의 등을 찍으면서 석이는 규오의 옷자락을 잡고 늘어졌다.

"왜 때려! 우리 엄마 왜 때려 이 새끼야!"

"이건 또 뭐야."

매달린 석이를 떼어놓으며 규오의 구둣발이 석이의 배를 걷어찼다. 자지러지듯 울음을 터뜨리며 아이가 나자빠지는데 쓰러졌던 석이네가 일어서며 규오의 붕대를 감은 손을 물고 늘어졌다. 비칠거리던 두 사람이 한꺼번에 옆으로 나동그라졌다. 다시 엉겨붙은 두 사람을 갈라놓으며 하명이 소리쳤다.

"뭔 짓들이야, 이건!"

석이네에게 물린 팔을 움켜잡으며 규오는 거친 숨을 내쉬고 석이네는 엉금엉금 기어가 울고 있는 석이를 끌어안았다.

"에미 치고 자식 치고, 이놈아 이게 어떤 자식이라고 손찌검을 하냐. 너 죽고 나 죽자, 이 자식아."

벌떡 일어서는 석이네를 가로막으며 하명이 그녀를 잡아 흔들었다.

"그만들 못 둬욧!"

땅바닥에 펄썩 주저앉으며 석이네는 울음을 터뜨렸다. 흩어진 머리카락을 쓸어올리며 규오는 내뱉었다.

"더러워서, 내 이놈의 집구석 때려치워야지. 별게 다 사람 보기를 뭘로 알고."

와자지껄하는 소리에 달려온 명수가 돌아서는 규오를 불러 세웠다.

"야!"

"네?"

"왜 그랬어?"

"반말을 찍찍 하지 않아요. 좋은 소리로 그러지 말라니까 악을 쓰고 덤비니 전들 어쩝니까."

"그렇다고 여자한테 손찌검하나?"

"팔을 깨물지 않아요. 개같은 게."

"이 자식이."

명수가 칠 듯이 다가서자 규오는 멀리 물러났다. 모여선 단원들을 휘둘러보는 명수의 이마에 핏줄이 파랗게 돋아나왔다.

"하여튼 요즘에들 안 좋아. 집안굿들을 하지 않나…… 아주 멋대로야. 무슨 구경났어? 뭐 하고들 있는 거야. 제자리로 돌아가!"

명수는 주질러앉아 있는 석이네를 내려다본다.

"다쳤어요?"

어깨가 흔들릴 뿐, 울음을 참느라 입술을 깨무는 석이네는 아무 대답이 없었다. 명수는 담배를 피워 물었다. 징징거리며 서 있는 석이 옷의 흙을 털어주고 나서 머리를 쓸어올렸다. 석이는 고개를 숙인 제 어미 옆으로 다가서더니 입술을 비실거리며 또 울려고 했다. 담배를 집어던진 명수가 이맛살을 찌푸렸다.

"그만 좀 하슈. 뭐 울 것까지 있다고 그래요, 알 만한 사람이."

횡하니 밖으로 나온 명수는 천막 저 너머로 펼쳐진 하늘을 쳐다보았다. 짜증스럽다. 땅바닥에서도 열기가 훅훅 치밀어오르고 목이 뻣뻣하게 굳어오는 것 같다. 어깨에 얹히는 햇빛이 천 근의 무게를 느끼게 한다. 점심때가 지났지만 뭘 먹고 싶은 생각도 없었다. 다방에 들어가 앉은 명수는 의자에 길게 몸을 기댔다. 엽차를 가져온 레지가 선풍기를 돌려놓아 주었다.

"나 사이다나 하나 주쇼."

선풍기 바람에 몸을 맡기고 명수는 멍하니 벽을 바라보았다. 담배를 피워 물었다. 입 안이 깔깔하다. 날라온 사이다를 벌컥벌컥 들이켠 명수는 선풍기 바람에 재가 날리는 담배를 멍하니 바라보았다.

이곳으로 이동하는 사이 명수는 집에 들렀었다. 아이 둘을 데리고 아내 혼자 살고 있는 화곡동 집에는 국민학교 다니는 딸아이가 심었다는 나팔꽃이 가느다란 줄을 따라 창밑을 기어오르고 있었다. 결혼을 하고 일 년여는, 호기심도 있었던지 자기를 따라 여관생활을 하기도 했던 아내였다. 그러나 유랑극단의 방랑이나 곡예사의 낭만이라는 것들이 옛날의 잔해에 불과하다는 것을 아는 데 아내는 오랜 시간을 필요로 하지 않았다. 고속도로가 뚫리고 시골마을에도 텔레비전 안테나가 솟아오른 시대에 아내의 눈에 비친 낡은 천막무대는 봄이 와도 움트지 못하는 고사(枯死)해 가는 나무였다. 아내가 본 것은 몰락해 가는 연희인의 비애밖에 없었다. 사라져가는 것이 아름답다고 말하는 사람들은 그의 얼굴이 아니라 뒷모습만을 보았기 때문이리라. 마멸돼 가는 옛 영화에의 환각을 버리지 못한 채 매달려 있는 비천한 목숨들의 분노를 뻗어오른 기둥과 펄럭이는 천막에서 볼 수 있었던 아내는 오히려 현명한 여자였다.

"나 없는 새 나쁜 짓이나 할려고? 자기가 참 혼자 자겠다. 내가 그런 것도 모르는 줄 알아."

더러는 그러면서 웃기까지 하던 아내였지만 첫 아이가 생길 때쯤에는 함께 가자고 해도 따라나서질 않았다. 둘째 아이가 혼자 놀기 시작하면서 집 앞 골목에 양장점이랄 것도 없는 조그만 바느질집을 내고 아내는 생활까지 맡고 나섰다. 언제까지 그 짓을 하며 돌아다닐 작정이냐고 나서기 시작한 건 그 무렵이었다.

"당신 낼모레면 마흔이에요. 어쩔려고 그러우?"

"당장 무슨 딴 도리가 없잖어."

"그러면서 하루하루 미뤄온 게 몇 년이에요. 애들 생각을 해야죠. 어쩌자고 결단을 못 내려요."

"그만해 둬. 나도 생각이 있으니까."

"천막 끌고 나돌아다니는 것밖에 당신이 무슨 생각이 있이 사시는 분예요? 누군 하기 좋아서 한 소리 또 하고 하는 줄 알아요? 나이 더 들기 전에 기반을 잡아야죠. 당신이 지금 천막이나 끌고 다닐 나이냔 말예요."

아내의 말이 귓가에 쟁쟁거리는 듯했다. 담배가 쓰디썼다. 어쩌다 나는 이 바닥에 처박혔나. 문득 지난 봄 딸아이가 학교에서 가져온 가정환경 카드에 보호자의 직업을 써넣던 생각이 났다. 그때 명수는 담배 한 대가 다 타도록 앉아 있었다. 곡예단 총무. 그렇게 써넣으려니 막상 이것도 직업인가 싶었다. 노동판 십장과 다를 게 뭐 있나. 내가 흥행사인가. 그도 아니면 시쳇말로 연기자들의 뒤를 봐주는 매니저인가. 결국 상업이라고 써넣었던 명수였다.

선풍기 돌아가는 소리마저 기진하게 들려오는 다방을 나선 명수는 밖의 햇빛에 눈이 부셔서 미간을 찌푸렸다. 그래도 내가 여기 발을 들여놓을 땐 철없는 것이나마 꿈이 있었는데.

중국집에 들러 우동 하나로 늦은 점심을 때우고 돌아왔을 때, 입구에서는 덕보가 더위를 견디지 못해 하며 러닝셔츠를 배꼽 위로 걷어올리고 헉헉거리고 있었다. 찌는 듯한 햇볕이 천막 위에서 지글지글 끓었다.

"덥지?"

"정신이 하나도 없습니다."

"어때, 손님은?"

천막 안을 눈짓하며 명수가 물었다. 드럼을 치는 보조사회자 주환이의 목소리가 우렁우렁 들려왔다. 지혜의 사십오 도 경사진 줄타기 순서였다.

"앉아 있기도 힘든데 귀경오겠수, 천막 안이 한증탕입니다."

명수는 의자를 당겨앉았다. 천막에 가려 그늘이 지긴 했지만 몹시 더웠다.

"연속입니다, 연속. 자, 오세요. 사람이 붕붕 뜨는 아라비아 마술입니다."

 매표소 앞에서 발악하듯 외쳐대던 종길이가 명수와 눈이 마주치자 씨익 웃는다. 어디서 밀짚모자를 하나 구해서 썼다.

 "대인 이백 원, 소인 백오십 원! 시원합니다. 죽느냐 사느냐 목숨을 내건 공중곡예, 삼십 미터 공중을 달리는 철선 대행진, 서늘하고 아슬아슬한 묘기의 향연을 연속으로 보내드립니다. 평생 단 한 번의 기회입니다. 오세요."

 종길이 질러대는 소리는 숫제 악을 쓰는 듯싶었다. 불볕 아래에는 그래도 꼬마들이 모여 원숭이를 쳐다보며 히히거리고 있었다.

 "야, 종길아."

 "예, 총무님."

 "그래 가지고 밥 먹고 살겠냐?"

 "분식의 날인데 밥 못 먹으면 국수 먹고 살지요."

 "안에 가서 사이다 두 병만 달라 그래. 찬 걸로."

 명수가 꺼내주는 돈을 받아들고 안으로 들어간 종길이 사이다 두 병을 가지고 나왔다. 명수가 그중 하나를 받아 하명에게 따르고 한 병은 덕보와 종길에게 준다. 땅꾼같이 작은 키에 어깨가 벌어지고 얼굴이 두둘두둘한 덕보는 허리를 굽혀가며 사이다를 받아 마셨다.

 "어이구 씨원허다."

 사이다를 마시고 난 하명이 명수에게 물었다.

 "총무님, 웃자기 나흘 남았죠?"

 "그렇지. 십오일까지니까."

 다음 행선지가 동해안 쪽이었다.

 "기차로 가야겠네요?"

 "밤차 타야지. 밤새도록 가야 할걸."

그때였다. 천막 안에서 관객들의 비명소리가 지치고 늘어진 한여름의 오후를 찢으며 터져나왔다. 네 사람의 눈길이 불똥이 튀듯 한곳에서 만났다. 사고로구나. 튀어오르듯 일어선 네 사람은 안으로 달려들어갔다. 사이다병이 나뒹굴었다.

원형무대 마룻바닥에 쓰러진 지혜를 단원들이 안아 들여가고 있었다. 관객들이 우우 일어나 앞으로 몰려나왔다.

"어떻게 된 거야?"

명수가 뛰어들며 소리쳤다. 누군가가 상기된 목소리로 대답했다.

"줄이 끊어졌습니다."

"뭐야?"

마룻바닥에 늘어진 줄이 눈에 띄었다. 분장실로 뛰어들어가는 하명은 주먹을 움켜쥐고 있었다.

분장실 바닥에 눕혀진 지혜는 정신을 잃고 빨래처럼 널브러져 있었다. 피가 얼룩진 얼굴을 바라보는 순간 하명은 무릎이 잘려나가는 것 같았다. 지혜 앞에 풀썩 주저앉으며 그녀의 목뒤로 손을 넣어 고개를 들었다. 손바닥으로 얼굴의 피를 문질렀다. 입과 코에서 피가 흐르고 있었다.

번쩍 고개를 들었다. 덕보의 얼굴이 눈에 띄었다.

"형, 업혀줘!"

하명이 등을 내밀며 돌아앉는데 명수가 소리쳤다.

"덕보 네가 업어라! 하명이 넌 가서 택시 잡아. 빨리."

덕보가 지혜를 업었다. 명수의 목소리가 뒤통수를 갈긴다.

"하명아, 넌 가지 마! 종길이 네가 가라. 임씨도 따라가고."

하명이 영문을 몰라 우뚝 선다. 명수의 손가락이 하명을 향해 뻗는다.

"하명이 넌 빨리 무대 나갈 준비해!"

"네?"

"넌 공연해야잖아!"

날쌘 종길이 벌써 천막을 돌아나가고, 지혜를 업은 덕보가 덜컥덜컥 뒤따랐다. 늘어진 지혜의 손발이 제각각 덕보 등 뒤에서 흔들리고 있었다. 척추나 부러지지 않았나 모르겠다. 명수의 눈이 살기를 띠며 번뜩였다.

"오씨!"

윤재를 부르면서 명수의 한 손은 주머니를 뒤지고 있었다. 집히는 대로 꺼내든 돈을 그에게 내밀었다.

"아저씨도 따라가십쇼."

돈을 받아드는 윤재의 얼굴이 흙빛이다.

"저도 가겠습니다."

뛰어나가는 하명을 향해 명수는 소리쳤다.

"정신 차려 인마. 조금 있음 네 차례 아냐. 무대 안 나가고 어딜 간다는 거야."

둘러선 단원들을 향해 명수의 목소리가 또 날아갔다.

"다 제자리로 돌아가, 빨리!"

천막 안은 수라장이었다. 객석에 있던 손님들이 진짜 구경났다고 분장실 쪽으로 몰려들고 있었다.

"저기다. 저기 간다."

입구 쪽에서 누군가가 소리쳤다. 택시에 실리는 지혜를 보려고 손님들은 밖으로 밀려나갔다.

"죽었나봐!"

"어머 저 피 봐, 저걸 어째."

들끓는 팔월의 햇볕과 찐득거리는 땀에 절어가던 사람들에게 피는 진짜 구경거리를 만들어준 것 같았다. 객석의 동요는 쉽게 가라앉지 않았다. 단원들도 눈알을 번들거리며 삼삼오오 모여서 수군거리고 있었다. 명수가 무대 위로 올라선 것은 그때였다. 마이크를 잡은 그는 어금니를 힘주어 물었다.

"손님 여러분, 자리로 돌아와주십시오. 무엇보다도 먼저 손님 여러분께 사과의 말씀을 올립니다. 예기치 못했던 사고로 인하여 여러분을 놀라게 해드린 점 진심으로 양해를 구합니다. 곡예사 신지혜 양은 병원으로 갔습니다. 코피가 터졌을 뿐 대단한 부상은 아닙니다. 그 점 아시길 바라면서, 곡예를 계속해 드리겠습니다."

손님들은 제자리로 돌아갈 생각은 않고 모여서 웅성거렸다. 분장실에서는 석이네가 울먹거리며 무대의상을 갈아입고 있었다.

"죽으면 어떡하냐, 죽으면."

"언니도 무슨 말을 그렇게 해요. 죽긴 왜 죽어요."

연희였다.

"아이구, 얘 그 피를 봐라. 살 사람이 그 꼴이겠니."

"별일들이야. 떨어질 때 박씨가 받치는 걸 제가 봤단 말예요. 죽지 않아요."

"넌 꼭 남의 말하듯 하는구나."

명수가 안으로 뛰어들어왔다.

"석이 엄마 뭐해요. 빨리 나오지 않고."

"나, 난 가슴이 떨려서, 예, 나갈게요."

연희가 타이츠 위에 입고 있던 옷을 벗어제쳤다.

"언닌 안 되겠어요. 제가 먼저 나갈게요. 총무님, 나 나간다고 해주세요."

악사들이 드럼을 울린다. 장내엔 연희의 지상곡예가 소개되고 있었다. 악사들이 「감격시대」를 연주하기 시작했다. 입술을 물면서 연희는 행진곡 리듬에 맞추어 마루무대로 걸어나갔다. 웅성거리는 관객들이 그녀를 멍하니 지켜보고 있을 때, 연희는 몸을 날려 손을 짚고 넘어가는 삼단 연속회전을 해나갔다.

마루무대에는 매트리스도 깔려 있지 않았다. 연희는 이제까지의 공연순서를 무시한 채 즉흥적으로 연기를 이어나갔다. 몸을 뒤로 젖혀 손으로 바닥을 짚고 반원의 호를 그린 몸으로 마루를 걸었는가 하면 어느새 물구나무 선 자세로 두 다리를 앞뒤로 수평되게 벌린 채 걷고 있었고, 갑자기 몸을 날리며 허공으로 뛰어올랐다.

남자숙소에서는 명수가 후건들을 모아놓고 침착한 목소리로 지시하고 있었다.

"상철이, 종명이, 그리고 너 셋은 빨리 객석으로 들어가. 가서 따로따로 손님들 속에 섞여 앉아서 지혜가 별로 다친 데가 없다더라고 떠들어대. 소문을 낸단 말이야. 알겠어?"

"지금 갈까요? 총무님."

"그래, 작업복 벗고 옷들 갈아입고 들어가. 그리고 너 재석이."

"예."

"너는 말야, 웅칠이랑 입구 밖에 나가 서 있다가 누구든 곡예사가 떨어졌다는 둥 떠드는 놈이 있거든 너희들도 그러란 말야. 떨어졌지만 다친 데는 별로 없다더라고. 절대 단원인 체하지 말고 어디서 들은 소리인 것처럼 말하란 말야. 너희들은 뒷일을 봐왔기 때문에 얼굴 알아볼 사람이 없으니까 마음놓고 해. 만약 병원으로 실려가는 걸 봤다거나 단체의 나쁜 소리 지껄이는 놈이 있으면 끌고 가서 두들겨 패버려!"

"알겠습니다."

"이걸 알아야 한다. 소문을 단체에 유리한 쪽으로 끌고 가란 말야. 알겠어?"

"예. 압니다."

입구로 나온 명수는 태기에게 별일이 없는가를 확인한 후 후견 아이들이 밖에 나와 어슬렁거리더라도 아는 체하지 말라고 일의 대강을 설명했다. 아울러 일단 2회 공연은 계속 강행할 것을 부탁했다.

"하명이가 없는데 어떻게 하죠……."

"없다니?"

"택시 타고 따라갔습니다."

"그 자식 가지 말라고 했는데 갔군그래. 하여튼 적당히 해봐."

객석 안으로 들어온 명수는 늦더위로 후끈거리는 천막 안을 감돌고 있는 열기를 보았다. 그것은 더위만은 아니었다. 자신들의 허황한 운명을 비웃는 실이 마음과 마음에서 풀어져 나가 악사도 곡예사도 후견들도 보이지 않는 밧줄로 서로에게 묶이고 있는 것만 같았다. 다시 밖으로 나왔다. 가슴에 돌이 얹히는 것 같았다.

"어느 쪽으로 갔어? 어디로들 갔는지 몰라?"

"내려갔습니다."

"병원을 찾아보고 오겠네."

"괜찮을까요?"

"설마하니…… 하여튼 가보고 오겠네. 하명이도 돌려보내야 할 테니."

손바닥의 땀을 닦는 태기를 뒤로 하고 명수는 큰길로 나왔다. 택시를 기다리며 서 있는데 건너편에서 버스를 내린 덕보가 뛰어왔다.

"어떻게 됐냐?"

"다행히 깨어나긴 했어요. 입원비가 모자라서 왔습니다."

덕보는 제정신이 아닌 얼굴이었다. 줄이 끊어졌다면 그 책임은 덕보에게 돌아가게 마련이었다. 모든 장비의 점검과 보수 및 공연 중의 보조역할을 맡는 후견들은 모두가 덕보의 책임 아래 있었다.

사색이 된 얼굴을 덕보는 손바닥으로 문질렀다. 땀이 비 오듯 흐르고 있었다.

"다친 데는 어때?"

"오른쪽 팔이 부러진 것 같아요. 그리고 엉치도 다쳤는지 움직이질 못합니다."

"얼굴의 피는 어떻게 된 거야?"

"떨어지면서 디리 박은 모양인데 입 안이 터지긴 했지만 크게 다친 것 같진 않구요. 얼굴이 퉁퉁 부어서 이쪽 눈이 안 보여요."

덕보는 자신의 오른쪽 눈꺼풀을 손가락으로 눌러보이며 들고 있던 옷가지로 땀을 훔쳤다. 현기증이 오는 것을 이맛살을 찌푸려 겨우 참아내면서 명수는 태기에게 매표소에서 돈을 가져오라고 일렀다. 돈다발을 들고 들어온 태기가 덕보에게 물었다.

"덕보 형, 그 옷에 피 아뇨?"

"이게 전부 피 두루마리다. 등어리랑 난닝구까지 피가 배어서 하명이 껄 빌려입고 오는 길이여."

"어쨌든 그만하니 다행이다. 가자 덕보야."

달리는 차의 등받이에 머리를 기대고 명수는 눈을 감았다. 단장은 서울의 곡예협회에 나가고 없었다. 자빠져도 코가 깨진다더니 단장이 없는 사이에 일어난 사고라는 게 명수로서는 가시처럼 목에 걸렸다. 일이 이렇게 얽힐 게 뭐람. 병원에 들렀다가 협회로 전화를 해야겠구나. 어쨌든 치료비 문제도 있고 일은 두고두고 시끄럽게 생겼다. 경찰에서 일을 모르고 지나갔으면 좋겠는데.

당신 나이가 서른일곱이에요. 써꺼스나 끌고 다닐 나이냔 말예요. 아내가 하던 말이 귓가에 울려왔다. 어금니를 힘주어 물면서 명수는 눈을 번쩍 떴다. 망할 테면 아주 철저하게 망해 보라지. 나도 무엇 때문에 여기에 와서 이러고 있는지를 모르는 사람이야. 무엇이 내 발목을 잡고 있는지 나도 몰라. 마지막 한 푼까지도 잃어야 손을 털고 일어날 수 있는, 그때에야 회한이 남는 투전꾼의 심정이 이런 것인지도 모르지. 그렇지만 나도 물러서지는 않아. 이 백명수가 질 줄 아냐. 어림도 없다. 아직 하늘 무서운 짓하며 산 일 없는 놈이다.

"오른쪽으로 돌아서 병원 앞에 세워주시우."

덕보가 우렁우렁한 목소리로 중얼거렸다.

다음 날 저녁, 단원들은 모두 천막 안으로 모였다.

어떻게 해서 알게 되었는지, 사건이 확대되지 않기를 명수가 그렇게도 염려했지만 경찰에서 다녀갔고, 줄이 끊어짐으로써 생긴 사고이기에 사고에 대한 책임을 안고 있던 후견장 덕보는 조사를 받는다는 명목으로 파출소엘 다녀와야 했다.

하나둘 모여앉는 단원들의 얼굴은 침통했다. 이곳에서의 남은 이틀간의 공연마저 취소될지도 모른다는 우려가 무겁게 내리누르고 있는 천막 안은 더욱 황량했다. 텅 빈 무대. 반쯤 내려진 막. 천장에서부터 길게 늘어뜨려진 안전그물. 줄. 그네들. 들어오는 대로 몇 명씩 모여앉아 단원들은 술을 먹기 시작했고, 여자들은 저희들끼리 낮은 목소리로 이야기를 주고받았다.

누가 모이라고 했는지, 무슨 일 때문인지 묻는 사람은 아무도 없었다. 이렇게 모여앉는다는 그것만으로도 서로가 위안이 되는 듯싶었다. 자신들의 생활 속에 숨어 있는 위험이 갑자기 밝은 불빛 속에 모습을 드러냄으로써 느끼는 공포를 서로 모여앉음으로써 조금은 잊어보려는 얼굴들이었다.

"시집도 안 간 처녀가 병신이라도 되면 어쩔 게야. 큰일이구먼."

"덕보 니가 데리고 살면 되겠네."

"이놈의 새끼가."

덕보 얼굴이 험악하게 굳어졌다.
"이게 지금 농담할 얘기꺼리여? 한솥에 밥을 먹으면서 그걸 말이라고 하고 있어?"
"눈에 쌍심지 켜고 나설 일도 아닌데 그러네."
"맘보 바로 써라 자슥아, 제 명에 뒈질려거든. 사람의 본성은 잡기를 해봐야 안다더라구 내 네놈 야멸친 건 섰다 붙으면서 이미 안 일이다만 그럼 못쓴다. 농담꺼리가 따로 있지."
우스개랍시고 한마디 했다가 코를 떼인 박씨가 머쓱해져서 허공을 쳐다보는데 종길이가 끼어들었다.
"다 속 답답하니까 해본 소리를 가지고 뭘 소리를 지르고 그래요."
"뭐니 뭐니 해도 다 쓰잘데없는 일이고 다친 사람만 불쌍하고 억울한 일이지."
"그럼그럼 지 살 꼬집는디 남의 살 아플까."
임씨는 고개를 끄덕거렸다. 태기는 고추장을 찍은 오이쪽을 와작와작 씹었다.
"교통사고는 보상금이라도 나오지. 이거야 무슨 보험엘 들어서 보상을 받을까, 노동청에서 뒤를 봐줄까. 곡예사 신세만큼 불쌍한 것도 드물지요."
"누가 너보고 불쌍하라든? 너 좋아서 와 있는 거야."
"허기사 써커스가 무슨 공장이냐? 보험엘 들게."
"이를테면, 하는 얘깁니다."
"아니 윤재 씨 못 봐서 허는 얘기여? 머리가 허옇게 쎄도 마술하는 거 보면…… 손 띠면 그날로 밥 굶는다는 얘기 아니냔 말여. 이거야 먼 퇴직금이 있어, 뭐시 있어."
"퇴직금은커녕 일당 못 받는 날이나 없었으면 좋겠수."
"아니제. 먼점 그런 큰일이 해결나면 다른 건 다 쉽게 풀리는 거라구."

"임가 네가 그 일 가지고 희생적으루 나서보지그래. 재장구 타는 재주 됬다 뭐하냐, 내일부터 재장구 타구 뛰어다녀봐. 도시락은 내가 싸줄 모양이니."

덕보 말에 이번에는 임씨가 발끈했다.

"넌 내가 자전거 타는 거시 뭐시 고르케 원수래서 허고헌 날 재장구 재장구 해가며 씹고 있냐. 원생이 궁뎅이나 닦어주는 주제에 원."

"모르는 소리 좀 그만해. 말 뒷발질에 명치끝 차였다 하면 가도 아주 급행표 끊어가지고 가는 거여. 너야말로 재장구에서 떨어져 봤자지. 아까징끼 발라주면 그만 아니여. 엣다 술이나 처먹어라."

"그만둬야지. 사람 대우 못 받고…… 춥고 배고프고…… 그저 일찍일찍들 그만둬야 한다구."

"몰라서 못하나요. 소도 언덕이 있어야 비비지요. 남만치 배운 게 있수, 부모덕을 봐서 가진 게 있수."

"허긴, 어느 놈은 넥구다이 매고 앉아 펜디야 놀리고 싶지 않아서 재주 넘고 상가. 팔자제, 배운 게 그거니 팔자랄 수밖에."

"좋아서 하는 사람도 있는 겁니다."

우렁우렁한 목소리에 고개를 돌리니 하명이 앉아 있었다. 깍지 낀 팔로 무릎을 싸안았다. 뒤쪽에선 규오가 악사들과 화투치기를 하고 있었다. 별로 흥이 있어 보이지 않은 손짓들이었다.

"거기 있었냐?"

하명에게 소주잔을 돌리며 태기는 고개를 끄덕였다.

"하명이 네 말이 틀린 얘기는 아니다. 평양감사도 저 싫으면 그만인데 억만금을 준다고 자기 싫은 짓 하겠나. 저 좋으니까 작심한 일인데, 하다 보니 이런저런 사연이 생기는 거지."

"그나저나 오야지가 애먹겠구먼. 다친 사람이야 운수 탓도 있다

하지만 오야지가 치료비 물어줄려면."

"자기 사람 다쳤는데 그거야 각오해야지, 뭘."

모이라는 전갈이 그게 누구의 입에서 나온 소린지도 모르는 채 마루무대를 중심으로 모여앉은 단원들은 제각각 여기 왜 나와앉게 되었는지를 잊어가면서 혹은 이야기에 혹은 화투에 빨려들어 가고 있었다. 한낮의 열기가 식은 바람이 천막을 헤치고 불어왔다. 회의랄 것도 없는 모임이 시작되었을 때 제일 먼저 이야기가 오간 것은 덕보에 관한 문제였다. 법으로 하는 일에 어쩔 수는 없다 하더라도 그 혼자 책임을 지게 할 수는 없으니 단원들이 진정서 같은 것이라도 써서 내도록 하자는 쪽으로 의견이 모였다. 기왕에 사람은 다친 일이니 더 이상 문제가 커지지 않게 하자는 이야기가 오가고 난 후 윤재가 일어났을 때 백열등에 비친 그의 얼굴은 더욱 주름살이 깊어보였다.

"자랑할 건 하나도 못되는 얘기네만 자네들도 알다시피 난 여기서 늙은 몸이네. 내가 못나서겠지만 그렇다고는 해도 이렇게 늙도록 여길 떠나지 못하는 건 단원 사이의 의리 때문인지도 몰라. 굶어도 같이 굶으며 간 세월이더란 얘기야. 왜놈 단장 밑에서 만주 공연을 다닐 때도 같은 조선 사람 몇은 단체 안에서도 똘똘 뭉쳐서 일당을 받아도 함께 올려받고 대우를 받아도 함께가 아니면 안 했거든. 이런 의리 때문에 못 떠나고 이토록 살아왔는지도 모른다, 이런 얘길세."

단원들은 묵묵히 들었다. 얼기설기 새끼에 묶여서 뻗어올라간 기둥들 위에 펼쳐진 천막은 커다란 아가리 같았다. 자신들이 어떤 큰 입에 먹히고 있는 기분이었다. 변소 쪽에서 오줌냄새가 풍겨왔다. 객석 밑에서 쥐들이 찍찍거렸다. 누군가가 조심스레 소주 따르는 소리가 들려올 정도로 천막 안은 무거운 침묵에 덮여갔다.

"그때나 이때나 다른 게 없어. 단체 안에서 의리없는 사람이 있으면 쫓아낼 밖에. 그리고 그런 단원이 있다면 몰매를 치는 수밖에!"

하나둘 단원들이 숙였던 고개를 들었다. 윤재의 목소리에 차츰 절박한 것이 깔리고 있었다.

"그런데, 하물며 의리는커녕 같은 단원을 해치려는 자가 있다면 이거야말로 그냥 넘길 수는 없는 일이고 우리 모두가 알아야겠다 이 말야. 내 말이."

"아저씨 그거 무슨 얘깁니까? 듣자 허니 얘기에 뼈가 있는 것 같수다."

"덕보 자네 말 잘했네. 그런 단원이 이 안에 있어선 안 되지, 암."

분위기는 차츰 긴장돼 가고 있었다. 단원들의 눈은 윤재에게 몰리고 그들의 눈은 어제오늘의 이 무겁고 긴 시간을 깨뜨릴 것을 찾고 있는 것 같았다.

"그런데 우리 단체 안에 몰매를 쳐야 할 놈이 있더라 그 말이야."

"어떤 놈인진 모르겠지만, 그게 날보고 하는 소리라도 좋으니까 말이나 씨원히 하십시오."

"맞다. 그런 놈을 그냥 둬둘 순 없다."

남자단원들의 눈이 서로서로 부딪쳐갔다. 도대체 그런 단원이 있었단 말인가. 윤재의 목소리가 낮아진다.

"난 지혜가 떨어진 다음부터 줄곧 이상한 생각을 했네. 후견들이 공밥 먹는 거 아닌 마당에 줄이 끊어지는 걸 모를 수는 없어. 누군가가 줄을 끊어놓지 않고는 하루에도 몇 번씩 올라가는 그 줄이 끊어진다는 일은 있을 수가 없는 거 아니겠어?"

동요는 여자들 쪽에서 더 크게 일었다. 세상에 무슨 원수가 졌길래, 혀를 차는 소리가 들렸다. 그럴 수도 있는 일이었다. 그 줄이 어디 보통 줄인가. 그게 끊어진 데는 까닭이 없을 수 없지. 그렇다면

누구의 짓이냐. 그다음에 올 경악을 느끼며 눈들이 점점 커지고 있었다.

"다들 그런 생각이 안 들어? 어때? 그렇게 생각한다면 지혜를 떨어뜨리려고 한 게 누구냐, 우리 손으로 그게 누군지 밝혀내야 한다, 이 말이야."

웅성거림 사이를 뚫고 윤재의 음성이 터져나왔다.

"줄에 칼침을 놓은 놈이 있어! 그게 누군지 난 알아!"

"어느 놈입니까?"

"죽여, 누구야?"

벌떡벌떡 일어서는 단원들의 얼굴을 보면서도 윤재는 불을 지르는 것을 늦춘다.

"더 말 않겠으니 이제 제 발로 나서길 바라네."

단원들의 눈이 일제히 윤재에게로 쏠렸고 다시 윤재가 바라보는 곳으로 몰려갔다.

"아니, 나, 나란 말이요?"

시뻘겋게 달아오르는 얼굴로 일어선 것은 웅칠이였다. 윤재의 눈이 자기를 보고 있었기 때문이다.

"너 이놈으 새끼!"

소리치며 덕보가 벌떡 일어서자 웅칠이는 시커멓게 죽어가는 얼굴로 덕보에게서 한 걸음 물러서며 윤재를 향해 고함쳤다.

"아저씨 나하고 무슨 원수졌수? 왜 이래요? 내가 그러는 걸 봤어요?"

"난 봤다 그러지 않았네. 진짜 칼침 놓은 놈은 바로 자네 뒤에 있어."

뒤를 돌아본 웅칠이 또 한 걸음 물러섰다. 규오였다. 규오는 입술을 떨면서 심하게 일그러지는 웃음을 웃고 있었다.

"야아, 이것 봐라. 날 찍으시겠다아. 내가 젤 만만한가 본데……."

단원들의 눈이 잠시 멈칫했다. 그는 결코 만만한 사내는 아니었던 것이다.

"생사람 잡지 마쇼. 누굴 뭘로 알고 찍으려 듭니까?"

윤재의 눈이 가늘게 찢어지며 허공에서 규오의 눈과 만난다.

"네 손이 왜 그렇게 됐는지 나는 다 알아!"

이야기 돌아가는 게 심상치 않다는 생각이 들었을 때, 규오는 이 자리에 자기가 있어선 안 된다고 느꼈다. 그러나 이젠 몸을 피하기에도 너무 늦어버렸다는 생각은 그의 눈썹을 꿈틀거리게 했다.

"영감태기가 환장을 했나, 이거 왜 이러슈."

"저놈 말하는 거 봐라! 오냐, 이놈아 5일날 밤중에 스찌바 앞에서 널 붙들었다 놓친 건 바로 나야. 그리고 네가 지혜한테 무슨 짓을 했는질 나는 다 알아. 찢어죽일 놈."

"이것들이 정말 죽고 싶은 모양이야. 따라오슈, 나랑 단둘이 얘기합시다."

엄지손가락으로 천막 밖을 가리키며 몸을 돌린 규오는 이미 뛸 자세였다.

"잡아라, 도망친다."

윤재의 목소리가 터져나왔을 때 규오는 이미 몸을 날리고 있었다. 순간 그의 발을 걸어찬 것은 덕보였다. 우 하며 일어서는 단원들 사이에서 튀어나간 하명이 나가떨어지는 규오의 몸을 덮쳤다. 엉켜붙은 채 두 사람이 일어섰는가 하자 하명의 주먹이 그의 얼굴을 부수며 날았다. 쓰러진 규오의 몸을 짓밟으며 단원들의 발길이 쏟아졌다. 마루무대에 주저앉으며 담배를 꺼내드는 윤재의 손이 부들부들 떨리고 있었다.

"사람 죽이겠소. 작당들 해서 이게 무슨 짓이오."

팔을 내저으며 석이네가 달려들었다.

"너도 참 박정한 놈이다. 젊은 놈이 어째 하는 짓이 그 모양이냐. 오늘부터 널 다시 봐야겠다."

"나도 잘 모르겠습니다. 가기 싫은 걸 난들 어쩝니까."

"모르긴. 모를 일이 따로 있지. 못쓴다. 젊은 놈이 사람이 그렇게 용해빠져 가지고 무슨 일을 하겠니. 못써어."

"내 일 아닙니까. 그만 좀 해두세요."

윤재에게 벌컥 소리를 질러버리고 하명은 대합실로 나왔다. 기차시간은 아직 두 시간이 넘게 남아 있었다. 끝내 지혜를 찾아보지 않고 떠나려는 하명을 붙잡고 윤재는 사람의 도리로서도 그렇게 하는 게 아니라고 타일렀지만 하명은 들은 척도 하지 않았다.

짐을 실은 차가 떠나고 저녁을 먹고 차시간까지 역으로 모이기로 하고 더러는 자기 볼일들을 보러 흩어졌지만 하명은 그냥 역으로 나가는 버스를 탔다.

"재수 더럽게 없더니. 여기 또 올까 무섭다."

천막을 뜯어낸 공터에다 대고 침을 뱉는 단원들도 있었다. 오늘 이동을 하는 것이다.

역 맞은편 골목으로 술집을 찾아들어간 하명은 소주 몇 잔을 거푸 마셨다. 배가 쓰린 것이 술 때문만은 아니라고 생각하며 탁자를 내려다보는 그의 눈은 핏발이 서 있었다.

"줄 타는 계집이나 그네 타는 사내나 다 팔자에 흘러다니는 몸이지만, 만났다 헤어지는 것도 남달라야 하냐."

안주를 집을 생각도 없이 들이켜던 술잔을 탁자에 내려놓으며 하명은 눈을 들었다. 기적소리가 아주 가깝게 들려왔다. 눈에 밟혀서 어떻게 살겠냐. 무대 위에서 숙소에서 불쑥불쑥 나타날 것 같을 텐데…… 내가 이 단체를 떠나든가 해야지. 하명의 입술이 괴롭게 일그러진다. 날 보고 박정한 놈이라고 하셨죠. 예에, 나 정없는 놈입니다. 아저씨 말 잘하셨습니다. 부모 얼굴도 모르는 놈이, 고아원 뛰쳐나와 구두 찍으러 다니며 큰 놈이 별수 있겠습니까. 담요 한 장 양말 한 짝이 희망의 전부였을 땐, 시멘트 바닥에서 자면서 세상 욕을 있는 대로 씨부려야 잠이 왔습니다. 난 그때 빨리 크기를 바랐습니다. 자고 나면 키가 한 뼘씩 컸으면 했습니다. 어른이 되면 덜 추울 테니까요. 달리 할 일도 있었겠죠. 휴지 줍는 재건대원을 했어도 지금쯤은 어디 가서 돼지라도 기르며 살 테고, 가위 들고 나섰으면 이젠 재단대 치면서 자식놓고 살 궁리하겠죠. 예에, 달리 할 일도 많았습니다. 그런데 왜 모질게도 매맞아가면서 그네타기를 배웠는지 나도 모릅니다. 나 이제 서러울 거 없습니다. 다 잊었기 때문에 이렇게 산단 말입니다. 배부르고 등따듯하게 편히 살려면 그 설움을 잊지 말아야 하는 거고 이런 데 있지 말아야 했다 그겁니다. 윤재 아저씨. 이불 덮어줘가며 당신 손의 장갑 뽑아서 내 손에 끼워주던 아저씨. 사람은 제 본성을 숨길 수 없다고 하셨죠. 어쩌다 내 마음이 녹아서 지혜하고 살 생각을 했는지…… 난 이게 우습단 말입니다. 김하명이 목숨은 집 짓고 문패 달고 살아서는 안 되는 목숨이라는 걸 잊었다 그 말입니다. 그걸 잊고 붕어가 뛴다고 망둥이도 뛰다보니 그 꼴 난 게 아니냐 이거예요. 이런 날보고 지혜 얼굴을 보러 가라 그 말입니까.

　술집을 나온 하명은 역으로 향하는 지하도를 내려다보며 망연히 서 있었다. 금방 차가 도착했는지 지하도에선 사람들이 가득히 올라오고 있었다. 담배를 꺼내 불을 붙인 하명이 몸을 돌렸다. 상점에서 흘러나오는 불빛에 시계를 들여다본 그는 마침 앞에 서는 택시를 잡아 올라탔다.

병원 앞에서 내린 하명은 또 얼마를 병실 창문을 올려다보며 서성거렸다. 천천히 안으로 들어갔다. 계단을 오르고 복도를 지나 하명이 지혜의 병실로 들어섰을 때, 그녀는 잠이 들어 있었다. 침대 머리맡의 불만을 켜놓은 병실은 어두컴컴했다. 조용히 다가간 하명은 의자를 당겨 그녀의 옆에 앉았다. 조금 벌린 입술로 내쉬는 지혜의 고른 숨소리를 들으며 하명은 희미한 어둠 속에 앉아 있었다. 핼쑥해진 얼굴은 머리맡의 불빛 때문에 광대뼈가 튀어나와 더욱 말라 보였다. 침대가로 나와 있는 그녀의 손을 하명은 가만히 내려다보았다. 희고 조그만 손이 자기를 향해 내밀어져 있다는 생각을 하면서 하명은 목구멍 가득히 복받쳐오는 울분을 누르며 어금니를 힘주어 물었다. 가만히 그 손에 자신의 손을 놓았다. 하명의 큰 손이 조그마한 그녀의 손을 덮었다.

새로 환자가 들어왔는지, 병실 밖에선 소란스럽게 사람들의 발소리와 삐걱이며 침대 구르는 소리가 들려왔다. 다시 주위가 조용해졌을 때, 일정한 간격으로 오르내리는 지혜의 앞가슴을 내려다보다가 하명은 병실을 나왔다. 층계를 걸었다. 가슴에 맺혀 있는 말들이 마음의 습지를 반딧불처럼 날아다니는 것 같았다. 어쩐지 이런 자기를 지혜는 용서할 것 같지 않았다. 그리고 자기도 지혜를 용서할 수는 없으리라. 차를 기다리며 길가에 서 있을 때 그는 비로소 자기가 울고 있다는 것을 알았다.

길게 한 번 기적이 울렸다. 어디서 날아들어왔는지 불나비 한 마리가 차창에 부딪쳤다간 떨어지고 또 부딪치고 하면서 끝없이 날고 있었다. 소주잔을 건네면서 윤재와 덕보는 창밖의 어둠에 이따금 눈길을 보내곤 했다.

"추석을 어디서 쇠게 될라나 모르겠네요."

"벌써 추석 걱정인가. 앞 도바에서 쉴지도 모르지. 추석 걱정을 다 하니 나보단 낫군그래."

"그게 아닙니다."

덕보는 손에 들었던 잔을 들어 홀짝 마셨다. 대구포 한 조각을 집어 입으로 가져가는 덕보의 얼굴은 그 동안 수염이 자라 더부룩했다.

"제가 집에서는 맏이예요. 종손이 집을 나와서 이러고 사는데 밑에 놈들이야 오죽하겠어요. 선영에 풀이나 깎았는지 원."

"아우들이 그런 일이야 어련히 안 챙겼을라고."

"그렇지가 못하니 걱정이지요. 해마다 제가 여름에 짬을 내서 벌초를 하곤 했는데 올 여름엔 고향엘 못 갔으니…… 나부터가 이렇게 나와서 사니까 고향엘 가도 동생들한테 말발이 서지를 않습니다."

"그럴 수도 있겠지."

"잔 받으세요."

덕보가 종이컵을 윤재에게 건네고 술을 따랐다. 고개를 끄덕이면서 술잔을 내려다보는 윤재의 얼굴에도 비감한 빛이 어렸다. 물들였던 머리가 많이 자라서 윤재의 이마와 양쪽 귀 뒤로는 허옇게 흰머리가 드러나 있었다.

"그래도 자네는 효자네."

"자식 도리하는 거 하나 없습니다요. 불효로 말하자문야 제가 더 먼저지요. 늙은 어머님을 저 살기도 어려운 동생한테 맡겨놓고 있으니."

불나비 한 마리가 이번에는 창으로 날아와서 유리창에 부딪치며 날개를 퍼득거렸다. 윤재가 손을 뻗어 날개를 잡으려 하자 벌레는 다시 위쪽으로 올라가버렸다. 승강구 옆에 붙어앉은 섰다판에선 왁작거리며 목소리가 높아지고 있었다.

"아저씬 고향이 함경도라 그러셨지요?"

"두만강변이지."

"그런데도 아저씬 어떻게 이북 사투리를 전연 안 쓰시데요."

"이 사람아, 열다섯에 집 나와서 만주땅부터 팔도강산 안 돌아다닌 데가 없는데 사투리가 입에 붙어 있겠나."

"허긴 그럴 법도 하네요."

"그런데 말일세 이상한 건 사람의 입맛이라는 거야. 말은 다 잊어버리는데도 입맛은 남아 있거든. 그쪽에선 한겨울이면 동치미에 냉면을 말아먹는데 그 맛을 이 나이가 되도록 잊질 못하니 희한한 일 아닌가. 그런 생각을 해보면 사람 사는 이치라는 것도 참 묘한 거야."

소주 한 병이 거의 바닥이 날 때쯤 뒤칸에서 명수가 걸어나왔다.

"잠들은 안 주무시고 술만 드시렵니까?"

"앉게나. 그러지 않아도 자넬 찾았네."

"아저씨, 하명이 쟤 언제 저렇게 술을 먹었어요?"

자리를 비집고 앉으며 이맛살을 찌푸리는 게 아마 그동안 하명이랑 같이 있다가 온 모양이었다.

"모르겠는데. 술 취했던가?"

"취한 게 다 뭡니까. 정신을 못 차려요. 저쪽 칸에서 손님들하고 막 시비를 안 붙나, 말도 못하게 행패를 부리더니 이제 겨우 잠이 들었어요."

"미친 자식."

윤재가 내뱉으며 명수에게 잔을 돌렸다. 의자 밑에서 새로 술병을 꺼내는 윤재는 소리없이 중얼거렸다. 미친 놈, 술로 풀 일이 따로 있지.

"저도 뭔가 좀 괴로운 일이 있는 모양이지."

"그렇다고 술 먹고 행패부리면 어쩝니까. 공안까지 와서 끌고 가겠다고 야단이잖아요. 괴로운 일이 있음 서로서로 이야길 하든가 해야지……."

"제각각 사정이야 안 있겠나. 너무 괘념하지 말게나."

명수는 잔을 비우고 덕보에게 건넨다.

"자네가 고생 많았어. 사고 나고도 그만하기가 그래도 다행이었다 생각하게."

윤재가 고개를 끄덕였다.

"고맙지 뭔가, 후견들 고생하는 거 알아주는 단체가 몇 안 되네. 덕보 자네도 그건 알아야 해."

"내가 왜 그걸 모르겠어요."

"명창에 명고수라고, 곡예도 마찬가지야. 후견들이 잘 받쳐줘야 재주하는 사람도 마음놓고 일을 하는 건데, 뒤에서 애쓰는 그 공을 재주하는 사람들이 몰라주니 탈이야. 옛날에는 요즘 같진 않았어. 곡예사들이 후견들한테 깍듯했지. 남자 곡예사는 술 사고 여자 곡예사들은 후견들한테 빨랫감 달라 그래서 세탁 다 해주고 그랬어. 안 그럴 수가 없었거든. 후견들한테 잘못 보였다 하면 일을 못하게 하는데 어쩔 거야, 장비를 허술하게 해놔서 떨어지면 자기만 다치는데……. 요즈음은 어떻게 곡예하는 애들이 후견들을 일꾼 다루듯 하니."

덕보는 묵묵히 담배를 빨아 컴컴한 창문으로 뱉어내고 있었다. 대구포를 잘게 찢어놓고 있던 명수가 말했다.

"세상이 각박해져서 그렇습니다. 돈 가지고 모든 걸 따지는 세상이니 그렇게 안 될 수가 없습니다. 하루 천 원 받는 사람에겐 오백 원 받는 후견들이 우습게 보일 밖에 없잖습니까."

"그래, 그 말도 틀린 말은 아니야."

담뱃불을 밟아 끈 덕보가 입을 열었다.

"재주하는 사람들이야 흔하지 않으니까 붙잡아두려고 자연히 대우를 해주게 되지만 후견들이야 어디 그러나요. 아무나 데려다놓아도 해내는 일이거든요. 후견들이 배짱을 부릴 수가 없는 게 있기 싫으면 나가라 어디 가도 그까짓 일할 사람은 있다, 위에서부터 그런 식이니까 다른 단원들이 얕잡아볼 수밖에요."

"내가 자네한테 섭섭하게 대했나보군."

명수가 웃으며 술잔을 건넨다.

"총무님도 무슨 말을. 이를테면 그렇다는 얘기지요. 나야 총무님하고 있는 게 벌써 칠 년짼데 섭하면 버얼써 다른 데로 갔지요."

한 잔을 더 마시고 덕보는 어슬렁거리며 화투판으로 가 끼어들었다. 대구포를 계속 씹어댄 탓으로 뻑적지근한 턱을 놀리며 윤재와 명수만이 남은 술을 부어갔다.

"자네 마누란 두었다 뭐 할라고 한참 나이에 홀아비 노릇을 하는 건가. 몸에 해롭네, 이 사람아."

"아저씨요, 끄슬린 돼지가 달아맨 돼지 타령 하시렵니까."

"그러니까 나는 달아매인 돼지라 그 말이렷다. 엑끼, 여자로 치면 폐경기가 지나도 버얼써 지난 사람한테 못할 소리가 없군."

명수가 몸을 흔들며 웃었다. 돌아앉는 시늉을 하다가 윤재도 따라웃는다. 웃음소리에 잠을 깬 연희는 이맛살을 찌푸리며 두 사람을 건너다보다가 다시 담요를 턱밑까지 끌어올렸다. 기차는 멀리 잠든 시가지의 불빛을 뒤로하며 달리고 있었다.

늦게까지 잠을 안 잔 단원들은 차창에 햇살이 비쳐들 때까지 곯아떨어졌다. 먼저 눈을 뜬 여자단원들은 화장실을 들락거렸고 석이네는 김밥을 사서 아이에게 먹이며 밤새 낯선 얼굴로 차창에 다가와 있는 바깥 풍경에 눈길을 보내곤 했다.

아직 술이 덜 깨어 빠개지는 듯한 머리를 들고 하명이 눈을 떴을 때 기차는 창밖으로 바다를 끼고 달리고 있었다. 동서를 가로지르는 준령을 넘어 이제부터 동해안을 누비는 공연이 시작된 것이다. 플랫폼에 내렸을 때 단원들은 모두 앓고 난 사람 같았다. 기차를 내린 승객들이 꾸역꾸역 집찰구를 향해 나가고 있는 사이에 단원들은 한옆으로 모여섰다. 저마다 소지품이 든 가방을 한두 개씩 들었다. 차 안에서 이미 화장까지 끝낸 여자단원들은 가방과 화장품 케이스를 들고 깨끗한 얼굴로 생기 넘치는 시선들을 여기저기 보내고 있었지만 대부분의 단원들은 쫓겨가는 사람들 같았다. 화투로 밤을 거의 새워버린 젊은 패들은 아직도 핏기가 가시지 않은 눈을 비비며 연신 하품을 하고 있었다.

"누가 긁었어?"

"준식이가 끝발 잡았지. 긁어들이는데 기차더군. 할아버지만도 몇 장 될걸."

"덕보 또 담배 끊게 생겼군."

"판판이 잃으면서도 화투라면 끼이지 않을 때가 없으니 참 우스운 사람이야."

하명은 허수아비처럼 뒤편에 서 있었다. 술이 깨기는 했지만 흐트러진 머리칼이며 후줄근하게 구겨진 옷차림이 혼 빠진 사람 같았다. 햇빛이 눈에 부신지 가느다랗게 눈가에 주름을 잡는 그의 얼굴은 누렇게 떠 있었다.

화물을 인수하고, 자리도 보기 위하여 먼저 와 있던 태기와 석준이 입장권을 끊어가지고 마중을 나왔을 땐 다른 승객들은 거의 플랫폼을 빠져나가고 없었다. 석이네와 연희가 여자단원들을 데리고 먼저 밖으로 나갔다. 남은 단원들의 인원을 헤아려보던 명수가 웅칠이를 불렀다.

"사람 하나 없잖아!"

"없긴요. 기차 안에서 셀 때 다 있었습니다."

"덕보가 안 보이는데, 덕보 어디 갔어?"

단원들이 주변을 둘러보았지만 덕보의 모습은 보이지 않았다.

"야가 시방 숨바꼭질이라도 허는 줄 안갑네. 쪼금 전까지도 죽치고 앉아 있더니만."

"찾아들 봐. 어디서 자빠져 자지나 않나."

임씨가 텅 빈 기차 안으로 다시 들어가려고 할 때였다. 바지 단추를 꿰면서 덕보가 기차 안으로 나타났다. 어이가 없어서 모두들 그의 더부룩한 머리통을 바라보는데 기차를 내려선 덕보는 단원들을 휘둘러보며 씨익 웃었다.

"어이구, 독수리 한 눔 큰 걸로 잡았네."

"똥 싸고 있었구만잉, 빌어먹을 자슥이."

"그저 반만 죽여야 해."

남은 단원들이 한마디씩 했다. 명수는 입맛을 다시며 너는 할 수 없는 놈이다 하는 듯 고개를 돌렸다. 임씨가 덕보의 뒤통수를 쥐어박았다.

"잘 익은 남의 대갈님은 왜 두드려보냐?"

"다 큰 새끼 하나 잃어부리는 줄 알았다."

"날 잃어버려? 내가 뭐 십 원짜리 동전이여? 잃어먹게. 허허 거 잘될 뻔한 일이다. 임가 니 얼굴 좀 안 보고 살 뻔하지 않았어."

"알긴 아는구나. 느그 엄니도 참 재주도 없다. 아들 하나 놓으면서 어떻게 이렇게도 못 만들었냐."

"그건 옳은 소리여. 나도 그런 생각이 드니께. 그래도 우리 아버지가 재주가 좀 나았던 모양이라. 임가 너같이 영 못쓰게 만들진 않은 걸 보면."

덕보는 윗주머니의 담배를 꺼내 바지 깊숙이 찔러넣었다. 그러곤 임씨를 툭 건드려본다.

"담배 하나 다구."

"니 껏은 뒀다 뭣 허고?"

"야, 어젯밤에 꽃놀이하다가 담뱃값까지 다 털렸다. 일당 나올 때까지 기다릴려면 식후에 한 대씩만 피워도 모자르겠어. 임가 니 신세 좀 지자. 사돈 좋은 게 뭐냐."

"엣다. 임동필이 덕보 담배 대준 것만 히여도 천당에 버얼써 자리 하나는 맡아놨구나."

"헤헤헤."

역전 부근의 식당에서 점심을 먹은 단원들은 다시 버스를 타고 공연지로 향했다. 한때 시외버스 정류장이기도 했다가 지금은 빈터로 남아 있는 공연장소에 내렸을 때 명수는 사업부장 석준과 나란히 서서 고개를 끄덕였다. 뒤쪽으로는 들어선 지 오래지 않은 듯한 주택가가 펼쳐져 있고 앞으로는 가깝게 국도변이 바라보이는 네거리를 마주하고 있어서 흔치 않은 장소라는 것을 쉽게 알아볼 수 있었다.

"홍 선생, 수고하셨습니다. 좋은데요."

"나도 그런 생각이긴 한데, 허가 얻느라고 어찌나 애를 먹었는지. 땅임자가 두 사람이라서 제각각 다른 소리를 하니."

"참 전화하셨던 임대료는 얼마로 결정봤어요?"

"한 사람은 이십 일 빌리는 데 칠만 원을 내라는 걸 가까스로 오만 원으로 결정을 봤는데 다른 한 사람이 말을 들어야죠. 술 사주고 겨우 만 원 더 주기로 했는데, 에이 더러워서."

속을 썩였는지 석준은 침을 뱉었다.

"뭐 하는 사람이에요? 그 땅임자가."

"노인인데 부동산이 수월찮게 많나 봅디다. 있는 놈이 자린고비 노릇은 더 한다니까."

"애쓰셨소, 더운데."

명수가 피곤한 얼굴로 석준을 보며 웃었다.

후견장 덕보와 함께 천막의 방향을 정하고, 무대와 숙소를 세울 자리를 일러준 뒤 명수는 단원들을 한자리에 모았다. 먼저 석준이 공연기간 동안 음료수를 빌려쓰기로 한 집을 가르쳐준 뒤 명수는 하명에게 여관을 알아보라고 일렀다. 이제부터 바로 숙소인 천막을 세운다 해도 땅을 고르자면 밤이 늦어야 끝날 것 같았기 때문이다. 그동안 여자단원들과 아이들은 일단 여관에 투숙시킬 예정이었다. 주민들 눈살 찌푸릴 일을 하지 않도록 하라는 등, 늘 하는 말을 몇 가지 일러두고 나서 명수는 짐을 훑어보고 있는 석준을 불렀다.

"다방에나 가십시다. 협회에 전화도 해야 하니까."

다방을 찾아 걸으며 석준은 이마의 땀을 훔쳤다. 말이 사업부장이지 일종의 섭외담당 단원이었다. 공연장소를 물색하고 허가를 얻어내는 일이 그의 일이었다. 그러므로 천막에 있는 날이 드물었고 곡예와는 인연이 먼 사람이었다. 한 장소에 허가가 나와서 천막을 올릴 때면 그는 벌써 다음 장소 또 그다음 장소를 찾아 등기소, 구청, 경찰서를 뛰어다녀야 했다. 장소를 물색하자면 직접 걸어다니며 주변을 둘러보고 손님이 있을지 어떨지를 판단해야 하기 때문에 그의 발에서는 무좀이나 티눈이 떠날 날이 없었.

이 사람이 온 게 언제였더라, 벌써 이 년이 넘는군그래. 홍석준의 굵게 주름진 얼굴에서 눈길을 돌리며 명수는 다방 간판을 찾아본다.

"한 달쯤 전에 여기서 개싸움을 했대."

"개싸움이라뇨?"

"투견대회라나 뭐 그런 걸 했다더군. 사람 많이 모였다던데."

"그거야말로 진짜 개지랄을 했군요."

"허허."

석준은 실없이 웃으며 때가 낀 손수건으로 땀을 닦아냈다. 이층 다방으로 올라갔다. 중국 음식점 옆에 붙어 있는 다방이었다.

"이젠 지방도 허가내기가 쉽지가 않으니 큰일이야."

석준의 목소리를 뒤로 들으며 명수는 다방문을 밀고 들어갔다. 엽차로 목을 축이고 나서 담배 두 갑을 가져오게 한 명수는 한 갑을 석준에게 건네주었다.

"피우세요."

"담배는 무슨…… 나도 있는데. 고맙네."

담배를 받아든 석준은 담뱃갑의 밑부분을 조심스레 뜯어서 한 가치를 뽑아 물었다. 필터가 있는 쪽을 뜯으면 먼지도 들어가고 담배 속알맹이가 빠져 쿨렁쿨렁해진다면서 그는 언제나 담배를 거꾸로 뜯었다.

"이십 일 허가라 그러셨죠?"

"그렇지. 내달 칠일까지니까."

"다음은 어디가 좋겠습니까?"

"글쎄. 다녀봐야지. 단장님 얘기론 삼척 쪽이 어떻겠냐든데. 작년에 '새서울'이 삼척에서 재밀 봤거든."

"저도 그 얘긴 들었는데…… 그 터 앞에 무슨 관공서가 들어섰다는 것 같았어요. 그렇다면 어디 허가가 나오겠습니까?"

"내 말이 그 말이네. 이거야 대추나무 연 걸리듯 해가지고 안 걸리는 데가 있어야지. 공공질서다 도로교통 방해다 해서 뭐 웬만한 데는 이빨이 들어가야 해먹지. 아니 길에서 뚝 떨어진 덴데 도로교통은 무슨 얼어죽을 교통이야. 도시미화는 또 어떻구. 천막 한 이십

일 쳤다가 허는데 어느 거리에 흙칠하나. 그저 번쩍번쩍 광나는 놈만 밥 먹으라는 얘기니······."

"시대가 그러니까요. 근대화니 오개년 계획이니 그런 쪽의 발전을 우리가 따라가질 못하니 자연 밀려나는 게 아닙니까."

"젠장헐, 옛날에야 오죽 좋았어. 어서 오십쇼지. 아, 도라꾸에 한 짐 때려싣고 들어가면 아이들이 줄을 잇고 동네 유지란 것들이 공짜표 좀 얻을려고 제발로들 찾아왔다구. 요새는 서류 제대로 다해서 넣고도 박카스 사주고 점심 먹이고 정말 안 할 말로 부랄 잡고 늘어져야 못 이기는 체 허가가 떨어지니."

"옛날에야 코끼리나 원숭이 하나만 싣고 다녀도 그 구경하느라 장사가 됐다지만 요샌 창경원 가본 사람이 서울보다 시골에 더 많지 않습니까. 억울해하기만 할 게 아니라 뭔가 생각할 점도 많지요."

석준은 입맛을 다시다가 담배를 거푸 빨아당겼다. 엽차를 한 모금 마신 그는 뒤쪽에서 손님과 노닥거리고 앉아 있는 여급에게 심통스레 씨부렸다.

"아니, 이쪽 구석에는 차도 안 팔 거요?"

교통이 불편함으로 해서 문물의 전파가 늦었던 시절은 곡마단에겐 돌아보면 볼수록 아쉬운 황금기였다. 시골엘 가면 곡마단은 문명의 최첨단을 걷고 있었다. 장이 서는 날이나 겨우 짐차가 몇 대 드나드는 시골에서는 자동차를 가까이서 본다는 것만도 커다란 구경거리였다. 천막을 세우고 거리돌기가 끝나면 아이들과 노인네를 차에 태우고 마을을 한 바퀴 신바람나게 돌아다님으로써 선심을 쓰기도 했었다. 말뚝을 박았다 하면 돈이 쏟아져 들어오던 그 시절을 이제는 꿈속의 기와집이거니 접어둔다 해도, 근대화의 물결에 밀리고 밀려나는 지금에 와서 가장 치명적인 것은 공연법이 개정되어가면서 가설무대 설립에 많은 제약이 생기게 되었다는 점이었다.

공공질서를 문란하게 하거나 교통의 방해가 우려되는 지역에는 공연허가가 나오지 않게 되었음은 물론이지만, 법령의 신축성으로 하여 그 지방 담당자의 재량권이 많이 확대되었던 것이다. 같은 입지 조건을 가진 장소라도 어디에서는 허가가 나오고, 어디에서는 허가가 안 나오는 일이 많았다. 더욱이 간선도로 가까이는 미관상 이유로 공연이 불가능하게 된 것은 치명적이었다. 게다가 각급 학교에서부터 삼백 미터 이내에서는 공연이 불가능하게 되는 조항이 첨가되었다. 결국 좋은 장소를 두고도 공연허가를 얻지 못해 변두리로 빠져나가야 하는 경우가 한두 번이 아니었다. 아침부터 밤늦게까지 트럼펫을 불어대거나 확성기 소리를 울림으로써 주민들의 반발까지 일게 되면 그날로 공연을 중지해야 하는 일도 있었다. 그래서 요즈음에는 미리 인근 통반장을 찾아 주민들의 공연동의서 형식의 서류까지 첨부해야 공연허가가 나오는 실정이었다.

"세상 참 많이 밝아졌지. 옛날에야 어디 그런 게 있었어."

"옛날 얘기하면 뭘 해. 요즘에야 학교 근처에선 공연할 엄두도 못 내지만, 아, 자유당 때만 해도 방학만 했다 하면 학교 운동장에다가도 말뚝을 박았는데. 그땐 숙소도 지을 필요가 없었다구. 교실에 들어가서 자면 됐으니까. 책상 좌악 모아놓고 자면, 침대지 침대."

그런 푸념들이, 말 그대로 어느새 먼 옛날의 일이 되었다 해도 공연허가에 대하여 불만이 없을 수 없었다. 그 제일 큰 것이 어쩌다 몇 년에 한 번 들어오는 외국단체에 대해서는 특별한 배려를 한다는 데 있었다.

"이런 빌어묵을 새끼들이 있냐 말야. 서독 써커스가 들어오면 서울운동장에다가 허가를 내주면서, 우리는 국도변에서도 못하게 구석으로 몰아넣어!."

"그거야 양국 간에 우의를 증진시킨다는 친선의 의미가 있지 않겠어. 허허."

"지랄하고 자빠졌다. 내 나라 놈은 저 구석에다 쥐어박아 놓고, 코큰 놈만 제일인가."

"모르는 소리. 업자도 수출업자가 먼저여."

대인 이백 원 소인 백오십 원이라고 붙여놓고 앉아서, 입장요금부터가 자기네의 몇 배가 되는 외국 서커스에 대해 입에 거품을 물어봤자 다 하릴없는 짓이라는 걸 잘 알면서도, 어쩐지 이런 데서까지 자기네들은 또 한 번 버림받고 있다는 울분이었다. 무대의상이나 번드르했지 자기네보다 수입이 떨어지는 지방 쇼단체들까지도 연예협회에 버젓이 등록을 하고 있는데 곡예단체만은 그나마 연예협회에도 끼지 못하고 천민 취급을 받는다는 것도 생각하면 울화가 치밀기는 마찬가지였다.

그러나, 허가가 나오지 않는다거나 공연할 장소가 점점 없어져 간다거나 다른 연예단체와 달리 소외되어 있다는 생각을 하는 사람들은 곡예사가 아니었다. 그들은 곡예사를 데리고 돈을 벌러 다니는 흥행사였다. 곡예사들의 맺힌 데 없이 허허롭고 현실적 이재에 어두운 일면은 흥행주들에게는 오히려 다루기 쉬운 약점으로 생각되기 때문에 그들은 법적 제도적 보장을 받으려는 생각을 하지 않았다. 더 많은 투자를 한다고 해서 그만큼 수입이 늘어나는 것도 아니었기 때문이다.

철 지난 해수욕장처럼 다방 안은 한산했다. 석준과 커피 한 잔씩을 시켜 마신 명수는 카운터로 갔다. 단체가 이동하게 될 때면 명수는 꼭 떠나면서 한 번, 도착하자마자 한 번 집으로 전화를 했었다. 서울로 장거리전화를 신청하고 자리로 돌아온 명수는 털썩 의자에 몸을 기댔다. 창밖으로는 가을을 느끼게 하는 햇볕이 나뭇잎 위에서 너울거리고 있었다.

 저녁까지 겨우 숙소로 사용할 천막을 세우고 방을 만든 단원들은 첫 밤을 맞았다. 다음 날 하루종일 단원들은 천막을 세우며 하루를 보냈다. 나무와 나무를 엮어 기둥을 세우고 천장에 포장을 씌웠을 땐 벌써 어스름이 깔리고 있었다. 초저녁에는 별이 보이게 맑았는데 밤에 한차례 빗발이 뿌려서 단원들은 잠을 설치며 비설거지를 해야 했지만 다행히 비는 새벽에 그쳤다. 다음 날 포장을 마저 씌우고 무대설비를 하는 동안 몇몇 단원들은 포스터를 붙이러 나섰다.

 "자, 어느 쪽으로 먼저 갈까?"

 천막 앞 네거리에 나서서 들고 온 풀통을 내려놓은 덕보는 손바닥에 침을 뱉었다. 그러곤 손바닥으로 힘껏 내리쳤다.

 "제기랄. 더러운 짓은 고루고루 찾아서 하네."

 종길이는 침이 자기한테 날아오기라도 할까봐 기겁을 해서 몸을 피했다. 덕보는 흐흐거리며 한쪽 길을 가리켰다.

 "이쪽부터 붙이자. 따라와."

 그들이 돌아왔을 땐 장내 설비만이 남고 밖의 장치는 다 끝나 있었다. 천막 입구에는 만국기가 걸리고 새로 만든 입간판 몇 개도 산뜻하게 세워졌다. 늘어뜨린 깃발들이 바람에 일제히 날리고 있어서 하늘을 쳐다보는 단원들은 저마다 조금씩 새로운 기분이 되어 흥겨워했다. 새로 터를 닦고 천막을 올리고 나면 그들은 대체로 두 가지의 감정 속으로 빠져들어가곤 했었다. 술 한잔 생각이 간절해지는 기분, 그것은 언제나 후견들의 몫이었다. 일 년에도 수십 번씩 치러내는 일이면서도 낯선 곳에 짐을 풀고 나서의 며칠은 발밑에 풍선을 단 듯이 마음이 설레었다. 아무리 겪어도 잘 길들여지지 않는 이런 감정 때문에 후견들은 천막 가까운 술집에서 첫날부터 외상을 그었다. 후견들과는 달리 준표나 명수 그리고 가족을 가진 단원들이 느끼는 감정은 초조함에 그 뿌리를 박고 있었다. 새 공연지에서의 흥행을 앞에 놓고 그들은 언제나 목이 뻣뻣해지는 긴장을 숨기기 힘들었다. 그것은 사업부 석준에게도 마찬가지였다. 만약 손님이 안 들거나 사고가 났다간 장소가 나쁘니 터가 세니 해서 눈총은 으레 자기에게 돌아왔기 때문이다.

저녁을 먹고 난 덕보는 텅 빈 천막 안에 가마니를 깔고 멀거니 누워 있는 하명을 찾아왔다.

"하명이 여기 있었나?"

"예."

덕보가 옆에 엉거주춤 앉는다.

"담배 있음 하나 주게나."

하명은 누운 채 담뱃갑을 꺼내준다. 한 개비를 뽑아 문 덕보는 천장을 쳐다보고 누워 있는 하명을 흘끔 보곤 다시 한 개비를 뽑아 재빨리 주머니에 넣는다. 그럴 때의 덕보 손은 여간 빠르지가 않다.

"자네 술 생각 없나?"

"일찍 잘랍니다."

하명이 더 말이 없자 덕보는 부스럭부스럭 일어나 밖으로 나갔다. 죽이 맞기는 임씨인지, 밖으로 나온 덕보는 임씨를 찾아갔다.

"사돈, 내 기가 막힌 델 보고 왔는데 같이 안 갈래? 술집인데 색씨들이 한복을 싸악 빼입었드라. 한번 안 가볼래?"

"너 인제 봉께 광고는 안 붙이고 술집 찾다가 왔구나."

"님도 보고 뽕도 따는 거여. 어때? 생각 없어?"

"색씨집이라 그 말이제?"

덕보가 바싹 다가섰다.

"그래."

"니가 살래?"

"이런 의리 없는 놈. 내가 돈이 어디 있어."

"난 또 니가 술 산다는 줄 알고 니도 사람 노릇 할 때가 있구나 했제."

"빼지 말고 가자. 몸도 찌뿌듯한데 한잔하자. 색씨들 이쁘드라. 너도 그렇지 인마, 맨날 인절미만 먹니? 갓김치도 이따금 먹어야지."

"너나 다 처먹어라!"

임씨는 덕보의 아래위를 훑어보며 휑하니 가버린다. 생각은 많은데 가진 건 없는 덕보, 어슬렁거리다가 남자숙소로 기어들어가 벌렁 누워버린다. 제기랄, 나도 장가나 가볼까. 심심헐 때 올라타기나 허게.

완전히 설비를 끝내고 거리돌기를 한 다음 날도, 첫 공연의 막을 올린 그다음 날도 저녁이면 하명은 빈 천막으로 나와 가마니 위에 누워 있곤 했다. 사람들이 웅성거리는 숙소 안이 싫어서기도 했지만 그렇게 누워 있으면 이상스레 마음이 편했다.

절기보다는 좀 이르긴 했지만 추석을 앞둔 날씨는 서늘해서 천막 안으로 들어오는 바람도 가을임을 실감케 했다. 희미한 어둠 속으로 우뚝우뚝 솟아 있는 기둥들, 늘어진 안전그물, 허공을 가로지르고 있는 쇠줄, 그런 것들을 하명은 오래오래 바라보았다. 귀뚜라미 소리에 섞여 이름 모를 풀벌레들의 울음소리가 아주 멀고먼 곳에서 수천 개의 은종이 울리는 듯 들려왔다.

천막 한귀퉁이에서 때로는 그물 위에서 지혜가 성큼 내려설 것만 같았고 그런 생각으로 입구 쪽을 언뜻 바라볼 때면 하명은 자기만이 어느 고적한 곳에 와 있는 것 같았다. 어디로든 가버릴까, 한 달쯤 싸돌아다니며 바람이나 쏘이다가 어디 다른 단체로 들어가 버릴까. 그런 생각도 했다. 내일 아침에 아무 데 가는 차든 집어탈까. 급해지는 마음으로 벌떡 일어나 앉았다가 하명은 이내 무너지듯 드러누웠다.

"야, 하명아."

윤재가 흔들어서 눈을 떴다. 공연 사흘째가 되는 날이었다.

"여기서 자면 어떡해. 바닥이 차서 몸에 해롭다. 안에 들어가 자거라."

"누워 있다 깜빡했나 봅니다."

자리에 일어나 앉으며 하명은 담배에 불을 붙였다.

"나도 네 마음을 모르진 않는다."

"무슨 말씀이세요……."

"아무리 그렇다고 사내자식이 넋을 놓냐?"

"제가 뭐 어때서요."

"요새 너 공연하는 건 겁이 나서 쳐다보질 못하겠더라. 남이 보기에도 네가 제정신이 아닌 것 같으니 사고날까 무서운 일이 아니냐. 그렇게 마음을 못 잡겠니?"

하명은 대답이 없다. 두 사람이 빨아대는 담뱃불만이 이따금 바알갛게 서로의 얼굴을 비춰주곤 했다. 메마른 음성으로 하명이 입을 열었다.

"지혜 때문이 아닙니다."

"그럼 무엇 때문에 네가 이 꼴이 됐니? 사내란 딱 하고 분지르는 맛이 있어야 하는 거야."

"아저씨, 나 단체에 있기가 싫습니다. 그네 타는 것도 그렇고 모든 게 다 신명이 없어요. 아저씨니까 얘깁니다만 나 어디든 가버렸으면 좋겠어요."

"가다니? 어딜 가?"

"아무 데나요. 작정없이 말입니다. 갑갑해서 견딜 수가 없네요."

얼마를 말이 없던 윤재는 피우던 담배를 천천히 땅바닥에 비벼

껐다. 하명의 어깨에 팔을 두르는 그의 목소리는 나직했다.

"난들 네 마음을 몰라서 하는 얘기가 아니다. 그렇지만 괜한 생각하지 마라. 어딜 간다고 잡혀질 마음이면 여기 있으면서도 잡아진다. 지금 네가 가면 어딜 가겠니. 있는 돈 몇 푼 다 까먹고 나면 그땐 다시 이 단체에 오기도 쑥스러운 일일 테니 어디 다른 단체에 들어가겠지. 매한가지야. 들락날락해 봤자 사람만 실없어지고 못쓰게 돼."

윤재는 하명이처럼 떠났다가는 돌아오고 또 떠나곤 하던 자기 자신을 생각하고 있었다. 업보처럼 자신을 덮어누르던 젊은 날의 방랑벽. 열 손가락의 재주만을 믿고 살았던 마술사, 윤재는 자신의 지난 세월을 헤쳐보이고 싶었다.

"넌 그렇게 살아선 안 된다. 천막 떠나 살고 싶거든 갈 자리를 만들어. 굳은 마음으로 준비를 해. 알겠니?"

두 사람은 얼마를 더 앉아 있다가 천막을 나왔다. 나란히 밖으로 나오니, 별이 흩뿌려진 하늘은 현란한 빛의 축제를 이루고 있었다. 중추절을 앞둔 달은 대낮같이 밝았다. 그 달빛을 받으며 미동도 없이 엎드려 있는 거리는 먹물이 흐른 듯 캄캄했다.

"드디어 터졌구나! 더도 말고 열흘만 내리 터져라."

명수는 주먹을 흔들며 내뱉었다.

"연속입니다. 연속. 아슬아슬한 공중곡예와 아라비아 대마술."

입구에 매단 원숭이 밑에서 소리치는 종길이의 목소리에도 힘이 넘쳤다. 그동안 꾸준히 들던 손님은 드디어 추석 사흘 전부터 터져버렸다. 매표액이 십이만 원을 넘어설 정도로 손님은 만원을 이루었다. 단원들에게는 오이루라고 해서 일당에 백 원씩이 더 지급되었다. 단원들은 밀려드는 손님을 뽑아내느라 하루 네 번의 공연을 치러야 했다. 추석을 넘기기까지 그런 경기가 계속되었다. 별로 말이 없는 준표까지 석준과 마주앉아 술잔을 기울였다.

"이런 재미라도 없으면 버얼써 때려치웠지. 외상놀음이 아닌 현찰사업이라는 그거 하고 투기성이 있으니까 여름 한철 내내 곯다가도 한번만 제대로 박았다 하면 다 빠져나오는 이 재미에 한다니까. 이 사람아, 안 그런가."

아침공연부터 들기 시작하는 손님은 2회 공연이 시작될 무렵이면 장내를 거의 메우다시피 했다. 그날도, 단체로 구경을 왔다는 마흔두 명의 노인들을 소인표로 할인하여 입장시킬 때쯤에는 사람들의 열기로 해서 천막 안에서 더운 김이 훅훅 새어나왔다. 규오가 도망친 후, 쇼단체에서 데려온 사회자 길주를 불러 명수는 진행을 빨리빨리 하라고 이르면서 한마디 덧붙였다.

"노인들 단체 오셨으니까 쑈할 때 여자들 옆에 타진 의상 입지 말라고 그래, 알았어?"

지겨웠던 장마였다. 게다가 난데없이 터져나온 지혜의 사고로 해서 지난여름은 얼마나 추웠던가. 명수는 가슴이 씻겨내리는 듯했다.

그 무렵이었다. 지혜가 병원을 나갔다는 소식이 전해졌다. 일주일에 한 번씩 나오는 계산서에 의해서 입원치료비를 치러야 했기 때문에 그동안 병원 측으로 돈을 부쳐주고 있던 석준이 원무과로 전화를 했을 때, 퇴원을 했다는 소식을 받았던 것이다. 대퇴부의 타박상이 나았다 해도 팔은 아직 퇴원을 하려면 멀었다고 알았던 명수로서는 전연 짚이는 데가 없었다. 소식을 듣고 섭섭해한 사람은 덕보만은 아니었다.

"아무리, 머리 검은 짐승은 남의 공을 모른다지만, 처녀가 사람이 왜 그 모양이여."

"그래도 내가 떨어지는 걸 밀었기에 죽지 않고 그만하게 된 건데, 다 나으면 나한테 인사 한마디는 있을 줄 알았더니……."

박씨까지도 이맛살을 찌푸렸다. 추락사고가 생겼을 때, 떨어지는 사람을 받으려 했다간 더 다친다. 밑에 대기한 단원들은 사고가 날 경우 떨어지는 단원의 몸을 밀어버린다. 떨어지면서 생기는 가속도를 없애는 것이다. 몸을 밀어버리면 사고가 나더라도 덜 다치게 마련이었다. 특히 줄타기 밑을 지키는 후견들은 이 점을 알고 있어야 했다.

여자들은 모여 앉으면 지혜 얘기였다.

"그럴싸해서 그런진 몰라도 이상스럽긴 했어. 말도 없는 게 수심은 잔뜩 어려가지고, 그게 규오 때문인 줄이야 누가 알았나."

"넋 나간 년처럼 앉아 있는 건 나도 몇 번 봤으니깐."

"지혜 그애가 원래 넋 나간 사람 같잖아요. 생긴 것도 맺힌 데가 없는 게."

석이네 말에 임씨 마누라가 손을 내저었다.

"아니다. 그애가 무슨 사단이 있어도 크게 있었다. 보면 몰라서?"

"바람났던 거지 별건가?"

"바람나는데 왜 넋을 놓겠니? 사지에 기운이 펄펄 나지."

"해본 장단인가 보지."

"안 해보면 모를까. 짐승도 발정을 하면 털에 기름이 조르르 안 흐르나 말이다."

여기저기서 킥킥 웃는데 밥 하는 여자인 과부 천안댁이 바싹 다가앉는다.

"이상하다 하면 나도 있지. 지혜가 요새 아침 안 먹긴 예사였다니까. 애 뱄던 거 아닌가?"

"그거야 몸이 아프니까 그런가 보던데. 자고 나면 눈이 붓곤 하던걸."

"한방을 쓰이께 석이네 니가 잘 알것고나. 니 보기엔 우떻드노? 밤에 몰래 나가는 기척은 없든?"

"내가 아나요. 잠들면 업어가도 모르는 난데요."

남자단원들은 얼굴을 붉혔다. 배은망덕도 이럴 수가 있느냐. 저도 사람이면 인사를 해도 열백 번은 해야 할 처지인데 말도 없이 가 버리다니, 단원들을 이만큼 아껴주는 단체가 어디 쉽게 있기나 했느냐고 입을 모았다.

"다들 정을 모르고 자란 사람들이니까……."

다른 때와는 달리 명수는 담담했다. 명수도 이젠 단원들에게 체념해 버린 지 오래였다. 형제같이 아껴도 나갈 사람은 나가는 것이 그들의 한결같은 생리라는 것을 명수는 오래 보아왔었다.

가을이 다 가도록 지혜에게서는 아무 소식이 없었다. 다른 단체에서 일한다는 소문도 없었고, 어디로 갔는지 아는 사람도 없었다.

단원들 사이에 오르내리던, 종잡을 수 없는 추측들이 결국은 기정사실처럼 굳어져갔다. 지혜가 전에 사귀던 남자가 있었던 게 틀림없다든가, 규오도 소문이 없는 걸 보면 둘이 붙어나갔는지도 모른다고 단원들은 생각했다. 그런 속에서 하루하루 그 계집애 몹쓸 계집애였다고 단원들은 입을 모으게 되었다. 이곳으로 떠나올 때 자기들이 돈을 걷어서 병간호할 사람까지 사주었는데 인사 한마디 없이 떠났다는 섭섭함 때문이었다. 돈을 걷는다는 일부터가 흔하지 않은 일이었다.

하명은 나날이 절박해져 갔다. 모양을 내는 편은 아니었어도 늘 몸을 깨끗이 하고 단정했던 그가 세수조차 않는 날이 많았으며 저녁이면 몹시 술을 마셨다.

술을 마시는 날은 숙소로 돌아오지 않았다. 여자를 사거나 술집 여자를 데리고 여관으로 갔다. 무대에서도 줄이 탄탄하지 못하거나 할 때면 후견들에게 욕을 일삼았고 주먹을 휘둘렀다. 입이 거칠도록 쌍소리를 섞어 지껄여대는 날이 있는가 하면 어떤 날은 누구와도 말이 없었다. 매일 혼자 술집으로 향했고, 매일 다른 여자를 샀다. 어쩌다 밖에서 자지 않고 들어오는 날은 고래고래 소리를 지르고 닥치는 대로 시비를 걸어서 단원들이 피해 갈 정도였다. 그런 하명을 지켜보면서 윤재는 아무 말도 하지 않았다. 어딘지 그의 몸에서 독기 같은 게 뿜어져나오고 있었기 때문이다.

"투구 없는 장수지. 네놈이 아무리 몸을 추스려봐야 넌 오입쟁이 되기는 애당초 틀린 놈이다."

혼자 중얼거리면서 하명의 황음과 주벽이 꺼지기만을 윤재는 기다렸다. 일당을 미리 당겨서까지 술을 먹고 여자를 사는 일을 계속하던 하명이 술을 끊었을 때 윤재는 그에게 물었다.

"너 병 걸렸지? 이놈아 그러다가 코가 썩는다."

흘깃 쳐다볼 뿐 하명은 대답이 없었다. 윤재는 이미 그가 항생제를 먹으며 병원을 드나드는 것을 알고 있었던 것이다. 성병에 걸렸다 나은 후 얼마간 몸을 사리는 듯했지만 술을 마시면 여전히 하명은 여자를 가까이했다. 핏발이 선 초점이 없는 눈으로 입구에 나와서 멍하니 큰길을 내다보거나 갑자기 뜻도 없는 웃음을 담이 무너지듯 웃어젖히는 그를 보며 윤재는 혀를 찼다. 저놈이 정말 변하는 거나 아닌가 모르겠다.

보다 못한 윤재가 하명을 불러 술집으로 가던 날은 늦가을비가 추적추적 내리고 있었다. 우산 속에서 하명이 말했다.

"멀리 갈 거 뭐 있습니까."

"그럼…… 어디 좋은 데 있냐?"

"저기 그냥 앉지요."

우산으로 하명이 빗발 저편에 있는 리어카 포장술집을 가리켰다. 오히려 이야기하기에는 좋겠다 싶어 윤재는 포장마차로 가 주질러앉았다.

"아저씨, 아저씬 왜 규오를 몰매를 치게 했습니까?"

소주 한 병을 비우고 났을 때 먼저 입을 연 것은 하명이었다.

"그래선 안 되는 거였습니다. 규오나 지혜도 마찬가지예요. 날 위해서라면 더욱 그래선 안 되는 거였어요."

탁자 위의 술잔을 부여잡는 하명의 손이 부르르 떨렸다. 윤재가 입을 열었다. 가을 빗발 같은 목소리였다.

"지혜는 자살할려고 했었다."

"엉뚱한 말씀 마세요. 아저씨 이번 일에 잘하신 거 하나 없습니다."

"내 변명을 하는 게 아냐. 지혜는 죽을 생각을 했었다. 이건 너도 알아야 한다."

"그만두세요."

하명은 쫓기듯 술잔을 들이마셨다. 추적추적 빗발은 그치지 않았다. 빗소리를 들으며 하명은 벌판에 홀로 서 있는 기분이었다. 정말로 이 세상에는 술 마시는 것밖에 할 일이 없을 듯했다.

"출중한 정비사는 자동차를 타고 앉아서 차체의 흔들림이나 기관의 소리만 듣고도 차의 어디가 부실한지, 어디가 고장인지를 아는 법이야. 곡예사도 마찬가지지. 공연이 있기 전 후견들이 장비나 줄을 일단 시험하잖냐. 매달리거나 움직여봄으로써 안전하다고 했을 때, 준비완료의 호각을 불게 되는 거 아니니. 그 소리를 듣고야 곡예사는 관중 앞으로 뛰어나오는 것이 순서야. 그러나 후견들이 아무리 점검을 한다 해도 줄 위에 올라서는 곡예사는 일단 발 하나를 올려놓거나 매달려보는 것만으로도 줄의 어디선가 익숙하지 않은 흔들림이 온다는 것쯤은 알게 마련이야. 줄타기 곡예에서도 곡예사가 일단 몸을 얹어본 후 줄을 다시 손질하게 마련 아니냐."

지혜가 줄의 어딘가가 끊겨져나가고 있음을 몰랐을 리 없다고 윤재는 믿었다. 어쩌면 지혜가 죽음의 유혹 속에 있었고 그것을 느끼며 자신의 운명에 내기를 걸었는지도 모른다고 생각해 온 윤재였다.

"그만두세요!"

탁자를 내리친 손으로 하명이 얼굴을 감쌌다. 빗소리가 가슴으로 그냥 쏟아져 들어왔다. 말없이 두 사람은 술을 마셨다.

"하명아, 정 떠나고 싶으면 떠나려무나. 바람이나 쐬며 한 바퀴 돌아다녀봐. 그것도 몸에 좋은 일이니까."

"내가 가면 어디로 가겠어요. 훗날을 위해 과거를 버려야 하는 건 저도 압니다. 그렇지만 공연장 한가운데 서서 막상 여길 떠나자 생각하면 나는 한 발짝도 움직일 수가 없어요. 결국 나는 천막을 떠날 수 없는 놈이라는 걸 알 수 있었어요. 써커스는 내 운명의 문신인지도 모르죠. 난 여기서 이렇게밖에 살 수 없어요. 아니죠. 여기서 견디어야 해요. 뭘 견디는진 저도 모릅니다."

윤재의 앙상한 손이 나아가 하명의 무릎을 부여잡았다.

"전 다 잊었습니다."

"안다. 네 맘이 어떤지 나도 알아."

"지혜가 다칠 때 전 깨달았어요. 천막 속의 우리랑 구경하는 남들이랑 어떻게 다른 건지 알 수 있었어요. 우리는 죽어가면서라도 곡예를 보여주어야 하는 이 바닥에서 한 걸음도 물러설 수가 없지만 그렇지만 저들은 우리를 바라보는 것으로 끝납니다."

"그래 네 말이 맞다. 모두들 천막을 떠나 사회로 나가고 싶어 하지. 그것도 네 말처럼 결국 구경하는 쪽에 앉고 싶어서야."

"곡예사라는 게 뭡니까. 사실 줄 위에서 사람은 떨어질 수밖에 없어요. 그게 원칙이에요. 그런데 이건 구경꾼이 가진 원칙이죠. 그러나 줄 위에서도 사람은 떨어지지 않는다는 거 이건 곡예사의 진실입니다. 곡예사는 몸으로 이 가능과 불가능을 뛰어넘어야 하나 봐요."

"너 많이 컸구나. 그래, 젊다는 건 말을 탄 거나 같지. 훅훅 지나가야지."

"모르겠어요. 왜 목숨은 이렇게도 질기게 고통스러워야 뭐 하나라도 알게 되는 건지."

5

햇살은 차갑게 천막 위에서 번득이고 있었다. 여관방에 틀어박힌 단원들은 나올 생각을 않고 뭉기적거렸다. 천막 사이로 들어오는 찬바람에 몸을 움츠리며 하명은 광호를 쳐다본다.
"그렇지! 그땐 발목에 힘을 주면서 몸을 왼쪽으로 틀어. 아니, 아니 더 왼쪽으로!"
그네에 매어진 줄을 잡아 광호의 몸을 고정시키면서 하명은 바닥에 놓인 나무를 집어들었다. 그것을 발에 걸며 소리쳤다.
"이렇게 걸란 말야. 그럴 땐 몸을 왼쪽으로 젖혀야 하는 건 알잖아. 몸을 갑자기 확 젖혀야지 그렇게 어물거려선 안 돼!"
줄 위 광호의 얼굴에선 김이 피어오르고 있었다. 광호가 그네에 한쪽 발목을 걸고 한 손으로 줄을 잡고 좌우로 몸을 젖히는 묘기를 배우기 시작한 지도 일주일이 넘었다.
"손을 말야 오른쪽 다리랑 수평이 되게 쭈욱 뻗고, 알겠니?"
"네. 다시 해볼게요."

그네에 맨 줄을 잡고 하명은 광호의 몸을 흔든다. 장갑의 실밥이 타져서 손가락 하나가 비죽이 나와 있다. 이번에는 광호가 쉽게 몸을 뒤챘다. 처다보는 하명의 얼굴에 웃음이 돈다. 갑자기 그가 소리쳤다.

"아냐! 그렇게 하면 위험해. 절대 왼쪽으로는 몸을 싣지 마라."

덕보가 원숭이를 파카 속에 껴안고 걸어나왔다. 추위를 타는 원숭이도 덕보 허리를 껴안고 있었다. 며칠은 세수를 안 했는지 덕보 얼굴은 땟국이 흐르고 눈가가 지저분했다.

"됐다. 오늘은 그만하자."

하명이 줄을 잡아 그네를 고정시킨 후 끝을 밟고 서자 광호는 줄을 타고 내려왔다.

"들어가서 땀 잘 닦아라. 잘못하면 동상 걸려."

무대 안으로 뛰어들어가는 광호의 머리를 툭 치는 하명의 얼굴에도 겨울의 스산함이 어려 있다. 어슬렁거리며 다가온 덕보는 쭈그리고 앉으며 담배를 꺼내 물었다. 하명도 담배를 피워 문다.

"자네도 참 알다가도 모를 사람이여. 그건 뭐 하려고 이 추운데 가르치는지, 원."

"배우려고 하니 가르쳐주는 거지요. 겨울에야 그래도 시간이 나니까요. 형이야말로 원숭인 왜 그렇게 끌어안고 다닙니까. 푹 파묻어두지."

"하도 추워하니께, 보기 딱해서."

천막 밖은 조용했다. 썰렁하게 뻗어올라간 입구의 말뚝에 걸어놓은 백열전구가 흔들거리고, 바람에 휴지쪽이 쓸려다닐 뿐, 조무래기들조차 서성거리지 않았다. 하루 두 번 공연을 가지고 있었지만 그나마 오후 네시나 되어야 나팔소리가 울려나오는 천막은 밖에서 보기에 빈집 같았다. 공연지는 지난가을에 김장시장이 열렸었다는 시장 뒤편이었다. 옆에는 건축 자재상이 있어서 내년의 성수기를 기다리며 쌓아놓은 모래가 바람에 흘러내리곤 했다.

천막 뒤편 시장 안 순댓집에서 입술을 닦으며 난쟁이 하나가 문을 열고 나왔다. 좌판에 김이며 아부라기 같은 부식을 벌여놓고 앉았던 아낙네가 그를 쳐다보는 순간, 몸을 움칠한다. 쳐다본다고 할 것도 없이 눈이 마주쳤던 것이다. 옆의 장사꾼을 쿡 찌르며 아낙네는 혀를 찼다.

시장 안 사람들의 눈길이 자신에게 부어지고 있음을 알면서도 그는 천천히 걸어서 시장을 나왔다. 건재상에 쌓아놓은 모래 옆을 걸어서 천막 앞에 와 선 그는 고개를 젖혀서 입구에 붙은 그림들을 바라보며 잠깐 웃었다. 몸통에 비해 너무 큰 머리 때문에 금세 뒤로 넘어질 것만 같다.

"이 집에 어째 이렇게 찬바람이 불어……."

중얼거리고 난 그는 아장아장 안으로 걸어들어갔다. 다리의 길이가 두 뼘 남짓했다. 안에선 덕보와 하명이 막 무대 안으로 들어가려는 길이었다.

"보쇼!"

흘낏 고개를 돌린 하명의 눈이 그에게서 멎는다. 순간 하명의 눈이 크게 열린다.

"이게 누구야."

"내다, 하명아, 칠룡이다."

"어쩐 일이야. 응?"

"죽지 않으니 보겠구나."

칠룡이라는 난쟁이 사내는 그 짧은 다리로 뛰어가더니 웃으며 손을 내미는 하명의 허리에 깡충 뛰어올랐다. 두 다리로 하명의 허리를 감고 가슴에 착 달라붙으며 칠룡은 웃는다. 아이를 안듯이 사내의 궁둥이를 받쳐안으며 하명도 껄껄 웃음을 터뜨렸다.

"어디 얼굴 좀 보자. 아직 미남인가?"

칠룡이 그의 허리에서 껑충 뛰어내리더니 하명에게 얼굴을 든다.

"여전하구나. 더 젊어졌네."

"요놈 봐라. 대가리 좀 굳었다고 형님보고 인사할 생각도 없이 뭐 어째? 여전하구나아?"

어린아이 다루듯 하명은 그의 머리를 손바닥으로 어루만졌다.

"아이고, 이 추운데 형님 어떻게 이렇게 오셨습니까."

"동생 보러 안 왔나."

하명이 목젖을 흔들며 웃었다. 뒤에 서 있던 덕보가 원숭이를 껴안은 채 칠룡을 내려다본다.

"잘 있었어?"

"누군가 했더니 덕보로구만. 형님이야 잘 있었고말고. 넌 아직 장가를 못 갔다면서?"

"지랄헌다."

"저놈 말버릇 좀 봐. 이 집 사람들 못쓰겠구만."

덕보가 히죽이 웃는데, 품에 안겨 있던 원숭이가 칠룡을 보며 깨액깨액 소리를 질렀다. 원숭이는 적의로 입술을 실룩거렸다. 원숭이를 향해 주먹을 휘두르며 칠룡이 깡충 뛰어오르자 원숭이는 몸을 흔들며 더욱 소리를 질러댔다. 세 사람이 웃음을 터뜨렸다. 덕보가 원숭이를 고쳐안았다.

"칠룡이 너 요새도 술 많이 처먹냐?"

"처먹다니? 드시지. 벌써 한잔하셨구만."

"추운데 안으로 들어가자."

하명이 칠룡의 어깨를 잡고 무대밑으로 들어가며 물었다.

"어떻게 왔어? 소식이야 듣고 있었지만."

"아직 모르는구나. 오야가 말 안 하든?"

"아니, 무슨 말을?"

"나 이 집에 있기로 하고 온 거다."

"그래. 잘됐구나!"

뒤에서 덕보가 한마디 했다.

"심심치 않겠구나, 칠룡이 술에 동동 뜨는 꼴 또 보게 생겼으니."

"덕보 이놈, 말뚝을 박아버릴까 부다."

말뚝을 박아버리겠다는 이 말을 제일 큰 욕으로 아는 칠룡이는 난쟁이 어릿광대였다. 고무코를 붙이고 두 볼에 빨간 점을 찍고 인생의 애환을 몸으로 그리는 서커스의 어릿광대, 그의 얼간이 연기는 사람들의 배를 잡게 했고 어디서나 어린아이들 사랑을 독차지했다. 그도 아이들을 좋아했다. 아침에 분장을 하고, 자루처럼 펑퍼짐하고 울긋불긋한 어릿광대의 옷을 입으면 그는 저녁에 잠을 잘 때까지 그 옷을 벗지 않았다. 무대에서, 때로는 줄 위에서 겁 많고 바보스러운 연기로 다른 곡예사의 연기를 빛내 주었고, 쉬는 시간이면 입구로 나와 입장할 손님들을 부르며 아이들의 친구가 되어 놀았다. 물구나무를 서서 걸어가는 등 몇 가지의 묘기도 가지고 있는 칠룡이는 결코 화를 내는 법이 없는 낙천적인 사내였다. 어쩌다 성질 사나운 단원이 병신 지랄하네, 한마디 할 때면,

"병신보고 병신이라면 그게 어디 욕인가, 성한 놈 지랄하네 해야 욕이지. 말뚝을 박을 놈!"

그러면서 돌아서면 그만이었다. 말뚝을 박겠다는 것은 상대방의 남성을 뽑아 땅바닥에 박아버리겠다는 소리였다. 칠룡은 몹시 술을 좋아했다. 취하지 않을 정도로 취해 있는 그런 술이었다. 아침에 분장을 끝내고 나면 우선 소주부터 마셨다. 주량은 센 편이어서 이 홉 소주 한 병을 마셔도 얼굴색이 별로 변하지 않았다. 안주는 언제나

소금이었다. 이빨로 술병을 열어 꼴깍꼴깍 반쯤을 마시고 손가락으로 소금 한 점을 집어먹으면 그것으로 그만인 칠룡이었다.

하명과 함께 단장과 총무에게 찾아다니며 인사를 하고 난 뒤 칠룡은 다시 천막으로 돌아왔다. 분장실에 피워놓은 연탄난로를 쬐면서 하명이 물었다.

"잠은 어떡할래? 나랑 잘래?"

"넌 어디서 자는데?"

"여관에 있어. 윤재 아저씨 알지? 그 아저씨랑 한방 쓴다."

"내가 언제 여관에 들든. 여기 아무데서나 끼어 자지."

칠룡은 무대밑 방을 턱으로 가리켰다.

"돈도 좋지만, 아이고 무슨 난쟁이까지 들어오면 어쩝니까?"

여관에서 그렇게들 말하며 별로 탐탁한 눈치가 아니었기 때문에 그는 비가 오나 추위가 닥치나 언제나 무대밑 방에서 잤다. 자기 때문에 다른 단원들이 곤란해지는 게 싫었던 것이다.

의자 위에 올라앉아서 칠룡은 난롯불에 손을 비볐다. 다른 사람처럼 의자에 앉는 것이 아니라 그는 언제나 의자 위에 책상다리를 하고 올라앉았다. 건드리기만 해도 모로 넘어갈 것 같은 자세였다.

"술이나 먹을래?"

"공연해야 될 텐데. 저녁에 먹자."

얼굴을 쳐다보던 칠룡이 낮은 목소리로 하명을 불렀다.

"동생아."

하명이 얼굴을 든다.

"너 어디 아팠냐? 얼굴이 많이 못쓰게 됐다."

"아프긴."

포장을 펄럭이면서 바람이 쓸려 지나간다. 찬 기운이 술렁술렁 분장실 안으로 쏠려들어왔다.

다음 날부터 칠룡은 일을 시작했다. 정성들여 얼굴에 칠을 하고 고깔모자를 쓰고 나서 소매에서부터 넓게 퍼져올라간 어릿광대의 옷을 입었다. 하얗게 칠을 한 얼굴에 빨간 입술을 귀밑까지 찢어지게 그린 칠룡은 밖으로 나와 입구에 모여앉아 흘러간 노래를 불고 있는 악사들 사이를 뚫고 다녔다. 매달아놓은 원숭이는 추위에 떨면서도 밑에서 오락가락하는 울긋불긋한 칠룡이를 보고 깨액깨액 소리를 질러대며 서슬 푸르게 날뛰었다.

연희 다음 순서가 칠룡이 혼자 하는 난쟁이 맘보였다. 후견들이 공 하나와 보통 쓰는 우산보다 살이 길고 기름 먹인 종이로 된 우산을 들고 나왔다. 우산을 받아든 칠룡은 먼저 우산 위에 얹은 공이 떨어지지 않게 우산을 돌리며 뛰어다니는 재주를 했다. 이제까지의 그의 어릿광대짓과는 전연 다른 진지한 곡예였다. 곡예가 진행되는 동안 추위 속인데도 그의 얼굴에서는 땀이 흘렀다. 양손에 세 개의 불을 붙인 방망이를 들고 번갈아 돌리거나 허공에 던져올린 여섯 개의 공을 계속해서 던져올리고 받아내는 묘기가 이어질 때 관객들 사이에서는 박수와 감탄이 새어나왔다.

그는 더 작아보였으며 조그마한 기계와 같았다. 마지막 순서는 기름을 적신 솜으로 만든 공에 불을 붙이고 그 공을 종이우산 위에서 돌리는 묘기였다. 이미 그의 얼굴은 땀으로 번들거리고 있었다. 솜공에 불이 붙었다. 기름이 타는 불길은 연기와 냄새를 천막 안에 피워올리며 타올랐다. 조명이 꺼진 무대는 캄캄했고, 불타는 공이 그가 든 우산 위로 옮겨졌다. 노오랗게 기름을 먹인 우산 위의 불덩어리가 그의 얼굴을 비쳐줄 때 그가 든 우산살은 회전하기 시작했다. 순간 우산의 형체는 사라지고 허공에는 고리 모양의 불길이 떠다니고 있었다. 불을 쳐다보는 우산 아래 칠룡이의 크게 그린 입과 축 처진 눈썹 위에서 불길은 번득이고 있었다. 그것은 이미 그의 얼굴은 아니었다. 살이 안 보이게 회전하는 우산 아래서 그의 얼굴은 불빛을 받아 번들거렸다. 짙은 분장 속의 그의 얼굴은 한 어릿광대의 모습이 아니었다. 증오로 얽힌 청동의 흉상이었다. 타오르는 불길 속에 선 악마의 시종 같았다.

그때였다. 그는 돌리고 있던 우산을 순간적으로 접으며 위에 있는 불덩이를 옆으로 던져버렸다. 담요를 들고 서 있던 후견이 그 불을 덮어 끄는 순간 장내에 불이 켜졌다. 그의 우산은 오랜 연기로 불덩이가 돌아가는 곳에 둥글게 그을음이 묻었을 뿐 불똥 하나 탄 자리가 없었다.

주술에 걸렸다 깨어난 듯한 관객들이 한숨을 내쉬며 박수를 치려고 할 때 칠룡은 튀어오르는 공처럼 관객 속으로 그의 작은 몸을 날렸다. 엄마야, 하면서 관객들이 놀라 몸을 피했을 때, 그는 객석 맨 앞에 있는 기둥을 잡고 빙그르르 돌면서 바닥에 내려섰다.

한 어릿광대가 거기 서 있었다. 큰 입으로 웃으며 밑으로 처진 눈으로는 부끄러워하는 조그마한 어릿광대였다. 객석에서 터져나오는 박수소리를 들으면서 그는 어깨를 흔들며 분장실로 사라져갔다.

저녁공연이 끝나고 일당 계산을 마쳤을 때 명수는 칠룡을 불렀다. 화장을 지우고 난 그의 얼굴은 몸에 비해 보기 흉하리만큼 컸고 나이들어 있었다.

"총무님, 저 불렀습니까?"

"그래, 뭐하니? 나랑 나가자."

"어딜 가요?"

"어디라니, 오늘 첫날인데 나하고 술 한잔해야지. 얼른 옷 입고 나와."

"나중에 할랍니다. 내일 먹지요."

"내일은 내일이고."

목도리를 감고 있던 하명이 명수를 돌아보았다.

"내버려두십시오. 칠룡인 오늘은 죽은 아버지가 온대도 안 나갑니다."

"아니, 왜?"

"칠룡이 어머니한테 편지 쓰는 날입니다."

"편지야 내일 쓰면 안 되나?"

칠룡은 턱을 문지르며 가만히 고개를 떨구고 있었다. 영문을 모르는 명수가 의아한 듯이 하명과 그를 번갈아 바라보았다. 하명이 천천히 입을 열었다.

"차차 총무님도 아시게 되겠지만 칠룡인 꼭 어디 이동해 가서 첫날 공연 끝나면 어머니한테 편지를 씁니다. 그날 밤엔 술도 안 먹어요. 오늘 여기 처음 온 날이니까 편지 쓰는 날입니다. 편지 받으면 칠룡이 어머니도 꼭 오지요."

"그래애……."

"효자예요."

명수는 고개를 끄덕이다가 칠룡이에게 물었다.

"참, 양친은 다 계신가?"

"어머니 한 분입니다."

알 수 없는 그 무엇이 가슴에 차올랐다. 난쟁이를 두는 곡예단체는 많았다. 명수도 다른 단체에 다니러 갔다가 흔히 보아왔고 몇 사람은 잘 알기도 했다. 난쟁이를 두고 있는 단체의 한결같은 이야기는 병신 고운 데 없더라고 난쟁이들 성깔이 고약하다는 것이었다. 단장에게서 칠룡이를 데려오기로 했다는 말을 처음 들었을 때, 그래서 명수는 마땅치 않았었다. 불구자를 무대에 올린다는 사실부터가 직감적으로 싫은 데다가 병신까지 데려다 재주를 피우지 않아선 장사가 안 된단 말인가 하는 생각이 들었던 것이다. 그런 뜻의 이야기를 비쳤을 때 단장은 말했었다.

"칠룡인 다른 애들과는 좀 달라. 오면 보게나."

단장이 그렇게 말했던 뜻을 알 것 같아서 명수는 칠룡을 새삼스러운 눈으로 바라보았다. 그는 몸집에 비해 너무나도 커보이는 자신의 머리가 무겁기라도 한 듯이 고개를 숙이고 서 있었다.

"그래, 그럼 내일로 하지. 나 들어갈 테니 춥지 않게 자게나."

칠룡의 어깨를 두드려주고 명수는 숙소인 여관으로 향했다.

다음 날 아침이었다. 칠룡이는 조개가 기어간 듯한 글씨로 겉봉을 쓴 편지를 부쳤다. 우체국엘 갔다가 돌아오는 그에게서는 술냄새가 났다. 그러나 누구보다도 일찍 그는 분장을 마치고 입구에 나와 종길이 대신 외쳐댔다.

"웃으며 한 세상 노래하며 한 세상, 즐거운 쑈가 있습니다. 서독 써커스를 능가하는 대공중비행, 안 보시면 후회할 대마술이 있습니다. 자 오세요. 어서어서 들어오세요."

그날 공연이 끝났을 때 칠룡은 하명, 윤재와 더불어 명수를 따라서 술집으로 갔다. 징을 박은 구둣발 소리가 언 땅을 울리고 십일월 하순의 밤거리는 스산했다. 다들 몸을 웅크리고 걸었다. 굽힐 것도 없는 몸이었지만 칠룡이만은 징을 박은 구둣발 소리를 저벅이면서 깡충깡충 뛰듯이 걸었다.

미닫이문을 밀고 명수가 먼저 들어섰을 때 술집에선 몇 명의 여자들이 화투짝을 만지다가 우르르 몰려나왔다. 방 안쪽에선 취한 목소리의 유행가가 상을 두드리는 젓가락 소리에 섞이며 쏟아져 나오고 있었다. 재채기를 하면서 명수는 둘 중 나이가 들어보이는 한복차림의 여자에게 일렀다.

"춥다. 어디 따끈한 방 하나 다고."

"예예. 이 방 따스워요. 추우시죠. 들어가세요."

"감기 기운이 오나, 어째 으스스한데."

윤재, 하명에게 차례차례 붙어서며 방으로 끌어들이던 여자들은 맨 뒤에 따라붙어 들어오는 칠룡을 보고 질겁을 했다.

"뭐예요?"

"반토막이구만. 난쟁이 첨 봤나? 놀라긴."

"아니 아저씨도 동행이에요?"

구두를 벗고 명수가 굵은 목소리로 말했다.

"안으로 모셔라. 오늘 주빈이시다."

칠룡의 아래위를 훑어보며 여자들은 킬킬거리기도 하고, 명수 쪽으로 눈을 흘기기도 했다.

"아이고 춥구나."

중얼거리는가 하자 칠룡은 어느새 명수, 윤재 사이를 빠져 방으로 들어가고 있었다. 재수 없게 무슨 난쟁이가 다 술을 먹으러 온담. 머쓱해졌던 주인 여자는 이내 색시들을 들여보내며 목소리를 높였다.

"야야, 2호실 미자 좀 나와서 손님 받으라 해라, 잉."

방 안에선 심드렁한 표정의 아가씨들이 인사를 하고 있었다.

"미쓰 홍이에요."

"정양이에요. 첨 뵙겠어요."

명수가 담배를 꺼내 방바닥에 내려놓으며 묻는다.

"색씨 더 없냐?"

"없긴요오. 오니까 걱정 마시고, 술은 뭘로 하실래요?"

"난 소주다."

후딱 칠룡이 먼저 말했다. 윤재의 의향을 들어가면서 술과 안주를 시키는 사이, 다른 아가씨는 상을 펴고 재떨이를 찾다가 놓으며 하명의 옆에 달라붙었다.

"잘 봐주세요."

미쓰 홍이라던 여자였다. 코 옆에 까아만 점을 달고 있었다. 하명이 말했다.

"야, 난 점박이는 딱 질색이다. 이쪽으로, 점잖은 아저씨 옆에 앉아라."

"왜 이러실까. 정들라고 붙인 점인데."

술잔이 돌면서 으스스했던 몸의 찬 기운이 빠져나가자 그들은 쉽게 취해 갔다.

앉은키야 크게 작은 것도 아니지만, 칠룡의 어깨에 비해 유난히 큰 얼굴이며, 술잔을 잡는 조그마한 손을 볼 때 별로 기분이 좋지 않았던 아가씨들은 차츰 칠룡의 우스갯소리에 쉽게 어울려들어서 그에게 술잔을 안기고 말을 건넸다. 그러나 옆에 앉기만은 아직 꺼려하면서 칠룡이 손을 뻗으면 질겁을 했다.

"칠룡이 오늘 장가 좀 보내줄까?"

명수의 웃는 얼굴을 바라보며 칠룡은 손을 내저었다.

"사지육신 멀쩡한 놈이 그런 폐까지야 끼치겠소. 자조자립해얍죠."

"그럼 네가 내 사정 좀 봐다오. 홀아비 신세 요샌 잠자리가 추워서 못살겠다."

"총무님 수말 되고 싶으십니까?"

"그건 또 무슨 소리야?"

"옛날에 기생 하나가 이게 큰 사내를 좋아했다 그겁니다."

명수가 짐짓 물었다.

"이거라니?"

"앗따, 이거 말입니다."

칠룡이 길지도 않은 팔뚝을 앞으로 내흔들며 팔꿈치를 손바닥으로 철썩 친다.

"그런데 마침 그 동네에 진짜 물건이 커다란 사내놈이 하나 있었겠다. 이 친구 그 기생한테 생각은 많은데 뭐 가진 게 있어야 별을 따지. 전전긍긍 몸이 달아 있는 것을 안 사내의 친구가 장난을 좀 치기로 했습죠. 그래서 하루는 친구를 불러 내가 네 사정을 아는데 이러이러하게만 하면 일이 잘될 것 같다 했더니 물건 큰 사내놈 귀가 번쩍 트일 밖에. 친구놈 수작인즉, 둘이서 그 기생이 빨래하는 곁을 지나가면서 자기가, 야 수말아 하고 부르면 내가 왜 수말이냐면서 화를 내라는 거였죠. 그러면 자기가 그 기생이 듣게끔 큰 소리로, 네 물건이 크기가 수말만해서 그렇게 부른다 하면 분명히 기생이 네 물건이 큰 걸 알고 달라붙을 거 아니냐."

"저 우라질 놈 또 시작한다."

하명이 씨부리자 아가씨들이 더 흥을 돋우며 물었다.

"그래서요?"

"다음 날 두 놈은 기생이 빨래하는 곳을 지나며 큰 소리로 불렀지. 야 수말아 하고. 그러니까 물건 큰 사내놈 얼씨구 하며 넌 왜 날 보고 수말이라고 부르냐면서 화를 내는 척했겠다. 그랬드니 그 친구왈 넌 주로 암말하고나 붙으니까 수말이라고 부르는 거다 해버렸지. 물건 큰 친구놈을 골탕을 먹였지. 이 소리를 들은 기생은 침을 뱉을 수밖에. 짐승하고 붙다니 뭐 저런 게 다 있어, 해버렸지 뭐야. 결국 물건 큰 친구 망신만 당하고 성사는커녕 소문만 나버렸거든."

여자들이 키들거렸다. 명수는 술잔을 들며 칠룡을 건너다보았다.

"아냐, 난 말만큼 크지는 않아. 염려 안 해도 된다구."

칠룡이만 혼자 앉았을 뿐 이미 다른 사람들은 여자를 껴안고 안주를 받아먹고 있었다. 그때 문이 열리며 아가씨 하나가 들어왔다. 술이 취해 있었다. 정양이라던 여자가 물었다.

"미자야, 3호실 손님들 갔니?"

"응?"

대답하던 미자의 눈이 혼자 앉아 술잔을 드는 칠룡이에게 가 멎는다.

"어머나 조건 또 뭐야?"

"인마 말 삼가해."

하명이 소리쳤지만 미자는 들은 둥 만 둥 칠룡의 옆에 펄썩 주저앉았다.

"아저씨 참 희안하요이, 어째 요르콤 아담하요?"

"칠룡이 임자 만났구나."

하명이 미스 홍의 가슴 속으로 손을 밀어넣으며 웃어제꼈다. 칠룡이도 코를 벌름거리며 웃었다. 미자가 부어주는 술잔을 들면서 칠룡은 흐뭇한 얼굴이다. 술이 취한 미자는 신기한 장난감이나 보듯이 칠룡을 훑어보다가 그의 머리를 토닥거렸다.

"아저씨 참 무겁겠다아. 이러코롬 큰 두상을 얹고 다니니."

"그게 다 미자 네가 무식해서 하는 소리다. 우리같이 요런 난쟁이는 두상이 커야 미남이다."

"어매매."

"너 모르냐? 깜둥이는 새까맣고 입술이 두꺼워야 그게 진짜 잘난 깜둥이라 그 말이야. 닭도 벼슬이 붉어야 좋은 종자지. 다 마찬가지라. 난쟁이는 나처럼 이렇게 다리가 짧고 등이 빳빳하게 곧은데다가 머리통이 커야 그게 진짜란 말야. 잘 봐둬라. 내가 난쟁이 순종이다."

"귀경났네. 순종이 아니라 재래종이구만. 아저씨 이름이 뭐요잉?"

"주민등록증 찾아서 뭐할라고?"

"누가 알아요. 만리장성 쌓을지."

"내 열아홉 땐데 그때 내 형님되는 양반이 난쟁이들 열을 모아서 제비뽑기를 했지. 일 번부터 십 번까지 제비를 뽑아서 일룡이 이룡이 하고 부르기로 했거든, 그때 내가 칠 번을 뽑았지."

"그럼 칠룡이에요?"

"그래애 허허, 내 그때 십 번 안 뽑은 게 천만다행이지. 하마터면 씹룡이 될 뻔 안 했냐 말야."

껄껄거리며 술잔을 돌리는 칠룡의 얼굴이 하얗게 질려가고 있었다. 술이 취할수록 얼굴이 창백해지는 칠룡이었다. 미자가 어깨를 기대며 속삭였다.

"아저씨도 그거 있어요?"

"무슨 실례의 말씀. 있는 게 다 뭐야. 특제지 특제!"

"거짓말. 없죠? 그렇죠?"

"미자야, 하느님은 말이다 평등하신 거라. 열 복을 다 한 사람에게 주시는 게 아니야. 무는 호랑이는 뿔이 없고 산이 있으면 골이 있게 마련이거든. 두 다리가 남보다 짧으니까 가운데 다리야 남보다 크게 만들어주셨을 건 뻔한 이치 아니냐?"

헤실거리던 미자의 손이 장난스레 칠룡의 사타구니로 미끄러져 들어갔다. 그때였다.

"이 쌍년이 어디다 손을 넣어!"

고함소리와 함께 칠룡이 미자의 팔을 후려치며 발딱 일어났다. 방 안이 소란스러워졌다. 엎지러진 술을 닦느라 부산한 틈에, 병신이 별꼴이야, 중얼거린 미자는 취한 몸을 어지럽게 흔들며 방을 나가버렸다. 다시 자리에들 앉아 술이 돌기 시작했을 때 하명은 칠룡을 쿡 찔렀다.

"거기다 손 넣었던 모양이구나?"

칠룡이 눈을 꿈벅였다. 히죽이 웃는 하명은 알 만하다는 눈치였다. 두런두런 이야기를 하며 술잔을 비우던 윤재가 말했다.
"밤샐 것도 아닌데 이만 일어나지."
술집을 나왔을 땐 자정이 가까워 있었다.
밖은 추웠다. 취기로 달아오르는 얼굴을 찬바람이 스치고 지나갔다. 찬바람을 기분좋게 몸에 받으며 그들은 노래를 하며 걸었다. 하명이 칠룡의 앞에 엎드렸다.
"업혀라."
"누구누구 해도 동생밖에 없구나."
칠룡은 하명의 넓은 등에 업혔다. 윤재가 뒤따르며 웃었다.
"하명이 너 언제 그렇게 늙은 아들을 뒀냐?"
등에 업힌 칠룡을 추스르며 하명은 성큼성큼 걸었다.
"나 가벼워진 것 같지 않니?"
"모르겠는데."
"자꾸 아프다. 웬일인지 모르겠다."
"어디가 아픈데?"
"배가 쓰리고 뭘 먹으면 더 아퍼. 술이나 먹어야 좀 가라앉으니······."
"약을 좀 먹지 그러니····· 찬 데서 자서 아픈 거 아냐?"
"모르겠다."
칠룡을 천막까지 업어다주고 하명은 여관으로 돌아갔다.
무대밑 방으로 들어온 칠룡은 옷을 벗었다. 바지를 벗어놓고 천장 구석에 매달린 불빛 아래 서서 그는 잠들어 있는 단원들을 가만히 둘러보았다. 그러곤 내복 속으로 허리에 찬 끈을 끌렀다. 다시 속옷을 밑으로 내린 그는 허리에 찼던 끈을 가만히 잡아당겼다.
사타구니 사이에서 일인들의 훈도시 같은 것이 빠져나왔다. 사타구니에 차고서 허리에 끈을 묶도록 되어 있는 것이었다. 단원들을 다시 한 번 돌아보고 나서 칠룡은 조심스레 그것의 밑부분을 풀었다. 천으로 한 번 감은 속에서 비닐봉지가 바스락거리며 나타났다. 비닐을 풀어낸 그는 다시 종이에 길게 접어서 싼 물건을 조심스레 펼쳤다. 그것은 돈이었다. 세로로 길게 접어서 차곡차곡 접은 돈다발은 전부가 고액권이었다. 술집에서 미자의 손이 사타구니 속으로 미끄러져 들어올 때 칠룡이 펄쩍 뛰며 일어났던 것도 그 돈다발에 미자의 손이 닿는 것 같았기 때문이었다.

차곡차곡 접힌 돈을 펼쳐서 세어보는 칠룡의 손길은 털을 쓰다듬는 것처럼 부드러웠다. 물기가 어린 그의 눈은 반짝이고 있었고, 일자로 굳게 다문 입술은 의식을 거행하는 듯 지순했다.

취기로 해서 하얗게 질려 있는 얼굴로 흐린 불빛 아래서 돈을 세어보고 난 칠룡은 다시 그것들은 먼저처럼 차곡차곡 접었다. 그리고 오늘 받은 일당을 바지에서 꺼내 그와 같이 접어서 함께 쌌다. 돈을 종이봉투에 넣고 바스락거리며 비닐봉지로 싼 칠룡은 천으로 감아서 팬티 속으로 먼저와 같이 사타구니에 차고 허리의 끈을 묶었다. 자기 이부자리를 꺼내 깔고 나서 칠룡은 내복바람으로 잠이 들었다. 커다란 머리통과 짧고 가느다란 두 다리. 잔뜩 몸을 구부리고 잠이 든 그는 모체의 골반에 담겨 있는 태아와 같았다.

겨울 초입에서는 이른 추위가 닥쳐서 부랴부랴 김장들을 재촉하고 쌓아놓은 배추를 얼리더니, 십이월에 들어서며 날씨가 풀려서 겨울답지 않은 매일이 계속되고 있었다. 일월곡예단은 김제를 거쳐서 목포로 빠져나갔다. 이미 단체는 겨울의 한가운데에 들어와 있었다.

입구의 난간에 올라앉아 칠룡은 소리를 질러댔다.
"자아, 연속입니다. 연속 공연이에요. 노래하며 한 세상 웃으며 한 세상 구경들 하세요."

얼굴을 실룩이며 소리치는 바람에 고무코가 떨어지자 모여들었던 아이들이 헤헤거리며 웃는다. 고무코를 집어들던 칠룡의 얼굴이 굳어지더니 입술이 찢어지게 웃었다. 훌쩍 난간을 타넘어 밖으로 나간 그는 멀리 천막을 쳐다보다가 자신과 눈이 마주치는 키가 훤칠한 여인의 손을 덥석 잡았다.

"어머니 오셨어요?"
"그래 아까부터 널 보고 있었다."
"추운데 고생하셨지요?"
"춥긴, 이게 어디 겨울 날씨냐."

한복 치마저고리를 진고동색 친칠라코트로 감싼 여인은 칠룡의 얼굴을 내려다보았다. 짙게 분장을 한 칠룡의 얼굴에선 두 눈만이 반짝였다.

"총무님예요."

손을 잡고 명수에게로 간 칠룡은 어머니를 소개했다. 초면인 명수는 인사를 나누며 여인의 큰 키와 정중한 말씨에 조금 놀라는 눈치다.

"못난 에미입니다. 어른들께서 보살펴주시는 덕분에 제 아이가 잘 지낸다니 고맙기 짝이 없습니다. 좋은 분이시라고 아이가 총무님 이야기를 편지에 적어 보냈더군요."

"무슨 말씀을요."

난쟁이가 병신인 거야 분명한데 똑똑한 아드님을 두셨다고 했다가는 도리어 욕이 될 것도 같고, 어떻게 말을 해야 할지 몰라 명수가 당황하는데 하명이 안에서 나왔다.

"어머님 오셨습니까?"
"아이고 반갑네. 얼굴이 더 훤해졌구먼. 이젠 아주 헌헌장부가 됐군그래."

"어머님은 더 젊어지셨어요."
"이런 고약한 인사가 있나. 아주 욕을 하게나, 젊어졌다니."
 말은 그렇게 했지만 하명은 그녀가 많이 늙었음을 본다. 노인네 혼자 사느라 고생이 많은 모양이구나.
 첫 회 공연을 끝내고 있던 칠룡은 어머니가 한사코 말렸지만 분장을 지우고 밖으로 나왔다. 여관에 어머니를 모셔다 드리러 가는 것이다.
 옷을 갈아입고 화장을 지운 아들의 얼굴을 보며 여인은 떨리는 손을 잡았다. 달포 전에 보았을 때보다 아들의 얼굴은 많이 상해 있었다.
"어디 아팠냐?"
"아프긴요."
 칠룡은 어머니를 쳐다보며 씨익 웃었다.
"어째 얼굴이 그렇게 빠졌냐. 안색도 안 좋고."
"어제 술 먹어서 그렇겠지요. 좀 많이 먹었더니."
"술은 또 왜?"
"어머니 안 오셔서 홧술 먹었습니다."
"넌 그 술 때문에 큰일이다. 그것도 음식인데……."
 투명한 겨울햇살을 어깨에 받으며 모자는 횡단보도를 건너갔다. 여인의 큰 키에 비해 칠룡은 겨우 그녀의 허리에도 못 미쳤다. 아이들 같지 않게 옆으로 퍼진 몸매와 큰 머리통 그리고 뒤뚱거리는 걸음걸이만 아니라면 그들이 걸어가는 뒷모습은 학교 가는 아들을 바래다주는 어머니의 모습과 같았다.
 그날, 공연을 마치고 난 칠룡은 어머니가 기다리는 여관으로 가기 전에 화장실에 들렀다. 거기서 바지를 벗고 사타구니에 찬 돈주머니를 꺼냈다. 세로로 가늘게 접었던 돈을 손바닥으로 펴서 세어 보고 난 칠룡은 돈을 바지주머니에 찔러넣고 밖으로 나왔다.

여관으로 향하는 그의 발걸음은 뛰는 듯했다. 저녁을 먹지 않고 기다리고 있던 어머니와 함께 밖으로 나와 늦은 식사를 하고, 모자는 다시 방으로 돌아가 누웠다. 과일을 깎아먹으며 칠룡은 그동안 있었던 일들을 나들이 갔다 온 어린아이처럼 어머니에게 하나하나 들려주었다. 밤이 깊었다. 늦게까지 손님들이 들락거리던 여관 안도 죽은 듯 고요했다.

"이제 자야지. 종일 고단할 텐데."

"잠이 안 오네요."

멀리서 방범대원의 호각소리가 깊은 어둠을 흔들며 지나간다.

"어머니."

"왜?"

"조금만 더 기다리세요. 곧 집에 내려가 어머니 모시고 살 테니까요."

"내 걱정은 말아라. 난 괜찮다. 너 한 몸만 편히 있으면 내겐 복이지."

밤이 더 깊어서 칠룡은 잠이 들었다. 어머니 품으로 파고들며 그는 중얼거렸다.

"어머니 젖 만지고 잘랍니다."

앞가슴을 풀어주는 여인의 눈이 뜨겁게 젖는다. 장성한 아들이건만 혼인을 시키지 못하는 마음이 칼을 대는 듯 에어왔던 것이다. 여자를 맞아들이지 않겠다는 데는 모자가 생각이 같았다. 어디 제정신 가진 여자가 병신과 살겠다고 나설 리도 없겠지만 그런 여자가 있다 해도 부부가 살게 되면 자식을 두게 마련인데 그건 아이에게 못할 짓이라는 생각이었다. 자기 아버지가 난쟁이인 줄 알 때 아이 마음이 어떻겠느냐. 저주받은 운명은 자기 하나로 끝내겠다는 것이 칠룡의 결심이었고 그 아들에게 혼처를 구해 볼 생각은 버리고 살아온 어머니였다.

다음 날 아침, 어머니 몰래 밖으로 나온 칠룡은 음식점에 들렀다.

"육개장 둘 빨리 좀 주십시오."

"둘이요?"

"예. 내가 가지고 갈 겁니다."

"배달해 드리죠, 어딘데요?"

"요기 여관인데, 그릇값 맡겨놓을 테니까 빨리 좀 주슈."

음식이 나오기를 기다린 칠룡은 양철통에 손수 육개장 그릇을 넣어가지고 여관으로 돌아왔다.

"너 이게 무슨 짓이니?"

"어머니 좋아하시는 닭고깁니다. 제가 육개장 사왔습니다."

칠룡은 여관에서 상을 빌려다 음식을 올려놓으며 웃었다.

"어디 갔나 했더니…… 나가서 먹음 되지 왜 그런 걸 들고 다녀."

"허허, 아들놈이라고 끼니 한번 못해 드리고. 어서 드세요. 따끈할 때 드셔야죠. 음식이 식을까봐 뛰어왔습니다."

아침을 끝냈을 때 칠룡은 어젯밤 풀어서 주머니에 넣고 있던 돈을 꺼내 어머니 앞에 내밀었다. 하루하루 모아두었던 돈이 부피가 커지면 은행에 가 고액권으로 바꾸어서 다시 차고 다니다가 어머니가 찾아오면 이렇게 드려온 칠룡이었다. 그때마다 어머니는 목이 메었고 눈물을 찍어내야 했었다. 입술이 떨리는 어머니가 눈물이 그렁거리는 얼굴을 숙였을 때 칠룡은 나직하게 말했다.

"삼만 육천 원입니다."

"겨울이라 일당 안 나오는 날도 있었을 텐데, 실하게 모았구나."

"이번에도 땅 나오는 거 있으면 돈 되는 대로 또 사세요."

"요새는 밭이 나오는 게 없단다. 논들은 많이들 내놓는데 밭은 살 사람은 많아도 팔려는 사람이 없어. 고추농사도 좋고, 특용작물들을 심어서 밭이 더 실속이 있으니까 그래."

"밭이 없으면, 논이면 어떻습니까."

돈을 받아든 여인이 잠시 생각하더니 칠룡의 손을 잡았다.

"내 어제부터 할려고 한 얘긴데, 이제 땅도 그만하면 됐으니 집으로 내려가자. 새벽에 보니까 너 엎드려서 자는데 몸이 안 좋은가 보더라. 암만해도 네가 어디 아픈 걸 속이는 거 같다."

"아프긴요. 버릇이지요 뭐. 겨울들어 감기 한번 안 앓았는데요."

"에미 속이면 못쓴다."

"어머닐 제가 왜 속여요."

저녁차로 떠나기로 한 어머니를 두고 칠룡은 천막으로 돌아왔다.

아들이 천막으로 돌아간 뒤 여인은 가방을 풀어 가지고 온 옷가지들을 꺼냈다. 성인용 속옷들을 칠룡의 몸에 맞게 줄인 것이었다. 그것들을 정리해 놓고 수돗가에 나와 칠룡이 벗어놓고 간 양말을 빨아널었다.

겨울이건만 하늘은 물빛으로 차갑게 개어 있었다. 빨래를 빨아 널고 들어가는 칠룡이 어머니에게 뚱뚱한 주인 아낙네가 말을 걸어왔다.

"아들이 곡마단에 있다면서요?"

"예."

"그런 재주라도 있으니! 가만 보아하니 아들이 어머니한테 참 잘합니다요."

"사람의 도린데 어디 부모 버릴 자식이 있나요."

"나도 자식 키워봐서 알지마는 부모 맘 아는 자식이 몇이나 돼서요. 자식의 겉을 낳지 속을 낳는 게 아니라더니 옛말 그른 거 없습니다. 멀쩡하게 키워놓으면 다 저 잘나서 큰 줄 알지."

아낙네의 말을 들으며 여인은 쓸쓸히 웃는다. 겨울 찬바람이 어리는 웃음이다. 잘났다고 해도 병신자식을 둔 모정은 언짢기는 마찬가지인 모양이었다. 메주볼이 나온 여관주인 아낙네, 생긴 것과는 달리 심성이 나쁘지는 않은가, 홍시를 꺼내와 여인과 나누어먹는다. 색깔이 보석처럼 곱다.

"그러니…… 저만큼 키우기까지 그 속이야 오죽했겠수."

"다 팔자지요. 죄가 많아서……."

여인의 말에 홍시를 베어물던 주인 아낙네는 혀를 찬다.

"에이그 원…… 사람 사는 게 뭔지."

"제 배 아파 낳아놓고서도 처음엔 참 정이 안 가더군요. 이걸 키워서 뭐하랴 싶은 게…… 밉고 보기 싫고 부끄러운 생각밖에, 그저 내 손으로는 못 죽이니 어디 가서 차라리 죽었으면도 했죠. 그랬는데도 사람의 마음이란 참 간사해서 키워놓으니 요새와선 그것도 자식이라고 든든한 생각이 들고 그러네요."

"그러셔얍죠, 암요."

첫 회 공연을 끝내고 칠룡이 여관으로 돌아왔을 땐 마당을 녹이고 있던 겨울해가 빠져나가 손바닥만큼 뜨락 저끝에 얹혀 있었다. 헐레벌떡 뛰어든 칠룡은 여관으로 들어서며 어머니를 불렀다.

"웬 수선인구."

옷을 갈아입고 떠날 채비를 마치고 앉아 있던 어머니가 문을 열었다.

"큰일났어요."

"왜 무슨 일이 났냐?"

"오야가 쓰러졌어요. 중풍맞았는가 봐요."

"저런! 연세가 어떻게 되시는데?"

"쉰아홉이라 하데요. 한쪽 팔다리를 전연 못 쓰고 정신도 오락가락해요. 세수할려고 앉았다가 모로 픽 쓰러지더래요. 그걸 보고 단원들이 얼음도 안 얼었는데 자빠지십니까 하며들 웃었대요. 그런데도 영 일어나질 않아서 보니 그 지경이 됐더라잖아요."

"큰일이구나, 중풍은 이레 만에 못 일어나면 칠 년 걸린다는 병인데."

아홉수가 안 좋아서 그런가 보다면서 여인은 혀를 찼다. 천막에 들러 인사를 할까 했지만 명수랑 다들 병원에 가고 지금 단원들밖에 없었기에 둘은 바로 역으로 향했다. 역으로 걸으면서도 칠룡은 준표 걱정을 했다.

"어찌 될라나 모르겠네요. 오야가 쓰러지면 다들 나가기가 십상인데."

"그러기야 하겠니. 같이 일을 해왔으면서."

"어디 세상인심이 어머니 같습니까. 단장은 대들본데, 대들보가 무너지면 아래도 어수선해지고 사람이 잘 붙어나질 않아요."

"설마 무슨 일이야 있겠냐만, 남들 따라서 우왕좌왕하지 말고 처신을 잘해라."

"예."

버스를 타기 위해 모자는 정류장에 서서 기다렸다. 흘깃흘깃 주위에서 사람들이 칠룡과 여인을 바라보았다.

"그런데, 어머니……."

"왜?"

"어째 내가 오고 얼마 안 있어 이런 일이 있는지…… 맘이 영 안 좋네요."

"쩨까 들어갑시다!"

"안 된다는데 왜 자꾸 이럽니까. 표 끊으세요!"

"디럽게 뻑뻑허니 구네잉."

잠바차림의 청년은 하명을 노려보았다.

"글지 말고, 쩨까 들어가자."

반말에 어이가 없어진 하명은 숫제 고개를 돌려버렸다. 잠바는 뒤에 서 있는 자기보다 조금 어려보이는 청년들에게 손짓을 했다.

"야, 뭣 해, 들어와!"

"안 된다는데 말이 안 들려."

담배를 피워 물던 하명이 벌떡 일어서며 청년의 가슴을 막았다. 청년의 눈이 험상궂게 치켜올라갔다.

"어어, 요것이 사람 쳐! 너 여그가 어딘 줄 모르냐?"

"어디긴 어디야. 전라도가 전부 네 집 안방이더냐?"

"요런 호로새끼."

치켜올라오는 손을 옆에 섰던 종길이 날쌔게 잡았다. 밀고 밀리는 실랑이가 벌어지고 아이들이 우르르 몰려들었다. 안에 들어갔던 명수가 나오다가 이 모양을 보았다.

"뭐야, 뭐?"

덕보도 따라나와 팔짱을 끼며 명수 옆에 버티어섰다. 떨어진 두 사람은 옷을 툭툭 털면서 명수를 쳐다보았다. 얼굴이 시뻘겋게 된 종길이 뒤에 선 청년을 가리켰다.

"이게 공짜 들어가겠다고 지랄 아닙니까. 셋씩이나 데리고서."

"조색끼 헛바닥 지멋대로 놀린디야."

뒤에서 으르렁대던 청년과 명수의 눈이 마주쳤다. 청년이 턱을 앞으로 비죽이 내밀며 명수에게 고개를 끄덕인다.

"아이고, 형님, 저 왔습니다."

"자네 젊은 사람이 왜 이래. 어제도 사람 들여보내 주었잖아."

"어제께는 어제께고, 지 얼굴만 시워주시먼 쓰겄고만이라우."

"우리는 흙 파먹고 사는 줄 아나. 얼굴을 세워달라니?"
"말씀 참 쌩똥 싸게 허시느만이라우. 너무 이라지 맙시다. 좋은 게 좋더라고오."
"뭐야?"
"좋습니다. 가겠습니다. 그건 글고 연희 면회나 좀 헙시다."
"연희?"
"몸 좋더구만이라우. 요 집은 면회도 안 된당가?"
"나중에 와. 거 왜 대낮부터 와서 그래."

명수가 앞으로 나서 청년을 설득해 돌려보내며 어깨를 두드렸다. 청년들을 끌고 돌아서던 잠바가 하명을 보고 눈을 부라렸다.
"니 이노무새끼, 삭신이 온전할러먼 눈깔 빼고 사람 봐."
돌아가는 청년들의 뒷모습을 바라보며 하명은 입맛을 다셨다.
"저것들 뭐하는 놈들입니까?"
"부두에서 등쳐먹는 자식들이지 뭐. 성질 건드려서 좋을 거 없으니까 조심들 해. 어젠 술 먹으라고 돈도 줬어."
"돈까지 처먹었으면서 왜 지랄이여. 드러워서."
투덜거리고 난 덕보는 하명에게 물었다.
"근데, 연희는 왜 보재?"
"내가 압니까! 제기랄."
"남대문서 뺨 맞고 한강 와서 팔뚝질 한다더니, 이 자식은 나한테 화를 내고 지랄이여."

화를 내는 하명에게 투덜거리며 덕보는 천막 안으로 들어갔다. 공연이 끝난 후, 하명은 소주 몇 잔을 마셨다. 단장의 병세가 어쩐지 심상치 않다는 이야기들이었고 그렇다면 단체는 어떻게 되는 거냐는 추측들로 단원들의 얼굴은 밝지가 못했다. 쉽게 일어나지 못할 경우 단체를 팔지 않겠냐는 것이 지배적인 의견이었다.

"팔아봐야 얼마 나가겠어? 포장도 낡았고 반반한 동물이 있는 것도 아닌데."

"그래도 준표 씨가 사람 다룰 줄도 알고, 우리들 지내기 편하게 가려운 데 긁어줄 줄도 알았어."

"그럼. 그거 아무나 하는 거 아녀."

"기왕이면 과부집 머슴살이를 한다고 뭐니 뭐니 해도 단장 잘 만나야 해."

"그건 옳은 얘기여. 우리 오야지야 그래도 사람 때리는 일 없었고 좋은 양반이었제. 쉽게 일어나실랑가 모르겠구만."

"밀가루 팔러 나서니 바람 불고 소금 팔러 가니 비온다더니, 난 어째 뭐 좀 할려고 하면 동티가 난다냐. 맘 좀 잡아서 일해 보려니까 이 꼴이잖어."

덕보 말에 임씨는 고개를 끄덕였다. 그는 마음속으로 이미 결정하고 있었다. 단체가 어수선해지면 그나마 겨울이라 손님도 없는 판에 벌이가 말이 아니리라. 마누라는 쇼에서 춤을 추고 열두 살 난 딸까지 곡예를 시키면서 자신은 자전거를 타는 그로서는 이것저것 눈치 살필 것 없이 떠날 준비를 해둬야겠다고 마음먹고 있었다. 작년 겨울 공연이 폭삭 주저앉음으로써 얼마나 고생을 했던가를 떠올리면 임씨는 소주를 마실 기분조차도 아니었다.

"걱정이군요. 어찌 될라는지……."

하명은 천막을 펄럭이며 지나가는 바람이 가슴속으로 그냥 쏟아져들어오는 것 같았다. 일월곡예단에서 곡예를 배웠고 또 뼈가 굵은 그로서는 남다른 감회가 가슴을 메웠다.

연탄난로에 북어새끼를 구워 뜯어먹으면서 단원들은 소주잔을 기울였다. 춥고 적막한 밤이었다. 자신들의 삶이 바닥까지 드러나 보이는 듯싶어서 밖의 추위보다는 마음이 더 추웠다.

윤재는 건너오는 잔을 받아마실 뿐, 연탄난로를 뚫어져라 바라보며 말이 없었다. 자네나 나나 가설무대에서 늙은 사람들이니 이야기네만, 난 여기서 죽을라네. 무대밑에서 죽을 거야. 언젠가 술자리에서 준표가 그런 말을 했을 때 자신은 웃어넘기지 않았던가.

"수구초심이랍니다. 짐승도 죽을 때면 따뜻한 곳을 찾아 눕는다는데 하물며 사람이 고향 생각을 해야지, 평생 돌아다녔는데 원통하지도 않아서 객사를 해요?"

"난 고향엘 가는 게 그게 객사야. 내가 여기서 살았으니 여기가 내 집이야. 내가 언제 대문 잠그고 산 사람이든가."

침을 맞으러 간다는 명목이야 있었지만 어쩐지 윤재는 고향으로 돌아간 그가 살아서 돌아올 것 같지 않은 심정이었다. 객사는 시켜선 안 된다는 생각에 가족들이 그를 끌고 가는 것만 같았다. 혀가 굳어서 말도 못하며, 전세낸 승용차에 실려가던 준표의 얼굴을 떠올리며 윤재는 마음속으로 뇌었다. 나도 헛살았군. 헛살았어.

난롯불을 피웠다 해도 밖에서 바람이 설설 스며드는 분장실 안은 추웠다. 등어리가 써늘해질 무렵 단원들은 하나둘 자리를 일어섰다. 밖으로 나온 하명은 별빛마저 얼어붙은 듯한 하늘을 쳐다보며 오줌을 갈겼다.

윤재가 먼저 돌아간 뒤 숙소인 여관으로 향하던 하명은 한적한 골목을 돌다가 우뚝 걸음을 멈추었다. 저쪽 어둠 속에서 들려오는 목소리는 연희가 분명했다.

"성질 건드리지 마라, 알았어? 나 오늘 누구든 확 할퀴고 싶은 기분이니까."

연희의 뒤를 굵은 사내의 음성이 따랐다.

"야가 겁주네, 잉."

"얘? 얘라니."

"글지 말고, 나 명환이 존 사람이라구. 근께 우리 연애 한번 허드라고."

바람이 어둠 속으로 휘몰려갔다. 하명은 그 자리에 박힌 듯 서 있었다. 연희의 목소리가 변한다.

"연애? 좋지. 돈 얼마 낼래?"

"아이고 내가 속 아퍼서……."

"나 처녀다. 홍정만 되면 마다할 나도 아니니까 어디 말이나 한번 들어보자, 선창가 씀씀이는 어떤가."

"히히히. 좋제. 이왕지사 말이 나와부렀응께 시답잖게 에서 요렇게 아니라 워디 그럴듯한 데로 가보드라고. 말 나온 김에 뿌리를 뽑아부러야제. 안 그런가."

"이게 어디다 손을 대!"

사내가 연희를 잡았는지, 잠시 실랑이를 하는 것 같더니 찰싹 따귀 때리는 소리가 바람에 실려왔다.

"오메, 요년 보소."

"똑똑히 굴어 이 새끼야. 써커스에서 재주하는 여자는 그렇게밖에 안 보이든. 어디서 공씹이나 하고 다니는 새끼가."

그때였다. 퍽 하는 소리와 함께 연희가 나뒹구는 소리가 들려왔다. 몇 잔 마신 술이 확 올라오는 것을 느끼며 하명은 어느새 그쪽으로 달려가고 있었다. 쓰러진 연희를 일으켜세웠다. 코피가 터진 모양이었다. 돌아서는 하명의 어깨를 사내의 손이 잡았다.

"넌 뭐여?"

키가 비슷했다. 옷을 틀어쥔 사내의 손을 뿌리치고 나서 하명은 느릿느릿 씨부렸다.

"나요? 나 순전히 별거 아닌 사람입니다."

"근디 뭐 땀시 남의 일에 뱁씨같이 끼여드냐, 요것아, 잉."

"남이 아니니 미안하구나."

어둠 속으로 주먹이 날아온다고 느꼈을 때, 하명은 허리를 꺾으며 그의 가슴을 향해 발을 날렸다. 사내가 비틀거리며 벽에 가 부딪쳤다. 다시 하명의 발길이 그의 배를 쑤셨다. 매일의 운동으로 단련된 그의 몸은 빨랐고 정확했다. 사내가 널브러졌을 때, 하명은 사내에게 맞은 왼쪽 어금니쪽이 조금 뻑지근했을 뿐 말짱했다. 순간 고요가 골목을 휩싸왔다.

꿍얼거리는 사내를 남겨둔 채 하명은 연희의 겨드랑을 잡고 뛰듯이 골목을 빠져나왔다.

가게에서 흘러나오는 여린 불빛 속에 섰을 때 연희의 입언저리는 피투성이였다. 손수건을 꺼내 닦아주는 대로 연희는 얼굴을 맡긴 채 서 있었다.

"누구야?"

"부두에 있는 사람이래. 낮에도 천막에 와서 행패부리고 그랬다나봐."

희미한 불빛 속에서 둘의 눈길이 부딪쳤다. 잡았던 어깨를 놓으며 하명이 물었다.

"저거, 어떻게 만났어? 만나자 그래서 나온 거야?"

"……."

"싸돌아다니지 좀 마라."

"언제 하명이가 내 생각 했던가."

휙 몸을 돌린 연희는 어둠 속으로 뛰어갔다. 그녀의 뒷모습이 어둠에 잠기고 발소리마저 들리지 않게 되었을 때 하명은 골목 쪽을 흘깃 돌아보았다. 아무 기척이 없었다. 사내가 조금 걱정스러웠지만 다시 돌아가 볼 생각은 들지 않았다. 하명은 천천히 걸어서 숙소로 돌아갔다.

다음 날 아침 잠이 깬 것은 칠룡이 들이닥쳐서였다.

일은 터져버리고 있었다. 아침 일찍 한 떼의 청년들이 천막을 습격했고 안에서 지키던 여섯 명의 단원들이 떡이 되게 맞았다는 것이었다. 여관의 단원들이 천막에 도착했을 땐 이미 그들은 사라지고 난 뒤였다. 부서진 물건은 없었다. 다만 시퍼렇게 피멍이 들거나 얼굴이 터진 단원들이 무대밑 방에 널브러져 있었다.

아침에 제일 먼저 일어난 종길이 분장실의 난로에 연탄을 갈고 있는데 밖이 와자지껄해지더라는 것이었다. 무슨 일인가 싶어 천막을 들치고 나오자 청년들이 우르르 둘러싸더라는 것이었다.

"다짜고짜 주먹이 날아오잖어. 무대밑으로 도망을 치니까 따라들어온 패들이 내복만 입고 아직 자고 있는 단원들을 끌어내 사정없이 두들겨댔지 뭐야. 도망칠 사이도 없었어. 매를 맞지 않은 건 칠룡이뿐이야."

일이 심상치 않음을 알아챈 단원들의 얼굴엔 긴장이 감돌았다. 불난 집처럼 웅성거렸다. 맞붙어 싸운 것이 아니어선지 맞은 단원들의 상처가 대단한 것은 아니었다. 신고를 하겠다면서 파출소에 들렀다 돌아온 명수는 눈썹을 실룩거렸다.

"연희 어디 갔어. 이리 나오라 그래!"

눈밑이 시퍼렇게 멍이 든 얼굴을 손바닥으로 가리며 연희가 앞으로 나섰다. 명수는 대뜸 소리를 질렀다.

"너 어젯밤 어디 갔었어? 절간이 망할려면 새우젓 장사가 들어온다더니 이것들이 어떻게 하는 짓들이야! 누구야? 어제 너랑 같이 있다가 사람 친 놈이."

하명에게서 어제 있었던 일을 듣고 난 명수는 그의 정강이를 후려찼다.

"사람도 봐가면서 쳐야지. 주먹 쓰는 걸로 먹고사는 놈들을 건드리면 어쩔래. 저 자식들이 이쯤에서 그만둘 놈들이 아니야."

명수가 파출소에 갔을 땐 이미 부둣가 패들이 거기 와 있었다. 어젯밤 일을 들고 나서며 서커스에 있는 누군가가 사람을 때렸으니 찾아내라는 것이었다. 단원 중엔 그런 사람이 없다고 했지만 쉽게 물러설 기세가 아니었다. 파출소에서도 서커스 편에 호의적으로 나오질 않았다. 문제의 발단이 그쪽 여자에게 있으니 합의하여 치료비를 내든가 하라는 식이었다.

연희를 일단 여관으로 보내 절대 나오지 않도록 하고 하명은 무대밑 방에 은닉시켰다. 끝까지 단원이 아니었다고 할 셈이었다. 그러나 오후가 되어 악단이 입구에 나가 연주를 시작하고 공연준비가 끝났을 때 패거리들은 또 몰려왔다. 그들은 눈에 띄는 단원이면 보이는 대로 멱살을 잡았고 도망치는 자에게 발길질을 했다. 피에로 복장을 하고 입장권을 받아넣는 높다란 통 위에 올라앉아서,

"연속공연입니다, 연속. 웃으며 한 세상, 노래하며 한 세상."
소리를 지르고 있는 칠룡을 본 한 놈이 껑충 뛰어오르더니,

"요런 싸가지없는 새끼!"
칠룡이 깔고 앉은 통을 걷어찼다. 통 위에 앉았던 칠룡이 언 땅바닥에 나뒹굴었다. 버둥거리다가 일어난 칠룡은 떨어져나간 고무코를 집어들면서 중얼거렸다.

"동서남북이 어딘지 모르겠네."

한차례 실랑이가 벌어지는 사이 도끼를 들고 온 패거리 중의 하나는 말뚝을 찍어내기도 했다. 그들이 돌아가자 윤재는 명수를 불렀다.

"이보게 총무, 앞 도바에 허가만 낼 수 있다면 오늘 웃자길하는 게 좋을 듯싶은데 자네 생각은 어떠냐?"

"저도 이동을 할까 생각하고 있는 중입니다."

"그렇담 결단을 내리게. 우리 쪽에서 먼저 사람을 때린 이상 일이 쉽게 풀릴 것 같지가 않아."

"하여튼 첫 회 공연은 끝내고 나서 웃자길하든가 결정을 보기로 하죠."

밖이 소란스러운 판에 손님이 들 리 없었다. 결국 이동을 하기로 했다. 공연을 계속하는 사이 나머지 단원들은 각자의 짐을 꾸리고 후견들은 뒤쪽의 부속 천막부터 뜯기로 계획을 세웠다.

종일 밖은 소란했다. 패거리의 숫자는 적었지만 그들은 갔다가는 다시 왔고, 와서는 연희를 내놓으라는 등 행패를 부렸다. 단원 둘을 여관에 보내 만일의 사태에 대비해서 연희를 지키게 할 정도로까지 사태가 험악해지는 사이, 새끼가 사들여지고 후견들에게는 작업장갑이 나누어졌다. 분장실이 뜯기고 식당이 헐리고, 바닥과 칸막이가 정리된 무대밑 방에는 짐들이 쌓여갔다. 공연순서가 하나하나 끝날 때마다 도구들은 새끼로 묶여 그때그때 정리되었다. 밖이 어두워지기 시작했을 때 단원들은 슬금슬금 술을 마시기 시작했다.

낮공연이 끝날 무렵엔 객석을 만들고 있는 천막과 기둥만을 남기고 다른 짐들은 거의 정리되어 있었다. 저녁공연을 취소하고 막을 내렸다. 무대를 뜯기 시작할 때였다.

"호로새끼들 우아래 꽉 긁어부러!"

술이 취한 패거리 셋이 고래고래 소리를 지르며 들이닥쳤다. 기다리고나 있었다는 듯이 십여 명의 단원들이 뜯어낸 무대의 나무토막들을 들고 우르르 몰려나갔다. 몽둥이를 휘두르며 뛰어나오는 기세에 눌린 그들이 도망쳐버리고 났을 때, 명수는 단원들을 한자리에 모았다. 단원들이 마시다 놓은 소주 한 잔을 들이켜고 난 그는 천천히 입을 열었다.

"내일 아침에 여길 뜬다. 짐 실은 차는 아홉 시에 여기서 출발하기로 계약이 됐어. 밤에 천막을 뜯다 간 사고날 위험이 있으니까 새벽에 일을 시작해서 시간을 맞춰서 끝내야 한다. 그렇게들 알고 열두 시까지는 여기서 모두들 천막을 지키도록 해. 그다음부터는 교대로 밤을 새운다."

무대까지 뜯어내버린 썰렁한 천막 안, 추위를 피하기 위해서라도 술을 마셔야 했다. 밤이 깊어갔다.

덕보는 후견들과 입구 쪽 기둥과 기둥을 연결하여 무릎보다 조금 낮게 팽팽하게 밧줄을 쳤다. 몽둥이를 준비하고, 따로 밧줄을 찾아놓았다. 내일이면 천막을 묶는 데 쓸 밧줄들이었다. 그리고 밖에서 끌어들인 전기선의 코드가 있는 곳에 종길이와 함께 몇 명이 대기했다. 모든 것을 지시하고 난 덕보는 털실로 뜬 모자를 깊이 눌러 쓰며 단원들에게 말했다.

"절대 나가선 안 돼. 이 자식들을 안으로 끌어들여야 된다구."

쫓겨갔던 패거리들이 다시 몰려왔을 때 몽둥이를 든 두 명의 단원이 나가 그들을 맞았다.

"야, 병신 같은 새끼야 모조리 골통을 빠개주마. 오라구!"
"요런 쥐똥만한 새끼가 내 앞에서 까부네잉."
"오쪼 조것이 몽둥이를 들었어."
"오냐. 한 명씩만 덤벼라."

성질이 팩팩한 자 하나가 뛰쳐나왔다. 단원들이 천막 안으로 날쌔게 몸을 숨겼다. 뒤따르던 사내가 천막 속으로 뛰어들어오는 순간 전기코드 있는 곳에 대기했던 종길이가 확 불을 끊었다. 천막 안은 칠흑같이 캄캄해졌다.

"어이쿠."

입구에 쳐놓은 줄에 걸려 사내가 나뒹굴자 기다렸던 단원들이 그를 덮쳤다. 발길질이 쏟아졌다. 종길이 전기코드를 연신 붙였다 떼었다 했다. 장내에 전깃불은 번개치듯 번쩍거렸다. 달려든 단원들이 버둥거리는 사내의 팔을 비틀어잡고 구석에 있는 기둥으로 끌고 가 묶는 사이에 밖에 있던 자들이 한꺼번에 뛰어들어왔다. 불은 계속 들어왔다 나갔다 했다. 명멸하는 불빛 속으로 뛰어들어온 패거리들이 밧줄에 걸려 넘어졌다. 그들 위로 단원들이 휘두르는 몽둥이가 날았다. 비명소리, 고함소리가 천막 안을 어지럽혔다. 다리나 머리통을 싸안고 나뒹구는 그들을 하나씩 붙잡아다가 기둥에 매어놓고 나서야 장내에는 다시 불이 켜졌다.

전부가 일곱이었다. 코피가 터진 자가 하나, 발목을 삔 자가 하나였고 몹시 맞았는지 통증을 참느라 계속 신음소리를 내는 자가 둘이었다. 나머지는 몇 대 맞았는지 멀쩡한 편이었다. 손을 뒤로 묶여 기둥에 새끼줄로 친친 동여매진 그들에게 다리를 절름거리며 다가간 종길이가 배를 걸어찼다. 아침에 맞은 분풀이를 시작하려고 우르르 달려가는 후견들을 명수가 막았다.

"때리진 마라. 그쯤 했으면 됐다."

기둥에 묶인 자들은 이미 기가 죽어서 두려움에 몸을 떨었고 쌓아놓은 나무나 장비들 위에 술병을 들고 앉은 삼십여 명의 살기어린 단원들을 바라보고는 고개를 떨어뜨렸다. 그들을 기둥에 묶어놓은 채 단원들은 술을 마셨다. 몇 사람이 나무를 모아놓고 불을 지폈다. 타오르는 불길을 받아 술 취한 단원들의 얼굴은 벌겋게 익었다. 쓰러져서 고향으로 돌아간 단장, 어떻게 될지 모르는 내일, 손님이 없는 이 한겨울을 앞에 놓고 있는 자신들의 처지가 단원들의 얼굴에 어른거리고 있었다. 술이 취한 칠룡이 묶여 있는 자들에게 다가갔다. 겁에 질린 사내들은 널름거리는 불빛을 등지고 서서 자신을 쳐다보는 이 조그마한 사내의 얼굴에서 고개를 돌렸다. 담뱃불에 드러나는 칠룡의 얼굴에는 악마 같은 웃음이 흘렀다.

"똥 싼 놈은 달아나고 방귀 뀐 놈만 잡혔구만. 메뚜기도 오뉴월이 한철인데 젊으나 젊은 놈이 뭘 못해서 사람이나 치고 다녀. 이 자식들을 그냥!"

덩치는 칠룡의 세 배는 됨직한 사내가 고개를 수그리며 움찔한다.

"어디 붕알에 털이나 났나 좀 볼까."

칠룡이 다가서자 사내는 어쩔 줄 몰라 묶인 손을 비틀며 몸을 움츠린다.

"맞은 놈은 펴고 자지만, 때린 놈은 오그리고 자는 법이다. 알겠냐?"

깡충 뛰어오른 칠룡이 사내의 발등을 구두 뒤축으로 짓뭉갰다. 꼼짝 못하고 발등을 밟힌 사내는 발목을 흔들어대며 돼지 멱따는 소리를 질렀다. 칠룡이 자리로 돌아오는데 맨 끝 어둠 속에 묶여 있던 사내가 화톳불을 둘러싸고 있는 단원들에게 소리쳤다.

"어야 성님들, 거 술이나 한잔 얻어먹읍시다."

칠룡이 휙 고개를 돌렸다.

"제법 사내 같은 놈이 있긴 있었군그래. 인마, 나도 첫사랑에 실패만 안 했으면 너 같은 아들이 있어."

열한시가 넘어서 풀려난 사내들은 쫓기듯 어둠 속으로 사라져갔다. 하나가 가지 않고 남아서 몇 번이고 미안하다고 절을 하다가 결국 윤재에게 술 한잔을 얻어먹고, 칠룡과 악수를 하고 돌아갔다.

다음 날 날이 훤히 밝을 무렵 새우잠에서 깨어난 단원들은 천막을 뜯기 시작했다. 햇살이 비칠 때 포장은 전부 철거되었다. 짐을 실은 첫차가 떠났다. 말뚝을 박았던 자리만이 텅 빈 우시장처럼 남았다. 마지막 차에 말뚝을 실어보내고 나서 단원들은 물이 빠지듯 그곳을 떠났다. 역전의 음식점에서 늦은 아침을 먹은 단원들이 다음 공연지를 향해 대합실에 모여앉았을 땐 아직 정오가 못 되어 있었다.

"서울이 무섭다고 과천서부터 길 거여? 그쯤 했으면 지들도 혼구멍이 났을 테니께, 어디 가 한잔씩을 걸칩시다."

이미 짐은 보냈겠다, 차를 타고 간 단원들이 알아서 짐은 풀어놓을 테니 해장이나 하고 가야 하지 않겠느냐고 덕보가 투덜거렸지만 혹시나 하는 생각에서 명수는 단원들이 역 밖으로 빠져나가는 것을 막았다.

하늘은 잔뜩 흐려 있었다. 완행열차에 실려서 떠나며 제일 걱정을 한 사람은 석이네였다. 겨울이었기 때문이다.

십이월…… 석이 아버지가 찾아오는 달이었기에 예정을 앞당겨 떠나는 석이네는 마음이 영 놓이질 않았다. 그이가 찾아오는 거나 아닐까. 그 텅 빈 자리에 와서 그냥 돌아가는 거나 아닐는지, 야반도주를 하는 도망꾼처럼 떠났으니 동네 사람들에게 물어본다 해도 누군들 우리가 간 곳을 알까. 차창 밖의 잿빛 벌판을 바라보는 석이네 마음은 무거웠다.

눈발이 흩날리기 시작했다. 막소금같이 굵은 눈발이었다. 바람에 실려온 눈발은 낡은 영화의 화면처럼 잿빛의 벌판과 스쳐가는 집들을 허옇게 긁어놓으며 떨어져갔다. 눈발을 내다보며 내년이면 석이 학교를 가야 할 나이임을 생각하는 석이네 가슴에는 바위가 얹히는 것 같았다. 겨울이 가면, 강에 얼음이 풀릴 때면 이제 이 자식을 보내야 한다. 이 겨울이 너랑 나랑 마지막인지도 모르지. 그다음을 석이네는 차마 생각을 못했다. 이걸 내놓고 내가 어떻게 살랴 싶지만…… 그러나 아이가 학교갈 나이가 되면 그땐 아버지에게로 보내기로 한 것이 그와의 약속이었다.

"삼밭의 쑥대라지 않던가……."

쑥이라도 삼밭에서 자라면 삼을 닮아 곧게 자란다고 했다. 저 하나 잘되면 그것뿐 더 무엇을 바라랴. 어미가 제 자식을 데리고 있을 생각을 못할 정도인 이 처지를 이제 와서 한탄하면 무얼 하랴. 서커스 여자였기에 그를 만났는데 서커스 여자였기에 그와 결혼을 못했다. 그리고 이제 와선 또 그것 때문에 자식과도 생이별을 해야 할 때가 다가온다니.

"언니, 무슨 생각을 그렇게 해요?"

목소리에 놀라 눈을 돌리니 장밋빛 스카프로 머리를 맨 연희가 앞자리에서 웃었다.

"생각은 무슨."

"눈오는 거 보니까 처녀 때 생각나나 보죠?"

"그래, 난다."

"언니 이뻤겠어 처녀땐."

"이쁘지 않은 처녀 있든. 처녀때야 다 이쁘지."

얼굴의 부기는 빠졌지만 연희의 눈밑에는 아직 푸른 멍이 조금 남아 있었다. 처녀가 어쩌자고 매를 맞고 다니니, 석이네는 창밖으로 눈을 돌렸다.

"언니, 요전에 석이가 날보고 자기도 재주 배우겠으니 가르쳐달랍디다."

"아니 뭐야? 언제 그런 소릴 해?"

석이네 눈썹이 흔들렸다.

"벌써요, 지영이만 가르쳐주지 말고 자기도 가르쳐달라던데요. 재주 배워서 광호처럼 줄도 타고, 노래도 배워서 일당 벌겠다든걸."

"흥, 이제부턴 내가 편히 먹게 생겼구나."

"도둑질 말고는 다 배우라는데 가르치지 그래요."

"악담을 해라. 너나 자식 낳거든 가르치려무나."

"그럴 거예요 난."

연희는 태연했다. 잠자는 아이를 내려다보는 석이네 마음이 눈발이 날리듯 심란해진다. 본 게 없으니 당연하련만 한편 측은하고 한편으론 그렇게 되어가는 아이가 원망스럽다.

"나도 어디서 좋은 남자 하나 못 만날라나. 인물 좋고 배운 거 많고, 그러면 내 발 씻겨주면서 데리고 살 텐데."

"말솜씨 하며…… 얘, 너도 주제를 좀 알아라."

"왜요? 내가 어때서?"

심사가 틀려버린 석이네는 한마디 했다.

"두더지가 왜 두더지끼리 혼인을 할까."

연희는 까르르 웃었다. 그 소리에 저쪽에 앉았던 하명이 건너다보았다.

"연희 혼자 세월 만났구나, 웃음이 다 나오고."

"남이사."

눈을 흘기곤 연희는 창밖으로 고개를 돌려버렸다. 그 얼굴에는 어느새 웃음이 사라져 있었다. 눈발이 더욱 거세어지는 차창을 배경으로 박혀 있는 그녀의 얼굴에는 콧날이 선명했다.

"무대 밑에 사람을 묻은 일도 있었다면서요."

윤재가 고개를 끄덕였다. 하명은 덕보, 칠룡과 어울려 옛이야기를 듣고 있었다.

"그런 일이 있었지. 자유당 땐데 6·25 직후였어. 상이군인들과 싸움이 붙었는데 그때 죽은 상이군인을 무대밑에 묻고 떠난 일이 있긴 있었어."

"설마하니요?"

"그때 무슨 법이 있을 땐가. 공연을 할려면 매표소 옆에 공짜손님 쫓아내는 단원이 몽둥이를 들고 따로 서 있어야 했으니까. 단원들도 지금에는 비교가 안 되게 억세었지. 다 한가닥 사연들은 있는 사람들이었어."

"아니, 어떻게 했길래 사람을 죽여요?"

"싸움이 붙었는데, 그땐 참 상이군인이 많기도 하더니, 어딜 가나 손가락 이렇게 쇠갈구리한 사람들이 술값 내라고 떼를 썼으니까. 그 사람들이 어디 물불을 가렸는 줄 알아? 그때 이름도 안 잊어먹어, 두식이라고 악기를 기가 막히게 다루는 사람이 있었어. 못 다루는 악기가 없고 못쓰게 된 나팔도 두식이가 맨적맨적 하면 소리를 냈으니까. 벌써 그 사람이 악기를 들면 소리부터가 틀렸어. 이쪽에서도 많이들 다치고 어쨌든 싸움이 끝날 땐데 도망가는 놈을 후려때린 게 퍽 쓰러지더니 일어나질 못하는 거야."

"두식인가 그 사람이 때렸는데요?"

"그럼. 끌어다 눕혀놓고 물을 들이붓고 야단이 났는데 다들 깨어날 줄 알았지, 그런데 감감무소식이야. 결국 그냥 죽었어. 뇌진탕이었던가봐. 그러니 어쩔 거야. 큰일이 났는데, 그때 최 선생이라고, 단장하던 사람이 참 대가 센 사람이었거든. 진짜 최가에 옥니백이에 곱슬머리였지. 묻어라 이거야. 뒤는 책임질 테니 묻어라. 그래서 무대밑을 파서 묻고는 그날로 떠났지. 6·25 후라 하도 사람 죽는 걸 많이 봐서 그랬던지 별로 겁나지도 않았어."

"아니, 그럼 사람 죽이고도 아무 일도 없었단 말예요?"

"왜 아무 일도 없겠나."

윤재는 담배를 붙여 물었다.

"두식이라는 그 사람이 원래 아편을 하던 사람이었어."

"참, 아편하던 사람이 그걸 안 하면 몸이 열네 군데가 아프다면서요?"

"그런 얘기가 있지. 하여튼 온몸에 안 아픈 데가 없다니까. 그 사람이 나보다 다섯 살이 손위였는데 하루 벌면 그날로 다 쓰고 놀기 좋아하는 그런 사람이었지. 마누라 갈아치기가 일쑤고 자식은 데리고 살지도 않았어. 아편을 하게 되면 남자가 그 뭔가…… 여자 생각이 나지 않는다지만 아편하기 전에도 한 마누랄 오래 데리고 사는 법이 없었다구. 결국은 자수를 했지. 하루는 온다간다 말이 없이 단체에서 사라졌는데 나중에 경찰이 와서야 알았어. 출옥을 해서 죽긴 죽었는데 비참하게 죽었어. 말년엔 비럭질까지 했으니까. 기인은 기인이었지."

"얘길 들어보면 우리도 옛날엔 좋았던 시절도 있었나 보데요."

하명의 말에 칠룡이 눈을 부라렸다.

"시절 좋아한다. 왜? 사람 치는 게 좋은 세월이냐? 너도 인마 그렇게 땅땅 사람이나 치고 다니다간 네 몸뚱어리도 성치 못할 줄 알아."

"그래 그래, 미안허다. 나 때문에 이 꼴이 나서."

"알긴 아는구나. 알면 무슨 인사가 있어야지 맨입에 미안하다면 다냐? 이 성님이 그렇게 가르친다고 해도 저게 뭘 모른단 말이야."

명수가 눈살을 찌푸리며 지나갔다. 새우잠을 자느라 그는 뒤통수에 새집을 짓고 있었다.

"좋은 세월이 있긴 있었지. 왜놈들과 만주땅 드나들 때야 천막을 치면 그 앞에 야시장이 섰다네. 구경꾼이 들끓으니까 그 손님들 받을려고 국밥집이며 선술집들이 들어설 정도니 더 말하면 뭐하겠나. 그쪽 추위야 여간 대단한가. 여기 추위에야 댈 게 아니지. 그래서 겨울이면 후견들이 깡통 같은 데다가 숯불을 피워서 팔았어. 손님들은 그걸 하나씩 사서 앞에 놓고 손을 녹여가면서 구경을 했지. 만주 얘기가 났으니 말이네만, 만주벌판에선 돼지들을 방목을 해. 마차를 타고 가자면 돼지들이 흙먼지를 일으키며 쏘다니는 게 보이는

데 이게 순 식인돼지라. 뙤놈들은 사람이 죽으면 파묻질 않고 들판에 그냥 내다버리더군. 그걸 돼지가 파먹질 않아. 하이고, 그걸 본 다음부턴 뙤놈들 정말 사람으로 안 보이데."

"그때 단체들은 상당히 컸죠?"

"크다마다. 동물도 호랑이며 코끼리, 기린 같은 건 거의 다 갖췄고 말 타는 곡예가 대단했지. 요새도 노인네들은 써커스를 말광대라고들 하잖나. 그게 다 거기서 나온 말이라구. 재주하는 사람들도 서로 경쟁이 붙어서 무섭게들 했어. 위험하면 할수록 인기도 그만큼 좋으니까."

"젠장…… 기와집 지어봐야 벌써 담넘어간 얘기구, 난 잠이나 좀 자야 쓰겠다."

꿍얼거리며 덕보는 잠바의 지퍼를 턱밑까지 끌어올렸다. 하명이 중얼거렸다.

"춥고 배고프니 옛날얘기라도 하는 거지……."

눈발은 더욱 거세어져갔다. 바람에 날려온 눈송이들은 밖이 보이지 않도록 차창에 들어붙었다. 푸짐한 눈이었다. 도시락을 사서 요기들을 하면서 다들 걱정스러운 눈으로 밖을 내다보았다.

"눈이 이렇게 계속 오다간 큰일인데."

"장맛비 맞으면서도 포장을 쳤었다구. 이까짓 눈쯤이야 뭐 대순가."

"하나는 알지 둘은 모르는군. 눈 온 뒤가 더 추운 거 몰라? 땅이라도 얼면 말뚝은 어떻게 박을려고 그런 소리를 해."

"한식에 죽으나 청명에 죽으나, 젠장할 것 올 테면 속이나 시원하게 펑펑 쏟아져라."

칠룡이 멀거니 그를 쳐다보며 중얼거렸다.

"허허, 노적가리 불 지르고 뒤각 구워먹자는 사람이 바로 거기 있었군그래."

 기차를 내렸을 땐 눈은 발목을 덮었다. 역 앞으로 나서니, 쏟아지는 눈발이 하얗게 어깨며 머리에 얹혀서 다들 먼 길을 온 사람 같았다. 눈이 녹은 길은 질척거렸지만 아이들만은 쏟아지는 눈을 온몸에 받으며 희희낙락이었다. 버스를 타러 몰려가는 행렬을 바라보며 뒤에서 느적느적 따라가던 윤재는 혀를 끌끌 찼다. 덕보와 하명은 칠룡을 가운데 세우고 허리를 잔뜩 굽히고 걸었다. 눈발이 얼굴을 때리고, 눈썹에 달라붙었다.

 "기집이나 하나 끼고 자빠졌으면 딱 좋겠다."
 칠룡의 말에 덕보가 싱겁게 웃었다.
 "너도 거기 뭐가 붙긴 붙었니?"
 "모르면 손주한테라도 배워야 되는 거다. 자고로 일월이 크면 이월이 작은 법이야. 알겠냐? 하물며 인간인데 두 다리가 짧은 마당에 가운데 다리까지 짧을까."
 "에라 이 자슥아, 가시나무에 가시가 난다. 눈 비비고 찾아봐라. 너한테 어디 그거 붙을 터가 있나."
 "봬줄까?"
 하명이 내려오는 눈발을 손바닥으로 가리며 두 사람을 보고 웃었다. 눈을 뒤집어쓴 칠룡은 보기에도 우습다.
 "하여튼 기운들 좋아. 이 지경에서도 그런 말이 나오니."
 "다 그런 거지. 아, 칠룡이 십팔번 있지 않아. 노래하며 한 세상 웃으며 한 세상."
 목젖을 흔들며 칠룡이 웃었다. 앞서 가던 명수가 돌아보았다. 어디서 벌써 모자를 하나 구해서 썼다. 그 눈이 말하고 있다. 미친놈들. 뭐가 좋다고 히히덕거리냐. 개팔자냐? 눈온다고 히히덕거리게.
 눈이 그친 다음 날 아침부터 단원들은 서둘러 천막을 세웠다.

처음 허가가 나기는 일주일 후부터의 십 일간이었지만, 날짜를 조정하여 그날부터 공연허가를 얻어낼 수 있었다. 도도리목수 중구의 지휘 아래 백여 개의 구덩이가 파지고 열두 자짜리 말뚝들이 새끼로 묶여져서 구덩이에 세워졌다. 땅이 아직 얼지 않아서 기둥을 세우는 데 애를 먹지는 않았다. 점심을 먹고 나서 천장은 비워놓은 채 옆포장부터 치기로 했다. 바람 때문에 일을 하기가 불편했던 것이다.

"아이고, 나부터 좀 싸고 봐야겠다."

변소를 만드느라, 구덩이를 판 다음 주위에 말뚝을 박아 슬레이트를 자형으로 세우고 있던 덕보가 중얼거리더니 안으로 들어가서 바지를 까내렸다. 칠룡이 그 꼴을 보고 언 입술을 벌리며 웃었다.

"덕보 집 지어 놓고 제일 먼저 마수하는구나."

털모자를 귀밑까지 내려쓴 단원들은 이리 뛰고 저리 뛰며 저마다 일에 매달리고 있었다. 가만히 서 있으면 더 추웠다. 도르래를 날아오고 박아놓은 기둥 끝에 밧줄을 걸었다. 입구에 천막을 올리는 것이다. 여덟 쪽의 포장이 이어져서 전면을 가리게 되어 있었다. 十자로 묶은 천막을 가져오는 사이 다른 후견들은 밧줄의 한쪽 끝을 허리에 차고 기둥을 기어오르기 시작했다. 기둥과 기둥을 연결하고 있는 가로지른 나무에 밧줄을 걸고 다시 그 끝을 아래로 내려뜨리면 밑에서는 도르래에 걸어 천막을 올릴 수 있도록 했다.

"잘 내려와. 다친다."

벌써 기둥에 걸고 내려오는 후견에게 밑에서는 소리를 지르는데, 아직 밧줄을 걸지 못한 쪽에서는 이렇게 해라 저렇게 해라 말들이 많다. 위에서 버럭 소리쳤다.

"웬 사공이 그렇게 많아."

"똑똑히 걸란 말이다. 방구 얽듯 하지 말고!"

"쪼개고 있네 정말! 위로 걸랬다, 밑으로 걸랬다, 빌어먹을 거, 울화통 터지는데 그냥 붙들어맬까."

"야, 너 지금 장난하나!"

찬바람이 모래를 날리며 휘몰려갔다. 전부 코가 새빨갛다. 한가운데 피워놓은 화톳불에서 연기가 물씬 피어올라 눈물을 질금거리는 단원들도 있었다.

"이놈 새끼들 오줌 쌀라고. 저리 못 가나!"

불가에서 장난질을 치고 있는 아이들에게 명수는 고래고래 목청을 높였다. 밧줄이 전부 걸렸다. 단원들은 포장이 매어진 밧줄을 양쪽에서 잡았다. 덕보가 소리를 먹였다.

"하나."

천막이 움찔 움직였다.

"둘."

똬리를 튼 뱀이 대가리를 들듯이 차곡차곡 개어진 포장이 펼쳐지면서 기둥을 타고 올라갔다.

"하나! 둘! 하나! 둘!"

덕보의 구령에 맞추어 단원들도 하나 둘을 따라하며 손을 모아 밧줄을 당겼다. 여덟 쪽으로 된 전면의 포장이 바람에 펄럭이며 위로위로 올라갔다.

낡고 색이 바랬고 더러는 찢어진 부분을 기우기도 한 포장이 서서히 기둥을 타고 올라가는 것을 바라보며 하명은 어금니를 더욱 힘주어 깨물었다. 거대한 지느러미처럼 포장은 바람에 몰려 요동쳤다. 그러곤 하늘을 가리며 끝끝이 올라가붙었다.

당기던 밧줄을 기둥에 묶고 나서 단원들은 포장을 들치고 뒤로 돌아가 다시 기둥을 타고 올라갔다. 가로지른 나무에 포장을 완전히 고정시키고 났을 때 하명은 땅바닥을 내려다보며 서 있었다. 오늘 이곳으로 온 단원은 전부 마흔여섯 명이었다. 마흔여섯 개의 삶이 모여서 이렇게 살아나가는구나. 바람에 불려가는 것이 아니다. 흐르는 물을 따라가는 것도 아니다. 응어리진 마흔여섯 개의 가슴이 모여서 이렇게 세월을 넘는다. 뜨거운 것이 가슴에 차올랐다. 하명은 번쩍 핏발이 선 눈을 들었다.

"자, 손들 녹여가지고 시작합시다. 다음은 뒤포장이야."

6

 문살에 걸려 있는 손바닥만한 햇살을 바라보며 임씨는 주섬주섬 장갑을 찾아 손에 끼었다. 천막 쪽으로 트럼펫소리가 들려왔다.
 "지겨워, 저놈의 소리."
 "당신도 뺏다소리 싫어할 때가 다 있구랴."
 "이게 지금 누구 복장을 긁자는 것이여."
 아랫목에 웅크리고 앉은 임씨댁은 무릎을 싸안으며 고개를 돌려버렸다.
 "무슨 재미가 있어야 일을 하제. 혀빠지게 해도 반일당도 안 나오니, 이러다간 몇 푼 있는 거 다 까먹게 생겼지 않냐 말여."
 "아, 이럴 때 남자들은 뭐해요. 오야지한테 말을 좀 하지 그래요."
 "누군 입이 없어 말을 못하나. 경우가 경우니까……."
 임씨는 아내에게서 더 무슨 말이 나올까 무서워 자리에서 일어났다. 손님이 없을 건 뻔하지만 그렇다고 공연을 빠질 수도 없는 일이었다. 야참이랍시고 나오는 백 원이라도 받아야 담배라도 살 거 아닌가.

"당신은 안 나갈 티여?"

"추운데 벌써 가 뭐 해요. 막가게 시간 되면 가지."

"나 먼점 갈 테니 글먼 나중에 와 잉."

임씨는 방을 나왔다. 찬바람이 훅 얼굴을 덮는다. 임씨는 허리를 잔뜩 구부리고 후미진 골목을 걸어나왔다. 연탄재가 쌓인 쓰레기통 주변에는 고무신짝만한 쥐가 배를 드러낸 채 죽어 있었다. 골목을 빠져나오니 저 밑으로 일월곡예단의 낡은 천막이 내려다보였다. 겨울 넘기기가 점점 힘들어져 폐가와 같이 엎드려 있는 천막에서 우울한 눈길을 돌린 임씨는 발끝을 내려다보며 걸었다.

봄은 아직 멀었다. 그 먼 거리만큼이나 무거운 겨울추위가 어깨를 누르는 것 같았다. 민박을 하기 위해 방을 얻으러 다니던 날은 소금 같은 싸락눈이 뿌렸다. 눈썰미 좋게 방은 제일 먼저 구했지만 여름부터 비어 있던 방은 신문지를 바르고 아궁이를 고치고 연탄을 두 장씩이나 피워넣었지만 미적지근한 기척도 없었다. 혹 가스라도 맡을까봐 잠을 설치면서 이번 공연도 싹수가 노랗다고 생각했던 임씨였다. 손님이 없으니 장소를 또 옮길 모양이었다. 일당도 안 나오고 야참이랍시고 하루 돈 백 원을 겨우 쥐어야 하는 판에 하루 여관비 오백 원이 무서워 헛간 같은 방이나마 얻어들었는데 이제 겨우 불길이 방바닥에 들만 하니까 또 옮겨가야 한다니. 풀 쑤고 신문지 바르고 아궁이 고치는 데도 이젠 이력이 났다. 목을 있는대로 움츠리고 천막을 들어서는 임씨의 얼굴은 찬바람에 얼어서 더욱 암상스러웠다. 이럴 땐 처자식 없는 놈이 제일 편하제. 윤재 그 늙은이 마음도 알 것 같애. 마누라 말이 틀린 소리는 아니다. 누구든 오야지한테 돈을 좀 풀라고 하긴 해야 돼. 내가 무슨 변사라고 나설 건가. 제기랄, 나야 굿이나 보능 거제.

분장실 한구석에 나자빠져 있는 자전거를 일으켜 세운 임씨는 기름걸레를 찾아다 자전거를 손보기 시작했다. 쇠도 계절을 타기는 사람과 다를 게 없었다. 겨울이면 페달에 힘이 들어가는 것부터가 달랐다. 매일 손을 보지 않고는 무대에서 실수하기 딱 알맞았다. 콧물을 훌쩍이며 살을 조이고 있는데 하명이 털모자를 눌러쓰며 들어왔다.

"추운데 뭘 하세요?"

"뭘 하다니, 보면 몰라."

임씨의 하는 모양을 우두커니 내려다보던 하명은 무대밑 방으로 기어들어갔다. 컴컴한 방에 연탄난로를 가운데 하고 몇몇 단원이 쭈그리고 앉아 있었다. 불쑥 들어서는 하명을 보고 잠시 하던 이야기를 끊어버린 단원들이 뭉싯거리며 자리를 내주었다. 하명은 칠룡을 내려다보았다.

"왜? 나 있음 못할 얘기냐?"

"못하긴. 이래 가지고는 안 될 거란 얘기다."

"하명이 니 생각은 어떠냐? 오야지 쪽에서 돈을 좀 풀어야지 아무리 겨울해가 짧다지만 점심 굶어가며 어떻게 일을 하란 말이야."

하명은 거뭇거뭇 수염이 자란 턱을 쓸 뿐 말이 없다.

"누가 벌어준 돈이야…… 더러워서, 때려치든가 해야지."

"아무리 손님이 없다 해도 전에 오야지는 이렇게까진 하지 않았다구."

자리를 털고 일어서며 명수가 말했다.

"자네들 그렇게 말하면 못쓰네. 밥은 어디 흙 퍼서 해. 아직은 그래도 아침저녁 안 굶기고 담뱃값도 나가고 있잖아."

"누가 총무님 마음을 몰라서 이러나요. 오야지가 모르면 쪼가리라도 우리 형편을 알아줘야지요."

"허어, 그만들 두라니까."

중풍으로 쓰러진 단장 준표가 고향으로 내려간 후, 병세가 가라앉지 않고 반신불수로 눕게 되자 새로 단장이 온 것은 지난달의 일이었다. 준표의 막내아우였다. 토목공사판에서 뼈가 굳었노라 목에 힘을 주는 서른여덟 살의 사내였다. 김광표라고 했다. 물론 처음부터 단체를 맡겠다고 온 것은 아니었다. 대전댁이 단체와 남편 사이를 오가는 사이, 뒤에서 형수의 일을 보아준다는 명목으로 처음에는 단체에 발을 들였다. 그 후 준표의 몸이 긴 투병생활로 들어가자 광표는 형수인 대전댁을 등에 업고 앞으로 나섰다.

하루는 명수를 부른 대전댁이 옆에 있는 광표를 가리키며 오늘부터 애들 삼촌을 단장으로 모시게 되었노라 했다. 김 선생 김 선생 하고 부르던 것도 내일부터는 단장님이라고 바꿔부르라는 것이었다.

"아무래도 남자가 있어야겠어서……."

"백형만 믿겠수다."

자기를 쳐다보는 광표의 조그만 눈과 마주쳤을 때 명수는 어쩐지 으스스 추워지는 기분이었다. 담배를 꺼내 물고 불을 붙일 생각도 않은 채 명수는 말했다.

"잘하셨습니다."

가스라이터의 불길을 길게 뽑아 들이대주며 광표가 말했다.

"마, 그동안 본 바로는 백형께서 단체를 총관할하시던데, 하여튼 수고가 많으십니다. 마, 나야 형님이 하던 일이니 그게 내 일이 아니랄 수도 없고 해서 우리 형수님 말씀에 따르긴 합니다만 백형이 없다면야 가당치도 않은 얘기고."

"힘닿는 데까진 열심히 하겠습니다."

"마, 저는 그렇습니다. 부동산경기가 어찌 될라는진 모르겠습니다만 봄 되면 다시 집 지으러 내려가야 하는 사람이니까 무슨 단장이랄 것도 없겠지만, 제 성격상 무슨 일이든 딱 부러지게 하면 하고 말면 마는 그런 사람입니다. 백형도 수완 있으신 분으로 알고 있으니까…… 마, 잘해보입시다."

그렇게 해서 광표는 단장이 되었다. 홀아비 사정은 과부가 안다는데 서커스를 모르는 사람이 서커스단 단장을 해서 되겠는가면서 몇몇 단원이 심드렁한 얼굴이었지만 이렇다 할 일이 없이 광표는 단장으로 자리를 굳혀갔다.

"사람이 영 정이 안 가게 생겨먹었어."

칠룡이 중얼거렸을 때 임씨는 별소리를 다 한다는 듯 말했다.

"느그 여편네 삼을 테냐? 정이 안 가긴."

"단장이면 그래도 단체의 어른인데 사람이 덕이 없어 보인다 그 말입니다. 어린아이와 강아지는 괴는 데로 간다지 않습니까……. 김 선생 그 양반 어쩐지 사람이 붙지 않게 생겼어요."

"단장이면 단장이제 또 김 선생은 뭐여. 돈 있으면 강아지도 멍 사장인 세상인디."

"아저씬 왜 그래요? 남의 가려운 데 긁어는 못줄망정……."

소리를 벌컥 지르며 걸어가는 칠룡을 보면서 임씨는 침을 뱉었다. 어정어정 걸어가는 솜씨 허며…… 병신 고운 디 없다드니 주제에 뭐시 어쪄? 단장이면 덕이 있어야 히여? 자기 일할 거 해서 밥 먹고 살먼 되는 거제 먼 말이 글캐 많디여. 세상 왜 사는지 알어? 편히 살자고 살어.

임씨같이 생각한 단원들이 대부분이었다. 그러나 손님이 없는 날이 계속되고 일당은커녕 담뱃값까지 안 나오게 되었을 때, 단원들은 하나둘 웅성거리기 시작했다. 일이란 처음부터 다잡아놓지 않으면 안 된다고 생각한 명수는 그렇게 해서 광표와 처음 충돌했다. 아무리 손님이 없어 일당조차 줄 수 없는 날도 야참이라는 이름으로 곡예사들에게는 이백 원 후견들에게는 백 원을 지급하는 것은 관례였기 때문이다. 그 돈은 그날 지급하거나 다음 일당을 줄 때 그만큼을 가산해서 주게 되어 있었다. 그 돈을 광표는 줄 수 없다고 나선 것이다.

"공연을 숫제 안 하는 날도 담뱃값은 나가는 겁니다."

명수의 말에 광표는 미간을 찌푸렸다.

"담뱃값이라니? 야참인가 그거 말이오?"

"예. 이런 식으로 경우에 없는 일을 하면, 손님도 없는 요즈음인데 단원들이 붙어 있질 않습니다."

"나갈 테면 나가라지! 돈 주고 데려다 쓰는 사람들 아니오. 자기들이 나가면 우리도 다른 데 가서 데려오면 되지 않소. 부리는 사람을 무서워해서야 무슨 일을 하겠소."

"물론 그렇죠. 그러나 이건 경우가 다릅니다. 단원들을 대우해 주지 않는다는 소문이 한번만 나보십쇼. 사람 한 명도 안 붙어 있을뿐더러 돈을 얼마를 준대도 오는 사람이 없습니다. 저 사람들이 그런 의리도 없이 줄 타고 재주하는 줄 아십니까."

"이보게 총무, 자넨 단원들 편이 아니라 우리 쪽 사람 아닌가. 말하는 게 참 섭섭하네. 그리고 대우를 안 해준다니? 입금이 없는데 어쩌란 말이오. 들어온 돈에서 나눠먹어야지 날더러 쌩돈을 꾸려박으란 말이오?"

"아실 만한 분이 왜 이러십니까."

일시에 쫙 살얼음이 잡히는 둘 사이를 막고 나선 것은 대전댁이었다. 야참은 나가기로 결국 해결을 보았지만 광표는 명수에게 좋지 않은 얼굴을 했다.

"말이란 어 해서 다르고 아 해서 다르네. 나 자네한테 많이 섭섭해."

얼어붙은 추위는 풀릴 줄 몰랐다.

빚내서 사는 사람이 씀씀이는 더 헤픈 법인지, 들어오는 돈이 없는 매일이 계속되자 단원들은 오히려 더욱 술을 마셨고, 컴컴한 무대밑 방에서도 여관에서도 담배연기에 눈을 질금거려가면서 화투에 열을 올렸다. 사람 다루는 법은 나도 아니께, 하던 광표는 궁핍해 가는 단원들의 약점을 잡아 그사이에 단원들을 묶어놓기 시작했다. 돈이 아쉬운 곡예사에게 빚돈을 줌으로써 그들을 자신에게 하나둘 귀속시켜 갔다. 웅칠이, 악장(樂長) 경섭이, 그리고 태기까지.

그러나 단원을 다루기를 노동판의 막벌이 일꾼 다루듯 하는 단장 광표에 대해서는 다들 고개를 돌려버린 지 오래였다.

"기분 나쁘면 나가. 재주하는 사람 얼마든지 있어. 나가겠다는 사람 붙잡지 않으니까 내 걱정 하지 말고 떠나라구."

단원들 앞에서 거침없이 떠들어대는 광표 뒤에서 단원들은 소리없이 중얼거렸다.

"젠장헐. 봄 되면 어디 보자……."

단체를 옮길 때마다 일당이 조금씩 올라가는 것은 상례였다. 다만 지금이 겨울철이므로 다른 단체들도 되도록이면 일당이 싼 곡예사를 쓰려고 한다는 것을 알기 때문에 봄까지만 있다가 옮기지 하는 속셈들이었다.

임씨만은 달랐다. 수런거리는 단원들과는 떨어져서 그는 자신의 일에만 충실했다. 조순하게 있다가 내년 봄에는 일당을 좀 올려달라고 할 작정이었으므로 그는 단장 광표에게도 깍듯했다. 오히려 단원들이 투덜거리기라도 하면 광표의 역성을 들고 나섰다.

"가난 구제는 나라에서도 못허제. 날씨가 흉해서 손님이 없는디 단장님 탓허면 뭘히여."

"임씨 아저씨 언제부터 그렇게 오야지 사정 봐줬소!"

"이 사람 무슨 말을 그렇게 히여. 내가 틀린 말 혀? 풀 베기 싫은 놈이 단수만 센다는 말도 못 들었어? 남의 밑에 있는 주제에 자기 헐 일이나 허고 주는 밥이나 먹으면 됐지 먼 말이 그렇게 많어."

눈이 쌓이며, 내리 추위가 계속되고 바람이 불어 밤이면 천막이 여기저기 터져나가는 소리가 들리곤 했다.

하명이 공연을 끝내고 들어섰을 때 분장실 구석에서 칠룡은 배를 잔뜩 움켜쥐고 앉아 있었다.

"왜? 또 배 아프냐?"

칠룡은 오만상을 찌푸리며 작은 몸을 더욱 구부렸다.

"약을 먹지 왜 이러고 있니?"

"사러 보냈다."

종길이가 약을 사들고 들어왔다. 활명수 한 병과 소화제 두 알이었다. 입속에 약을 털어넣고 난 칠룡이 잔뜩 찡그린 얼굴을 하명에게 돌렸다.

"공연은 끝났냐?"

"그래."

"수고했다. 앉아라."

"수고고 뭐고…… 어떻게 아픈 거야?"

"약 먹었으니 낫겠지."

구석에서 옷을 갈아입던 연희가 허연 등을 드러내놓은 채 종알거렸다.

"그런 약 먹어서 나을 병이 아닌 것 같애요."

하명은 그녀의 우윳빛 등에 흘깃 눈을 준다. 다들 시퍼렇게 얼어 있는데 연희만이 눈부시게 흰 것 같다. 독구리셔츠를 입고 나서 머리를 빗으며 돌아서는 연희에게 칠룡은 턱을 쳐들었다.

"그러면? 내가 죽을 병이라도 들었다 그 말이냐?"

"걱정이 되니 하는 소리지."

"연희가 걱정 안 해도 된다. 나 죽으면 낼 부조금이나 미리미리 모아두면."

"술이나 그만 먹어요. 그게 다 술 너무 먹어서 그렇지……. 위장이 빵구가 났을걸 뭐."

"내 마누라나 된 것 같구나."

조금 살아났는지 칠룡은 중얼거리며 일어섰다. 저녁공연이 시작되려면 아직 한 시간이 넘게 남아 있었다.

입구로 나온 칠룡은 시무룩한 얼굴로 표를 받아넣는 통 위에 올라가 앉았다. 겨울 저녁은 빨라서 밖에는 어둠이 깔리고 있었다. 백열등에 불이 들어왔다. 어둠이 묻어 있는 바람은 몹시 차다. 손님 들어오는 숫자로 봐서 오늘도 반일당이나 나오면 고작일 모양이다. 캄캄하게 어두워오는 하늘과 그 밑의 집들이 막막하게 가슴에 와 박힌다. 칠룡은 어머니에게서 온 편지를 떠올렸다. 일하는 아이가 나갔다 하든데…… 어머니 혼자 연탄불이나 따습게 넣고 주무시나 모르겠다. 연탄 아끼느라 공기구멍을 있는대로 틀어막으시겠지.

주먹만한 고무코. 하얗게 칠을 한 얼굴. 귀밑까지 찢어지게 그린 빨간 입술. 마음은 겨울 저녁의 어둠보다도 짙어서 먹물을 풀어놓은 듯 캄캄했지만 턱을 고이고 앉은 두 손 위에 커다란 입이 위로 치켜올라간 칠룡의 덕지덕지 분장한 얼굴은 기분 좋게 웃고 있었다.

"왜 그러고 앉았수?"

코트 앞가슴을 싸안고 천막 안으로 들어가던 석이네가 추레하게 앉아 있는 칠룡을 보고 걸음을 멈추었다.

"제가 어때서요?"

"얼굴에 그린 화상은 흐마하게 웃고 있는데 앉아 있는 행색이 넋

나간 사람 같으니. 무슨 일이 있어요?"

"무슨 일은요. 춥고 배고프고 어머니 생각나니…… 허허허."

칠룡은 정말 넋나간 사람처럼 웃었다. 안으로 들어갔던 석이네가 매점에서 소주 한 병과 비닐봉지에 든 대구포를 들고 나왔다. 칠룡이 몸이 아픈 줄을 알면 도시락 싸가지고 따라다니며 술을 못 먹게 할 석이네지만 그녀는 칠룡이 아픈 것을 몰랐다.

"엣소. 한잔 들구려. 젊은 사람이 기운을 내야죠."

"무슨 술을 다."

칠룡이 통 위에서 내려서며 소주병을 받아들었다.

"신빠진 칠룡일 무슨 재미로 보겠어."

"고맙군요. 석이 엄마."

"저녁은 먹었수?"

"예."

저녁밥을 먹고부터 배가 쓰리기 시작한 칠룡이었다. 석이네 뒷모습을 바라보며 멍하니 서 있다가 칠룡은 이빨로 소주병을 땄다. 천막 쪽으로 돌아서서 칠룡은 꼴깍꼴깍 병나팔을 불었다. 한입에 반쯤을 마시고 난 그는 몸을 한번 부르르 떨고는 손에 든 대구포를 내려다보았다.

"종길아, 이거 받어."

봉지도 뜯지 않고 대구포를 매표소 앞에 서 있는 종길이에게 던져주고 나서 칠룡은 소주병을 들어보였다.

"한잔할래?"

"미쳤구나. 배아프다면서 술은 무슨 술이야!"

그 말을 들은 체도 않고 다시 몇 모금 병나팔을 불고 난 칠룡은 소주병을 종길이에게 건네주었다.

"들어. 한잔하면 좀 덜 춥지."

남은 술을 마시면서 종길은 대구포를 우물우물 씹었다. 손바닥으로 입술을 닦은 칠룡은 입구의 쇠난간에 뛰어오르더니 기둥을 잡고 서서 버럭 소리를 질렀다.

"자, 귀경났어요, 귀경. 가면 오지 않을 게 세월이요, 오늘 건넌 물 내일 다시 못 건너는 게 강물이라. 오세요 보세요. 오늘 안 보면 내일 후회합니다. 따끈따끈한 사아까스가 왔어요. 자아, 후끈후끈한 싸아까스가 왔어요."

백열등이 환하게 비춰주는 입구에는 손님의 그림자도 보이지 않았지만 칠룡은 계속 소리를 질렀다.

"따근따근한 싸아까스 왔습니다아!."

삼천포에서의 공연을 사흘 남겨두고 있던 날 밤, 일당 계산이 끝난 뒤였다. 칠룡은 하명을 쿡 찔러서 아무도 없는 무대밑 방으로 데리고 갔다.

"왜 그래?"

"나 오늘 수건 둘러멘다. 같이 안 갈래?"

하명이 입술을 움직이며 빙긋이 웃었다.

"미친 놈."

수건을 둘러멘다는 것은 둘만이 통하는 말이다. 그것은 칠룡이 여자와 잔다는 뜻이었다. 여자와 자러 들어갈 때면 칠룡은 수건을 목에 걸고 들어갔기 때문이다.

칠룡은 돈을 가지고 여자를 사기도 쉽지 않았다. 몸을 파는 직업을 가졌어도 난쟁이 불구자와 잠자리를 같이하겠다는 여자는 흔하지가 않았다. 하명이 칠룡을 데리고 창녀들이 나와선 습기 낀 골목을 들어설 때면 여자들은 하명을 붙잡다가도 옆에 선 칠룡을 보고는, 어머머머, 얘, 난쟁이 좀 봐라 난쟁이, 소리치면서 하명이까지 놓아버리기 일쑤였다. 더러는 난쟁이 오입질하러 왔다아, 누가 한

번 붙들어봐, 하며 놀려대기도 했다. 그러면 오히려 칠룡이 쪽에서 여자들의 손을 잡으려고 쫓아갔고, 도망치는 그들을 보며 칠룡은 껄껄 웃었다. 그러므로 칠룡이 안게 되는 여자들은 대체로 술집에 있는 여자들이 많았다. 술을 같이 마시다 보면 칠룡의 사람을 웃기는 말씨하며 자신의 불구를 개의치 않는 듯한 성격에 재미있어하는 여자들이 있었다. 어쩌다 서로 이야기가 통하게 된 여자들은 어머, 참 불쌍한 사람이야, 하며 동정어린 눈으로 그를 바라보았던 것이다. 불구의 사내와 윤락녀의 불행한 과거가 서로 공유하는 어떤 운명이 그들 사이에 육체의 다리를 놓아주는지도 모른다고 하명은 생각했었다.

때로는 동정에서 그리고 때로는 난쟁이와…… 하는 호기심에서 여자들은 술 취한 김에 그와 잠자리를 같이했다. 윤락가에는 성에 병적인 밝힘증이 있는 여자들이 있어서 난쟁이는 어떨까 하는 호기심으로 그를 이불 속으로 끌어들이는 일도 있었다. 그런 밤에 칠룡은 수건을 목에 걸치고 들어갔다. 키가 작기 때문에 여자를 위에서 안을 수가 없는 그는 수건을 여자의 목에 걸고 그 끝을 잡는 것이다.

"웃기는 인마. 술 먹을 건데 같이 가자. 이쁜 여자 많드라."

"너 무슨 돈이 있냐? 일당 제대로 나온 게 언젠지 모르는데."

"돈이란 게 뭐냐. 안 들어올 땐 쓰는 재미로나 살고 벌 땐 모으는 재미로 살지. 같이 가자."

"한 번 갔던 집이니?"

"응. '자야네'라고…… 요전에 내가 혼자 한번 갔었다. 좋은 애가 하나 있더라."

찬바람이 휘몰리는 거리를 무슨 큰 결심이나 한 사내들처럼 몸을 움츠리고 하명과 칠룡은 걸었다. 칠룡이와 함께 간 '자야네'라는 술집은 십여 채의 비슷비슷한 술집이 늘어선 골목 끝 쪽에 있었다. 칠룡이 앞서서 들어갔다.

"오교."

다가와 칠룡의 손을 잡은 여자가 있었다. 네가 바로 그 아가씨냐? 하는 눈길로 하명은 여자의 얼굴을 훑어보았다. 주근깨가 가뭇가뭇한 바싹 마른 여자였다. 아주 편안한 걸음걸이로 여자에게 손을 잡혀서 방으로 들어가는 칠룡을 보면서 어쩐지 하명은 술마실 기분이 싹 달아나는 것 같았다. 여자도 작은 키였지만 그 옆에 선 칠룡은 꼭 누이 옆에 선 동생 같았다.

색시 하나가 하명의 허리를 덥석 안으며 안으로 끌었다. 한복을 입은 여자였다. 이미 손님방을 몇 거쳤는지 입에서 술냄새가 풍겼다. 방에 들어가 재떨이만이 덩그렇게 놓인 탁자를 앞에 하고 앉았을 때 하명은 어쩐지 지금 술을 먹으러 온 게 아니라 칠룡의 살림집에나 온 듯한 기분이 들었다. 그만큼 앞에 앉은 칠룡과 여자의 모습에는 자기가 끼어들 자리가 없어보였다.

"아이 손님, 담배만 피지 마시고 이리 내려앉으세요."

옆의 여자가 방석을 내주었다.

"술은 뭘로 하실래요?"

"막걸리나 먹지, 내가 뭐 돈 있나."

책상다리를 하고 앉았던 칠룡이 말했다.

"아니다 하명아, 이 집 좋은 술 있다. 어제 그거 다우."

"뭔데 그래?"

"생강주가 있드라. 입에 붙는 맛이 쓸만하던데."

이게 술에 계집에…… 물려도 콱 물렸구나. 칠룡에게 성냥을 그어주는 여자를 하명은 가만히 바라보았다. 주근깨가 많은 얼굴이 어쩐지 살이 찔 것 같은 여자였다.

하명이 옆의 여자가 안주를 시키러 밖으로 나간 사이 칠룡은 덤덤하게 앉아 있는 하명에게 몸을 기울이며 물었다.

"왜? 술이 몸에 안 받냐?"

"아니……."

"그럼? 니 색시가 맘에 안 드는 게로구나."

하명은 말없이 턱을 쓸었다.

"불 끄면 그만이지 별 계집이 따로 있냐."

밤이 늦어서 하명은 혼자 술집을 나와 숙소로 돌아갔다. 여자와 함께 여관방에 불을 끄고 누웠을 때 칠룡은 물었다.

"나온 지 오래됐니?"

"한 일 년예."

"주욱 술집에 있었어?"

"첨부터는 아니고예, 여기저기 돌아댕기지 않았습니꺼. 돈 모아서 장사나 할라캤는데……."

"장사가 쉽냐 어디. 그거야 정말 꾼 아니면 아무나 하는 거 아니지. 장사꾼이라는 말도 있지 않니."

"장사가 뭐 별거겠어예. 싼 데서 사다가 비싼 데서 팔면 되는 거지예."

"틀린 말은 아니다."

여자는 가만히 손을 뻗어 칠룡의 가슴을 쓸어주고 있었다.

"며칠 전인데예……."

여자가 혼자 킥킥 웃었다.

"왜?"

"손님이 하나 안 들었겠습니꺼. 그 사람도 장사한다 합디다. 그런데예 단추장사라예. 단추만 한짐 지고 다네예. 그 손님이 이쁜 단추 다섯 개 주고 갔어예. 세상엔 별 장사가 다 있는 거라예."

"자자, 그만."

어둠 속에서 몸을 일으킨 칠룡은 벽에 걸린 옷을 더듬거려서 주머니에 넣어가지고 온 수건을 꺼냈다.

"뭐 하십니까예?"

"아, 아무것도 아냐."

다음 날 아침. 칠룡은 자고 있는 여자를 흔들어 깨웠다. 성에가 낀 창문 아래 방구석에는 물주전자가 차갑게 놓여 있었다.

"와예, 벌써 일어났는교?"

여자가 잠에 취한 목소리로 눈을 찡그리며 고개를 들었다. 칠룡은 이미 옷을 다 입고 있었다.

"이거 받아둬."

돈이었다. 어제, 칠룡이 천막을 나서기 전 사타구니에 차고 다니던 비닐봉지에서 꺼내두었던 것이었다. 손님을 따라나왔을 경우에 받는 화대 정도를 넘어서는 많은 돈을 세어보고 난 여자의 얼굴에는 어느새 잠이 달아나 있었다.

"우리는…… 모레 여길 떠나. 충무엘 들렀다가 진해 부산 쪽으로 나갈 거야. 아마 봄이 올 때면 밀양이나 삼랑진에 있겠지."

"그럼, 다신 못 보겠네예."

"아냐, 내 떠나기 전에 한 번 더 올게."

"같이 나가입시다예."

여자가 주섬주섬 옷을 입었다.

"아니다. 나 먼저 나갈 테니까 넌 한잠 더 자, 아직 이르니까."

칠룡의 팔이 돌아가 여자의 허리를 안았다. 여자의 꽃무늬가 얼룩진 내복에 얼굴을 묻으면서 칠룡은 조그만 팔에 힘을 주었다.

"고맙다."

다음 날 칠룡은 다시 '자야네'를 찾았고 그녀와 하룻밤을 같이 보냈다. 그리고 일월곡예단은 천막을 뜯었다. 바람이 몹시 불던 날이었다.

열차 안에서였다.

차에 오르자마자 칠룡은 구석자리에 처박혀 눈을 감고 있었다. 화장실을 가면서 하명이 몇 번 본 칠룡은 내내 그렇게 앉아 있더니 나중엔 신문을 사서 얼굴을 가렸다. 아주 늘어지게 잘 모양이구나. 촌년이 늦바람나면 속곳 밑에 단추를 단다던가, 윤재 아저씨 말 틀린 데 없군그래. 어젯밤에도 거길 가서 자고 오더니. 자더라도 뭘 좀 먹여서 재워야겠구나 싶어서 하명은 도시락을 사가지고 칠룡에게로 갔다.

"잠뿌리를 뽑을래? 웬 잠을 이렇게 오래 자니."

옆에 앉으면서 얼굴을 가린 신문지를 벗겨냈다. 신문지 밑에 드러난 칠룡의 얼굴을 바라보던 하명의 눈이 커다랗게 얼어붙었다.

"아니, 너……."

칠룡이 울고 있었다. 눈 가득하게 고였던 눈물이 주르르 볼을 타고 흘러내렸다. 하명을 쳐다보며 입술이 일그러지던 칠룡이 벌떡 일어나 자리를 빠져나갔다.

"칠룡아 야!"

도시락을 자리에 놓아두고 하명이 그의 뒤를 좇았다. 통로를 빠져나간 칠룡은 객차와 객차의 연결부분에 있는 승강구 벽에 기대어 섰다. 깨진 유리창으로 찬바람이 머리칼을 휘날리며 쏟아져들어왔다. 바람은 매웠다. 지그시 눈을 감고 찬바람에 얼굴을 맡긴 칠룡의 볼에서 눈물이 번들거렸다. 기차는 눈이 희끗희끗한 벌판을 끼고 달리고 있었다. 하명이 다가가 그의 어깨를 짚었다.

"왜 그러니? 무슨 일이 있었어?"

칠룡은 아무 대답이 없다. 하명이 그의 어깨를 짚은 손에 가만히 힘을 주었다.

"말 못할 사정이라도 있니?"

"없다. 아무 일도 없어. 추운데 들어가라."

칠룡이 고개를 꺾으며 손바닥으로 얼굴을 문질렀다.

"너하고 나하고 만난 후 별별 일이 다 많았다. 세상이 어떻든 그래도 나는 칠룡이 네 맘을 안다고 믿었어. 그렇지만 네가 우는 걸 오늘 처음 본다."

기차의 차가운 철판 벽에 등을 기대고 둘은 서 있었다. 차체의 흔들림에 따라 몸을 움직이면서 하명은 바람에 흩날리는 머리칼을 쓸어올렸다. 어깨를 잡고 있는 하명의 손을 칠룡이 가만히 잡았다.

"동생아, 내가 참 못난 놈이지?"

"못나긴."

칠룡이 창밖으로 몸을 돌렸다.

"나 다시는 오입질 안 한다. 내가 여잘 가까이 하면 사람이 아니지."

"칠룡이 너 그애랑 정들었었나 보구나."

문득 하명은 '자야네' 집에서 둘이 술을 먹던 날을 떠올렸다. 주근깨가 눈밑으로 가뭇가뭇하던 조그만 여자…… 그들의 앞에 앉아서 술을 마시면서 어쩐지 술이 몸에 받지 않았었다. 처음 보는 일이었다. 칠룡과 여자 사이에는 두 사람만의 깊고 은밀한 것들이 찐득거리며 붙어 있는 것 같았었다. 술을 따르고, 안주를 집어 칠룡의 입에 넣어주고 하던 여자도 동정이나 호기심 같은 것은 전연 없어 보였다. 곧 살림이라도 차리기로 약속한 사내에게나 부어질 수 있는 술집여자의 다감한 손길 같은 것이 잔잔하게 그녀에게서 퍼져나와 칠룡을 감싸주고 칠룡은 그것을 편안하게 음미하는 듯했었다.

그러나…… 칠룡이 여자와 헤어지며 울 그럴 사내는 아니었는데,

하는 생각을 하며 하명은 그를 내려다보았다. 칠룡이 몸을 돌렸다.
"난 나이가 든 후에는 내가 불구라는 사실 때문에 울지는 않았어. 그건 너도 알잖니. 죽어버릴까 하는 생각이 날 때면, 그래도 나는 장님이나 벙어리보다는 낫다고 마음을 달랬어."
"그런데 울 일이 뭐가 있니? 그 계집애가 뭐라고 못할 소릴 한 모양이구나."
"그애 욕하지 마라. 좋은 애다."
등 뒤에서 들어오는 바람에 온통 머리칼이 이마로 쓸려내려오는 얼굴로 칠룡은 조금 웃었다. 삭막하게, 언뜻 떠올랐다가는 사라지는 웃음이었다.
"오늘 떠나기 전에 찾아갔었어. 주소라도 알아놓고 싶고…… 그렇드라. 그런데 말을 하지 않겠니. 내가 오빠 같다나."
"거 미친년이구나. 사람 놀리는 방법도 여러 가지네."
"그게 아니다."
칠룡이 모래를 씹듯 중얼거렸다.
"자기 오빠도 난쟁이라잖아. 나처럼…… 나같이 난쟁이래."
하명은 아무 말도 못하고 서 있었다. 목이 메고 자꾸만 그 여자의 가무스름했던 얼굴과 둘 사이에 있었던 끈덕끈덕한 은밀함이 눈앞에 다가왔다간 사라져갔다. 열차의 덜거덕거리는 굉음이 바람에 섞이면서 쏠려올 뿐 두 사람은 말을 잊은 채 얼마를 그렇게 서 있었다. 칠룡이 하명의 손을 끌며 말했다.
"춥다. 들어가자. 너 도시락 사왔지. 그거나 먹자."

원숭이 집어넣을 통을 만들던 덕보는 손을 놓고 눈발이 뿌리기 시작하는 밖을 내다보았다. 이놈의 겨울엔 눈도 참 많이 오고 춥기도 되게 춥네. 소리도 없이 내리는 눈이 탐스럽다. 눈이 많이 와야 보리농사에도 좋지…… 이런 날은 콩에 청산가리를 넣어서 꿩을 잡으러 다녔는데. 빌어묵을 놈의 거 겨울이 와도 꿩고기 다져넣은 만두국 한번 못 먹어보고…… 꽝꽝 뚜드려 엎고 내빼버릴까.

꿩고기 생각을 하며 침을 삼킨 덕보지만, 쏟아지는 함박눈을 내다보는 그의 눈에는 안개가 낀다. 이러다간…… 평생 객지에서나 비비적대다 죽을라나부다. 멀거니 밖을 내다보고 있는 그의 손에 원숭이가 얼굴을 부비며 낑낑거렸다.

"이놈아, 넌 고향 떠나서 잘도 사는구나. 그렇게 아무데나 자리 잡고 잘 사니까 궁둥이가 까지는 거여."

원숭이는 덕보의 가슴에 찰싹 달라붙으며 그 긴 턱을 들어 덕보의 얼굴에 부볐다. 자식이 추위는 되게 타네, 눈은 어느새 땅바닥을 하얗게 덮고 있다. 걷었던 포장을 내리려는데 석이네 음성이 들려왔다.

"어째 그렇게 에미 맘을 모르니? 너도 이만큼 컸지 않니."

무슨 일이 있었는지, 석이네가 석이의 등을 싸잡아쥐고 천막 밖으로 나왔다. 아이의 몸을 흔들어대는 석이네 음성은 목이 메고 있었다.

"그래서? 그게 그렇게도 부럽든? 내가 돈을 안 주니, 먹을 걸 안 주니?"

석이는 발끝으로 땅바닥을 파헤친다.

"너 요전에 아버지 왔을 때, 아버지한테 뭐라 그랬어. 봄 되면 학교 가서 공부하겠다고 약속했지. 학교 갈 사람이 이러니?"

"나만 돈도 못 벌잖아!"

"뭐 뭐가 어째?"

"아냐 그럼? 은숙이도 돈 벌고, 지영이랑 광호 형이랑은 사진 팔고 그러는데, 씨이 나만 돈도 못 벌잖아. 씨팔."

"아니 뭐! 이놈 새끼가!"

석이네 손이 철썩 아이의 뺨을 때렸다. 비틀하던 아이가 도망가려는 것을 석이네가 가까스로 붙잡았다. 그녀의 손이 사정없이 석이의 뺨을 때렸다.

"이놈 새끼야, 나도 죽고 다 죽자. 뭐가 어째? 씨팔, 뭐 배울 게 없어서 이젠 엄마에게 욕하는 거까지 배웠니. 오냐, 이 자식아, 돈 벌어라. 벌어도 에미 죽여놓고나 이짓 해서 벌란 말이다."

자기 설움을 못 이겨서 석이네 목소리는 울음으로 변했다. 보고 있던 덕보가 원숭이를 내던지며 달려나가 석이네 팔을 붙잡았다.

"왜 이러시우. 애 잡겠수다."

"놔요. 내 새끼 내가 패는데 죽이면 어떻겠소."

"아따 석이 엄마도, 쪼그만 애를 가지고 뭘 그래요."

"이까짓 놈 새끼 길러 뭘 하겠소."

땅바닥에 쭈그려앉으며 석이네가 소리를 죽여 울음을 터뜨렸다. 난처해진 덕보는 어쩔 줄 몰라 내려오는 눈을 후후 불며 서 있었다. 석이가 와락 울음을 터뜨리며 천막 뒤로 달아났다. 뛰어가던 석이는 뒤쪽을 흘끔거리며 소리쳤다.

"필요 없어. 나도 일당 벌 거야."

석이가 재주를 배우겠다거나 노래를 해서 일당을 벌겠다는 그런 소리를 해온 지는 벌써 오래였다. 그런 소리를 들을 때마다 가슴에 못이 박히는 듯했던 석이네였다. 석이 아버지 동일은 십여 일 전에 다녀갔다. 갈포벽지를 만드는 공장을 조그맣게나마 하나 시작했다면서 그는 사흘을 묵었다.

풍기 쪽 칡은 질이 좋았다. 그 질이 좋은 칡을 한여름에 베어서 썩이면 껍질이 흐물흐물 벗겨졌다. 그것을 다시 물에 씻고 헹구어낸 다음 가느다랗게 쪼개서 기계에 짜내는 갈포공장을 석이네도 알고 있었다. 동일을 처음 만나던 그 시절, 방을 얻어살던 주인집이 그 공장을 하고 있었기 때문이었다. 짧았던 육 개월, 풍기에서의 그 시절은 그녀와 동일과의 가장 즐거웠던 시간들이었다.

말갈기 같은 구름이 흩어진 저물어가는 하늘을 날아 새들이 찾아가는 둥우리처럼 석이네 마음은 늘 풍기로 날았다. 헐벗은 마음속에 단 한 곳 따뜻하게 불이 켜진 곳이 있다면 바로 거기 동일이 사는 풍기였다. 차를 타고도 물을 건너서도 갈 수가 없는 그곳은 마음의 장소, 지난 시절의 추억들이 소복이 모여 잠들어 있는 언제나 햇빛 밝은 언덕이었다. 동일이 그곳에서 공장을 차리면…… 그는 오래 거기서 붙박아살겠지. 인삼밭 위에 눈이 내리고 희방사 계곡에 단풍이 불타는 그곳으로 이제 내 아이가 아버지를 따라가 살면…… 못난 어미는 중앙선 열차만 보아도 가슴이 저려오겠지.

그곳으로 아이를 보내기로 동일과 약속을 했다. 그는 봄에 아이를 데리러 오마고 하고 떠났다.

"집에서 뭐라고 해요?"

"애비가 자식 데려다 살겠다는데 뭐라 그러긴. 자기도 아는 일인데 모르고 나한테 시집온 것도 아니겠고."

"우리 석이 구박할 것 같으면…… 데려가지 마세요. 아무려면 내 힘으로 그것 하나 못 기를까요."

"이제 와서 쓸데없는 소리."

"기르지도 못할 자식을 놓은 내가 잘못이지…… 그쪽에야 무슨 잘못이 있겠어요."

"다 약속이 됐다는데 왜 자꾸 되씹니!"

버럭 소리를 질러버리는 동일의 가슴속으로 서슬 푸르게 내뱉던 아내의 말이 살처럼 지나가고 있었다.

"내가 뭐꼬. 헛짓하고 사는 기지. 속맘은 다아 그년헌테 가 있고…… 아주 갈라섭시다. 요새 세상에 시앗 보고 살 년이 어디 있는 줄 아요?"

"어쩌겠니. 널 만나기 전에 생긴 아이다. 내가 눈이 시퍼렇게 살아 있으면서 자식을 못 본 체할 수는 없잖아. 아이 데려오면 나 다시는 그 여자 보러 안 간다. 정말이다."

"아이고. 어떤 년인지 나헌테 애꺼지 갖다 놓고는 자식 보러 왔네 하면서 이 집엘 드나들겠다, 그런 꿍속인가 본데…… 홍. 이 집 문지방에 발가락 하나 들여놓나 봐라."

어두워지는 동일의 얼굴을 보고 석이네는 입술을 깨물었다. 자식을 품에서 내놓는 마음은 그 남의 아이를 길러야 하는 마음을 알 수 있을 것 같았다. 떠나던 날, 찬바람이 쓸려들어오는 버스정류장 대합실에 웅크리고 서 있는 석이네에게 동일을 말했었다.

"내 돈 마. 널 생각해서라도 돈 모을 거다. 아무려면 내가 널 못 본 체하겠니."

석이네는 고개를 저었다.

"그런 말씀 하지 마세요. 석이 보내고 나면 난 다시는 당신 안 볼 테니까요."

"날 못 믿어서 하는 말이니?"

"믿으니까 석이를 드리는 거예요. 다시 우리가 만날 생각이라면…… 내가 석이를 보내지도 않아요. 저 같은 건 잊으시고 부인한테 잘하세요. 그게 석이를 위하는 길이에요. 날 위해서라도 부인을 귀하게 아셔야 해요."

입에서 나오는 말이 아니었다. 눈에 퍼렇게 불이 일면서 낳았던 아이를 보내는 마음이었다. 세상에서 천하게 아는 여자를 천하지 않게 보듬어준 남자였기에 자식을 보낼 결심을 했고, 그 자식을 위해서 다시는 그를 만나지 않으리라 이빨을 옥물며 석이네는 텅 빈

정류장을 내다보며 서 있었다.
　구박이나 하면 어쩌나, 기가 죽어서 울타리 밑이나 서성대게 하면 어쩌나……. 동일이 떠난 후 그런 생각 때문에 석이네 마음은 편한 날이 없었다. 오늘도 그랬다. 아버지한테 안 가고 엄마하고 살겠다는 말을 했더라도 석이네는 아이를 때리지는 않았을 것이다. 그러나 노래해서 돈 벌고 재주 배워서 일당이나 타지 뭐 하러 학교는 가느냐는 말에 참았던 설움이 한꺼번에 복받쳐 석이네는 아이의 뺨을 갈겼다. 자기도 사진 팔겠다는 말에는 더욱 기가 막혔다. 어린 곡예사들에게는 돈으로 일당을 주지 않았다. 자신의 연기가 담긴 사진을 일 매에 삼십 원씩 손님들에게 팔아 그 돈을 단체와 삼칠제로 나누어가졌다. 그래서 어린 곡예사는 연기가 끝나면 무대의상을 입은 채 객석을 돌며 사진을 팔았다.
　언 땅바닥에 주질러앉아 어깨를 흔들며 울음을 죽이고 있는 석이네 머리 위에 눈발이 희끗희끗 얹히고 있었다.
　"들어가세요. 어린애 말을 가지고 뭘 노여워하구 그러세요. 남들은 다 하는데 저만 못하니까 그런 생각이 날 만하잖아요."
　"아저씨도 앨 길러보면 내 맘 알다……."
　"그나저나 왜 오늘따라 석이가 사진 팔겠다고 저럽니까?"
　"광호를 무대에 세운다잖아요. 좀 전에 하명이가 광홀 데리고 옷 사러 갔어요. 그걸 보드니만, 저도 타이스 입고 재주 배우겠다고 그 야단이잖아요."
　"하명이 그놈 새끼 맘은 알다가도 모르겠다니까. 할 지랄 없으면 자빠져 잠이나 자든가. 무슨 동삼 처먹은 기운이 남아서 광호 그네는 배워줘서 이 분란을 내느냐 말야, 원."
　덕보는 웅얼웅얼 지껄이면서 하늘을 쳐다보았다. 끝없이 먼 잿빛 하늘에는 흩뿌리는 눈발만이 어지러웠다.

눈을 뒤집어쓴 광호는 자신이 입을 의상을 싼 보따리를 가슴에 안고 걸었다.

"형, 나 잘할게요. 자신 있어요."

지난 가을부터 가르치기 시작한 공중그네였다. 벌써 무대에 올렸어도 좋을 만큼 광호는 연습을 쌓았지만 요즈음 같이 손님이 없는 때를 택해 첫 공연을 시키려고 미루어온 것은 하명이었다. 손님이 많으면 어린 나이에 필요 이상의 긴장을 할 염려가 있고 만일 첫 공연에서 실패를 하게 되면 그땐 영영 그네를 무서워하게 되지나 않을까 하명은 걱정했었다.

"그동안 고생했다. 나한테 맞기도 많이 했지?"

"다 저 잘되라고 한 일인데요 뭐."

"자아식, 말은 잘한다."

"정말이에요 형, 고마워요. 이 은혜는 잊지 않을 거예요. 진짜로."

광호는 꾸벅 절을 하고는 웃었다.

"너 그렇게도 좋냐?"

"그럼요. 형이 그네탈 때마다 얼마나 배우고 싶었는데요."

하명은 광호의 손을 잡았다. 장갑을 끼지 않은 광호의 손은 차가웠고 오랜 훈련으로 해서 못이 박힌 손바닥은 가죽처럼 뻣뻣했다. 그것은 열네 살짜리의 손은 아니었다. 너만 원한다면 이젠 어느 단체엘 가 있든 밥은 굶지 않을 거다. 광호의 못이 박힌 손을 가만히 손가락으로 쓸면서 하명은 생각했다. 그래, 어서 커라. 어른이 되면 어머니를 찾아보겠다고 하지 않았니. 너한테 곡예를 가르쳐준 이유도 그래서였다.

깜둥이들도 참 많았어요, 하는 광호의 말을 들어보면 그의 어머니는 기지촌에서 몸을 팔던 여자인 것 같았다. 그러나 광호는 혼혈아는 아니었다.

"명환이 자식 야코 죽겠구나. 덤블링한다고 뻑시더니."

"그런 소리 하는 거 아냐."

"지혜 누나 있었으면 참 좋아했을 텐데. 지혜 누난 날 참 귀여워해 주었거든요."

지혜…… 하명의 눈길이 하늘 저끝으로 날아간다.

"재주 배워서 일당 받으면 지혜 누나한테 빗 하나 사줄려고 맘먹었는데…… 왜 있잖아요, 이렇게 커다란 거 여자들 머리 빗는 거 말예요."

광호의 말이 아주 먼 곳에서처럼 들려왔다. 어디 다른 단체에도 없다든데…… 죽지나 않았는지 모르겠다. 나도 참 모질긴 모진 놈이다. 이 구석 저 구석에서 불쑥 나타날 것만 같은데도……

태연하게 여길 떠나지도 않고 남아 있는 걸 보면. 흥, 내 마음 내가 알지. 미친 놈. 이렇게 있으면서 견디는 게 오히려 쉽게 잊을 수 있는 방법이라고 생각했으니까 안 떠났던 거지.

펄쩍펄쩍 뛰면서 앞서 가던 광호가 하명을 돌아보았다.

"형, 눈오는 날은 거지가 빨래하는 날이에요."

"누가 그래?"

"누가 그러긴요. 눈오는 날은 따뜻하니까 거지들이 빨래를 하는 거죠. 나 양아치 해봐서 알아요. 대구 가니까 그때 생각 더럽게 나데요. 모라이 한 그릇 얻어가지고 쪼지게 좀 달라고 예이예이 하며 돌아다니던 골목이 하나도 안 변하고 말짱하잖아요. 그때 참 조마리 새끼 더럽게도 때리더니."

더럽게, 더럽게를 연발하는 광호의 얼굴은 하명을 쳐다보며 웃고 있었다.

한겨울과는 달리 손님이 조금씩 늘어나면서 광표가 단원들에게 지급하는 일당에 편법을 쓰기 시작한 것은 그 무렵이었다.

단체에는 제각기 일당 지급에 대한 규칙들이 있었다. 그날의 총 매표액이 얼마냐에 따라서 일당, 반일당, 야참 같은 식으로 급료가 조정되게 마련이었다. 하루 이천오백 원을 받는 단원이라고 언제나 이천오백 원이 지급되는 것이 아니라 그날의 매표액이 얼마냐에 따라서 그 금액은 다 나오기도 하고 반으로 줄어들기도 했다. 일월곡 예단의 경우 일당 지급의 하한선을 칠만 원으로 정하고 있었다. 최소한 매표액이 칠만 원만 넘어서면 전 단원에게 그날의 완전한 일당이 지급되었다. 매표액이 칠만 원이 안 될 경우에는 반일당이 나왔다. 그리고 매표액이 사만 원이 안 될 경우 그날은 단원에게 급료가 지급되지 않았다. 장마철이나 한겨울 손님이 없을 경우 반일당마저도 안 나올 때가 있는데 그때가 바로 이 경우였다. 야참 또는 담뱃값이라는 이름으로 이백 원이 나누어지거나 다음 날 일당에 이 돈이 가산되어 지급되었다. 물론 손님이 객석을 메우게 몰려드는 날이 있었다. 터졌다는 말로 표현하는 이날은 매표액이 십이만 원을 넘는 날이었다. 터지는 날은 상여금이 있었다. 그날은 오이루라고 해서 각자에게 일당 이외에 백 원이 더 지급되었다. 돈을 타서라기보다 그런 날은 단원들의 기분도 치솟기 마련이어서 십만 원 정도 매표가 되고부터 단원들은 연신 입구 쪽을 들락거리며, 술렁거렸다.

"야, 터졌냐? 터졌어?"

어느 장소에서건 터졌다 하면 그 앞 닷새 정도와 그 후 일주일 정도는 손님이 들어차게 마련이었다. 단 하루만 손님이 몰리지는 않기 때문이다.

통 속 같은 매표소 안에 들어앉아서 광표는 조그마한 눈알을 굴리면서 이 일당 지급제도에 어수룩한 구석이 있다는 것을 알아냈고, 그것을 이용해서 단원들의 급료를 깎아먹을 궁리를 했다. 그는 가느다란 눈을 더욱 가느다랗게 실눈을 하며 혼자 웃었다. 일당을 지급해야 할 날, 매표액이 칠만 원이 넘는 날 그는 단원들 앞에 나서서 씨부렸다.

"안타까운 일이 생겼구만. 오늘 입금이 육만 사천 원이니 헐 수 있는가. 오늘 반일당일쎄."

그 작은 눈값을 하느라 그랬는지 꾀는 있어서, 광표는 매일 그렇게 하지는 않았다. 매표액이 칠만 원을 겨우 넘어서는 날이나, 닷새쯤 일당이 나가고 난 다음 날 하루쯤을 그렇게 해서 광표는 반일당을 주었다.

표를 파는 사람은 단장과 대전댁 그의 형수였고 표를 받는 사람은 명수나 후견들이었다. 물론 표를 받아서 넣는 통이 있었다. 그러나 오랜 습관으로 통은 그냥 거기 놓여 있을 뿐, 받은 입장권은 그냥 손에 들고 모았다가 오십 장이 되면 다시 매표소로 가져갔다. 한 번 사용한 표를 극장 입장권처럼 반을 찢는 게 아니었다. 손님들이 들고 들어온 입장권은 곱게 모았다가 다시 팔았다. 입장권을 새로 찍는 인쇄비를 아끼기 위해서였다.

형식적으로나마 표를 받아넣는 통을 놓아두게 된 것도 몇 년 전 세무서에서 손을 대고부터였다. 입장객을 기준해서 과세를 하겠다고 나섰기 때문이었다. 그래서 수표함(收票函)을 걸어놓고 입장권에 절취선을 넣어서 반을 찢어 넣는 식으로 고쳤지만 어디까지나 형식이었을 뿐 단체에서 이것을 이행할 리가 없었다. 현찰을 받고 그냥 손님을 들여보내버렸던 것이다. 게다가 단체가 어느 한 곳에 붙박아 있는 것이 아니라 전국 방방곡곡을 헤매다니므로 철저한 과세 자체가 불가능하다는 점이 있었다. 매표상의 어수룩한 구석에 손을 뻗친 광표는 이렇게 해서 단원들을 벗겨먹기 시작하는 한편,

목돈이 필요한 단원에게는 서슴없이 이잣돈을 빌려줌으로써 그들을 자기편의 사람으로 하나하나 확보해 나가기도 게을리 하지 않았다. 돈을 꾼 이상 그 사람은 자기에게 매이게 마련이었다.
"빚진 죄인이라는 소리도 못 들었는가. 흐흐. 단원들이 반만 내 손에 들어와 봐라, 그땐 백명수라는 놈 넌 하루아침에 내쫓아버릴 테니까. 자식이 주제를 몰라. 아직은 이용할 가치가 있으니까 둬두는 거지, 흐흐."

차를 타면서부터 몸을 떨던 윤재는 울산에서 천막을 치던 날은 밖에 나올 수도 없이 열이 올랐다. 헐한 음식에 견디면서 겨울을 나기에는 이제 윤재의 몸은 많이 쇠약해 있었다. 손님이 없으니 그나마 단원들에게 주어지는 음식이 제대로 나올 리가 없었다. 보리쌀이 반 넘게 섞인 데다가 시래깃국 하나에 무장아찌가 전부였다.
안 가겠다는 윤재를 하명은 떠메다시피 해서 병원엘 갔었다. 몸살이니까 땀을 좀 내면서 누워 계시라는 의사의 말이었다. 그러나 가져온 약을 다 먹고도 열은 내리지 않았다.
공연 사이사이에 돌아와 보면 윤재는 수도꼭지가 새는 것 같은 소리를 내면서 홀로 텅 빈 여관방에 허리를 구부리고 누워 있었다. 과일을 깎아주어도 먹으려 하지 않았다. 다만,
"끓는 물 좀 갖다줄래."
하면서 바싹 마른 입술을 떨었다. 석이네에게 전기곤로를 빌려와, 보리차물을 설설 끓여 들여가면 윤재는 그 물을 후후 불어가며 마시고는 다시 이불을 뒤집어썼다. 식사도 전연 못했다. 약을 지어와도 먹으려 하지 않아서, 아침에 봉지를 풀어놓고 나간 약이 한 회 공연을 끝내고 하명이 돌아와 보면 땅바닥에 그대로 놓여 있었다.
젊은 사람도 아니겠고…… 뭘 먹어야 몸을 추스를 텐데. 석이네

에게 부탁해서 죽을 쑤어가지고 들어왔을 때, 벽에 기대고 몸을 일으킨 윤재는 멍한 눈으로 죽냄비를 내려다보았다.

"따뜻할 때 좀 드세요."

"뭐냐 그게?"

"밥을 못 잡수셔서 죽을 좀 쑤었습니다. 석이네가 쑤었는데 잡숴 보세요."

"내가 죽을 병 들었냐? 죽 먹을 거면 밥을 먹지."

"고집피우지 마시고 좀 드세요. 드셔야 일어납니다."

"입이 써서 못 먹겠다니깐."

"그럼 죽물이라도 좀 마시세요."

하명이 공기에 따라주는 죽물을 받으며 윤재는 중얼거렸다.

"그놈, 더 누워 있으면 내일은 염하자고 덤비겠군."

죽물을 마시는 윤재를 지켜보던 하명은 그릇을 받으면서 물었다.

"뭐 잡수시고 싶은 거 없으세요? 생각나는 거 있음 말씀하세요."

"왜? 내가 죽을 거 같냐?"

"예, 원이나 없게 해드릴려고 그럽니다."

"녀석, 괜찮다. 내일이면 일어날 것 같애."

냄비를 들고 천막으로 돌아오며 하명은 발끝을 보고 걸었다. 곯아도 젓국이 좋고 늙어도 영감이 좋다드라, 하던 사람은 윤재였다. 지금은 동서곡예단에 있는 쉰이 넘는 여자곡예사만 보면 윤재가 우스갯소리로 하던 말이었다. 하명은 문득 그 말이 떠올랐다. 윤재 아저씨도 누가 있어야지, 노인이 혼자 몸이니 옆에서 더 못 보겠어. 분장실 앞을 지나가는 하명을 보고 연희가 물었다.

"그건 뭐야?"

"윤재 아저씨한테 죽을 좀 쑤어갔더니 안 잡수셔. 큰일이야 뭐든 드셔야 할 텐데."

"천엽을 좀 사다드릴까? 그 아저씨 몸이 허하다 싶으면 손수 사다가 잡수시던데."

"그래. 그 생각을 왜 못했을까."

냄비를 갖다두고 분장실에 앉아 있자니 칠룡이 보이지 않았다. 어디 갔나. 무대밑 방을 열고 기웃해 보니 칠룡이 거기 있었다.

"뭐 하니?"

아무 대답이 없다. 어둠침침한 방으로 들어가 보니 칠룡은 피에로 의상을 입고 분장을 한 채 배를 깔고 엎드려 있었다. 머리맡에는 활명수병 하나가 굴러 있고.

"너 또 아프구나?"

"이제 좀 나았다. 어디 갔었니?"

"윤재 아저씨 죽 갖다주러."

얼굴을 들여다보니 하얀 분장 속에서 그는 이맛살을 잔뜩 찌푸리고 고통을 참고 있었다.

"큰일이구나, 자꾸 이러니."

"약 먹었으니까……."

"이런 백 원짜리 약이나 먹고 있을 일이 아니다. 큰 병원엘 한번 가보자."

"괜찮다. 내 몸은 내가 아니까. 돈도 없고."

"이 자식아, 돈은 쓰라고 생긴 거지 너처럼 사타구니에 차고나 다니라는 건 줄 아니?"

칠룡이 벌떡 일어나앉으며 주위를 두리번거렸다.

"미쳤니. 누구 들으면 어쩔려고?"

"몸 팔아 밥 먹는 사람들이 몸 아프면 끝인데…… 어째 이렇게 아픈 사람들이 많나 모르겠다."

저녁에 참기름을 친 소금과 천엽을 접시에 담아 싸들고 연희와 하명은 여관으로 갔다. 연희의 말대로 윤재는 소금에 찍어가면서 가지고 간 것을 반이 넘게 먹었다. 연희를 바래다주고 하명이 다시 여관으로 돌아왔을 때 윤재는 방바닥을 내려다보며 담배를 피우고 있었다.

"네가 나 때문에 고생하는구나."

"아저씨나 얼른 일어나셨음 좋겠습니다."

"이제 다 나았다. 내일은 일어나야지."

윤재의 얼굴에 조금 생기가 돌아보여서 하명은 비시시 웃었다.

"일찌감치 연희한테 말을 했음 천엽을 사다드리는 건데. 그 생각을 못했잖아요."

윤재의 얼굴을 마주보았다. 며칠 사이 눈이 더 깊이 파이고 광대뼈마저 앙상하게 두드러진 윤재의 얼굴에는 쇠잔한 빛이 역력했다.

재떨이에 담배를 비벼끄고 난 윤재는 혼잣말처럼 중얼거렸다.

"연희 그애가 보기보다는 단단한 구석이 있지······."

"무슨 말씀이세요?"

"옛말에도 있지······ 된장 신 거야 일 년 원수지만 마누라 못된 것은 백 년 원수라고 말이다. 여자도 그렇지만 사내도 계집을 잘 얻어야 해."

"장가 가보신 것 같네요. 허허."

그 말에는 대답이 없이 윤재는 하명을 바라보았다.

"연희, 그앨 놓치지 마라. 네가 앞으로 그만한 아이 만나기도 쉽지는 않을라."

"아저씨 몸 아프시더니 노망드시는 거 아닙니까?"

"너만 좋다면 아마 연희가 무슨 짓이라도 할걸. 늙은이 눈은 못 속이지. 내 말 헛으로 듣지 마라. 연희가 그래 봬도 사내 마음은 헤아려줄 줄 아는 그런 애다."

"회갓 한 저름 잡수시더니…… 안 하던 말까지 하시깁니까. 사회에 있는 여자라면 모를까 단체 안에선 장가 안 갑니다 전."

"허기사 인연이지……. 맘먹었다고 다 되는 일도 아니겠고……."

지혜 꼴을 보면 다 인연이 있어야지, 하는 말을 윤재는 입에서 삼켜버린다. 그때 윤재는 생각하고 있었다, 자기 앞에 앉았던 하명과 연희의 그림같던 모습을. 그들이 부부였으면 싶었다. 그들이 젊은 아내와 남편이었으면 싶은 만큼 윤재는 자기에게도 이런 자식들이 있었으면…… 하는 생각이 들었다. 자식이란 울타리라고들 하더니, 있으면 그저 든든한 그런 거라더니. 병끝이어서 내 맘이 여려지나, 안 하던 생각을 다 하는구나. 자꾸만 어두워오는 눈을 껌벅이면서 윤재는 하명의 무릎에 놓인 그의 크고 두꺼운 손을 바라보았다.

"손님은 어떻든? 좀 들든?"

"예. 절기가 좀 누그러져서 그런지 아무래도 좀 나아집니다."

"벌써 이월인데…… 허긴 또 올라갈 때구나."

겨울은 그렇게 지나갔다. 색이 바랜 낡은 천막은 겨우내 헐어서 더욱 허옇게 되었다. 군데군데 바람에 찢겨서 기운 틈으로는 눈이 녹은 물이 흘러내리곤 했다.

공연을 못하고 누워 있던 윤재는 빈집 같은 얼굴로 다시 천막으로 돌아왔다. 몸이 허해져서인지 둘러보는 천막 안도 예전 같지 않게 썰렁해 보였다.

분장실 구석에 앉아서 내다보면 가마니가 깔린 객석이며 늘어진 그물이나 쇠줄들이 엇비슷이 눈에 들어왔다. 바람이지. 그래 떠도는 바람길 같은 거였어. 무엇이 이 천막 안에서 살도록 자신을 묶어 놓았었던가를 구슬을 굴려보듯 윤재는 생각했다. 거칠 것 없이 떠다닐 수 있던 그 시절이 좋아서 살았는데 왜 이제 와서는 그 바람을 막아줄 게 무엇이든 있었으면 좋겠다고 생각하는 것일까. 품에 안 았던 여자는 얼마였던가. 마음만 먹으면 문패달고 살 수도 있었는데……. 공연 사이사이 손님들이 웅크리고 앉은 객석을 바라보다가 윤재는 천막 안을 거닐곤 했다. 자신의 발걸음을 세기라도 하듯 뒷짐을 지고 서성거리면서 윤재는 소리없이 중얼거렸다. 바람이었어. 바람 같은 거였어.

7

 천 리 밖인가 만 리 밖인가. 비행기 타고 가는 외국도 아니겠고…… 마음이 왜 이렇게 무너지느냐. 죽어서 내보내는 것도 아니겠고 저 하나 잘되라고, 대학 댕기고 잘난 사람 되어서 이 어미 맺힌 한을 풀어달라고 보내는 건데…… 내가 왜 이걸 못 이기냐…….
 석이네 다리가 후들후들 떨린다. 입을 굳게 다문 동일과 그 옆에 작은 가방을 둘러메고 걷는 석이를 보는 석이네 눈은 핏발이 가득하고 퉁퉁 부어 있었다.
 아니지, 아니고말고. 죽어 내보내는 자식이면 죄짓지 않고 이 험한 세상 일찍 떠나니 편히 쉬거라…… 하겠지. 다시는 못 볼 자식이니 당해낼 수도 있겠지. 그렇지만…… 차 타면 하루에 갈 곳, 영(嶺)을 넘어가면 있는 마을. 거기 가고 나면 이 자식은 이제 못 보는 자식이다. 천 리 밖 만 리 밖이어서가 아니다. 지척이지만 가지 못하고 만나지 못할 테니, 으흐흐. 오열이 터지는 가슴을 안고 석이네는 허청거리는 발을 떼어놓으며 걷는다.

아이를 데리러 동일이 왔을 때, 석이네는 이미 준비를 마치고 기다리고 있었다. 급한 대로 입히라고 석이의 속옷을 세 벌 사서 넣고, 시장을 뒤져서 얇은 봄옷도 사서 넣고, 신발도 하나 사고…… 그렇게 해서 조그만 가방에 넣어 꾸려놓고 있었다. 석이에게도 아버지 집에 가면 거기 있는 여자보고 어머니라고 하거라 몇 번이고 시키기도 했다. 말 잘 듣고 심부름 잘하고…… 그러라고 시키는 석이네는 눈에 먼저 눈물이 고였다. 석은 뻑세게 소리쳤다.

"엄마는 어쩌고. 난 아무보고도 어머니 안 할 거다."

"어머니라고 해야 한다. 난 엄마고 그분은 어머니다. 그래야 잘난 남자 돼."

"그럼 엄마가 둘이야? 훌륭한 사람은 엄마가 둘이래야 돼?"

"그럼, 그럼."

"거짓말 마, 나도 다 들었어. 광호 형이 그러는데 난 거기 가면 맨날 얻어맞는대. 나도 다 안단 말야."

"엄마 말을 들어야지. 광호가 그까짓 게 뭘 아니?"

"나도 다 알지만 따라가는 거야. 엄마가 가라니깐 공부하러 가는 거야. 이담에 엄마 찾으러 올 거야. 꼭 그래야 한대. 안 그러면 개새끼래, 광호 형이 그랬어."

동일은 와서 하룻밤을 지냈다. 쉴새없이 눈물이 흐르는 석이네를 그는 안았고 사랑했다. 밤은 짧았다. 밀려갔던 조수가 다시 되돌아오고 되돌아오면서 영원히 밝지 않기를 바라는 아침이 창밖에 다가와 서 있을 때, 석이네는 이제 내 목을 묶을 밧줄을 들고 아침이 왔구나 생각했었다. 부어오른 눈두덩, 핏발선 눈알. 옷을 입어도 찬바람 속에 알몸인 것 같았고 발은 헛놓였다. 몸도 마음도 끝끝이 처참했다.

"죽지 말아라. 힘이 들더라도 참아야 한다. 알겠니? 모질게 살아서 뒤끝을 봐야 한다."

가랑잎 같은 여인을 차마 바로 보지 못하며 동일은 그렇게 부르짖었다. 석이네 모습은 손가락으로 건드리기만 해도 쓰러질 것 같았고 쓰러지면 영영 일어나지 못할 것 같았다.

"날 용서하지 마라. 죄는 다 내가 받으마. 그러나 석이는 우리 희망이다. 쟤가 크면…… 나이들면 에미를 안 찾겠냐. 너는 그날을 믿어야 한다. 이것만이 너랑 내가 믿어야 할 것들이다."

동일은 그녀의 가슴에 얼굴을 부비며 목이 메기도 했다.

"결국은 이렇게 되는 것을…… 이렇게밖에 못 사는 것을. 세월이 원망스럽구나."

석이 혼자 아침을 먹었을 뿐 동일도 석이네도 음식을 넘기지 못했다. 조촐한 한식집, 풀내 향긋한 냉잇국을 앞에 놓고 동일은 푹푹 밥을 떠 말아주고 석이네 손에 수저를 쥐여주며,

"먹어. 쓰러지지 않을려면 먹어야 해."

중얼거렸지만 석이네는 널려 있는 반찬에 초점없는 눈길을 보낸 채 고개를 저었다. 소라면 모를까, 어찌 밥이 넘어가겠니. 석이네를 보며 한숨을 내쉬던 동일은 수저를 들지조차 않고 말았다.

"아버지, 이 자반고기 맛있네요. 나 뼈 발라줘, 응. 엄마."

오랜 떠돌이생활에 눈치와 숫기만 늘어난 석이는 망부석 같은 두 사람에게 말을 걸어가며 밥을 먹었다.

차를 타러 나서자 석이는 가방은 자기 거니까 제가 가지고 가겠다면서 둘러메고 앞장섰다. 한 손에 아이를 잡고 다른 한 손으로 석이네를 잡고 동일은 가운데 서서 묵묵히 걸었다. 멀리 고속버스 터미널이 바라보였다.

"서울까진 한 시간밖에 안 걸리니까, 네시 반차 타면 밤에나 들어가게 돼."

석이네는 아무 말이 없다. 엄마를 흘끔흘끔 쳐다보던 석이는 아무래도 심상치 않다는 생각이 들었는지, 우뚝 멈춰섰다.

"엄마 아퍼?"

석이네는 땅바닥을 내려다본 채 고개를 저었다. 석이 버럭 소리를 질렀다.

"엄마, 나 안 갈란다!"

들은 체 만 체 석이네는 발끝을 보며 자꾸만 헛놓이는 걸음을 걸어나갔다. 석이 울음섞인 소리로 중얼거렸다.

"난 안 가겠다니까. 엄마는 왜 나를 안 봐. 난 안 간다니까, 가기 싫어."

"석아!"

동일의 굵은 목소리에 석은 입술을 깨물며 비실거렸다.

"씨이…… 안 간다는데두."

대합실로 들어간 동일은 아이와 석이네를 긴 의자에 앉혔다. 동일이 표를 끊으러 가자, 석이네는 빈 자루처럼 앉아 있었다. 어깨에 멘 가방을 추스르며 석이가 엄마의 손을 찾아 조그마한 손으로 움켜잡았다.

"엄마, 나 공부 잘할 거다. 글 배워서 편지도 쓸 거고. 훌륭한 사람 돼서 엄마하고 살 거야. 난 개새끼가 아니니까, 응, 엄마."

석이네 얼굴이 번쩍 들린다. 하얗게 질린 얼굴이 석이를 마주본다.

"석아, 이 자식아."

마디마디 끊어지는 소리로 부르짖으며 아이를 쓸어안았던 석이네는 벌떡 일어났다. 그녀의 눈에는 퍼렇게 불이 흐르는 듯했다. 코를 훌쩍이며 그녀는 앞가슴에 끼워넣은 지갑을 빼내들었다.

"석아, 앉아 있거라. 엄마가 뭘 좀 사가지고 올 테니."

"응, 엄마."

석이네는 허둥지둥 대합실을 나왔다.

그녀의 눈에는 아무것도 보이는 것이 없었다. 휘둘러보던 눈길이 겨우 길가에 함지를 벌여놓고 앉은 계란장수 아낙네에게 가서 멎는다. 석이네는 그 앞에 가 선다.

"그 계란 좀 줘요."

"하나에 삼십오 원이에요."

"찐 거지요?"

"예에. 몇 개나 드릴까요?"

"되는대로 넣어줘요."

종이봉투를 집어 삶은달걀을 넣으며 장사치는 석이네 얼굴을 쳐다보았다.

"됐어요. 그만 넣고, 얼마지요?"

"보자 일곱 개니까······."

"여기 있어요. 잔돈은 조금 있다가 받아갈게요······."

지갑을 뒤져 오백 원짜리 하나를 집어드는 석이네 손이 후들후들 떨렸다. 돈을 달걀 위에 던져놓고 석이네는 대합실로 돌아왔다. 석이의 가방을 열어 봉지를 집어넣으며 석이네는 중얼거렸다.

"차 타고 가다가 먹어라. 아버지랑."

"응."

차에서 먹으라고 이미 과일이며 사탕을 사넣었던 가방은 빈틈이 없어서 달걀이 잘 들어가지가 않았다. 달걀을 밀어넣던 석이네가 휙 돌아섰다.

"소금, 안 가져왔네."

그녀는 치마를 펄럭이며 뛰어나가 달걀장수에게로 달려갔다.

"소, 소금 어딨어요?"

눈이 먼저 달걀더미 옆에 있는 소금봉지에 갔다. 성큼 몇 개를 집어드는 그녀에게 아낙네가 잔돈을 거슬러주었다. 동전을 떨어뜨리면서 그것을 받아든 석이네는 뒤돌아서서 석이에게로 왔다. 동일이 차표를 끊어가지고 와 멍청하게 서 있었다.

"이거 소금이다. 찍어먹어라."

아이의 가방에 소금을 넣어주고 난 석이네가 고개를 들었을 때, 동일의 눈이 내려와 그녀의 얼굴에 멎었다. 천천히, 천천히 동일은 석이네 손을 잡았다.

"그럼 들어가. 차 탈게."

석이네는 그 말을 듣고 있지 않았다. 아이를 한번 내려다보더니 치맛자락을 펄럭이며 다시 대합실을 뛰어나갔다. 차에는 반 넘어 손님들이 앉아 있었다. 동일은 석이의 손을 잡고 버스 앞으로 나아갔다. 황망히 뛰어오는 석이네 손에는 콜라 한 병이 들려 있었다.

"계란 먹다 목메거든 먹어라."

석이의 손에 콜라를 들려주었을 때, 비로소 석이네는 눈을 뜬 것 같았다. 대합실 앞 고속버스는 시동을 걸고 부르릉거리고 있었다. 안내양은 어서 차에 오르기를 재촉했다. 부들부들 떨리는 석이네 손이 아이의 두 볼을 감쌌다.

"석아…… 가거라. 가거라. 석아."

동일이 석을 들어올려 차에 태우고 돌아섰다.

"가는 대로 펴, 편지 보내마."

몸은 그대로 있고 고개만 흔들거리는 목각인형처럼 석이네는 고개를 끄덕였다. 석이의 얼굴이 차창에 나타나고 그 옆에 동일이 앉는 모습을 보면서도 석이네는 그렇게 고개를 젓고 있었다. 차마 못 보겠는지 동일은 내내 얼굴을 옆으로 돌리고 있었다.

아이가 비로소 비실비실 울기 시작했다. 차는 천천히 터미널을 미끄러져나갔다. 석이네는 차를 따라 걷는다. 아무 소리도 들리지 않으면서, 석이 창에 얼굴을 부벼서 코며 입술이 일그러지는 모습을 남긴 채, 버스는 큰길로 나섰고 잠시 신호등에 걸려 멈춰섰다가 로터리를 돌았다. 그리고 아무것도 보이지 않게 되었다.

공연시간이 되어 천막으로 들어온 석이네를 본 명수는 고개를 비키며 말했다.

"오늘 야네기다리는 빼기로 했으니까 들어가 쉬십쇼. 그 몸 해가지고 뭐가 되겠소."

"사고내지 않아요."

"사고가 문젭니까."

석이네는 묵묵히 옷을 갈아입었다. 무대로 나가는 그녀를 잡고 명수는 괜찮겠소? 하고 다시 물었다.

"일해야 밥 먹지요."

분장실을 나가는 석이네 뒷모습을 바라보며 명수는 육 년 전 아이를 가진 몸으로 돌아왔던 그녀를 문득 떠올렸다. 새끼를 품고 마루 밑에 웅크린 어미개처럼 눈에는 불이 흐르더니, 꼭 그때 같군. 명수는 고개를 설레설레 흔들었다. 석이를 보내던 날은 운명을 씹듯이 이빨을 깨물며 무대에 섰지만 다음 날 석이네는 몸져누웠다. 이틀을 앓고 일어났을 때 어지러운 머리를 기대고 바라보는 천막 위에도 거리에도 햇살은 눈이 아프게 퍼붓고 있었다.

하명이 짐을 싸는 태기의 아내에게 말했다.

"아주머니, 굉장히 섭섭합니다."

"누가 아니래요. 같이 갔음 얼마나 좋아요."

옷가지를 넣은 나무궤짝을 무릎으로 질끈 누르며 태기가 말했다.

"하명인 일월에 뼈묻겠다는 사람이야. 말해 봤자 입만 아프지."

"그만해 둬라. 네 맘 모르는 나도 아니니까."

짐을 꾸리는 태기의 옆에 서서 하명은 담배를 뽑아 물었다. 태기가 새서울 집으로 옮겨가는 것이다. 떠나기로 한 지는 일주일이 넘었지만 그동안 자기 자리를 대신할 곡예사가 구해지기를 기다리며 하루하루를 보냈었다. 오늘 하명의 새 짝이 될 종남이가 도착했으므로 그는 밤차로 떠날 생각이었다. 혼자 하는 연기와는 달리 공중그네는 서로 손이 맞는 짝을 필요로 했다. 그래서 그 짝들은 단체를 옮겨도 함께 붙어다니기 마련이었다. 더욱이 옮겨가는 단체인 새서울의 단장은 태기가 하명과 함께 오는 것으로 알고 있었기 때문에 태기로서는 따라나서지 않는 하명을 도대체 알 수가 없다는 얼굴이었다.

"솔직히 말해봐. 너 왜 여기서 안 갈려고 그러니? 일당을 더 주겠다는데도 여기 붙어 있는 이유가 뭐야?"

"오야지 생각해서 그러는 거 아니냐."

"준표 씨?"

"그래. 누가 뭐라든 그 양반한테 내가 신세진 건 사실이다. 나한테 곡예도 배우게 해줬고. 그런데 어디서 돈 조금 더 준다고 나갈 수는 없지 않니. 병까지 들어 누워 있는 마당에 말야."

"네 맘 그런 거 아무도 안 알아준다."

"알아달라는 것도 아니고, 그저 그렇다는 얘기지."

"그래 어디 잘해 봐라. 난 지금 오야지 꼴을 보면 하루도 있기 싫으니까."

"그나저나 너 빚안고 들어가서 어쩔려고 그러니?"

묶어놓은 궤짝 위에 올라앉으며 태기도 담배를 꺼내 물었다.

"야, 내가 새서울에 새끼놀이하러 갔었는 줄 아니? 그게 아냐. 그냥 들렀던 건데 그 집 쪼가리가 선불 오만 원 주겠다드라. 기왕에 가정도 꾸렸는데 일당도 후하게 줄 테니 와 있으라는데 뭐가 안타까워서 내가 여기 처박혀 있겠어."

"하여튼 가서 잘해라. 언제든 같이 일할 때가 오겠지 뭐."

"필요없다. 나도 이젠 너 같은 놈하고는 일 안 해. 손맞춘 사이에 혼자 단체 뜨는 건 너하고 나밖에 없을 거다. 의리없는 놈."

"그래…… 죽일 놈은 나니까 할 말 없다. 저녁에 같이 술이나 한잔하고 낼 아침 가라. 어느 집에 불났냐. 밤차를 타게."

"그만둘란다. 갈 놈은 그저 빨리 가야지. 열흘 묵던 나그네 하루가 급한 법이다."

태기가 떠난 후, 후견들 셋이 다른 단원들의 옷을 훔쳐입고 새벽에 달아난 사건이 있고 나서, 봉환이가 또 단체를 떠났다. 임씨와 함께 기계체조를 하던 봉환이는 고향에 수출용 옷감을 짜는 직조공장이 새로 들어서는데 거기 취직이 되었다면서 집에서 온 편지를 만나는 단원마다에게 펼쳐보였다. 낡은 옷보따리를 한가방 챙기고 이불은 후견들 아무나 덮으라고 밀어주면서 그는 가슴을 주욱 폈다.

"그동안 개고생했네. 사회에 나가서나 정신 좀 차려야지."

"이 사람아, 말을 그렇게 허먼 쓴당가. 침 뱉으고 돌아섰던 우물물 또 먹을 날이 있는 법이여."

"임씨 아저씨 신세는 많이 졌습니다."

"신세랄 게 뭐 있는가. 하여간 공장에 취직이 된다니 잘됐네. 인제 월급쟁이구먼그래."

봉환이의 등을 두드리는 임씨는 가슴에 유리조각이라도 끼인 듯했다. 그가 떠난다는 사실 때문만은 아니었다. 임씨까지 셋에다 어린 지영이가 낀 덤블링 곡예였는데 그 네 명 중 하나가 온다간다 말도 없이 겨울에 떠났고, 이제 봉환이마저 떠남으로써 임씨는 덤블링을 할 수 없게 되었다. 자전거타기와 덤블링 두 가지를 했었는데 하나가 없어지게 되니 일당이 돈 천 원은 줄어들 것을 생각하면 임씨는 한숨이 절로 나왔다. 단장이 덤블링을 없애버리기로 했기 때문이다. 봄이 되면 일당을 좀 올려달라고 할 작정이었는데 오히려 깎이는 꼴이 되었으니, 가진 돈 곶감꼬치 빼먹듯 겨우내 솔솔 다 빼먹고 나서 이게 무슨 꼴인지, 오종종한 임씨 얼굴은 더욱 암상이 될 수밖에 없었다.

떠나는 단원들이 있는 만큼 새로 오는 단원들도 있었다. 광표가 손수 돌아다니며 다른 단체에서 빼내온 단원들이었다. 그들은 한결같이 결혼을 해서 자식들을 데리고 천막 안에서 생활을 하는 사람들이었다. 그들은 술을 마시기보다는 몸을 생각해서 고기를 먹었고, 화투도 구경만 할 뿐 대체로 장기를 두었다. 이제 달리 살아갈 방법이 없음을 알고 서커스에 몸담아 살아가기를 작정했거나, 떠나는 날까지 먹을 거 먹지 않고 입을 거 입지 않으며 돈을 모으리라 결심한 사람들이었다. 광표의 계산은 정확했다. 말썽부리지 않고 시키는 일이나 하고 있을 단원을 그는 필요로 했던 것이다. 오토바이를 타는 춘기, 접시돌리기의 천식이, 대(竹)곡예의 길백이…… 그리고 후견들까지 새로 온 그들은 광표에게 깍듯했다.

옛 남사당패의 여섯 마당에서는 버나라고 불렀던 접시돌리기는 서커스에서는 마술사들이 많이 다루어온 묘기였다. 그러나 천식이는 접시만을 돌리지 않았다. 골프채 위에 당구공을 올려놓고 돌렸으며, 정구라켓 위에 탁구공을 놓고 그 위에 골프채를 얹고 돌렸다. 춘기는 쇠줄 위에서 오토바이를 달렸다. 자전거보다는 한결 기계화된 장비여서 와르릉거리는 폭음을 천막 안에 뿜어대며 줄 위를 달릴 때면 임씨의 외발자전거는 더욱 초라한 꼴을 면하기 어려웠다.

꽃시샘을 하는 봄비가 부슬거리는 천막 밖에 나와 칠룡은 우산을 쓰고 서 있었다. 매표소 앞에서 여자들 둘이 휘장 드높이 걸려 있는 그림을 쳐다보며 킥킥 웃었다. 칠룡이 꽥 소리를 질렀다.

"들어오세요! 비 안 샙니다. 완전방수예요."

여자들은 우산 속에 파묻힌 칠룡을 보자 못 볼 것이라도 보았다는 듯 비실비실 내빼버렸다. 그 뒷모습을 바라보며 칠룡이 씨부렸다.

"젠장헐. 처녀가 궁뎅판은 축 처져 가지고…… 더럽게 퍼졌네. 썅."

"뭘 혼자 구시렁거리고 섰냐?"

하명이었다. 칠룡은 씨익 웃었다.

"저녁에 나 좀 보자."

"왜? 할 얘기 있니?"

"할 얘기는 뭐. 비오니 술이나 먹자는 거지."

"우리 동생 철나는구나."

저녁공연을 끝내고 시장 안 순댓집에 앉아서 하명은 술을 마셨다. 칠룡을 따라온 종길이 하명의 잔에 술을 따르며 물었다.

"아까 천식이하고는 왜 그랬어?"

"윤재 아저씨 때문에……."

겨울을 지내며 용마루가 주저앉은 집처럼 상해버린 윤재는 쉬는 시간이면 천막 밖에 나와 앉아 해바라기를 했다. 그는 차츰 허수아비 같아지고 있었다. 그는 더욱 말이 없어졌다. 천막 밖에 의자를 내다놓고 시간 가는 줄 모르고 먼 곳을 바라보며 앉아 있는 윤재를 단원들은 자주 보게 되었다.

저녁에 있었던 일이었다. 비가 뿌리는 날씨 탓이었는지, 자기 순서를 마친 윤재는 기침을 하며 하명을 찾아왔다.

"나 들어갈란다. 내 일당도 네가 좀 타가지고 오거라."

부탁하고 돌아가는 것을 본 천식이가 한심하다는 듯 중얼거렸다.

"흙냄새가 나는구만. 어쩌다가 저런 사람이 아직도 붙어 있는지 모르겠어. 이 집도 참 웃기는 집이라."

"흙냄새가 난다니요? 말씀이 좀 지나치신 것 같습니다."

"지나치긴 내가 못할 말 했나?"

"못할 말이지 않고!"

야, 이놈 좀 봐라. 새파랗게 젊은 놈이 반말 비스름허게 나와……? 천식이 쳐다보는데 다가오는 하명의 눈길도 만만치는 않았다.

"와? 니 아버지라도 되냐?"

"물론이죠. 아버지보다도 더한 분이지요."

"그래애? 난 몰랐구나 허허. 미안한데그래."

아무 대답도 없이 돌아서가는 하명의 등을 바라보는 천식이는 몹시 못마땅한 눈치였다. 하명에게서 이야기를 들은 칠룡은 껄껄 웃었다. 그리고 술잔을 드는 하명의 손등을 툭툭 쳤다.

"종기도 커야 고름이 많다는데, 너는 덩치는 그만해가지고 어째 생각하는 게 그렇게 멸치 뛰듯 하냐."

"너야 부처님 발가락 같은 놈이지만, 난 그 소리를 듣고 못 참겠드라."

"하명아! 천식인가 그 인간 하는 꼴을 못 봐서 그래? 아침이면 꼭 두새벽에 나와서 객석에 떨어진 돈 줍는 위인이다. 고깝게 생각할 거 하나 없다."

천식이는 아침이면 제일 먼저 일어나 빈 객석을 뒤졌다. 어젯밤 구경꾼들이 떨어뜨리고 간 동전을 줍기 위해서였다. 이것도 수월찮어. 허허, 오늘은 삼백이십 원이나 되는데그래. 돈을 주워들고 씨부리는 모습을 보며 제일 이를 가는 사람은 칠룡이었다. 그는 하명에게 소곤거렸다. 저 아새끼, 내 사타구니에 돈 있는 줄 알았다간 큰일나겠다. 야밤에 칼 들고 들어와 내 붕알까지 짤라갈까 겁난다.

"객석에 떨어진 동전이야 덕보는 안 줍나?"

종길의 말에 칠룡은 때만났다는 듯 그를 건너다보았다.

"줍지. 덕보야 동전 주운 다음에 들어가 다시 한잠 자고서 아침 먹는 놈이지. 돈이야 귀한 거니까. 그렇지만 덕보는 그 돈 가지고 고야꾸들 껌 사주고, 과자 사줬어. 그런데 천식이는 어떤 줄 아냐? 동전 주운 걸로 아침이면 박카스 사먹고 기운내는 놈이다."

시무룩했던 하명이 어이가 없는지 웃었다. 자기도 그런 모습을 몇 번 보았기 때문이다. 술이 몇 순배 돌았을 때 칠룡이 물었다.

"하명아, 무슨 말인지 툭 털어놓고 해라. 오늘 할 말이 뭐냐?"

"그러지. 나만 알고 있을 일이 아니니까."

두 사람이 탁자 위로 몸을 숙였다. 하명이 목소리를 낮추어 꺼낸 말은 단장 광표가 일당을 깎아먹는 것 같다는 것이었다.

"설마하니. 그 그럴 리가."

성격이 소심한 종길이는 말까지 더듬었다. 칠룡은 큰 머리를 끄덕였다.

"그럴 만도 하다. 음 그래…… 그랬을 것도 같애."

"같은 게 아니야. 이건 확실해. 내 그동안 이상하다 싶어서 유심히 봤거든. 그날은 분명히 칠만 원이 넘었어. 그런데 반일당이 나왔다는 얘기야."

혼자만 알고 참아왔던 울분이 막상 말을 하고 나니 터지는지 하명은 술잔을 들어 거푸 마셨다.

"지난겨울엔 얼마나 개고생을 했냐. 쌈박질을 다 안 했나…… 그래도 이제 봄이 와서 일당이나 제대로 타나 싶었는데 이 꼴이 뭐냐. 큰일은 큰일이다."

종길은 두 사람의 눈치를 보며 술을 홀짝거렸다.

"별수 없어. 나가버려야지. 나가면 되는 거지 뭐. 똥이 무서워 피하나."

"글쎄다. 선불리 떠들어댈 일이 아니고…… 잘못했다간 되잡힌단 말야, 단장이 보통 쇠가죽이 아니거든. 허술하게 떠들었다가, 어떻게 증명할 테냐 하고 나서면 이쪽에서 오히려 할 말이 없어진다구."

"우리야 액수가 있으니까 반일당 받는다고 굶지는 않는다고 쳐. 그렇지만 후견들은 어떡해? 하루 오백 원도 못 받아서 그걸로 점심 먹고 나면 이발하고 신발 사 신을 돈도 안 된단 말야. 하다못해 하루 돈 백 원이라도 모아야 이동할 때 밥을 먹지."

이동하느라 공연이 없는 날은 급료가 나오지 않았다. 귀를 모으고 듣던 종길이는 이것저것 길게 생각할 게 없었다. 그의 마음은 벌써 단체에서 싹 달아나 있었다. 하명을 잡고 늘어졌다.

"여러 말 할 것 없이 그냥 나가지. 응, 그게 어때?"
"나갈 수밖에 없는 처지라면 나가야지."
"그래. 그리고…… 다른 단체로 옮길 때는 나도 같이 가. 꼭이야."
"허허허허."

칠룡이 흐드러지게 웃었다.

"종길아, 걱정 마라. 나가게 되면 넌 내가 데리고 가마."

종길이는 재주를 하지 않는 후견이었다. 혼자서 어디 다른 단체엘 찾아간대야 지금보다도 못한 대우를 받기가 십상인 것이다. 여기서는 그래도 동물관리라고 하니까 일당이 후견 중에서는 높은 편이었다. 그는 칠룡을 보고 중얼거렸다.

"너야 뜨면 혼자 몸인데…… 그렇지만 하명이야 옮겼다 하면 여럿이 같이 갈 거 아니니. 광호랑 응칠이랑들 말이야. 그럼 내가 좀 낫지 않겠어."

"단체를 뜨는 거야 나중 문제고, 일단은 그런 짓을 못하게 해놓고 봐야지."

"그런데 하명아, 문제는 총무가 어떻게 나오느냐 그게 제일 큰 문제다. 네 생각은 어떠냐?"

"얘길 해보면 알겠지. 종길이 너 그런 소리 입 밖에 내면 안 된다."

"이런 제기랄. 내가 한두 살 먹은 애냐!"

저녁공연의 마지막 순서인 공중비행을 남겨놓고 진숙이의 줄타기가 끝나자 잠시 객석은 수런거렸다. 어두컴컴했던 객석에 불이 들어왔다. 나이가 아직 어려서 지혜보다는 서툴렀지만, 몇 년만 지나면 꽤 쓸만한 아이가 되겠다는 생각을 하며 명수는 분장실로 들어가는 진숙이를 바라보았다. 곧은 줄만 탔지 아직은 경사진 줄을 타지 못하는 진숙이는 천식이의 조카였다.

담배를 피우는 사람, 객석에서 일어나 기지개를 켜는 사람, 화장실을 찾아가는 아낙네들이 잠을 깨고 난 누에들처럼 움직이는 것을 내려다보며 무대로 나온 사회자 주환이는 마이크를 잡고 훅훅 불어보았다. 소리가 나가질 않자, 그는 장비실 옆에 서 있는 종길이에게 손짓을 했다.

"어이, 마이크 좀 봐, 벙어리야."

주환이는 계속 마이크를 훅훅 불어보면서 그물을 치느라 부산한 후견들을 바라보고 서 있었다. 종길이가 한참 앰프에 손을 보고 나서야 소리가 나오기 시작했다.

"지금까지 여러분께서는 본단이 자랑하는 천재소녀 이진숙양의 묘기를 감상하셨습니다. 계속해서 금일 공연의 마지막 순서인 대공중비행을 보내드리겠습니다."

안내방송을 하다가 내려다보니 후견들이 그물을 치느라 어수선

한 마루무대에 객석에서 기어나온 두서너 살짜리 아이들이 돌아다니고 있었다. 주환이는 목소리를 높였다.

"아니 저저 누구 앱니까? 주인 없어요? 에이그 거 누군지 꽤 쓸 만한 물건을 버렸어. 보호자 되시는 분은 빨리 나오셔서 아이를 데리고 들어가시기 바랍니다. 에또, 사실 저희들이 그렇습니다. 아이들이 저렇게 나와다니다가 다치게 되면 부모님들이 하기 좋은 말로 써꺼스 구경갔다가 다쳤다고 합니다. 아니 써꺼스가 무슨 사고나 내서 애들 다치게나 하는 뎁니까. 과자 사준 아저씨 알고 보니 간첩! 꺼진 불도 다시 보자 자나 깨나 불조심! 자, 그러면 다음 순서, 본단이 자랑하는 대공중비행, 금일 공연의 마지막 프로를 보내드리기에 앞서 한마디 안내의 말씀을 드리겠습니다. 중앙로 로타리에 자리잡고 있는 약속다방은 문화인의 휴식처입니다. 약속다방은 여러분의 약속장소로서 손색없는 시설을 갖추고 아름다운 음악으로 여러분을 모시고 있사오니 많이많이 이용해 주십시오. 약속은 약속다방."

그물을 치는 후견들을 바라보던 덕보가 명수에게 물었다.

"저건 또 뭡니까?"

"선전이지 뭐긴 뭐야."

"다방에서 돈 받고 해주는 겁니까?"

"한 삼천 원 받았나 보더라, 오야지가."

"젠장헐. 거 마담 궁뎅이나 몇 번 만져보구서 꽁거로 해주는 거 아닙니까?"

덕보의 말에는 대답이 없이 명수는 그물을 치다 말고 킬킬거리며 장난을 하고 있는 후견들에게 다가갔다.

"야야, 거기 빨리빨리 못하고 뭐하고 있어."

후견들이 움찔해서 하던 일을 계속하는 사이 천막 안으로 들어온 칠룡이 두리번거리며 명수를 찾았다. 담배에 불을 붙이려고 불이 잘 나지 않는 라이터를 켜대고 있는 명수를 본 칠룡은 그에게 성냥을 내밀어주면서 말했다.

"총무님, 단장이 찾는데요."

"왜?"

"모르겠어요. 스찌바에 있는데, 좀 오라 그럽니다. 가보세요."

"그래, 알았다."

이미 매표는 끝난 지 오래였다. 분장실에서는 하명이 옷을 갈아입고 있었다. 분장실을 통해 천막을 나온 명수는 뒤쪽의 스찌바로 걸어갔다. 주환이의 목소리가 등 뒤에서 들려왔다.

"금일 야간공연에도 본 일월곡예단을 사랑하시는 마음으로 이처럼 만장의 성황을 이루어주셔서 대단히 감사합니다. 돌아가신 뒤에 널리널리 선전하시와 내일도 변함없이 본단을 찾아주셨으면 대단히 감사하겠습니다. 그러면 곧 이어서 여러분의 입장료 이백 원의 본전은 물론 이자까지 확 뽑아드릴 대공중비행의 아스으을 아슬한 묘기를 감상하시겠습니다."

스찌바로 들어서니, 백열등 아래서 천안댁에게 쌀 살 돈을 내주고 있던 광표가 명수를 보고 몸을 일으켰다.

"절 찾으셨습니까?"

"어 다른 게 아니고 자네 끝나고 나서 나 좀 보세나."

"그러시죠. 무슨 일이십니까?"

"별일은 아니고…… 뭣이냐, 자네하고 술이나 한잔할려고. 저 앞에 있는 중국집에서 기다리고 있을 테니까 일 끝나는 대로 오라고."

"알겠습니다. 그러죠."

돌아서는 명수에게 광표가 물었다.

"지금 힛구하는 중인가?"

"네."

"얼마 안 남았구만. 가 일보게나."

천막 안에서 흘러나온 불빛이 어른거리는 밖으로 나왔을 때 명수는 하늘을 쳐다보면서 크게 한번 숨을 들이마셨다. 무언가 각오를 해놓아야겠다는 생각이 언뜻언뜻 머리를 스쳐갔다. 광표가 술자리를 마련하는 이상 무슨 저의가 있으리라는 생각에서였다. 무슨 일인가. 장내에 의자를 준비했다가 가마니 위에 앉기 싫은 손님들에게 빌려주며 돈을 받자는 그 얘긴가.

의자를 빌려주는 일은 이미 몇 단체에서 하고 있었다. 먼저 온 손님들이 가마니에 들어차거나, 흙바닥이나 다를 것 없는 그 위에 앉기 싫어서 서서 보는 손님들에게 조그만 쇠의자를 준비했다가 빌려주며 이삼십 원의 사용료를 받는 것이었다. 그 수입이 하루에 사오천 원이 될 때도 있다는 이야기를 듣고 온 단장이 얼마 전 그걸 우리도 해보는 게 어떠냐고 말했었다.

"사람이 어디 법 가지고 사는가. 다른 단체에도 하는 데가 있겠다, 아, 유원지에 놀러가면 땅바닥에 돗자리 깔아놓고는 돈을 받지 않던가 말야. 강제로 앉으라는 것도 아니겠고 가마니에 앉기 싫으면 돈 내고 빌려서 앉으라는데, 내 생각엔 그도 괜찮겠어, 안 그런가."

글쎄요, 좀 두고 보죠 했었는데 그 일 때문인가. 술을 사겠다는 걸 보면 그 일은 아닌 게 분명했다. 천막을 돌아 매표소 쪽으로 걸어나오는 명수는 착잡했다. 그렇지 않아도 며칠 안에 단장을 조용히 불러서 이야기를 하려고 했었는데, 선수를 빼앗기는 기분이었다.

이미 오래전이었다. 단체가 서울 쪽으로 올라오기 전부터 명수는 광표의 비위를 알고 있었다. 그러나 그때는 워낙 손님이 없으니까 그러려니 참았었다. 도둑질도 늘어나는 법, 그 후 한두 번 일을 저질러도 별 탈이 없자 광표는 더욱 대담하게 나왔다. 매표액이 구만 원을 넘던 날 반일당을 지급하자 명수는 광표에게 알아듣게 귀띔을 했었다.

"단원들도 눈이 있습니다."

"뭐가? 무슨 소리야?"

"꼬리 길어서 좋은 일 없습니다. 정도껏 하십시오."

한마디 하고 노려보았을 때 광표의 얼굴이 시뻘겋게 달아올랐다. 그런 다음 날부터 명수는 입구에서 받는 표를 철저히 세어나갔다. 하명을 통해서 단원들의 술렁거림을 알고 있던 명수로서는 일이 섣불리 터져버리기 전에 어떻게든 광표를 만나 손을 써야겠다고 생각해 왔었다. 자기로서도 광표의 일을 이 이상 더 보고만 있을 수 없었기 때문이다.

담배를 거푸 피워대면서 명수는 공연이 끝나기를 기다리며 천막 안팎을 서성거렸다. 단장이 만나자고 하는 이유가 어떤 것이든 오늘 자신이 먼저 매표액을 깎아먹는 데 대해서 말을 꺼내리라. 언제 부딪쳐도 한번은 짚고 넘어가야 할 일이라는 쪽으로 마음이 기울자 명수는 오늘을 그날로 잡았다. 그렇게 생각을 다잡으며 명수는 몇 번 손가락을 가만히 오그려 힘있게 주먹을 쥐었다.

공연이 끝난 뒤 명수와 중국집에 을씨년스레 마주앉아 광표는 수선스럽게 음식을 시켰다. 배갈을 한 잔씩 마시고 났을 때 광표는 주머니에서 봉투 하나를 꺼내었다. 그러곤 탁자 너머 명수에게 밀어놓았다.

"받게나."

"뭡니까 이거?"

봉투와 광표를 번갈아보는 명수의 미간이 좁아들어갔다.

"내 자네가 수고하는 걸 늘 고맙게스리 알고 있었지만 어디 사정이 되어야지. 마, 적지만 받아두게나. 오만 원일세."

"무슨 뜻으로 주시는 건지, 말씀은 고맙습니다만……."

"사람 참, 그냥 받아두라니까. 내가 주는 월급이래야 그게 몇 푼 된다고. 자네도 서울에 식솔이 있지 않나. 마, 이래저래 우리가 서로 도우며 살아야지 어쩌겠나."

명수는 천천히 주머니를 뒤져서 담배를 꺼냈다. 말하기가 오히려 쉽게 되었다는 생각을 하며 명수는 불이 잘 일어나지 않는 라이터를 몇 번 흔들어가면서 담배에 불을 붙였다. 한 모금 깊이 연기를 빨았다가 뱉어내며 그는 고개를 들었다. 두 사람의 눈길이 불튀듯 얽혀들었다. 너도 돈 싫다고는 못하겠지? 대가 곧아봤자 부러지기밖에 더하냐. 국으로 주는 떡이나 받아먹고 엎드려 있어. 광표는 작은 눈을 깜박거렸다. 아무 말도 없이 명수는 도꾸리를 기울여 배갈을 따라서 마셨다. 안주를 집어서 입으로 가지고 간 명수는 천천히 씹었다. 돈에 대해서는 이렇다 저렇다 한마디 말이 없었다. 다시 한 잔의 술을 따라 훅 들이켜고 난 명수는 광표를 건너다보았다.

"언제까지 하실 겁니까?"

"뭘 말인가? 여기 단장 노릇 말인가……. 그야 형님이 나아야지, 그때까지야 벨수 없이 붙들려 있겠는걸."

눙치고 감는 광표의 말을 자르며 명수가 나섰다.

"매표액 속이는 거 말입니다."

이놈이 이렇게 나와? 흔들리던 광표의 눈길이 명수 앞에 놓인 돈 봉투로 가 얼어붙었다.

"이제 단원들도 눈치를 챘습니다. 일이 크게 터지기 전에 손을 떼십시오. 막 살아온 떠돌이들 단체에 많습니다. 성질났다 하면 그애들 몸사리지 않습니다. 내 입에 들어가는 밥숟갈 빼앗아가는데 가만있을 사람 없습니다."

"자네 지금 공갈인가?"

광표의 목소리가 떨려나왔다. 명수는 그의 눈을 뚫어져라 바라보며 나지막하게 말을 이었다.

"매표액 속이는 거야 어찌어찌 하면 단원들 눈에 안 뜨일 수도 있다 합시다. 그러나 아게 일찍 하는 거, 그건 너무하지 않습니까?"

입구를 지키는 명수로서 알 수 있었던 일이었다. 마지막 회 공연은 여덟시에 시작된다. 그는 공연시간이 세 시간이므로 아홉시 조금 넘게까지 표를 팔았다. 이때가 쇼가 끝나고 곡예의 첫 순서인 지상곡예가 시작될 때였다. 매표가 중단되면 그다음에 들어오는 손님에게는 오십 원을 내린 백오십 원을 돈으로 그냥 받았다. 단원들 급료의 기준이 되는 매표액은 표를 판 액수에서 계산될 뿐 매표 중단 후에 들어오는 고부리라 부르는 이 돈은 일당지급과는 무관한 돈이었다. 광표는 이 점을 이용했다. 여덟시 조금 넘어서 매표액이 육만 오천 원 정도 오를 경우 표를 팔지 않아버렸다. 그 후에 들어온 손님이 낸 돈을 합쳐 칠만 원이 훨씬 넘더라도, 단원들에게는 일당이 아닌 반일당을 지급해 버릴 수 있기 때문이다. 인천 공연에서는 이렇게 일찍 표팔기를 중단하고 받은 돈이 만 원이 넘은 날이 있었다.

"써커스 바닥, 이거 단원들 몸 가지고 장사해먹는 바닥입니다. 그 사람들이 바로 상품입니다. 투자는 못할망정 그 사람들을 벗겨 먹어야 되겠습니까?"

"총무! 너 지금 충고를 하는 거야, 아니면 협박이야?"

"좋으실 대로 들으십시오."

"오냐, 자네 말 한번 잘했구만. 나는 훔파서 그 많은 사람 밥해 먹이나? 겨울에 무슨 손님이 있었든가. 총무도 봤지?"

"예. 손님이 없었습니다. 해마다 그렇습니다. 그래서 재작년 같은 때는 백여만 원의 손해를 봤습니다. 그렇지만, 돈을 풀었습니다. 담뱃값 줘야 할 때 반일당도 주고 일당도 줬습니다. 단원이 상품입니다. 투자를 해야 뭔가 그들에게서도 나오지 않겠습니까. 그래야 연기 좋은 단원들이 붙어 있을려고 하고 어려운 일이 생기면 힘을 합쳐 밀고나갈 수도 있는 것입니다."

명수는 목을 축이듯 술을 따라 마셨다.

"사 년 전입니다. 그해 여름에 태풍을 만나 천막이 쓰러진 때가 있었습니다. 천막은 찢어지고 기둥들이 막 부러져나가고 장비손실만도 컸었죠. 그때 보름 동안 단원들이 자진해서 일당을 받지 않았습니다. 겨울에 뒤를 봐주었으니까 어려울 때 같이 힘을 합쳐야 한다고 나섰던 겁니다. 지금같이 단원들 다뤄선 천막 쓰러졌다 하면 반반한 단원들도 다 나가버립니다. 그리고…… 단원들한테 제발 이 잣돈 놓지 마십시오. 그 이자 몇 푼 됩니까? 돈 있으면 그냥 꾸어주세요. 단원들이 그 공을 모르지 않습니다. 열심히 일만 해주면 왔던 구경꾼이 돌아가서 그 써커스 잘하더라고 두 사람한테만 말을 해도 하루면 이잣돈이야 빠집니다. 왜 그걸 생각 못하십니까."

"허허. 이 사람, 생불나게 생겼구만."

"뭐라고 하든, 말 나온 김에 다 하겠습니다. 만약에 단원들 일당을 못 줄 형편이다, 아니 좀 깎아야 하겠다 하면 공개적으로 하라 이겁니다. 아시겠어요? 오늘 반일당밖에 못 주겠다, 말을 하란 말입니다. 나중에 단원들을 설득하는 건 내가 책임지겠습니다. 아니면 미리 저한테 얘기해 달라 이겁니다. 그러면 그만한 액수야 내가 단원들에게 갹출을 해도 하겠단 말입니다."

"허허허."

작은 눈이 감기도록 허풍스레 웃고 난 광표는 술잔을 들어올렸다.

"뭐 그렇게까지 수고할 거 있겠소. 자네만 나가면 되는 일인데."

"뭐요?"

술잔을 내려놓는 광표의 얼굴은 서슬 푸르게 변해 있었다. 웃음이 사라진 그의 우둘우둘한 얼굴은 살기에 넘쳤다. 이미 광표에게는 여유가 돌아와 있었다.

"내 하는 꼴을 못 보겠거든 자네가 나가면 되는 거 아닌가. 나 틀린 말 안 하네. 육만 오천 원이나 칠만 오천 원이나 도토리 키재기야. 육만 오천 원이 반일당짜리라면은 칠만 오천 원에도 반일당 나가는 거야. 무슨 소리! 그리고 자네 그 사설은 어디서 배워온 건지도 모르게 유식헌 냄새가 나네마는 그래 가지고 내 귓구멍 못 뚫네. 알겠나? 내 귓구멍 가죽은 아주 질겨. 으하하하."

입이 찢어지게 웃는 광표를 보며 명수는 벌떡 일어섰다. 그는 탁자 위의 돈을 집어들었다.

"이건 단원들한테 풀겠습니다. 단장께서 내놓은 거라구요."

"좋을대로. 그건 자네 돈이니까."

"먼저 갑니다."

밖으로 나가는 명수의 뒤통수를 광표는 흘낏 보았다. 명수가 돈을 집어들자 순간적으로 당황하던 그는 이내 빠져나갈 틈을 찾았다. 다시 한번 흐드러지게 웃으며 그는 탁자 앞으로 다가앉아 술을 따랐다. 일은 더 잘됐군그래. 단원들한테 돈을 푼다고……? 좋지. 조오쿠말구. 그러나 난 그 돈을 내달에 네 월급에서 제해 버릴걸. 그래도 네놈이 붙어 있겠냐? 술잔을 목구멍에 들이붓고 그는 안주를 탐스럽게 집어들었다. 천천히 먹고 가볼까. 이게 얼마짜린데.

천막으로 돌아오던 명수는 입구의 난간을 잡고 비틀거리고 있는 사람을 보았다. 무슨 일인가 싶어 다가가며 그는 큰 소리로 물었다.

"거, 누구야?"

비틀거리는 그림자는 대답이 없었다. 여자였다. 얼굴을 알아볼 수 없이 컴컴한 속에 서 있던 여자가 흐늘거리는 팔을 들어올리며 웃었다.

"아니, 이거 석이 엄마 아니오?"

"서어기 엄마? 나 석이 엄마지!"

석이네는 술이 취해 있었다. 우는지 웃는지 혼자 알아듣지도 못할 소리를 중얼대고 있었다. 어깨를 잡아 일으키자 석이네는 흐느적거리며 몸을 돌렸다.

"누구?"

혀가 꼬부라진 목소리다.

"나요 나. 사람도 몰라보겠소? 어디서 이렇게 엉망으로 술을 먹었어요."

"아항, 총무님이시구만. 아이고 우리 총무님 안녕하십니까."

석이네가 비틀거리며 허리를 굽혔다. 명수는 그녀의 겨드랑을 끼어 몸을 부축했다.

"가십시다."

"어딜 가아요?"

"가서 주무십시다. 자 어서요."

"니예. 총무님. 우리 총무님. 가야지요. 천막팔자 쓴 년은 천막으로 가야지요."

명수의 어깨에 팔을 걸고 그에게 매달리듯 흐느적거리며 걷던 석이네는 비실비실 울기 시작했다.

"석아, 서혁아. 우리 석이 어데 갔나."

숙소에 걸린 희미한 백열등 밑을 걸어들어가며 명수는 캄캄한 어둠이 확확 얼굴에 끼얹어지는 것 같았다. 다 부서지는구나. 석이 엄마까지 이 꼴이 되었으니. 이 바닥에 내가 너무 오래 있었다, 내가.

윤재 머리 위에 얹힌 헌팅캡을 보며 하명이 말했다.

"아저씨 그 모자 버리세요."

"어때서? 아직 말짱한데."

"말짱하긴요. 본전을 뽑아도 버얼써 뽑았겠수."

"허허. 그래. 허긴 준표 씨 이 모잘 보면 왜놈밀정 같단 소리 또 나오겠구나."

앞챙을 당겨서 모자를 고쳐쓰는 윤재에게 명수가 다가섰다.

"여비가 넉넉지 않으실 텐데 돈을 좀 드릴까요?"

"아닐세. 무슨 돈들 일 있나."

"그래도 하루는 묵으셔얄 텐데, 길 떠나시면서……."

주머니를 뒤지는 명수에게 윤재는 손을 내저었다.

"노자는 넉넉하니 그런 염련 놓게나. 하명이한테 얼말 취해서 풍족해. 자네는 어디 여유있는 사람이라고……."

"출장가시는 건데, 단체돈 좀 쓰시죠 뭘."

명수가 실없이 웃었다. 윤재도 따라웃는다.

"이 사람아, 내 평생에 공금 안 쓰고 산 사람일세."

단체가 인천으로 이동하는 사이 윤재는 대전의 준표에게 다녀오기로 했다.

대구공연을 끝내고 천안을 거쳐 서울로 올라온 일월곡예단은 마땅한 공연지를 얻어내지 못했다. 영등포 부근을 뒤진 끝에 겨우 오류동에 말뚝을 박았지만 열흘을 못 넘기고 천막을 헐었다. 외곽 도시인 성남으로 빠지던 날은 철아닌 진눈깨비까지 뿌려서 이차저차 엉망으로 술이 취한 단원들은 서로 싸움을 벌이기도 했다. 이십여 일을 성남에서 보내고 허가가 떨어진 인천으로 향하는 사이 윤재는 준표나 한번 찾아가 보기로 마음먹었다. 그때 윤재는 이런 마음쓰임도 다 절기 탓이라고 생각했었다. 나이들며 어디 한 곳 발붙이고 살아본 이력이 없는 윤재였지만, 봄가을이면 눈에 보이게 달라져가는 햇볕을 대하자면 자기도 모르게 심란해져서 밤이면 담배를 몇 대씩 태웠다. 계절이 바뀔 때마다 어쩐지 아랫도리가 추워오는 까닭을 윤재는 견디어내기가 힘들었다. 평생 동안 이 감정만은 그렇게도 길들여지지가 않았다.

오늘 아침, 목욕탕엘 다녀온 윤재는 시장에 들러 잠바도 하나 사고 이발소에도 다녀왔다. 멀리 남한산성 쪽에는 봄빛인지 푸른빛을 띤 안개가 자욱하게 서려 있다. 산허리에 걸쳤던 눈길을 내리며 윤재는 손바닥으로 턱을 쓸었다.

"재작년 왔을 때보다 집이 참 많이 늘었어."

"집이 늘었으니 인총도 불어났다는 얘긴데, 손님은 전보다 더 안 드니. 그땐 재미 좀 봤었잖아요."

하명의 말을 명수가 받았다.

"집이 늘어남 뭐해. 집집마다 솟아오른 게 테레비 안테난데, 손님 들겠냐."

길 건너편에서 울긋불긋한 등산복 차림의 남녀가 한 떼 차에서 내렸다. 기타를 둘러메고 트랜지스터라디오를 왕왕거리게 틀고 있었다. 하명과 명수의 눈길이 그들의 뒷모습을 따라갔다.

"좋은 세월이다."

중얼거린 윤재는 하명에게 얼굴을 돌렸다. 그들을 멀거니 바라보던 하명은 윤재와 눈이 마주치자 쓰게 입맛을 다셨다.

"얼굴이 왜 그렇누? 부럽냐?"

"우리하고는 종자가 다르니까요. 그렇게 생각해야 쪽이나 편하죠."

명수는 고개를 숙였다. 길가에 놓인 먼지를 잔뜩 뒤집어쓴 신문판매대가 눈에 들어왔다. 주간지들로 가득 메워진 신문판매대에선 여배우들이 화사하게 웃고 있었다. 뒷머리가 띵해지는 것이 갑자기 목덜미에 얹히고 있는 햇살이 무겁게 느껴졌다. 삼삼오오 떼 지어 떠나는 등산객들, 저들의 싱싱함에 비길 때 국산영화에서 일본 순사 앞잡이나 쓸 것 같은 낡은 헌팅캡을 쓰고 중풍을 맞아 드러누운 단장을 찾아가는 동료를 배웅하는 이 후줄근한 꼬락서니는 뭐란 말인가.

막연한 분노가 이빨 사이로 솟아올라왔다. 종자가 다른 게 아니다. 우리를 이렇게 밀어붙이고 있는 것은 다름 아닌 저것들, 죽순처럼 돋아나는 텔레비전 안테나며 등산객이며 하다못해 이런 주간지들까지야. 그들이 앞뒤가릴 것 없이 쳐들어와 우린 이 꼴이 돼버린 거지. 안방에 앉아 있어도 구경거리가 지천인 세상에서, 여름엔 찜쪄 죽고 겨울엔 얼어터지는 천막 안까지 찾아와 지린내 나는 가마니 위에 앉아 있겠다는 그 사람이 오히려 시러배아들이라구. 윤재의 뒷모습을 바라보자니 그가 바로 천막인생의 낡은 꼬락서니만 같았다.

하명이 윤재에게 다가섰다.

"차 옵니다, 아저씨."

"그럼 난 내려갔다가 바로 인천으로 갈 테니 거기서 만나세."

명수와 하명의 손을 잡고 나서 윤재는 차에 올랐다. 서울로 나와 고속버스를 타고 대전에 내렸을 땐 아직 설핏하게 해가 남아 있었다.

준표의 집을 찾아 윤재는 휘적휘적 걸어갔다. 발끝에서 그림자가 너울거린다.

또, 세월은 오는구나. 사람은 늙어갈 줄 밖에 모르는데. 바람잡아 떠돌며 좋은 시절도 있었건만…… 나도 많이 살았지. 아암. 그 험한 세월, 식민지 끝나서 살게 되나 보다 했더니 전쟁 터져 뿔뿔이 흩어지고, 세상은 변했는데 떠돌아다니는 이 신세만 그날이 그날이지. 고향땅 두만강에도 지금쯤이면 얼음이 풀릴 땐데. 무산(茂山)

쪽에서 뗏목 타고 내려오는 뗏부들 벗기려고 색시들깨나 모여들 때지. 하기야 은좌통 뒤 자라골목에는 언제나 술집이 바글바글 했으니까. 죽일놈들이지. 이 조그만 땅뙈기마저 반동강일 쳐놓고도 뭐 잘났다고 맨날 으르렁거리는 거야.'

준표의 병세는 많이 좋아져 있었다. 팔은 물건을 집을 수도 있었지만 아직 다리가 성치 않아서 누워 있던 준표는 일어나앉으며 그의 손을 잡았다. 볕을 쐬지 못한 얼굴은 많이 상해 있어서 광대뼈가 드러나고 눈밑이 거무스름했다.

"훌훌 날아다니던 몸이 이러고 있으니 죽느니만 못해. 그래, 요새 흥행은 어떻든가?"

"차차 나아집니다. 봄이니까요."

"지난겨울엔 말도 아니었나 보던데."

"그럼 침은 계속 맞으십니까?"

"아녀. 요샌 약만 먹었는데 그것도 지난달부턴 끊었어. 자꾸 움직여야 힘이 생긴다나. 말이 좋지, 장정도 아닌데 쉬 힘이 돌아오겠어. 제일 갑갑해서 죽겠어. 내가 집 떠나서만 살았으니 동네에 아는 사람이 있나 찾아오는 친구가 있나. 고향이 아니라 이건 객지야 객지."

며느리가 들여온 술상에는 봄나물이 놓여 있었다. 준표는 몸 때문에 술을 못해서 윤재 혼자 잔을 들었다.

"술이야 권하는 맛에 먹는데."

윤재의 잔이 비면 준표는 주전자를 잡으며 말했고, 그럴 때마다 윤재는 서둘러 그의 손에서 주전자를 빼앗듯이 받아들었다.

"혼자 누워지내자니 이 생각 저 생각 나이답지 않게 심란할 때도 있고, 한편 허무한 생각도 들고 그래. 자네나 나나 어쩌다 써커스판에 들어와 그 물 마시고 흥망성쇠를 보아온 사람들 아닌가. '고사꾸라' 곡마단이 부산에 처음 들어온 게 일천구백십년의 일이었으니 그게 바로 데라우찌란 자가 대한제국이란 국호를 조선으로 바꾸도록 강압한 해거든. 그때 조선땅에야 무슨 구경거리가 있었나. 개화풍물로 들어온 곡마단이 그래서 숱한 돈을 벌었던 거고, 나라 빼앗기고 세월 잘못 만나서 맘잡지 못하고 살던 사람들에겐 한동안 큰 구경거리였지."

서커스가 이 땅에 처음 말뚝을 박은 것은 1911년 5월 1일, 일본의 '고사꾸라' 곡예단이 부산에서 공연을 가지면서였다. 이때까지 흥행의 대종을 이루었던 사당패는 개화의 물결에 밀려 이미 그 자리를 잃어가고 있었다.

"이 내 손은 문고린가, 이놈도 잡고 저놈도 잡네. 이 내 입은 술잔인가, 이놈도 빨고 저놈도 빠네."

몰락해 가던 사당패의 자탄가(自嘆歌)가 보여주듯 이들은 몸을 팔면서 그 말년을 보냈다. 공연이 한창 무르익을 때 구경꾼이 입에 돈을 물고 서 있으면 여사당은 입술을 갖다대고 입으로 이 돈을 받았다. 해웃값으로 명맥을 유지하던 사당패와 달리 정재인패는 강도질을 해서 돈을 벌었다. 고려 말 노국대장공주가 시집올 때 데려온 재주꾼이었던 정재인패는 처음에는 탈을 쓰고 흥행을 했지만 몰락 과정에서는 마술이나 코미디를 주로 보여주었다. 구경꾼이 없으면 강도짓을 주로 했던 정재인패와 사당패가 모여서 재인놀이라는 흥행유형을 만들어낸 것은 그 후의 일이었다.

달리 이렇다 할 구경거리가 없던 시대라 만화경에서부터 요술이나 곡예 등 천박한 흥행업자가 판을 치게 된 것도 시대적 변모에 따른 흥행시장의 불모성에 그 뿌리를 박고 있었다. 1901년의 일본 영사관 습격사건도 청계천에서 공연을 하던 요술쟁이에게 조선돈을 훔쳐간다면서 한국 병정들이 난장판을 부린 것이 그 원인이었다.

그즈음 구경거리의 불모지에 뛰어들기 시작한 일본인들이 통감정치와 더불어 대규모의 흥행집단을 끌고 발을 들여놓게 되면서 선을 보인 서커스는 그 새로운 형태 면에서도 놀라운 반응을 일으켰던 것이다.

이렇게 발을 들여놓은 서커스는 십여 개의 단체가 한반도와 만주까지를 오르내리며 그 펄럭이는 천막을 올렸다.

"진짜 호경기야 만주사변을 지나면서가 아니겠습니까. 만주사변을 일으켜놓자 그쪽에서 구경꾼을 잃어버린 왜놈들이 조선땅을 찾아들었던 거죠. 그쪽에선 그맘때 벌써 영화가 판을 쳤다지만 우리네야 명절 때면 모를까 어디 큰 맘 먹지 않고는 우미관이나 조선극장 들어가기가 쉽지 않았으니까요."

준표의 눈이 가늘어진다. 서커스에서 몸담아 지나온 영욕의 시간들이 눈앞을 스쳐가고 있었다.

"그랬지. 아리다니 기노시다니 하는 곡마단이 서울에 올 때면 얼마나 화려했는가. 파고다공원 옆은 단골장소였지. 규모도 대단했고. 만주공연을 가면 또 어땠나. 남부여대해서 이불보따리에 바가지 하나 올려놓고 고국산천을 떠난 사람들이 공연 끝나면 찾아와 눈물을 흘리며 고향소식을 묻지 않던가. 자넨 그때 뒤쪽 포장을 칼로 그어서 개구멍을 만들어놓고 몰래 아이들이 들어오게 했었잖아."

"그랬습죠. 조선애들이 구경은 못하고 천막 밖에서 손가락이나 빨고 있는 게 싫더군요. 원 기억력도 좋군요. 난 다 잊어버렸는데……."

점차 서커스가 이 땅에 자리를 잡아가면서 중국에서 들어온 신술(神術)이나 마술 그리고 신파연극이 곁들여지게 되었다. 그러나 방대한 장비와 인원을 동원할 경우 그에 상응하는 관객을 불러들일 수 없다는 시장의 왜소함 때문에 규모가 차차 축소되면서 서구에서 볼 수 있는 대장관은 사라져갔고, 결국 단순한 장비를 이용한 줄타기, 공중그네, 애크러배트, 마술 등이 주종을 이뤘다. 해방을 맞이하면서 그 규모는 더욱 축소되었고, 그 내용도 시대의 흐름과 함께 변천을 거듭했다. 전쟁중에는 피난지에서 막을 올렸고, 단원들을 모아 종군공연도 떠났다. 국내 영화산업이 대중오락으로서의 역할을 하기에는 아직 미숙한 시절, 서커스는 전후의 폐허를 누비며 다시 한번 성황을 이뤘다. 그러나 소규모의 흥행은 새로운 곡예사의 양성이 불가능했다. 그나마 전쟁고아나 가출소년을 길러 연기를 가르치다 보니 곡예의 질은 점점 떨어져갔다. 영화산업의 성장은 서커스에 커다란 충격파를 던져주었다. 관객이 점차 줄어들고, 작은 마을에도 상설영화관이 들어서자 곡예단은 급기야 곡예를 줄이고 전반부에 무희들을 내세운 노래와 춤을 곁들이게 되었다. 그러나 이것은 일시적인 방편은 되었지만 서커스의 몰락을 자초하는 결과를 낳았다. 아마추어 수준을 넘지 못하는 노래와 춤은 극장무대를 알고 있는 관객에게는 야유의 대상이 되었고, 본격적인 곡예를 원하는 관객마저 등을 돌리게 만들었던 것이다.

그 후, 외국단체가 들어와 커다란 성공을 거두고 돌아간 충격파에 느끼는 바 있던 몇몇 단체가 서커스 중흥의 깃발을 들고 외국에서 동물들을 사들여 왔지만, 길들일 만한 조련사도 사육지식도 없던 실정이라 몇 년 사이에 몰사하고 말았다. 겨우 살아남은 코끼리, 낙타, 호랑이는 영양실조로 털이 빠지고 피부가 헐어서 낡은 천막과 흡사한 꼴이 되어갔다. 규모나 운영이 왜소화되면서 오히려 단체의 숫자는 늘어나 십여 개의 곡마단이 난립했다.

늙은 창부처럼 몰락해 버린 서커스천막을 싣고 고속도로를 달리고, 어디엘 가도 전깃불 밑에서 공연을 할 수 있게 세상은 변해 갔지만, 가설무대는 공연장소를 구하기마저 어려워져 변두리의 벽돌

공장 부근이나 김장시장이 열리는 시장 옆 공터에서 막을 올리며 천막무대는 늙은 창부처럼 몰락해 갔다. 화장을 해도 주름살을 가리기에는 너무 늙어버린 창부의 얼굴처럼, 세월은 곡마단의 얼굴을 밟고 지나갔던 것이다.

한지를 바른 창으로 넘어가는 저녁빛이 들어왔다. 방 안이 갑자기 밝아지는 듯싶더니 서서히 어둠이 깔려가기 시작했다. 혼자 마시는 술이어선지 윤재는 이내 취기가 돌아서 목 뒤가 벌겋게 달아올랐다.

"그나저나 곡마단에 쐐기를 박은 건 활동사진 아닙니까. 영화관이 생겼대야 그건 또 그렇다 치더라도, 광목으로 울타리치고 영사기 돌려대는 패들 때문에 그나마 시골에서까지 손님을 다 뺏겨버렸지 않아요. 우리네야 추럭으로 두세 개씩 싣고 날라야 하는데 그쪽은 영사기 하나에 광목 몇 필로 논두렁에다가도 울타릴 치니 따라잡을 수가 있었던가요, 어디."

"그래. 어떻게 생각해 보면 우리 쪽이 이렇게 된 건 불가항력이었는지도 모르지. 남의 탓을 하는 건 아니네만 말이야. 한땐 유랑극단하고도 맞붙었었지. 그쪽에는 그래도 이긴 셈이야. 그 영사기 들고 뛰는 패들한테야 우리가 당하긴 당했지. 그렇지만서두 버티긴 우리가 더 오래 버티지 않았나. 헌데, 저 테레비 있지. 그거한테야 당해낼 재간이 있어야지. 숨통을 막아도 아주 명치끝을 채인 거라구. 장소를 구해놓고 가서 둘러보다가도 테레비 안테나만 보면 다리에 힘이 빠진다니까."

"그래도…… 우리야 직접 몸으로 하는 거 아닙니까. 그까짓 테레비 기껏해야 사진이죠. 그림자지 별겁니까. 진짜배기로 따지자면 우리가 윗길이죠. 암요. 세상에 자꾸 진짜가 없어지니까…… 언젠가는 도리어 우리가 빛볼 날이 올지도 모릅니다."

"그럴까. 틀린 얘기는 아니네만, 자네는 그걸 믿나?"

준표는 윤재를 건너다보면서 고개를 저었다. 어둠이 방안 가득 들어와 있었다. 윤재가 일어나 불을 켰다. 껌벅거리며 불이 들어온 낡은 형광등에선 지르르르 하는 소리가 풀벌레 울음처럼 새어나왔다. 문밖에서 며느리의 음성이 들렸다.

"아버님, 저녁상 들여갈까요?"

"그래라."

잔에 남은 술을 혹 들이마신 윤재는 안주를 집을 생각도 없이 앉아 있었다. 준표가 낮은 목소리로 말했다.

"꽃피던 시절이 있었으면 뭔가 열매를 거둬야 하는 건데…… 이제 생각해 보면 여편네한테도 그렇고 자식들 보기도 민망하고 그래. 자네 앞에서 하기가 쑥스러운 얘기네만."

"한 목숨 사는 게 뭐 별다른 게 있습니까. 세 끼 밥 먹고 살았음 됐죠. 난 후회 같은 건 없습니다."

"후회가 문젠가 이 사람아. 살아서 해놓은 게 없으니 얘기지. 나도 이렇게 누워 있자니 생각이 많아. 아들녀석이 일전에 그런 소릴 하더군. 몸도 안 좋으신데 이참에 단첼 내놓는 게 어떻겠냐구."

"내놓다뇨?"

"누구 작자 있음 넘겨버리고 차라리 제가 요새 하는 일에나 좀 보태줬음 하는 눈치야."

"뭘 하는데요?"

"전기밥통 그런 거 파는 대리점인데 재미가 괜찮은가봐. 지금 제 친구랑 반반씩 투자를 해서 동업을 하고 있거든. 동업이라는 게 그렇지 않나. 장사가 안 되면 그게 다 동업자 탓인 것 같고, 잘돼서 돈을 벌면 또 이게 다 내 돈일 텐데 해서 배아프고. 자식놈 생각을 내가 모르질 않아. 평생 애비가 살을 섞은 단체라는 걸 저도 아니까 차마 걷어치우자고 팔을 걷고는 못 나오는 제 심정을 말일세. 이래 저래 심란허이. 내가 쉬 일어나질 못하면 아무래도 누구한테든 넘기긴 넘겨야 할까봐."

윤재는 맞은편 벽에 걸린 옷가지에 눈길을 보내고 앉아 있었다. 형광등에선 풀벌레 울음 같은 소리가 끊임없이 새어나왔다. 윤재는 갑자기 손이 허전해지는 기분을 감출 수가 없었다. 담배를 붙여 물었다. 윤재의 안색을 살피며 준표는 몸을 고쳐 앉았다.

"내가 괜한 소릴 했나 보군."

"아, 아닙니다. 남들은 그나마 벌이가 낫다고 약장수를 따라나설 때도 천막을 안 버린 나지만 왜 생각이야 없었겠습니까. 마술통 하날 못 버리는 나나…… 다 마찬가집죠. 정 때문만은 아닐 텐데. 내 친걸음, 끝을 보자는 그런 미련이 죄지요."

준표와 겸상으로 저녁을 먹고 윤재는 집을 나왔다.

자고 가야지 어딜 나가겠다는 거냐고 붙들었지만 뿌리치듯 윤재는 밖으로 나왔다. 보아하니 준표도 그렇게 넉넉한 살림은 아닌 듯했다. 그렇다고 혼자 잘 방이 없을 정도는 되어 보이지 않았지만 어쩐지 더 이상 준표를 대하고 앉았기에는 마음이 편하지가 않았다.

이제 역으로 나가 밤차를 탄다 해도 서울에서 자야 할 시간이었다. 혼자 여관으로 가자니, 평생을 무대밑이 아니면 여관방에서 보냈으면서도 을씨년스럽기만 했다. 내 집이다 생각할 때는 몰랐는데 길 떠나서 여관에서 자려니 선뜻 발길이 내키지 않는 마음속으로 준표의 앙상했던 얼굴이 언뜻언뜻 지나갔다. 무슨 인연이 있어서들 천막을 떠나지 못하고 이렇게 늙었던가 생각하니 갑자기 콧등이 써늘해졌다.

후회는 없습니다, 했던 자신의 말을 입속으로 뇌어보며 윤재는 발길닿는대로 밤길을 걸었다. 반주로 마신 술기운이 남아 있었지만 어디서든 한잔 더 해야 잠을 잘 것 같았다.

 번화가의 맥줏집 앞에 서서 환한 간판을 쳐다보았다. 술을 섞으면 안 좋을 텐데. 어디 밀주 같은 거 파는 데가 있음 좋으련만. 준표집에서 정종을 마셨던 윤재는 주머니에 손을 찌르며 발걸음을 옮겼다. 그때 그의 귀를 잡는 목소리가 있었다.

 "안녕히 가세요. 내일 제가 전활 드리겠어요."

 귀에 익은, 아주 가까운 음성이었다. 몸을 돌렸다. 맥줏집 입구에서 중년의 남자와 헤어지며 돌아서는 여자와 눈이 부딪쳤다. 아크릴조명 아래 환하게 드러나는 그 얼굴.

 "아니, 너…… 너 지혜 아니냐?"

 윤재가 성큼 다가섰다. 지혜의 커다랗게 뜬 눈이 얼어붙었다. 깡충한 미니스커트, 짧게 잘라서 말아올린 머리, 여윈 듯한 몸매…… 모습은 변해 있었지만 하관이 빠른 얼굴을 들고 서 있는 지혜에게서 윤재는 긴 머리를 스카프로 묶고 줄을 타던 그녀를 쉽게 떠올릴 수 있었다.

 "나다. 나야."

 "아저씨……."

 "그래. 이거 어떻게 된 일이냐. 예서 만나다니……."

 윤재가 성큼 다가서며 그녀의 손을 잡으려 했을 때였다. 안에서 화장기 짙은 여자가 나오며 말했다.

 "미스 신아, 뭐해. 멤바가 찾아."

 지혜를 쳐다본 그녀의 눈이 다시 윤재에게로 옮아왔다.

 "누구니?"

 "아무것도 아냐. 들어가봐."

 "알았어. 멤바 악사들이랑 같이 있어. 손님이 보잰대."

 종알종알 지껄인 여자는 꼼짝않고 서 있는 지혜를 흘끔 쳐다보며 안으로 들어가 버렸다. 윤재는 성큼 걸음을 옮겼다.

"술파는 집이면, 나도 한잔 마셔야겠다."

지혜가 윤재의 앞을 막았다.

"아저씨, 저 건너 다방에 가 계세요. 저 바로 나올게요, 네?"

붉은 조명등이 껌벅거리며 지혜의 얼굴을 핥고 지나갔다.

"저쪽에서 기다리지. 다방은 뭐……."

지혜가 안으로 들어간 뒤 윤재는 맞은편 길가에서 그녀가 나오기를 기다렸다. 코트를 걸친 지혜가 나온 것은 윤재가 담배 한 대를 다 피우고 난 뒤였다.

"아저씨, 오래 기다리셨죠? 미안해요."

조금 전과는 달리, 헤어진 게 어제인 듯이 밝은 목소리였다.

"죽지 않으니 보는구나."

돌아선 윤재는 말없이 앞서 걸었다. 제화점의 불빛이 환하게 발밑을 밝혔다가 사라져갔다. 양장점 앞을 지났다. 다방간판을 쳐다보고는 다시 걸었다. 책방, 보석상, 가방가게 앞을 지나갔다. 레코드점 앞을 지났다. 세월이 흐르면 당신을 잊을까 눈물이 마르면 당신이 잊혀질까 하는 노래가 차츰 커졌다가 사라져갔다. 번화가를 빠져나와 희미한 어둠 속으로 문 닫은 철공소들이 늘어선 곳에 왔을 때 윤재는 비로소 지혜를 만난 데 대한 후회가 일었다. 모른 척하고 그냥 지나쳤어야 했다는 생각을 하며 윤재는 걸음을 멈췄다. 감잣국 전문, 라면, 왕대포, 그런 글씨가 서투르게 씌어진 집이 눈에 띄었다. 뒤따르던 지혜도 걸음을 멈추었다. 그녀를 한번 돌아보고 윤재는 감잣국이라고 쓴 글씨를 밀고 들어갔다.

대여섯 개의 탁자가 놓인 허름한 술집이었다. 벽에 조기매운탕이니 동태찌개니 그런 안주가 씌어 있었다. 동태찌개와 술을 시킨 윤재는 앞자리에 앉아 있는 지혜와 눈이 마주치지 않으려고 술청 안을 두리번거렸다. 두 사람 사이에 모래가 훅훅 뿌려지는 것 같았다. 술이 놓이자, 윤재는 안주를 기다릴 겨를도 없이 잔을 채워 두 잔을 거푸 마셨다. 그때마다 고개를 들어 윤재를 쳐다본 지혜는 이내 탁자 위로 눈길을 떨어뜨렸다.

나박김치를 집어 씹고 난 윤재가 탁자 위에 손을 얹으며 몸을 꼿꼿이 세웠다.

"미련한 것들……."

누구에게랄 것도 없이 중얼거린 윤재는 다시 잔을 들었다. 지혜가 말없이 빈 잔에 술을 따랐다. 인형이 움직이는 듯이 뻣뻣한 지혜의 손길을 윤재는 묵묵히 내려다본다. 지혜와 자기 사이에 놓인 탁자가 한없이 내려앉는 것 같다.

"그래…… 어떻게 지낼 만하냐?"

지혜가 고개를 끄덕인다.

"무슨 사람이 그렇누. 가면 간다는 말이나 있어야지. 한솥에 밥을 먹으면서."

탁자를 내려다볼 뿐 지혜는 말이 없다. 흐린 불빛을 받은 그녀의 눈에 눈물이 차오르고 있었다. 문가에 앉은 손님들의 목소리가 주인이 켜놓은 라디오소리에 섞여들려왔다.

"막상 대하고 보니 반가운 생각뿐인데 다른 말이야 해서 뭘 하겠냐. 무슨 나무람을 할 처지도 아니겠고…… 반갑구나. 이렇게 보기라도 했으니 이제 됐다. 더 무슨 얘길 하겠다구…… 단체에는 다들 잘 있다."

찌개 안주가 놓이는 사이 지혜는 눈밑을 닦았다. 술 한 병이 거의 바닥이 날 무렵에야 지혜가 물었다.

"대전엔 어떻게?"

"넌 참 모르겠구나. 준표 씨가 중풍을 맞았잖냐. 차도가 좀 있나 싶어서 왔던 길이다."

"아니 그럼, 몸을 못쓰시나요?"

"지난겨울에 그렇게 됐는데, 그만하기가 다행이지. 많이 나았더라."

윤재는 탁자 위에서 피어오르고 있는 김을 멍하니 바라본다. 눈밑이 거무스름했던 준표의 얼굴이 어른거렸다.

"저 때문에…… 말도 없이 나왔다고 욕하는 사람들 많지요?"

"그 사람들 소리를 괘념할 너라면 단체로 돌아왔을 거 아니냐."

지혜가 아랫입술을 물었다. 목소리는 낮았지만 윤재는 이미 취기로 혀가 굳어가고 있었다.

"사단이야 어디서 났든지 간에, 정을 매로 갚는구나 하고 생각한 사람들이야 있었지. 그게 뭐 대수냐? 난 그랬다, 못 가게 할 것도 아닌데 한 번쯤 와서 대강 얘기라도 하고 가면 좋을 텐데, 그랬다. 널 기다린 사람도 있었으니깐."

가을 내내 술을 마시며 가슴을 쥐어뜯던 하명의 모습이 지혜 얼굴에 얹히며 언뜻언뜻 떠올라왔다. 윤재는 술잔을 내려다본다.

"가면…… 다시 나올 것 같지가 않았어요."

"그건 또 무슨 소리. 다 사람 사는 덴데. 내 생각이었다만 혹 단체로 오지 않은 건 규오놈 때문 아니었냐?"

지혜가 고개를 숙였다.

"그놈이 널 찾는단 소리야 우리도 듣고 있었지…… 요샌 쏬단 따라다닌다든가."

지혜의 어깨가 가늘게 흔들리고 있었다. 문가의 손님들이 두 사람을 흘깃거리며 밖으로 나갔다. 갑자기 술청 안이 조용해졌다. 바람소리가 둘 사이로 밀려드는 듯했다.

"한번 왔다 가거라. 하명이도 그냥 있으니까. 내 입으로야 어찌

네가 술집색시 됐더란 얘길 하겠냐."

지혜가 번쩍 고개를 들었다.

"술집색시가 아녜요."

"그럼?"

"여기서도 그 일을 해요. 재주넘는 일."

"무슨 소리냐. 재주라? 허허, 그렇겠지. 아암, 술 따르는 것도 재주는 재주고말고."

"그런 게 아녜요. 무대에서 애크러배트를 해요. 극장처럼 큰 홀이에요. 보수도 그쪽보다는 훨씬 좋아요."

"허허, 허허허."

취기로 달아오른 윤재의 얼굴이 일그러지더니 웃음이 터져나왔다. 탁자를 짚는 그의 손에 술잔이 걸려넘어졌다.

"아저씨 약주 그만하셔야겠어요."

"왜? 왜 그만해. 네가 언제 나 술 사줬냐."

"아저씨, 왜 그러세요."

"왜 그러느냐아? 못된 것들. 천막 아래서 자고 먹는 사람들에겐 의리라는 게 있어! 피붙이라고 그 의리를 따라갈까. 순 못돼먹은 것들 같으니라구……. 그래서? 천막 안에선 재주가 안 되고 술집에선 재주가 된다 그거냐? 세상 참 개명이 돼도 잘도 된다. 돈도 많이 준다고? 표 사들고 들어오는 사람은 손님이 아니래서 술 먹는 놈 안줏감이 돼야 재주가 되드냐."

"아저씨."

"나 숨넘어가지 않는다. 할 말 있으면 다 하거라. 다 해봐 어디."

윤재의 취한 손길이 술병을 잡았다. 술을 따르는 그의 손길이 몹시 흔들리고 있었다. 잔을 넘친 술이 탁자에 질펀히 흘렀다.

"나는 말이다, 이 오윤재는 평생에 돈에 팔려본 적 없이 산 사람이야. 그래도 밥 굶지 않았고 여자 호강도 시켜보았어. 미물 같은 것들…… 제 목숨 아낄 줄은 모르고, 이마빼기 파란 것들이 그저 돈, 돈 하며 살아서 그래서 뭐가 되겠다는 게야, 응."

"그래요. 아저씨 말씀 다 옳으세요. 그렇지만요."

"그렇지만은 무슨 얼어죽을 그렇지만이야. 아니 네가 눈깔을 똑바로 뜨고 쳐다보면 어쩔 테냐. 내 꼴이 꼴 같지 않다 그거냐? 하명 이놈이 불쌍타. 불쌍해."

"그만 일어나세요, 아저씨. 취하셨나 봐요."

의자에서 일어난 지혜가 윤재를 부축해 일으켜세우려 했지만, 윤재는 손등으로 그녀를 밀어내며 지혜를 쏘아보았다. 눈에 술이 흐르는 것 같았다. 다시 자리에 앉은 지혜는 고개를 숙였다. 손가락으로 탁자 위의 술을 찍어 동그라미를 그리던 지혜가 얼굴을 들었다. 윤재는 몸을 앞뒤로 흔들면서 앉아 있었다.

"아저씨, 이건 아셔야 해요. 세상이 변했단 말예요. 고무신이 잘 팔렸다고 언제까지 고무신장사만 하나요. 사람들이 고무신을 신지 않고 구두를 신으면 그땐 구두장사를 해야지요. 안 그래요?"

"그래서……."

"규오가 병원으로 찾아오기 시작한 건 단체가 떠나고 일주일도 안 돼서예요. 자기가 매맞은 값을 내가 해줘야겠다면서 매일 찾아오는데 견딜 수가 있어야죠. 병원을 나와 부러진 팔을 붕대로 목에 걸고 속초로 내려갔어요. 그 마당에 제가 단체로 돌아갈 순 없잖아요. 모았던 돈 조금 있는 걸로 방을 얻고 병원엘 다녔어요. 부둣가 싸구려 사글세방이라 밤새도록 고깃배소리가 통통거리더군요. 매일 라면만 먹고 살았어요. 기프스한 팔을 목에 걸으니 손 하나로는 밥을 해먹을 수가 있어야죠. 라면을 끓여먹곤 냄비를 두 발로 끼고 쭈그리고 앉아 한 손으로 그릇을 닦았어요. 그렇게 살았어요. 고깃

배가 밤새 포구를 드나드는 밤에 무슨 생각을 했는지 아세요? 부두
엘 나가보니 꽁치 잡히는 철이 있고, 오징어 잡히는 철이 따로 있더
군요. 그때 전 알 수가 있었어요, 난 돌아가선 안 된다는 걸. 전 스
물하나였어요. 이제부턴 제철이에요. 그런데 제가 왜 그 철지난 천
막으로 돌아가야 하나요. 같이 크다시피한 연희랑 석이 엄마도 아
저씨도 그래요, 하명 씨도 보고 싶었어요. 안개 짙은 밤바다에서 들
려오는 고깃배소리에 마음이 여려질 때면 전 입술을 악물며 참았어
요. 무슨 짓을 할지라도 이제 다시 천막으로 돌아가는 나는 내가 용
서 못한다고 말예요."
 머리카락에 손을 찌르며 고개를 숙이는 지혜의 귀밑으로 파랗
게 힘줄이 돋아나 있었다. 윤재는 팔꿈치로 탁자를 짚으며 술을 따
랐다.
 "곶감꼬치 빼먹듯 한다는 말이 있잖아요. 가지고 있던 돈으로 하
루하루 까먹어 가자니, 기프스를 풀고 나니 그것도 바닥이 나데요.
방세 보증금을 빼가지고 서울로 올라간 게 눈발이 드문드문 날리던
날이었어요. 독한 마음이 저절로 생기더군요. 거기서 뭘 했는지 아
세요. 홀엘 나갔어요. 스무 살이 넘었으니 이젠 내 몸뚱어리 건사는
내가 할 수밖에 없잖아요. 언제까지 부모 탓이나 하고 천막팔자 타
령이나 하겠어요. 거기서 극장식당엘 나갔던 앨 사귀게 되어 여기
까지 온 거예요. 여기선 손님자리에 들어가지 않아요. 무대에만 서
면 되니까요. 여기 오래 있을 생각도 아니에요. 언젠가는 여기도 떠
나야 하니까요."
 소변을 보려고 일어서던 윤재가 의자와 함께 나뒹군 것은 그때
였다. 벽을 등지고 바닥에 주질러앉은 윤재는 지혜가 팔을 잡아 일
으켜세우는 동안 계속 중얼거렸다.
 "놔라, 이 손. 내가 취한 줄 아냐. 내가 취한 줄 아냔 말이다. 응."

거의 발을 못 가누며 비틀거리는 윤재를 부축하고 지혜는 술집을 나왔다. 밖으로 나온 지혜는 여관을 찾아 걸었다.

비틀거리면서도 윤재는 목소리를 높였다 낮췄다 하며 계속 중얼거렸고 끝없이 팔을 흔들었다.

"어딜 가는 거야, 엉. 난 인천으로 가야 한다구. 그렇지 거기서 만나기로 했거든. 인천서 날 기다린다 이 말이야. 흐홍. 판다구? 팔 테면 팔아라 이거야."

"네? 뭘 팔아요."

"으응? 넌 몰라. 단첼 판다니까 팔라지 뭐. 아니, 내 모자 어디 갔어?"

"여기 있어요. 제가 들었어요."

"응, 이리 내. 쓰고 가야지. 어험, 이 모자가 어떤 모잔데, 하맹이 놈이 벗어버리라 했겠다. 버리다니 안 되구말구. 근데 내가 인천엔 안 가고 어딜 가는 거야. 여기 인천 가는 길인가."

여관으로 들어선 윤재는 옷도 벗지 않은 채 방바닥에 쓰러졌다. 이리저리 몸을 움직여 겨우 윗옷을 벗긴 지혜는 이부자리를 깔고 윤재를 끌어다 눕혔다.

그의 양말을 벗기고 난 지혜는 흐트러진 머리칼을 쓸어올리며, 고사(枯死)해 가는 나무처럼 죽은 듯 쓰러져 있는 윤재를 바라보았다. 술이 괴로운지 몇 번이고 몸을 뒤치던 윤재는 차츰 고르게 숨을 쉬어갔다.

윤재의 양말을 들고 지혜는 욕실로 갔다. 조그만 거울에 비친 자신의 얼굴을 바라보던 지혜는 대야에 물을 받아 그의 양말을 빨기 시작했다.

다시 방으로 들어왔을 때 윤재는 베개에 얼굴을 묻고 엎드린 자세로 잠이 들어 있었다. 어깨를 안아 윤재를 바로 눕혔다. 스팀 위에 빨아온 양말을 널었다. 잠든 윤재를 한 번 더 내려다본 지혜는 방의 불을 껐다. 캄캄한 방 안에는 이따금 스팀의 스익스익 새는 소리만 들려오고 있다. 얼마 동안을 어둠 속에 서 있던 지혜는 조용히 방을 나왔다.

 밖으로 나왔을 땐, 늦은 밤거리는 오늘따라 텅 비어 보였다. 습기 찬 바람을 맞으며 지혜는 길가로 나와 택시를 기다렸다.

8

 희방사역에서 잠시 멈췄던 중앙선 열차는 한걸음에 풍기에 닿았다.
 아무것도 변한 것은 없었다. 역사도 예전 그대로였고 풍기라고 쓴 이정표도 눈에 익은 모습이었다. 잘게 부순 자갈이 깔린 플랫폼에는 햇살이 들끓고 있었다. 대합실을 걸어나오면서 석이네는 하루종일 자신을 매어놓았던 생각에 다시 빠져들어갔다.
 내가 여길 왜 왔지? 어쩌겠다는 거지? 얼굴이라도 보면, 그런다고 뭐가 달라질 거냐구.
 단체가 춘천으로 떠나는 사이 석이네가 풍기에 가보기로 생각했던 것은 아이를 동일에게 딸려보낸 지 두 달이 가까이 되는 오월 하순이었다. 아니다, 아니다, 하며 참고 견디었지만 아이가 꿈에 보이는 날이면 석이네는 하루종일 아무것도 할 수가 없었다. 홀로 떨어져 담밑에서 삐약거리는 병아리울음 같은 소리가 송곳처럼 뒷골을 찔러대었다. 마음이 다른 곳에 가 있는 석이네는 남이 보기에도 얼빠진 여자 같았다. 하명이 그런 석이네 마음을 알아차리고 식사때면 늘 그녀에게 와 끼니를 잊지 않게 끌고 가서야 석이네는 겨우 뜨는 둥 마는 둥 수저를 들었다. 단원들은 대낮에도 술냄새가 나는 그녀를 쉽게 볼 수가 있었다.

천막 뒤편으로 리어카에 포장을 친 간이술집들이 몇 있어서 단원들은 그곳엘 들락거리곤 했다. 하루는 그 앞을 지나던 칠룡이 안에 있는 석이네를 보았다. 소주 한 잔을 앞에 놓고 하염없이 앉아 있는 그녀를 보았을 때 칠룡은 그 짧은 팔을 들어 가슴을 쳤다.

"이건 옆사람이 다 복장이 터져서 못 보겠네."

그녀 옆에 다가가 나무의자에 궁둥이를 붙이고 앉으면서 칠룡이는 씨부렁거렸다.

"나도 예전에 술장사나 시작할걸. 석이 엄마까지 술 팔아주니 소주 공장 떼돈 벌겠구나."

칠룡을 보며 석이네는 웃었다. 소리없이 입꼬리가 치켜올라가는 웃음이었다. 소주 한 잔을 시켜놓고 칠룡은 주인여자에게 소금을 찾았다.

"소금은 뭐하시게요?"

"안주하지 뭘 해요. 술이 싱거우니까 간을 맞춰야지요."

별일이네. 술안주로 소금 먹는 사람도 다 있나. 소금그릇을 내밀어주는 주인 여자는 난쟁이라 그런가 버릇도 희한하구만, 하는 얼굴이었다. 소주를 들어 홀짝 마시고 난 칠룡은 손가락으로 소금을 집어 입에 털어넣었다.

"석이 엄마."

석이네가 눈을 돌렸다. 칠룡은 소금이 묻은 손가락을 빨고 나서 말했다.

"맘잡으십시오. 생각하기 나름입니다. 나 같은 벵신도 살지 않습니까."

"무슨 말을 그렇게 해요."

"다 마음 하나 먹기에 달린 거란 윤재 아저씨 말도 있잖아요. 내가 석이 엄마 마음을 몰라서 하는 얘기는 아닙니다. 옛말에도 있지요. 자식 떼고 돌아서는 에미 발자국마다 피가 괸다던가요. 그러나 생각해 보면 그것만도 아닙니다. 자식도 품 안에 들 때야 자식이라지 않아요. 낳았다고 해서 다 부모 마음대로 되는 게 아니라면 마음 한번 크게 잡수시고 잊으십시오. 칠룡이 같은 뱅신도 사는데 내가 왜 못 살겠냐 생각하시면 어려울 거 하나 없습니다. 잊으세요."

"잊혀져야 잊지요."

"정을 떼면 잊어집니다."

"그건 무슨 말……?"

석이네는 검은자위가 가득한 눈으로 칠룡을 내려다보았다.

"경상도 어디라고 그랬죠? 한번 내려갔다 오시지요. 예서 이러고만 있을 일도 아닌 것 같으니."

그때 석이네는 칠룡의 말뜻을 알지 못했다. 잊으려면 정을 떼라면서 또 찾아가 보라는 칠룡의 말을 자식은 길러봐야 안다는데 이 사람이 무슨 수로 내 마음을 알 수가 있겠느냐 싶었다. 다만 칠룡의 한번 내려가 보라는 말만이 가슴에 와 찌르르 박혔다. 이렇게 살 바에야 한번 찾아내려가 보지 못할 것도 없지 않느냐 하는 생각이 그때 처음으로 머리를 들었다. 그러나…… 그이와 한 약속이 있는데, 안 되지, 안 되고말고. 하루에도 몇 번씩 이리 뒤집히고 저리 뒤집히는 생각을 달래면서 석이네는 열흘을 더 보냈다. 그리고 단체가 춘천으로 떠나던 날이었다. 차를 타기 위해 청량리역에서 기다리고 있을 때 석이네 마음엔 저 개찰구의 철책 너머에 석이가 있는 것만 같았다. 중앙선열차를 타려고 늘어선 사람들의 행렬은 광장까지 길게 뻗어나가 있었다. 자기도 거기 가서 서기만 하면 아이를 볼 수 있다는 생각을 했을 때 석이네는 허둥지둥 명수를 찾았다.
"총무님, 저 잠깐 어디 좀 갔다가 내일 오겠어요."
"어딜 가시게요?"
"저······."
명수는 더 묻지 않았다.
"그러세요. 장소 어딘지 아시죠? 춘천역에서 내리지 마시고 남춘천역에서 내려가지고."
"알아요 어딘지. 그럼 저 다녀오겠어요."
벌렁벌렁 뛰는 가슴으로 차표를 사가지고 돌아섰을 땐 개찰을 기다리던 행렬은 벌써 다 빠져나가고 차는 마악 떠나려 하고 있었다. 제천을 지났을 때야, 석이네는 겨우 제정신이 들었다. 자기가 지금 무슨 일을 하고 있는지, 그리고 어떻게 해야 풍기에서 그를 만날 수 있을지 석이네는 곰곰이 생각했다. 기왕에 내친 발걸음이라고 생각을 다잡아먹으면서 그녀는 마음속으로 매었던 끈을 풀고, 풀었던 끈을 다시 매었다.
역사를 나와 눈이 아프게 부서지고 있는 오월의 햇볕 속을 석이네는 걸었다. 그 골목이 그 골목, 손바닥만한 거리는 걸어다닐 곳도 없었다. 내리자마자 마음 약해지기 전에 동일에게 전화를 하겠다고 벼르고 또 별렀으면서도 석이네는 걸어다닐 곳도 없는 거리를 몇 번을 오르락내리락했다. 아무래도 용기가 나지 않았다. 발끝을 내려다보던 석이네는 생각했다. 그이랑 함께 살던 집을 찾아가 볼까.
더러 못 보던 집들이 들어섰을 뿐, 찾아가는 길 주변에는 눈에 띄게 달라진 것이 없었다. 찬바구니를 들고 배추를 사러 가고, 그가 좋아하던 오이소박이를 담기 위해 오르내리던 길목도 예전 그대로였다. 길게 늘어선 인삼밭들도 그냥 거기 그렇게 있었다. 그러나 그 집만이 없었다. 동일과 함께 있던 집. 낮에 방에 누워 있자면 비닐장판을 깐 방에서는 수없이 많은 벌레들이 기어나왔었다. 매일 두세 마리의 벌레를 잡아야 했었다. 털같이 많은 발을 움직이며 기어나가는 벌레들을 쓰레받기에 담아 밖으로 내던지며, 사람들은 이렇게 벌레나 잡으면서 한평생을 사는지도 모른다고 생각했던 그 방. 후미진 골목을 돌아 산밑 끝쪽에 있던 그 집 자리엔 주변의 집들까지 헐어내 버리고 커다란 공장이 들어서 있었다. 하얗게 페인트칠을 한 공장건물을 쳐다보며 서 있던 석이네 눈길이 한 곳에 가서 머물렀다. 나무 한 그루가 서 있었다. 전보다 더 푸르게 가지들이 자란 은행나무였다. 여름에 모기를 피해 동일과 그 밑에 나와 앉았기도 하던 은행나무였다. 그때는 집 앞 빈터에 서 있던 나무가 지금은 공장뜰에 서 있는 것이 아닌가. 석이네 눈이 단 하나 옛날을 말해 주는 그 나무에 가서 정겹게 어울려들었다.

석이네는 천천히 돌아서서 걸었다. 돌아오는 그녀의 마음에도 우뚝우뚝 은행나무가 서는 것 같았다. 흘러간 세월이 그녀를 부축해서 조금은 담담한 심정을 만들어주었다. 다시 거리로 돌아와 석이네는 다방엘 들어갔다. 시킨 차를 한 모금 마시고 전화를 했다. 조그만 공장이라더니, 전화를 받은 사람은 바로 동일이었다.

"저예요."

달리 할 말이 없었다. 동일이 거듭 물었다.

"여보세요? 누굴 찾으십니까?"

"저예요. 저라니까요."

"누구신지요. 저 이동일입니다."

"나. 석이 엄마······."

생각지도 않았던 일이어서인지, 저쪽에서도 말이 끊겼다. 수화기 속으로 솨아 바람소리가 몰려들었다. 잠시 후, 목소리가 낮아지며 동일이 물었다.

"거기 어디냐?"

"여기 역전에 있는……."

석이네 눈이 출입문에 써 있는 '호수'라는 이름에 가 멎었다.

"호수다방이에요."

"알았다. 기다려라."

삼십 분이 넘게 기다렸을 때 나타난 동일에게서는 술냄새가 확 풍겼다. 왜 왔냐고 묻지도 않았다. 어떻게 해서 왔다고 말하지도 않았다. 눈이 마주치면 그때마다 동일은 뜻모르게 고개를 끄덕이고는 찻잔을 들었고, 엽차를 두 잔이나 더 시켜서 마셨다. 전연 옛날의 단체를 찾아와 마음속에 뜬 수초 사이사이를 쓰다듬어주던 동일이 아니었다.

"차 붐비지 않던가?"

"예."

"일찍 떠났던 모양이야?"

"예."

밖으로 나온 동일은 음식점으로 석이네를 끌고 들어갔다. 성큼성큼 동일은 앞서서 걸었다. 목을 맨 염소새끼처럼 석이네는 졸졸 따라만 갔다. 방 하나를 차지하고 마주했을 때 동일은 음식을 앞에 놓고 앉은 석이네에게 먹으라는 말 한마디 없이 혼자 술만을 마셔 댔다.

"웬 술을 그렇게 마시세요?"

"네가 할 걱정이 아니다."

석이네가 와락 탁자에 몸을 엎었다.

"죽이겠다 해도 할 말은 없어요. 안 올려고 했어요. 이를 깨물었어요. 다시는 안 이럴게요. 죽어도 안 와요. 약속해요. 우리 석이,

한번만 우리 석이를 봤으면. 석이 한번만 보게 해주세요."
"왜? 애비가 데리고 있는 게 그렇게도 마음이 안 차든가?"
동일의 목소리에는 흔들림이 없다. 칼로 자르는 것 같다.
"보고 싶어요. 난 어떻게 사는지도 모르겠어요. 앉으나 서나 눈에 밟혀서…… 예. 죽으라면 죽을게요. 한번만, 우리 석이 한번만 보게 해주세요."
"어려울 것 없지. 만나고 가거라. 밥 굶기지나 않나 헐벗지나 않았나 눈엣가시처럼 찔리겠지. 여기까지 왔다가 그냥 가겠냐, 그럼."
석이네는 엎드렸던 몸을 들었다. 눈물이 얼룩진 얼굴을 내려다보며 동일은 잔을 들어 마셨다. 그러고는 잔을 내려치듯 놓았다.
"이 미물아! 니 석이가 아니다. 이렇게 내려오면 내가 석이를 뵈어줄 것 같더냐? 그럴 생각이었으면 애당초 데려오지도 않았어."
석이네 얼굴이 꺼멓게 질리며 손바닥으로 얼굴을 가렸다. 오열이 터져나왔다. 그 울음 사이사이로 못을 박듯이 동일은 중얼거렸다.
"가거라. 가 있어라. 아이가 제 발로 널 찾아갈 때까지 가 있거라. 다시는 와선 안 된다. 그땐 영영 널 안 보는 줄 알아. 이것아, 네가 어디에 가 있든 나는 너 가 있는 곳을 알고 있단 말이다."
하얗게 부서져나가던 오월의 햇빛이 이울고, 먼 산이 그늘에 덮여가고 있을 때, 두 사람은 밖으로 나왔다. 목을 매여 팔려다니는 염소새끼처럼 석이네는 또 그의 뒤를 따라갔고 서울로 올라가는 차를 기다렸다.
차시간이 가까웠지만 대합실은 텅 비어 있었다. 석이네에게 등을 돌린 동일은 문 닫힌 출찰구를 뚫어져라 노려보며 섰고 의자에 앉아 석이네는 대합실 창밖을 바라본다. 가슴은 성에가 낀 듯 썰렁했다. 역 앞 나무그늘에선 지게를 비스듬히 눕혀놓고 짐꾼이 잠이 들어 있었다. 우체부가 창 왼쪽에서 자전거를 타고 오른쪽으로 사라져갔다. 이발소에서 흰 가운을 입은 아가씨가 나와 수건을 널고 들어갔다. 창 앞에선 사철나무잎이 햇빛을 받으며 무심히 너울거리고 있었다. 참, 얼마 있음 시장에 마늘종이 나올 때구나. 마늘철이 가까웠어. 내가 풋마늘로 담근 장아찌를 그렇게도 좋아하더니. 햇빛을 바라보며 풍기의 마늘철을 생각하던 석이네는 동일에게 눈길을 돌렸다. 어느새 왔는지 동일이 그녀 앞에 서 있었다. 눈길이 마주치는 순간 동일은 숨기라도 하듯 핏발선 눈을 돌렸다. 개찰이 시작되었다.

구석자리에 앉았던 몇 사람이 나가고 나자 역원은 석이네 쪽을 흘끔거렸다. 석이네가 일어섰다. 그때, 동일의 메마른 음성이 석이네를 잡았다.

"안 되겠다. 나가자."

석이네는 초점없는 눈으로 동일을 쳐다보았다.

"내일 가. 석이를 데리고 나올 테니 하룻밤 자고 가."

석이네 눈이 동일에게 얼어붙는다.

"나가자니까. 어서어."

핏기 없는 석이네 얼굴이 일그러지며 고개를 저었다. 두 번, 세 번. 동일이 다가서며 그녀의 팔을 잡았다.

"아녜요. 올라갈게요."

"긴 얘긴 말고, 어서 따라와. 우리가 살면 얼마나 살겠니."

석이네는 다시 고개를 저었다. 그녀의 얼굴에 소리없는 웃음이 물이 스미듯 떠올랐다가 사라져갔다.

"괜찮아요. 그냥 올라갈래요."

동일의 옆으로 한 발짝 걸음을 옮기던 석이네는 현기증으로 발을 헛놓으며 이마를 짚었다. 고개를 꺾는 그녀의 어깨를 동일이 잡았다.

"왜 그래?"
"조금 어지러워서…… 이젠 됐어요."
"당신 이대론 안 되겠어."
"그냥, 차를 탔더니 그런가봐요."
"이렇겐 내가 못 보내겠어. 가자니까. 내 말 들어. 이런 데서 이러지 말고."
석이네가 천천히 고개를 들었다.
"갈게요. 괜찮아요. 나, 가 있을 테니…… 나중에 언제든 한번 오세요. 그래주세요."
동일이 눈물이 넘칠 듯 고여오는 눈을 보이지 않으려고 창밖으로 얼굴을 돌렸다. 석이네는 가만히 그의 손을 잡았다 놓으며 출찰구를 향해 걸어나갔다.

석이네가 도착했을 때 단원들은 천막의 뼈대를 얽고 있었다. 이미 세워진 숙소에서는 여자단원들이 들락거리며 솥을 걸고 밥을 짓느라 부산했다. 아이들은 일하는 단원들 사이를 몰려다니며 뛰어놀았다.
넓은 공터에서는 이미 세워진 기둥과 기둥을 이어 가로지를 장대들을 한 떼의 후견들이 새끼로 묶고 있었다. 불끈 줄힘이 솟은 팔로 질끈질끈 새끼를 당겨감으면서 덕보는 걸직하게 내뱉었다.
"아, 쓰펄거. 이제 모내기도 한창땐데 거머리 뜯으며 논 삶다가 막걸리 한 사발 쭈욱 디리키는 그 맛을 버리고 내가 왜 여기 와서 이 지랄 하는지 모르겠다."
"이놈아야, 그게 다 역마살이 끼어서 안 그렇나."
뒤쪽에서 누군지 한마디 했다.
"고향가면 머 뾰족한 수 있남. 요리 갈까, 조리 갈까. 타향도 정

273

들면 고향이라카드만."
"타향 좋아하네. 이게 어디 타향이나 돼야 말이지. 여기서 하루 저기서 하루, 이건 순 뜬구름밟기여."
"뉘집 자식인지 말 한번 잘한다."
걷어붙인 덕보의 팔에 새겨진 문신을 보고 명수는 슬며시 웃었다. 군에서 그런 문신을 했다던가, 그의 팔에는 입신양명이라고 먹물을 넣은 글씨가 선명하게 새겨져 있었다.
"야, 덕보야."
"예?"
"너 문신 한번 멋지구나."
"어따, 총무님 왜 이러시오."
"아냐, 멋있어. 입신양명이라. 그런데 출세는 언제 할래? 원숭이 궁뎅이나 닦아주다가야 언제 입신하고 양명하겠냐?"
"그런 소리 맙시다. 나는 이걸 출세한 거로 생각하니까요. 아무렴요. 아, 싸까쓰 따라다니면서 팔도강산 귀경했으면 그게 출세지, 출세가 뭐 별거예유 흐흐흐."
점심을 먹고 햇빛 속에 앉아 있자니 졸음이 감겨든다. 너저분하게 널어놓고 주질러앉아 있는 자기 신세 생각을 하면서 종길이는 졸음을 쫓느라 소리를 높여 각설이를 뽑아댔다.
"네 선생이 누구신지 나보다도 잘이 한다. 뿜파뿜파 잘이 한다…… 2자나 한 자나 들고 봐. 이십 먹은 노총각이 장가도 못 들고 늙어간다. 삼시 사시 바쁜 몸이 싸까스에서 늙어간다. 뿜파뿜파 늙어간다."
덕보가 새끼를 끊어내며 소리쳤다.
"에라 이놈아, 니 전직이 의심스럽다."
"냉수나 한 사발 먹었는지 씨원씨원이도 잘이 한다. 기름 속에

빠졌는지 미끈미끈이도 잘이 한다. 어떤 사람 팔자가 좋아 삘딩 위에 누웠는데 덕보놈은 팔자가 기막혀 싸까쓰에 들어와…….”
"야, 이 자슥아, 그만두지 못해!"
고함소리에 들어보니 명수다. 머쓱해진 종길은 히죽이 웃었다.
"누가 보면 거지라고 안 할까 봐서 각설이 타령까지 불러제끼냐?"
바쁘게 손을 놀리는 한 무더기의 후견들 옆에서 하명은 천막 전면에 세우는 쇠막대와 철책에 페인트칠을 하고 있었다. 겨울 동안에 녹이 많이 슬어 있었다. 붓이 오갈 때마다 햇빛에 녹아내리듯 페인트가 칠해진 자리에서는 기름이 흘렀다. 등 뒤에서 후견들의 떠드는 소리가 들려왔다.
"시내에 쑈 들어왔다는데 구경 안 갈래?"
"일이 언제나 끝나겠다구."
"마지막회 갈 시간은 충분하다구. 일 끝내고 옷 싹 갈아입고 구두에 광 좀 내는기라."
"누가 왔는데?"
"이미자도 왔고 그게 누구더라 손가락에 반지 많이 끼는 애, 야도 있드라. 사진 보니 삼삼하데 쌍. 김추자도 왔대지 아마."
"김추자 보러 돈 내불고 갈 거 뭐 있나. 추자 흉내야 연희가 왔단데, 히히."
"까고 있네, 증말."
돌아보니, 봄에 새로 들어온 후견들이었다. 새끼를 가지러 가던 덕보는 하명의 붓 놀리는 모습을 등 뒤에서 멍하니 내려다보았다. 붓 놀리는 손을 멈추지 않은 채 하명이 말했다.
"쑈가 들어왔음 우리 쪽은 볼장 다 보는 거 아뇨?"
"그쪽 손님하고 우리 쪽하고야 다르니께."
"그래도 이미자가 왔는데 이미자 흉내내는 거 보러 오겠어요. 돈

내고 입장권 살 땐 어차피 재미보고 앉아 있자는 구경인데."
"허긴 그것들이 지방무대까지 뛰니 우리야 어디 발붙일 데가 있어야지. 지방손님 없는 것두 다 까닭이 있는 일이라."
그때, 윤재는 일하는 단원들과는 멀찍이 떨어져서 의자를 내다놓고 앉아 있었다. 윤재는 지혜를 만난 이야기를 아무에게도 하지 않았다. 고무신장사가 안 되면 구두장사라도 해야지요, 하면서 자기를 쳐다보던 그녀의 눈이 떠오를 때마다 윤재는 지혜가 어디 있더라는 말을 할 수가 없었다. 천막과 함께 늙어버린 자기로서는 지혜에게 해줄 수 있는 일이란 그녀를 혼자 있게 하는 것밖에 아무것도 없을 것 같았다. 지혜가 하명일 찾아오는 길밖에.
단원들의 떠드는 소리도 그에게는 들려오지 않았다. 들끓는 햇살을 이마에 뜨겁게 받으며 그는 의자에 앉아 건너편의 나지막한 산을 바라보고 있었다. 주택가의 지붕 너머 산에는 소나무와 아카시아가 무성했고, 그 위에 막막하게 펼쳐진 하늘은 갓 백일을 지난 아이들 눈의 흰자위처럼 푸르스름한 빛을 띠고 있었다.
한평생 마술을 익혀온 손에도 햇빛이 얹힌다. 주름살이 무성한 긴 손마디에는 거뭇거뭇하게 저승꽃이 피어나고 있었다. 일인(日人) 마술사는 말했었다. 믿어야 된다. 아무것도 없는 빈 손수건에서 비둘기가 나온다고 네가 먼저 믿어야 한다. 네가 믿지 않으면 손님들도 믿지 않아. 네가 먼저 속아야 하고 너 자신이 먼저 믿어야 해. 열일곱 살에 집을 나와 사십 년. 무엇이 자신을 이렇게 살게 했는지를 알 것 같았다. 속아서 살다가 가는 것이라고 믿었기 때문이다. 까마귀 까악까악 울어대는 길. 땅 사고 집 짓고 자식 기르며 살 수도 있었다. 그러나 그것이 속아서 사는 것이라고 믿었기 때문이다. 손에 잡았다고 내 것이 아니고 품에 안았다고 내 것이 아니다. 돈 모으려고 생각지도 않았고 한 여자를 품에 가두려고 애타하지도 않앉다. 그런 속에서 정에 매여 사는 것이 발가벗고 장군 칼 차는 것과 무엇이 다르랴. 그것 또한 속아서 사는 길이라고 믿었었다. 홍수가 진 두만강 강물은 검은 황톳빛이었고 건너편 만주땅의 깜장 질흙은 빗발 속에 드러나 있었다. 돼지가 떠내려가고 집이 떠내려가고 물 위에 뜬 나무들이 하구를 메울 듯했다. 무서운 물줄기였다. 사람은 죽는다고 했다. 목숨 가진 것은 다 죽게 마련이라고 했다. 나도 죽겠지. 그러나 강물은 목숨이 아니니까 살아서 소리치며 흘러가겠지. 나는 죽어도 저 물은 흐를 거다. 그때면 나는 강물이 흐르는 것도 집이 떠내려가는 것도 모를 테지. 이 세상 아무것도 보지 못하고 듣지 못해도 강물은 나 살아서나 한 치 다름없이 소리치며 흘러내리겠지. 무서웠다. 까마득한 세월의 물줄기, 그 속의 한 방울 물 같은 아니, 그보다도 못한 목숨은 안타깝도록 무서웠다. 장대같은 비를 맞으며 울며 들어서는 아이에게 어머니는 말했었다.

"어째 비를 맞으면서 이렇게 나다니냐?"

품속으로 파고들며 울음이 터지는 아이를 영문을 모르는 어머니는 매를 쳤었다.

"윤재야, 너 누구랑 쌈을 했구나. 이 흙을 좀 봐."

그 공포는 평생을 따라다니며 나를 찢고 할퀴었다. 속아살지 말라고 했고 정에 매이지 말라고 했어. 훌훌 옷을 벗고 나면 까마귀 까악까악 우는 길. 세월의 물줄기만 남는다고 믿었어. 도망치듯 살았다. 언제나 한쪽은 비워놓고 살아온 목숨이었다. 그런데…… 이제 그 커다란 모든 것이 다 속임수였다는 생각이 들다니. 쫓긴 것도 스스로 비워둔 것도 아니었다. 그렇게 살기로 다 작정이 되어 있었던 것이다, 내 평생은.

달리 살 수도 있으련만…… 풍상 가득한 세월, 갖가지 사연의 나무들이 바람에 쓸리고 있었다.

"하명아!"
칠룡이 소리쳤다.
"왜?"
"저기 좀 봐라. 윤재 아저씨 왜 저러고 있냐?"
"쓰러졌구나!"
두 사람이 뛰어나왔다.
하명이 달려왔을 때 윤재는 의자에 앉았다 앞으로 꼬꾸라진 자세로 머리를 땅에 박은 채 멀거니 눈을 뜨고 있었다. 하명이 그의 몸을 흔들었다.
"아저씨! 정신차리세요, 네, 아저씨!"
윤재가 입을 벌렸지만 목에 가시가 걸린 병아리처럼 그에게서는 아무 소리도 새어나오지 않았다.
"뭐 하니. 빨리 업어라."
칠룡의 고함소리에 하명이 윤재를 들쳐업고 큰길로 달렸다. 칠룡은 명수에게로 뛰어갔다.
"윤재 아저씨가 쓰러졌습니다. 총무님 빨리 따라가보십시오. 어째 심상치가 않습니다."
이틀 동안 윤재는 의식을 회복하지 못한 채 병원에 누워 있었다. 멀거니 뜬 눈을 이따금 굴리며 무슨 말을 하려는지 입술을 조금씩 움직이기도 했지만 말이 되어 나오지 않았다. 아랫배가 딱딱하게 불러와서 의사들이 호스를 대고 오줌을 뽑아내어도 그는 아무것도 몰랐다.
초점없는 눈을 천장으로 향한 채 벌린 입술을 다물지 못했다. 전신마비가 오는지 의사들이 몸을 꼬집으면서,
"아픕니까? 아프면 고개를 끄덕이세요. 아파요?"
귀에다 대고 소리소리 쳤지만 그는 눈을 껌벅껌벅하기만 했다.

사흘째 되는 날 눈동자가 치켜올라가기 시작했다. 입은 점점 더 벌어졌고 숨소리에 가르릉거리며 가래끓는소리가 섞이더니 점점 심해져 갔다. 병원 측에서 집으로 옮기도록 하라고 말한 것은 열한시경이었다.

어제 천막을 다 치면서 거리돌기를 했고 오늘이 첫 공연의 막을 올릴 날이었다. 옮기도록 하라는 소식을 가지고 하명이 병원에서 돌아왔을 때 객석을 쓸고 무대에 걸레질을 하던 단원들은 손을 놓았다.

한차례 논란이 있었다. 막을 올려야 하니까 병원에서 돌아가시게 하자는 측과 천막으로 데려와야 한다는 측으로 이야기가 엇갈려 쉽게 결정이 나지 않았다.

"이 조칸가 먼가 허는 새끼는 왜 안 와. 전볼 받았을 텐디."

울분을 그쪽에다 터뜨린 사람은 임씨였다. 얼이 빠진 하명은 기둥을 잡고 서서 밖을 내다보며 서 있을 뿐이었다.

단장 광표로서는 둘 다 기가 찰 노릇이었다. 병원에 두자면 하루하루 입원비에다 죽으면 병원 시체 안치실에 또 돈이 들겠고, 천막으로 데려다놓았다간 막을 올리지 못하겠으니 어떻게 해야 좋을지를 몰랐다. 병원에서 돌아가시게 하자는 측에서는 공연을 쉴 수 없다는 주장이었는데 그들은 대부분 금년에 광표가 이 단체 저 단체에서 빼내온 새로 온 곡예사들이었다. 이야기를 듣고 있던 대전댁이 말했다.

"병원에서 죽어도 공연은 못하지요. 조카가 있다지만 아직 오지를 않는데, 사고무친한 사람이나 마찬가진데 장사를 지내도 우리 손으로 지내야 할 테니 데려오도록 해야죠."

단원들이 부랴부랴 병원으로 갔을 때 아직 윤재는 심하게 가래가 끓는 숨을 계속하고 있었다. 택시로 옮겨진 윤재는 무대밑 방에 눕혀졌다. 그리고 첫 회 공연의 막이 올랐다.
 마지막 가는 길을 지키기 위해 하명은 무대밑 방에서 떠나지 않았다. 석이네는 옆에 붙어 윤재의 쭈글쭈글한 손에 눈길을 박은 채 눈물을 질금거렸다. 연희는 무섭다면서 무대 쪽에는 얼씬도 하지 않았다.
 "무대 나갈 시간이다. 준비해라."
 "석이 엄마, 밥 먹읍시다."
 칠룡이 들락거리며 가르쳐주고는 자기가 대신 자리를 지켰다. 그는 소주 한 병을 사다가 방구석에 놓아두고 방에 들어올 때면 몇 모금씩 꼴깍꼴깍 마셨다.
 하루공연을 다 마친 단원들이 일당 지급을 받느라 부산한 사이에 잠시 무대밑 방이 비었다. 하명이 변소엘 간 사이 방으로 들어온 칠룡은 희미한 불빛 아래 미라처럼 누워 있는 윤재를 보았다. 아무 소리도 들려오지 않았다. 조그만 손거울을 찾아든 그가 거울을 윤재의 코밑에 대어보았다. 김이 서리지 않았다. 손에는 아직 온기가 있는 듯했다. 칠룡이 조그마한 손으로 윤재의 눈을 쓸어주었다. 밖으로 나온 그는 명수에게로 가서 말했다.
 "총무님, 윤재 아저씨가…… 돌아가셨습니다."
 명수와 함께 방으로 들어온 대전댁은 윤재의 손발을 가지런히 모으고 천을 꿍쳐서 턱에 받쳐 입을 다물게 했다. 단원들이 하나둘 모여들었다. 후견들이 장의사로 달려가고 객석에는 가마니를 걷어내고 화톳불이 지펴졌다. 소주와 국수가 궤짝으로 날라져왔다. 시신이 있는 무대밑 방에는 촛불이 켜졌다.
 칠룡은 윤재의 웃옷 하나를 집어들고 밖으로 나왔다. 캄캄한 어둠 속을 더듬거려 입구의 난간으로 올라간 그는 윤재의 옷을 흔들며 소리쳤다.

"일월곡예단 오윤재 공 복복복."

하명의 울음소리가 꺼이꺼이 들려왔다. 풀쩍 난간에서 뛰어내린 칠룡은 하늘을 쳐다보았다. 별빛 하나 보이지 않는 어둠이 커다란 천막인 양 땅을 덮고 있었다. 칠룡은 코를 풀면서 안으로 들어왔다. 무섭다면서 한번도 윤재가 누워 있는 방에 들어가지 않았던 연희는 분장실 기둥을 잡고 흐느끼고 있는 하명의 어깨에 기대면서 목이 메었다. 석이네는 머리를 풀었다.

"종신자식은 따로 있다더니…… 어찌 이 많은 단원들을 두고 혼자 가셨소."

대전댁은 관뚜껑을 쓰다듬으며 몇 번이고 같은 소리를 했다. 빈소를 지키면서 그녀는 하명의 손을 잡았다.

"하명아, 이 양반이 돌아가실려고 너한테 왔나 보다. 널 찾아왔었나봐."

자기 자신의 기막힌 사연이 겹쳐서인지 석이네가 제일 슬프게 울었다. 끊어졌다간 또 이어지는 석이네 울음소리에 화투를 치고 술을 마시며 밤샘을 하던 단원들은 잠시잠시 손을 멈추곤 했다.

"딸의 울음은 관 속에 들어간다더라만, 이건 딸보다도 더하네."

슬픔이 단원들을 묶었다. 윤재의 죽음이라는 거울에 비추어진 자신들의 모습을 바라보면서 비로소 그들은 자신들이 하나의 운명에 묶여 있음을 보았다. 헐벗고 쓸쓸하게 살다가 떠나는 이 노인의 평생은 강 건너 불만은 아니었던 것이다. 화투판 옆에 나와 허수아비처럼 서 있는 하명을 임씨가 보았다. 그는 술병을 들어 잔에 따르며 말했다.

"한잔 먹어라. 죽은 사람은 죽은 사람이고 산 사람은 살 생각을 혀야제. 글고 있다고 윤재 씨가 일어날 일도 아니다."

"거 상주 술 먹이는 법 아냐."

누군가가 우스갯소리로 한마디 했다.
다음 날 아침, 일찍부터 동회며 병원을 뛰어다닌 명수가 공동묘지의 매장허가서를 받아왔을 땐 한낮이 지나 있었다. 하늘은 금방이라도 비가 퍼부을 듯이 잔뜩 찌푸려 있었다. 바로 발인이 시작되었다.
삽을 든 후견 셋을 데리고 명수는 먼저 장지로 떠났다. 누가 시킨 것도 아니었는데 칠룡은 피에로의상을 입고 맨 앞에 서서 걸었다. 만장은 습기 머금은 바람에 불려 펄럭거렸다. 칠룡의 뒤를 악사들이 따랐다. 트럼펫 하나, 색소폰 하나, 기타가 둘이었다. 그 뒤를 관을 든 단원들과 함께 하명이 걸었고, 광표를 선두로 해서 줄지어 선 단원들이 그 뒤를 따랐다. 여자단원들은 모두 머리를 풀고 있었다. 악사들이 부른 흘러간 유행가는 끊어졌다간 다시 이어지고, 트럼펫 소리가 멎으면 기타로 발을 맞추었다.
로터리를 돌아갈 무렵에는, 음악소리에 여기저기서 뛰어나온 꼬마들의 행렬이 옆을 따랐고, 행인들은 길을 가다가 발을 멈추고 이 헐벗은 장례행렬을 바라보며 고개를 끄덕였다. 흰 관을 밧줄로 엮어 양쪽에서 잡은 단원들은 이따금 서로 자리를 바꿔가며 걸었다. 잿빛으로 흐린 하늘은 더욱 낮게 드리워지고 비를 부르는 바람이 모래를 날리며 불어와 눈을 쓰리게 했다. 작전을 나가는 군용차량의 긴 행렬과 마주쳤을 때 단원들은 잠시 발걸음을 멈추었다. 옷 속에 숨긴 소주병을 꺼내 칠룡은 몇 모금 술을 마셨다.
아카시아가 드문드문 자란 장지에 도착했을 때, 이미 명수는 후견들과 함께 묘혈을 파놓고 기다리고 있었다. 매장이 시작되었다. 관이 내려지고 단장, 명수, 하명의 순으로 흙을 떠 관 위에 주룩주룩 뿌렸다. 칠룡은 삽의 흙을 손으로 집어 뿌리면서 중얼거렸다.
"먼저 가 계십시오. 저도 곧 따라갈 겁니다."

단원들이 우르르 달라붙어 흙을 퍼붓기 시작하자 매장은 쉽게 끝났다. 그가 무대에서 쓰던 장비들——수건, 쇠통, 부채, 공 같은 것들이 함께 묻혀졌다. 봉분이랄 것도 없는 황토흙더미가 하나 조그맣게 만들어지고 있을 때, 부슬부슬 비가 내리기 시작했다. 단원들은 더욱 술을 마셔댔지만 아무도 비를 피하려는 사람은 없었다. 악사들이 윗옷을 벗어 악기를 감쌌을 뿐이었다.

'곡예사 오윤재지묘'라고 페인트로 쓴 말뚝을 봉분 앞에 쾅쾅 박으면서 덕보는 얼굴의 빗물을 훔쳐냈다. 울어서 목이 쉰 하명에게 그는 소리쳤다.

"잘 봐둬라. 풀 깎으러 올 놈두 너밖에는 없을 테니까, 알겠냐?"

발아래 가득히 엎드려 있는 수많은 무덤들을 내려다보며 칠룡은 빗물이 흐르는 얼굴을 씻으려 하지 않았다. 입술이 새파랗게 얼었지만, 술을 마셔댄 탓인지 그의 얼굴은 창백했다.

"산 사람만 많은 줄 알았더니 귀신도 많구나! 윤재 아저씨 심심치 않겠다. 구경꾼이 이렇게 많은데, 이 사람들 모아놓고 마술 한판 크게 벌이고 계시면 되겠어."

비를 맞으며 천막으로 돌아온 단원들은 저녁공연의 막을 올렸다. 하명은 무대밑 방에 기진해서 쓰러졌다. 빗발은 차츰 가늘어졌다. 어제 저녁 밤샘을 한데다 비를 맞은 단원들은 기운이 빠져서 건성건성 곡예를 해나갔다. 손님도 별로 없었다. 광표는 이리저리 돌아다니며 단원들에게 고래고래 소리를 질렀고 매표소로 돌아와서는 엉덩이를 들썩이며 혼자 씨부렁거렸다.

"재수가 없을라니까 사람이 죽어나가질 않나. 망했구만 망했어. 천막도 치지 않아서 동티가 나니 될 일이 뭐가 있겠나 말이다."

그럭저럭 저녁공연이 끝나고 나자 단원들은 일찍 자리에 누웠다. 저녁도 먹지 않고 널부러졌던 하명은 석이네가 말아다주는 국수 한 그릇을 얻어먹고야 자리에서 일어나 무릎을 싸안고 앉아 있었다. 분장실에 쭈그리고 앉았던 하명은 밤이 깊어서 천막 밖으로 걸어나왔다. 비가 갠 하늘에는 별이 흩뿌려져 있었고 밤바람이 부드럽게 피부를 감싸왔다. 밖으로 나온 하명은 천천히 걸었다. 허옇게 달빛이 깔린 길을 걸어 주택가를 돌아나왔다. 멀리 비행장에서 비치는 서치라이트가 일정한 간격으로 하늘을 훑고 지나갔다. 한참을 걷다가 천막 쪽을 돌아보았다. 그곳에는 어둠뿐이었다. 캄캄한 어둠의 늪을 저어저어 날아가는 한 떼의 철새들…… 우리는 그렇게 살았다. 저 어둠은 뭘까. 뜯었다 헐었다 하며 보내는 하루하루가 고여서 저 늪이 되는 걸까. 아침이면 지친 날개를 퍼득이며 찾아와 있는 곳, 저 어둠이 세월이란 말인가.

문득 지혜를 생각했다. 강 건너 아파트의 불빛을 바라보다가…… 이마를 기대던 지혜. 흙바닥에 앉았다가 막이 내리면 옷을 털고 나가버리면 그뿐인 손님들처럼 너는 내 가슴에 왔다가 털고 떠나가면 그만이란 말이냐. 천막 치고 무대 짓고 재주 피며 사는 게 우리들만은 아니란 걸 이제 나는 안다. 저 하늘이 천막이고 이 바닥이 무대지. 저마다 목숨껏 재주 한번 피우고 떠나가는 그게 이승에서 저승으로 가는 길이었던 거야.

언덕에 다가와서 하명은 그 위로 올라갔다. 강을 끼고 돌아간 제방이었다. 캄캄한 강물에 건너편 주택가의 불빛이 번들거리고 있었다. 소리도 없는 강물은 흐르고 있었지만 하명에게는 그 강물이 소리치며 떠내려가는 것 같았다. 캄캄한 강물에 하명은 눈길을 박았다. 윤재 아저씨가 죽었다. 그는 소리없이 뇌어본다. 아우성치며 흐르는 물가에 앉은 듯이 그의 귀에는 아무 소리도 들리지 않았다. 그는 풀밭에 무릎을 감싸고 주저앉았다. 넘실거리는 어둠이 가슴으로 소리 내어 쏟아져들어왔다. 그렇다. 하명은 벌떡 일어섰다. 아저씨도 칠룡이도 지혜도…… 우리는 손님들 앞에서 관객이었다. 그렇지만 우릴 구경하던 손님들도 천막을 나가면 거기선 곡예사야. 하명은 제방을 미끄러지듯 내려갔다. 물가에 가 허리를 굽힌 그는 강물을 두 손으로 퍼올렸다. 차가운 물이었다.
그는 물을 떠올려 부격부격 얼굴을 씻었다.

숙소를 나온 석이네는 스찌바로 가 삼십 촉 외등을 더듬거려 불을 켰다. 놀란 쥐들이 포장 밑으로 기어들어갔다. 음식찌꺼기를 먹느라 기어나왔던 모양이었다. 수건과 비누를 대야에 담아가지고 석이네는 밖으로 나왔다. 다들 잠들어 있는 천막 숙소를 한번 돌아보고 석이네는 목욕탕으로 걷기 시작했다.
어둠에 밤새 씻겨진 새벽공기가 싸늘하게 코에 스몄다. 석이네는 가슴 깊이 숨을 들이마셨다. 온몸이 서늘해지며 머리가 맑아왔다.
새벽탕에는 손님이라곤 그녀와 두 사람뿐이었다. 발을 닦고 샤워로 몸을 적신 뒤 석이네는 온탕에 들어가 몸을 눕혔다. 눈을 감고 그녀는 입속으로 숫자를 세기 시작했다. 삼백까지 세고 탕을 나온 석이네는 수건에 비누칠을 해서 몸을 닦았다. 매일 운동으로 다져진 다리는 나이답지 않게 단단했다. 석을 낳은 후 커졌던 젖가슴은 그 후 조금씩 작아지더니 이젠 한 움큼에 잡힐 정도로 작아져 있었다. 어깨를 닦고 가슴을 닦았다. 언닌 참 피부가 곱수. 어쩜 앨 낳았으면서도 배도 안 나왔잖아. 지난번 연희랑 같이 왔을 때 그녀가 하던 말이 떠올랐다.
매일 통을 굴리고 공을 차올리고 소년곡예사를 올려놓기도 하며 단련된 발목은 굵었고 발바닥엔 두껍게 굳은살이 박혀서 철판처럼 단단했다. 처음 동일을 만나 옷을 벗었을 때, 발을 보이지 않으려고 얼마나 애썼던가. 괜찮아, 내가 마음 아파할까봐 그러지? 괜찮으니까 편히 있어도 돼. 발을 감추곤 하는 그녀에게 동일은 말했었다. 그는 그녀의 발을 잡고 입술을 대기도 했었다. 탕에 한 번 더 들어 갔다 나와서 석이네는 머리를 감았다.

목욕을 끝내고 밖으로 나왔을 땐 어둠이 걷힌 거리에는 짙은 안개가 퍼져 있었다. 비누와 수건이 든 대야를 옆에 끼고 그녀는 머리를 쓸어넘기며 안개 속을 걸었다. 온갖 서글픔도 가라앉고 그리움도 한스러움도 삭아버린 하얀 앙금 같은 것이 고여왔다. 석이네는 안개 저편 먼 곳에 눈길을 보내며 천막으로 돌아왔다.

스찌바에서는 천안댁이 침이 흐른 입가를 닦으며 연신 하품을 하고 앉아 있었다. 임씨가 천막 쪽에서 천식이와 이를 닦고 있을 뿐 숙소에서는 아직 잠이 한창이었다. 방에서 나오던 잠옷바람의 연희가 석이네를 보았다.

"언니 또 목욕 갔다 와요?"

"그래."

"무슨 목욕을 그렇게 자주 가우."

"일찍 일어나니 좋은데 뭘. 새벽바람이 그렇게 좋을 수가 없어. 오늘은 안개가 아주 심하게 꼈어."

방으로 들어와 머리를 말린 석이네는 정갈하게 앞가리마를 타서 뒤로 묶었다. 성글게 퍼머를 했던 머리가 많이 자라 있었다. 며칠 있다가 머리나 자르러 가야겠구나. 목욕 후라 순하게 화장이 먹혀 들어가는 두 볼을 감싸며, 석이네는 이젠 숨길 수 없이 눈밑에 서려 있는 주름살을 거울 속에서 오래오래 바라보았다. 화장을 끝낸 석이네는 구석에 놓인 대바구니의 실을 잡았다. 거의 다 짜여진 보랏빛 털셔츠가 거기 담겨 있었다.

풍기에서 돌아오면서 석이네는 이제 자기에게는 세월이 필요하다고 생각했었다. 아이들은 가을볕의 무처럼 하루가 다르게 자라는 거니까, 동일과의 사이에 이어진 석이라는 끈이 있는 이상, 자기는 언젠가 동일을 만날 수 있으리라는 것을 석이네는 믿었다. 천막으로 돌아왔지만 하루아침에 마음이 잡히는 것도 아니었다. 정 떼려면 한번 다녀오십시오, 하던 칠룡의 말을 이제야 알 것 같았다. 천막으로 돌아온 그녀에게는 아무것도 없었다. 망망한 시간이, 차마 기다린다고 말할 수도 없는 시간만이 그녀 앞에 있었다.

그녀에게 있어 천막을 떠난다는 것은 동일을 떠난다는 것이었다. 네가 어디에 가 있든 나는 네가 가 있는 곳을 안다고 한 동일의 말을…… 그녀는 하늘처럼 믿었다.

목욕을 다녀오는 새벽이면 석이네는 저 먼 세월을 참아낼 것 같았다. 목욕탕 문을 나서면 언제나 어둠이 개이고 아침이 와 있었다. 시간의 물결을 넘어갈 수 있는 날개가 긴 기다림밖에 없음을 알 수 있었고, 언젠가는 찾아올 그날에 이제 하루가 더 가까워졌다는 것을 입술을 깨물며 확인했다. 그러나 마음을 다잡고 다잡아도 저녁이 오면 치마 속으로 설렁설렁 바람이 들어왔다. 저녁 어스름이 깔리고 드높은 천막의 지붕이 저물어가는 하늘을 배경으로 서 있는 황혼 속을 몇 마리 새들이 날아오르는 것을 볼 때면, 마음에선 쌓아 올린 벽돌에 휭하니 구멍이 뚫리는 듯했다. 늦게야 잠이 들지만 깨어나면 새벽이었다.

코끝에 스미는 싸한 새벽바람을 맞으며 목욕을 다녀오기 시작하던 그 무렵, 석이네는 시장에 나가 털실을 사왔다. 하명이 물었었다.

"뭐 하실려고요?"

"그냥, 하도 적적하니 아무거나 짜볼까 해서."

처음 시작한 것이 장갑이었다. 오랜만에 손에 대는 뜨개질이라 서툴러서 코가 잘 맞지 않았다. 한 짝을 다 짠 석이네는 다시 그 실을 풀었다. 그리고 다시 짜기 시작했다. 조그만 아이들 장갑이었다. 한 켤레의 장갑을 다 마쳤을 땐 늦은 밤이었다. 장갑을 방바닥에 놓고 바라보자니 석이의 두 손이 거기 남아 있는 것 같았다. 그때, 입술을 깨물며 앉아 있는 석이네 머리를 날갯소리처럼 스치고 지나가는 생각이 들었다.

"그래. 그래야겠다."

그날 밤, 설레는 마음으로 잠을 설친 석이네는 새벽목욕을 다녀오는 길에 아직 문을 열지도 않은 시장 안 털실집 문을 두드렸다. 한 타래의 보라색과 흰 실을 사가지고 돌아왔다.

"겨울도 다 갔는데 웬 털실을 사가지고 들어오우?"

"쓸 데가 있어서요."

"때깔이 참 곱네."

천안댁에게 실을 내보이는 석이네 얼굴에는 잔잔한 웃음이 떠올랐다. 그날부터 석이네는 옷을 짜기 시작했다. 독구리셔츠였다. 몸통이 반쯤 짜여진 옷을 연희가 보았다.

"이거 뭘 짜는 거야, 언니."

"옷이지."

"언니 꺼?"

"아니."

석이네는 고개를 저었다. 그녀의 얼굴을 들여다보던 연희가 입가에 웃음을 흘리며 말했다.

"아하, 석이 아버지 드릴 꺼죠. 그렇죠?"

석이네는 다만 고개를 저을 뿐 아무 말이 없었다.

종일토록 석이네는 뜨개질을 했다. 아침부터 밤까지, 자기 순서가 오면 무대에 나가 통을 굴리고, 의자를 쌓아올리는 묘기를 하고는 돌아와서 석이네는 다시 실을 잡았다. 천막 밖에 의자를 내다놓고 앉아서 천막의 그림자를 따라 자리를 옮겨가며 하루종일 대바구니에 실을 담아서 땅바닥에 놓고 뜨개질을 했다.
 그날 저녁 무렵, 석이네는 팔을 마저 짜서 몸통에 붙였다. 역시 내 추측이 맞았구나 싶었던 연희는 보랏빛에 가슴으로 흰 줄이 간 남자용 셔츠를 만져보며 말했다.
 "얼마 있음 여름인데…… 아유, 보기만 해도 더워보이네."
 저녁공연을 끝내고 숙소로 돌아온 석이네는 서둘러 화장을 지우고 옷을 갈아입었다. 돈이 든 작은 손지갑 하나를 들고 그녀는 시장으로 향했다. 가방가게로 찾아간 석이네는 커다란 여행가방 하나를 샀다. 돌아오는 밤길을 그녀는 천천히 걸었다. 아침처럼 짙은 밤안개가 깔려서 거리의 불빛은 우윳빛유리 저편같이 흐려 보였다. 빈 가방을 손으로 쓸어보는 석이네는 입술을 굳게 다물고 있었다.
 석아. 마음속으로 불러보는 목소리에는 설렘이 가득했다. 석아, 그래 네 옷이란다. 이 가방에 하나가득 네 옷을 짤 거야. 훤칠하게 잘난 남자가 되어서 이 에밀 보러 오는 날 널 줄 옷이란다. 그날이 언제일지 엄마는 몰라. 그렇지만 그때가 오리라는 걸 믿으며 엄만 네 옷을 짜는 거란다. 독구리도 짜고 털내의도 짜고 뭐든 다 짤 테다. 네 생각이 날 때면 털옷을 짜며 살아낸 이 엄마를 그땐 너도 탓하지만은 않겠지.
 가슴 가득 뜨거운 물결이 차올라왔다. 비로소 닫혔던 문이 열리고 석이와 자신의 사이에 먼 내일을 향한 새순에 움이 트는 것 같았다. 어둠 속에 드높이 서 있는 천막이 바라보이고, 숙소에서 흘러나온 불빛이 눈앞에 어른거렸을 때 석이네는 걸음을 빨리했다. 여름이 가까운 하늘에선 은하수가 푸르게 흘러가고 있었다.

 "아주 그만둘 텐가?"
 "그만둔 게 아니라 모가질 당했네."

"며칠 쉬어. 자네 데려가려는 덴 많으니까."

명수는 담배를 피워 물었다. 조그만 사무실, 곡예협회 창밖으로 토요일 오후 차가 밀리는 거리를 내려다보는 명수의 눈길은 우울했다. 어려서부터 살아온 서울, 처음 서커스를 따라 지방을 전전할 때는, 서울엘 올라오면 어딘가 포근하고 정겨운 곳에 안기는 그런 기분이었다. 나 살던 물이 좋긴 좋군그래…… 하는 그런 심정이었다. 그러나 요즈음 단체를 끌고 서울에 들어설 때의 기분은 달랐다. 이 도시에서 이제 자기는 밀려난 사람이고, 낙오된 자라는 감정을 숨길 수 없었다. 도시의 모습이 낯설게 변해서가 아니었다. 서울을 대하는 자기가 이미 이 도시와는 어울릴 수 없는 사람이라는 느낌이 들었다. 몰려가는 인파의 행렬에서 자기는 벌써 까마득히 떨어져 있는 것 같았고, 그런 소외감은 서울을 떠날 때까지 곳곳에서 자신을 괴롭혀왔었다. 잘 그만뒀지…… 당신이 지금 서커스나 끌고 돌아다닐 나이예요? 한 살이라도 더 먹기 전에 기반을 잡아야죠. 아내의 말이 귓가에 쟁쟁거렸다.

"이 상무, 자네 생각은 어때? 앞으로 얼마나 써커스가 될 것 같은가?"

"당분간이야 되겠지. 지금도 누가 단체를 내놓겠다 하면 살 사람은 많아."

"그거야 장사꾼들이고, 일제시대 때부터 써커스에 있어온 사람은 이제 손가락에 꼽을 정도밖에 안 남았잖아. 마술사가 조금 있지만 그 사람들이야 거의 약장사 따라나갔고, 결국 이십대에 곡예를 배운 아이들이 나이가 들면서 곡예를 못하더라도 써커스에 남아 있을 수 있는 무슨 방법이 있어야 하는데 그게 없어."

"옛날엔 아마 그게 됐다지. 후진을 키우거나 자네 같은 총무일을 보도록 하면서 생활을 마련해 주었다니까."

"이러다간 제대로 된 곡예사는 영영 없어지고 말아. 요즘에 입단하는 아이들은 줄 타겠다는 아이가 없어. 다 노래하거나 무용수를 하겠다지. 그러니 곡예사 질은 점점 나빠질 수밖에 없는 거라구."

"질이 떨어지는 거야 사실이지. 힘들고 어려운 곡예는 안 하려고 하니까. 그게 바로 요즘 세상 사는 사람들의 특징 아닌가."

"그럴 수밖에 없는 게 어려운 거 하다가 떨어져 다리라도 부러져 봐, 그놈은 밥 빌어먹을 거밖에 할 게 없거든. 위험에 대한 보상이 없는데 누가 목숨걸고 미친 짓 하겠어. 내 생각으로는 한두 개 단체라도 빨리 써커스를 기업화시키지 않는 한, 앞으로 제대로 된 곡예사가 나오기는 힘들어. 연기하다 다치면 보상금을 지급할 만한 능력이 단장에게 있어야 뭐가 되거든. 개중에는 곡예를 진짜 좋아서 하는 애들이 있긴 있으니까."

"통일이나 되면 모를까, 바닥이 워낙 좁으니 장사가 돼야지. 해외공연을 나갈 힘이 있는 것도 아니고."

"그것도 큰 이유기야 하지만, 한마디로 오늘날 한국의 써커스가 이 모양이 돼가는 큰 이유의 하나가 뭔지 아나? 서민과 멀어진다는 거야. 서민이 보는 써커스가 서민의 애환이랄까 그런 것을 담아줄 수 있어야 하는데 그게 안 되거든. 내 요전에 어떤 사람을 만나서 사당패 얘기를 한 적이 있어. 사당패들, 말년에는 참 비참했던 사람들이야. 한창때도 마을에서 들어오라는 허락이 떨어져야 그 마을에서 공연을 할 수 있었어. 그런 천대를 받았던 사람들인데 아직 몇 사람이 살아 있어서 인간문화재도 되고 그러나봐."

"사당패들에게야 쌍놈들 억울한 가슴을 풀어주던 저항의식 같은 게 있으니까."

"내 말이 그거야. 오랜 시간이 흘러서 곡예도 소멸해 갈 때 과연 그 정도의 대우나마 받을 수 있겠느냐 하면 결코 그렇지가 못해. 그

이유가 뭐겠어? 한마디로 오늘날 한국의 써커스가 이 모양이 돼가는 큰 이유의 하나도 그 점인데 서민과 멀어진다는 거야. 물론 구경꾼이야 서민이지. 그런데 그 내용이 서민의 애환이랄까 그런 것을 담아주질 못하거든. 사당패의 어름산이나 써커스의 외줄타기나 다 같이 줄을 타. 둘 다 줄을 탄다는 데는 일치하는 것들이지. 그런데 어름산이의 연기에는 이 나라 개화풍물에 대한 웃음이 있고 비판의 눈이 있어. 줄 위에서 서양식 화장법과 전래의 화장법의 차이를 보여주어 웃음을 자아내고 짚신 신은 걸음걸이와 하이힐 신은 걸음걸이를 비교해서 희화시키거든. 우리 쪽 외줄타기는 어떤가. 어름산이보다도 더 가느다란 줄을 평행선 위에서도 타고 심지어는 사십오 도 경사진 줄까지 타지 않나. 기술면에서야 단연 윗길이지. 그러나 그들은 다만 줄을 타보일 뿐이야. 관객과 감정이 통하는 아무것도 없어. 그거 참 재주 좋네, 하는 것으로 관객은 만족해야 한단 말야. 서민인 관객과 얼마나 호흡을 함께 하느냐는 바로 그 연희(演戲)에 민중의식이 있느냐 없느냐를 의미하는 거 아닌가."

"바로 그 점이 곡예사의 질일세. 일제때 간도공연을 간 조선곡예사가 그런 걸 해서 사람들을 울렸다더군. 남부여대 해서 두만강을 건너는 모습을 줄 위에서 걸어보였다는 거야. 거들먹거리는 왜놈 흉내를 내기도 하고. 그러니 박수가 터져나오고 공연 끝나면 무대 뒤로 손님들이 찾아올 수밖에. 문제는 그런 것을 보여줄 곡예사가 지금 같은 환경에서는 나올 수가 없다는 거지. 자네 말대로 민중의식을 담아줄 수 있는 그릇이 못 되는 거야. 좀 더 일찍 변해가는 시대에 적응해서 곡예를 현대화시키는 일을 추진했다면 흥행이야 나아질 수는 있었겠지. 써커스엔 몸으로 하는 실연(實演)이라는 강점이 있거든. 아니면 우리네 서민의 이야기를 대신해 주는 쪽으로라도 힘을 기울였어야지. 그도 저도 없이 유랑인생 떠돌이생활에 만

족했으니 몰락이야 뻔할 수밖에 없는 일이지."
"고속도로, 수출공단, 빌딩…… 그런 것만이 이 시대의 얼굴은 아닐세. 농촌이 차츰 근대화되면서 토속적인 의미의 땅에서 밀려난 사람들이 있어. 도시에서 막일을 하거나 행상을 하는 사람들이 얼마나 많이 있는가. 그들이야말로 농촌을 떠나온 사람들 아닌가. 요새 써커스의 구경꾼들이 바로 그런 사람들이거든. 매년 서너 개의 단체가 봄부터 가을까지 서울 변두리만을 이잡듯 뒤져도 적자가 나지 않을 정도로 관중은 얼마든지 있으니까. 그러니 자네 같은 사람이 그런 면으로 생각을 좀 해줘야 한다 그거지."
"나야 이제 떠난 사람일세."
명수는 창 쪽으로 다시 고개를 돌렸다. 하명이, 덕보, 연희…… 그들의 얼굴이 떠오른다. 떠나는 자기를 잡고 광표 때문이라면 그 깟놈 내몰아버립시다, 하며 팔을 걷던 그들. 난 그때 뭐라고 말했던가. 많은 사람들이 단체를 나갔고 또 찾아왔지만, 오래 자기 곁을 떠나지 않고 있던 그들의 삶이 이제 조금은 자기 것이 되어버렸다는 그것밖에 명수는 손털고 일어선 지금 아무것도 남은 것이 없다는 생각을 한다.
고속도로가 뚫리고 시골마을마다 텔레비전 안테나가 솟아오른 시대에서 낡은 천막극장 무대에 손님이 모일 리 없었다. 삶의 현장에서 밀려난 사람들. 어두운 출생의 너울을 쓰고 뿌리내릴 땅이 없이 자라온 사람들이 모여서 서로의 상처를 감싸고 살아가는 그 생활에는 몰락해 가는 연희인의 비애만이 있었던 건 아니다. 비천한 목숨들의 분노도 있었다. 스스로 원해서 들어오기보다는 어두운 운명의 자식으로 태어나 이곳저곳을 헤매다가 겨우 서커스에 들어와 발을 붙이고 사는 곡예사들의 버림받은 삶, 불행한 사람들끼리 상처를 쓰다듬어주듯 살아가는 단원들……. 그래, 어쩌면 모든 것은 곡예사들의 인생 속에 묻혀 있는지도 모른다. 구덩이를 파 말뚝을 박고, 장대를 새끼로 묶으며 싸구려 소주에 취해서 천막을 올리고…… 오늘 하루 살면 내일은 또 내일의 것으로 맡겨버리고 잠드는 그 비천함 속에 유랑연예인의 한 가닥 진실은 담겨 있는 것이 아닐까. 불행한 운명의 밭에서 자란 한 포기 잡초이기에 화려한 꽃은 없지만 결코 쓰러지지 않고 끈질기게 살아내기는 했던 것을…….

"이제 손을 떼고 나와서 뭘 할려 그래. 보수나 낫게 주는 데로 옮기면 되지 뭘. 단체에 아가씨나 하나 데려다놓고 재미 좀 보며."

"그런 재미? 마누라 하나도 못 거느려서 쌩과부 만드는 나야."

"허구헌날 나돌아 다니면서도 애는 만드는 거 보면 자네 재주도 보통이 아닌데 뭘. 참 태숙이 엄마가 올해 몇이야?"

"서른다섯."

네시가 넘어서 그들은 사무실을 나왔다. 서울운동장 쪽으로 걸으며 명수가 말했다.

"어디 가서 한잔해야지."

"전에 그 집으로 가세나. 그 집 파전 맛있던데."

"그럴까."

둘은 횡단보도 앞에서 걸음을 멈추었다. 빨간불이 들어와 있었다.

"자네 죄받겠군. 여자 나이 서른다섯이면 절정인데. 이십엔 이십 전심으로 하고 사십엔 사생결단으로 하고 오십엔 오기로 하는 게 그짓이라네. 태숙이 엄마 바람 안 나는 거나 고맙게 알아야겠군."

"그래서, 마누라 바람날까봐 때려친 거 아닌가. 참 일월은 요새 어디 가 있나?"

"뚝섬에. 자네, 말로는 떠났다면서 그래도 생각은 거기서 못 떠나는 모양이군."

명수는 씁쓸히 웃으며 인파 속으로 쓸려들어갔다.

9

 "소인이 따로 있나. 표만 끊으면 되는 거 아뇨."
 "거 속 쌕이네. 오십 원 더 내고 대인표로 바꿔오슈."
 덕보는 같은 말을 되풀이했다. 술이 오른 청년들이 오십 원이 싼 소인표로 입장을 하겠다고 버티고 있었다.
 "그래서? 못 들어간다 그거냐?"
 "대인표 사면 될 거 아뇨!"
 줄무늬양복을 입은 자를 밀치며 뒤에 있는 모자를 쓴 청년이 앞으로 나섰다.
 "난 애들인데 좀 들어갑시다."
 덕보가 의자에서 일어서며 밀고 들어오는 모자의 가슴을 막았다. 순간 옆에 섰던 줄무늬양복이 그의 손을 쳐버렸다. 좁은 통로에서 밀고 밀리는 실랑이가 벌어졌다. 달려온 하명이 모자의 멱살을 잡아올렸다.
 "이거 어디서 대낮부터 술 처먹은 놈들이 굴러들어왔어."

"어, 어, 이게 사람 친다."
"치기는 인마. 네깐 놈 칠 거까지도 없어."
모자의 몸을 원숭이가 매달린 철봉까지 밀고 가 몇 번 쥐어박고 있을 때, 한쪽에서는 줄무늬양복을 끌고 덕보가 뒤꼍으로 돌아가고 있었다. 결국 하나 남은 청년에게 응칠이가 다가서자
"야, 가자 가."
그는 슬금슬금 꽁무니를 빼더니, 다른 두 명에게 달려갔다.
"거기 표 물려줘라. 소인 세 장이다."
덕보가 매표소에 대고 소리를 지를 때쯤엔 셋이라는 생각에서 술기운에 밀고 들어오려고 했던 청년들은 비실비실 멀어지고 머리를 쓸어올린 덕보는 담배를 꺼내 하명에게 권했다. 단추가 뜯어진 옷자락을 털면서 하명은 담배를 받아 불을 붙였다. 그때였다. 매점 쪽 천막이 들리더니 종길이가 불쑥 얼굴을 내밀며 소리쳤다.
"들어와봐. 야네기다리 큰일 났어."
"뭐? 석이 엄마가?"
하명은 뛰듯이 덕보의 뒤를 따라 객석으로 들어갔다. 석이네의 통굴리기였다. 누운 채 하늘로 치켜올린 발 위에 의자를 쌓는 중이었다. 객석에서 야유가 터져나오고 있었다. 두 칸 이상 쌓지를 못하고 석이네는 계속 다리를 흔들어대다가 떨어뜨리곤 했고, 얼굴이 시뻘겋게 달아오른 후건은 연신 떨어진 의자를 주워나르고 있었다. 덕보가 말했다.
"석이 엄마 술 먹었구나?"
"그런가 봅니다. 저래 가지곤 안 되겠는데요."
객석에서 우— 하는 야유가 휘파람과 함께 흘러나왔다. 당황한 후건이 의자를 치우고 기본기인 통을 다시 그녀의 발 위에 올려놓았다. 그러나 이미 흐트러지기 시작한 석이네는 그나마도 서너 바

퀴 이상 돌리지 못하고 있었다. 통을 허공으로 차올려 후견 쪽으로 밀어준 석이네가 도망치듯 분장실로 뛰어들어갔다. 어지러운 발걸음이었다.
"야, 본전 아깝다! 백 원만 깎자 깎아."
임씨가 자전거를 끌고 나왔다. 돌아서며 덕보가 중얼거렸다.
"저 예펜네 쫑치고 싶나…… 어쩔라구 저러지."
석이네가 뛰어들어간 분장실로 땅땅한 광표의 몸이 구르듯 달려갔다. 분장실로 뛰어든 광표는 석이네 앞가슴을 틀어쥐었다. 짧은 치마에 검은 타이츠를 입고 위에는 가슴이 파인 블라우스차림의 석이네 몸은 광표가 흔드는 대로 비틀거렸다.
"이 쌍것이 누구 망하는 꼴을 봐야겠나. 너 대낮부터 술 처먹었지?"
광표의 손이 허공에 날아오르자, 석이네 얼굴이 퍽 소리를 내며 부서져나갔다. 두 번, 세 번 광표는 닥치는 대로 석이네를 향해 주먹을 휘둘렀다. 흩어진 머리카락 아래로 주르르 코피가 흘러나왔다. 옆으로 비켜서서 눈치만 보고 있던 단원들을 헤치고 하명이 앞으로 나섰다. 광표의 팔을 틀어쥔 하명은 석이네 앞을 가로막았다.
"넌 뭐야 인마!"
광표의 살기어린 눈이 하명을 쏘아보았다.
"그만해 두십시오."
"건방진 놈. 네 맘대로 그만두냐. 이 손 못 놔."
하명이 으드득 이를 갈았다. 틀어쥔 광표의 팔에 더욱 힘을 줄 뿐 하명은 바위처럼 버티고 서 있었다. 코피를 쏟으며 쓰러진 석이네를 끌어안으며 연희가 홱 고개를 돌렸다.
"해도 너무하시네요."
"햐아, 이것들 봐라. 도대체가 느이덜 사람 알기를……."

휘둘러보던 광표의 얼굴에 일순 경련이 지나갔다. 둘러선 단원들의 얼굴에 얼어붙어 있는 무관심이 그에게는 적의로 느껴졌던 것이다. 하명이 손을 풀었다. 손등에 묻은 피를 바지에 쓱쓱 문지르며 광표는 아랫배에 힘을 주었다.
"다시 술 처먹고 무대에 나가봐라. 그땐 용서없어. 느이들도 잘 알아둬."
둘러선 단원들의 얼굴을 휘둘러보며 침을 뱉은 광표는 횡하니 밖으로 나갔다.
"세상 험악해서 살겠나. 실수 한번 했다고 코피 터지고."
사람들에 가려서 보이지 않던 칠룡이가 구석에서 중얼거렸다. 옆에 있던 종길이가 말을 받았다.
"해도 너무하는데…… 요새 세상에 매맞고 일할 놈이 어디 있어."
"때리면 맞는 거지. 매가 될 거야?"
천식이었다. 칠룡이 고개를 발딱 젖혀 그를 노려보았다.
"패도 사람 봐가면서 패야지. 어디 주먹 들어갈 데 있다고 여자를 친단 말요."
"대낮부터 술 처먹으니 맞아도 싸지 뭘 그래."
천식이 내뱉으며 무대밑으로 기어들어갔다.
웅성거리는 단원들을 헤치고 하명과 연희는 석이네를 부축하고 밖으로 나왔다. 물수건을 적셔 얼굴을 닦아주며 연희가 말했다.
"언니도 참. 어쩔려고 무대 나갈 때 술을 먹어요."
"오죽하면 낮술을 먹었겠냐."
하명이 버럭 소리를 지르자 연희는 눈을 흘겼다.
"괜히 나한테 야단이야."
석이네가 나지막하게 울음을 터뜨렸다. 석이네 오열이 가슴을 에어와서 하명은 눈을 가늘게 뜨고 햇살이 결이 부서져나가는 뒤

곁을 바라보았다. 칠룡이 걸어가고 있었다. 아침에 빨아널은 빨랫가지들을 걷고 있는 칠룡의 모습이 점점 흐려져서 하명은 어금니를 힘주어 물며 손바닥으로 얼굴을 쓸었다.

"간밤에 웬 꿈이 그렇게 흉한지…… 일이 손에 잡혀야지……."

"석이를 꿈에 보셨구려."

푸르게 멍이 들고 콧날이 부어오른 얼굴을 꺾으며 석이네 어깨가 다시 흔들리기 시작했다.

"아이한테…… 무슨 일이 있는 것만 같애서……."

"괜한 생각입니다. 석이 그 녀석 반죽이 좋아서 어딜 갔다 놓아도 누구 눈밖에 날 애가 아닙니다. 들어가 좀 누우세요."

숙소로 가 석이네 자리를 깔아 눕혀주고 하명은 밖으로 나왔다. 햇살은 여전히 눈을 찌르도록 화사하게 쏟아지고 있었다. 짧게 발밑에 깔리는 그림자를 내려다보았다. 단체를 떠나던 날 명수는 말했었지. 광표 때문이 아닐세. 광표라면야 맞서서 싸워야지. 그거야말로 우리가 포기할 수 없는 일 아닌가. 그러나…… 이젠 이 시대가 우릴 원하지 않는 거야. 관객 없는 무대를 지켜야 할 아무 뜻이 없는데 남아서 무엇을 하겠나. 새벽닭은 울어도 벌써 운 거야. 그날 칠룡이는 말했었다. 명수를 보내고 돌아오는 길에 그는 껄껄 웃었다.

"새벽닭이 울어도 벌써 울었다고…… 말뚝을 박을 놈의 세상. 첩네 집에서 끼고 잤다면야 새벽닭 울면 본마누라한테 돌아가면 되겠지만 젠장 이거야 어디 조강지처가 있어야 돌아가지 흐흐."

한낮의 햇빛에 조그맣게 줄어든 그림자가 지금 자신의 꼬락서니만 같았다. 하명은 미간에 힘을 주며 천막으로 돌아섰다.

그날 밤이었다. 공연을 끝낸 단원들이 일당을 받기 위하여 객석에 모여들었다. 하나하나 이름을 부르면서 일당이 든 봉투를 나누어주던 광표는 석이네 차례가 왔으나 그녀의 이름을 부르지 않았다. 석이네 이름을 부르지 않고 바로 후견들 차례로 넘어가자, 덕보는 뒤쪽에 섰던 하명에게 속삭였다.
"넌 갈 곳을 정했니?"
"내 염려는 마십쇼."
"그럼 더 두고 볼 거 없잖어. 때려치자."
고개를 끄덕인 하명은 눈을 번뜩이며 종길이에게 다가가 빠른 귓속말로 중얼거렸고, 그는 또 칠룡이와 웅칠이에게 말을 전했다. 하명과 함께 공중그네를 하는 종남이는 이미 뒤꼍으로 가서 밧줄을 뽑아들고 있었다. 하늬바람에 쓸리는 갈대처럼 단원들의 머리와 머리가 나부꼈다. 그들의 사이사이로 바람은 지나가고 있었다. 일당 지급이 끝나자 광표는 단원들을 한자리에 모았다.
"에또, 그래서 말인데 오늘 낮에 있었던 사고는 전적으로 용서할 수 없는 일이야. 대낮에 술을 먹다니, 그것도 후견이라면 또 몰라. 무대에 설 사람이 그래서야 되겠어. 더군다나 이건 남자도 아닌 여자가. 어찌 여자가 낮에 술을 먹고 실수를 하느냐 말야. 손님들은 둘째치고라도 동네 주민들이라도 보게 되면 써커스 사람들을 뭘로 보겠어. 이런 일은 다시는 없어야 한다 이 말이야. 그 단원들은 정신차릴 때까지 굶어봐야 해. 오늘 석이 엄마한테는 일벌백계주의로 일당을 안 주기로 했으니까 그렇게 알라구."
"그렇게는 안 될 것이오."
광표의 말을 자르며 부스럭부스럭 일어난 사람은 일어나도 다른 사람 앉은키만한 칠룡이었다.
"엿장수 마음도 아니겠고…… 그렇게 주고 싶으면 주고 안 주고 싶으면 뚝 잘라먹고 그래서야 쓰겠소?"
"뭐 어째?"

"혼자 사는 동네에서야 면장이 이장이겠지마는, 단원들 눈이 시퍼렇게 살아 있는데 그건 좀 너무하신 말씀이오."

광표의 얼굴이 변하며 콧구멍이 벌름거렸다. 칠룡은 앞으로 나가 단원들을 향해서 섰다.

"복없는 처녀는 머슴방에 가 누워도 고자 곁에 눕는다더니, 내가 이렇게 몰골이 흉악해서 그런지 만나는 사람마다가 악질이야. 내 한 몸이야 제대로 크지도 못하고 보다시피 요모양이니까 다 부처님 뜻이다 생각하고 참아줄 수 있지마는 남의 일은 그냥 넘길 수가 없더라 이 말이오. 밭 팔아서 논 살 때는 그게 다 이 밥 먹자고 하는 짓이야. 하물며 남이 안 하는 재주 넘어서 피땀 흘려 번 돈을 못 주겠다니 이런 법도 있나? 한번 실수는 써커스 집에서도 상사라 안 그렇습니까? 단장님."

"이 자식이 이거 헤까닥 돈 놈 아냐?"

광표가 단원들을 둘러볼 때는 이미 종길이와 하명이 그의 뒤를 지키며 버티고 서 있었다. 덕보가 뒤쪽에서 서서히 일어났다.

"어떻게 되긴요. 토막이 작아서 그렇지 사지육신은 말짱합니다요."

"이 병신새끼가 사람을 뭘로 알고 이래!"

광표의 발이 날아가 칠룡의 가슴을 걷어찼다. 칠룡이 나가떨어지며 기둥에 가 부딪쳤다. 그와 때를 같이하여 광표의 뒤에 서 있던 단원들이 우르르 달려들었다. 몇 대 얻어맞고 나가떨어진 광표는 그때야 사태를 직감했다. 순간적으로 그는 도망을 쳐야 한다고 생각했다. 어기적거리며 일어난 그는 쏜살같이 천막 뒤로 달아나기 시작했다. 그러나 분장실로 들어가는 입구에는 이미 웅칠이가 각목을 들고 버티어 서 있었다. 각목이 머리통이라도 내려치는 줄 알았는지 천막 밑으로 몸을 던진 광표는 포장을 들치고 빠져나가려고 버둥거렸다. 그러나 미처 머리가 나가기도 전에 그의 땅땅한 몸은 달려간 덕보에게 붙잡혔다.

요동치는 팔다리를 하나씩 잡은 단원들이 그를 덜렁 들어다 마루무대 위에 내던졌다. 각목을 든 단원들의 험악한 얼굴이 마루무대를 둥글게 둘러쌌다. 겨우 몸을 일으킨 광표는 단원들의 얼굴을 쳐다보며 소리쳤다.

"느이덜 이거 뭐 하는 짓이어."

"똥은 건드릴수록 쿠린기라. 이거 그냥 두들겨패서 내쫓읍시다."

"굴러온 돌이 박힌 돌을 친다더니, 어디서 날깡깽이 같은 게 오야지랍시고 와앉아서 사람 보기를 우습게 알았다는 얘기지."

"뭐야 이 자식아!"

소리치며 벌떡 일어섰지만 광표는 엉치를 다쳤는지 아이구 소리를 내며 도로 주저앉았다. 하명이 들고 있던 각목으로 그의 옆을 내리쳤다. 깜짝 놀란 광표는 엉겁결에 서너 걸음 기어나갔다.

"묶읍시다!"

칠룡이었다. 걷어차여서 나뒹굴었던 그는 어느새 밧줄을 사려 들고 있었다. 그때였다. 한쪽으로 몰려 서 있던 단원들 중에서 하나가 앞으로 썩 나섰다.

"누구 마음대로!"

하명이 종길이 덕보의 눈이 그쪽으로 쏠려갔다. 천식이었다.

"법에 없는 수작들 하지 마라. 너나없이 먹고살려고 하는 짓이야. 내 천막에서 뼈가 굳었다만 오야지 묶는 건 아직 못 배웠다."

"이 씨벌놈이 누구 일에 재를 뿌리고 나서는 거여!"

덕보가 천식이 쪽에 고함을 쳤다. 순간 천식이를 둘러싸고 있던 단원들이 웅성거리기 시작했다. 뒤쪽에선 곡예장비를 닥치는 대로 집어드는 자들도 있었다. 천식이는 광표 쪽으로 밀고갈 자세였다.

하명이 광표의 목덜미를 거머쥐고 주춤 물러섰다. 봄이 되면서 광표가 새로 모아온 단원들이 천식이를 둘러싸고 앞으로 밀려나왔다. 덕보가 임씨에게 소리쳤다.

"야, 임가야. 넌 뭘 허는 거냐!"

"나, 나야 머……."

"오오라, 느이놈들 아주 모의를 했었구나."

천식이가 옆에 있는 의자를 집어 덕보 쪽으로 내던졌다. 임씨는 뒤쪽으로 빠져갔다. 명수가 단체를 떠나기로 했을 때 들고일어나야 한다고 입을 모은 건 먼저부터 있어온 단원들이었다. 그때 임씨는 고개를 끄덕이면서도 마음속으론 이미 굿이나 보고 떡이나 먹자고 다짐했었다. 어차피 단체를 옮겨야 한다면 미리미리 새끼놀이를 다녀와서 갈 곳을 정해야지 덕보따라 뛰어다녔다간 얼마 동안 일을 할 수 없을 테고…… 그것만 해도 돈이 얼마냐. 오늘 그는 눈치봐서 일이 될 듯싶으면 뒷전에서 소리나 몇 번 질러댈 참이었다.

천식이가 패거리를 끌고 의자를 내던지며 전진해 오자 예상밖의 사태에 주춤 기세가 눌리는 사이 하명의 손을 뿌리치며 광표는 뛰어나갔다. 구르듯 천식이 쪽으로 달려간 그는 숨을 헐떡이며 돌아섰다.

"이놈 새끼들 누구누구야. 덕보 너하고 하명이, 응칠이 너도지 이놈. 칠룡이 너까지 병신들 다 모였구나."

덕보가 소리쳤다.

"천식이 너는 몰라! 우린 돈을 찾아야겠다 이거야. 겨우내 똥고 생하면서 돈을 얼마나 떼었는지 아냐? 일당 받을 걸 반일당 받고 담뱃값이나 받은 게 얼마인지나 알아? 삼십만 원이 넘어. 우린 이 돈을 받아야겠단 말이다. 넌 좀 빠져!"

"이 색기들아. 느이들 못나서 못 타 먹은 일당 아냐. 누구 망하는 꼴 볼려고 작당을 해서 지랄이야. 언제까지 일월이 느이 껀 줄 알았냐."

물이 갈라지듯 천막 안은 두 패로 갈라섰다. 애당초 덕보와 하명의 편에 서기로 했던 후건들은 광표를 에워싸고 의자를 던지며 밀고나가는 패들의 숫자에 눈알이 튀어나왔다. 그들은 저쪽보다 두 배가 넘었다. 잘못 했다간 실컷 얻어터지게 생겼다고 생각한 그들은 바람처럼 뒷전으로 물러섰고, 천식이를 따르는 쪽으로 쏠려 들어갔다. 각목이 휘둘려지고 의자가 이쪽에서 저쪽으로 번갈아 날아갔다. 천식이와 맞붙었던 덕보는 그를 쓰러뜨려 짓밟는 사이에 뒤에서 달려든 후건에게 옆구리를 차여 나뒹굴고는 분장실로 기어 달아났다. 의자를 피하다가 기둥을 들이받아 코피가 터진 하명은 손등으로 입술을 닦으며 칠룡을 찾았다. 그는 무대 위로 달아나고 있었다. 분장실로 뛰어들어간 하명은 곡예장비인 T자형 대나무를 들고 뛰어나왔다. 몰려드는 천식이 패들을 막으며 그는 칠룡을 불렀다.

"빨리 내려와. 갇히면 맞아죽는다!."

객석 중앙에서부터 밀려나기 시작한 하명이 패들은 하나하나 분장실로 쫓겨들어가고 있었다. 그때 대전댁이 속치맛바람으로 뛰어들어오며 소리쳤다.

"이 사람들아, 이게 무슨 짓들인가. 삼촌, 삼촌은 어디 갔어?"

몽둥이가 날뛰는 속에서 간이 조마조마했던 광표는 밖으로 나왔다. 천막 안에서 흘러나온 빛을 밟고 선 그는 담배를 피워 물었다. 손이 떨리고 있었다. 천식이 그놈들 아니었으면 하마터면 어디 부러질 뻔했잖어. 이런 순 날깡깽이 같은 놈들이 있어그래. 노동판 곤조통들보다 한술 더 뜨드네. 작은 눈알을 굴리며 담배를 후욱 뱉어내는 순간이었다. 그의 목을 움켜잡는 손이 있었다. 어둠 속에서 주먹이 날아와 눈을 쑤셨다. 매표소 판자에 머리를 박으며 나가떨어진 광표는 머리를 흔들며 그를 쳐다보았다. 칠룡을 끌고나온 하명이었다.

"느이 놈들이 무슨 짓을 칠 줄 내 다 알았다. 어디 경찰에 신고할 테니 콩밥 좀 먹어봐라."

"신고해라 이 개자식아!"

소리치며 하명이 번쩍 발을 쳐들었다. 몸을 굴려 그의 발길을 피한 광표는 난간을 타넘어 어둠 속으로 달아났다.

천막 밖으로 빠져나온 단원들은 입구 앞 공지로 하나씩 모여들었다. 가쁜 숨을 가라앉혀가면서 그들이 피워대는 담뱃불은 습지의 반딧불처럼 반짝였다. 전부 열셋이었다. 하명은 손수건을 찢어 피가 흐르는 콧구멍을 막았다. 칠룡은 입술이 터져서 연신 팔소매로 입술을 찍어내고 있었다. 옆구리를 다친 덕보를 하명이 부축했다.

"가자. 가서 어디 술집 하날 몽창 사버리자. 앞으로 어떻게 헐지 생각도 좀 허고."

"이거 복장이 콱콱 맥히니…… 술로든 계집으로든 풀긴 풀어야 겠어."

"젠장헐, 대낮에 내 발로 걸어나올 작정이었는데 어째 일이 이 꼴이 됐냐."

덕보는 다리를 절름거리며 웅얼웅얼 지껄였다. 웅칠이는 손가락으로 코를 풀어 내던졌다. 빗발이 후득후득 떨어지기 시작했다.

"쌍, 초장 끝발이 개끝발이라구 이렇게 될 줄이야 알았나. 죽지 않을 만큼만 맞을 생각하고 끝까지 붙어보는 걸 그랬어. 쪼가릴 끌고나오든가."

"기어가도 서울 남대문까지만 가면 된다더라. 기왕지사 떠날 맘 먹었는데 대전댁을 끌고나와 뭘 해."

칠룡이었다. 덕보의 겨드랑이 깊숙이 어깨를 들이밀면서 하명이 말했다.
"맞다. 오야지 묶고 나오나 이렇게 나오나 결국 끝은 같은 셈이야. 어차피 난 손털 생각이었어."
"말들은 잘헌다. 그래, 섭섭해할 거 없어. 말뚝박고 살 생각 아니라면 차라리 잘된 일이야. 처자식 데리고 거기서 살 놈은 천막에 남아 지들끼리 먹고살아야 할 것 아니냐."
덕보의 말을 들으며 종길이는 차츰차츰 뒤로 처지고 있었다. 그는 세차장 담벽에 몸을 숨기며 어둠을 뚫고 다리를 절름거리며 천막에서 멀어져가는 그들을 바라보았다. 내가 왜 저놈들을 따라가. 사회로 나갈 것도 아니겠고 다른 데 갈 만한 단체도 시원찮은데…… 내 입에 누가 밥 떠넣어줄 건가. 내 생각 누가 못 말려. 소리 없이 몸을 돌린 종길이는 천막을 향해 달려가기 시작했다.

그날 밤 몹시 취한 석이네가 돌아왔을 땐 자정이 가까운 시각이었다. 굵은 빗발을 맞으며 돌아온 석이네는 물에 빠진 사람 같았다. 술병을 하나 들고 있었다. 숙소로 비틀거리며 들어갔던 그녀는 한참 있다가 다시 나왔다. 빗소리에 섞여 숙소에서 투덜거리는 소리가 들렸다.
"사단은 다 저 여편네 때문인데, 사람 잠도 못 자게 오밤중에 개 싸대듯 돌아다니면 어쩌라는 거야……."
허청허청 분장실로 들어온 그녀는 캄캄한 어둠 속에서 몇 번 성냥을 그어댔다. 그리고 그 불빛 속에서 알전등을 찾아 불을 켰다. 옷은 온통 젖어서 몸에 달라붙어 있었고 머리는 빗물과 함께 얼굴을 흘러내렸다. 술병을 털썩 바닥에 놓으며 무대 쪽 벽에 기대앉은 석이네는 치마폭에서 오징어 한 마리를 꺼냈다. 그러곤 취한 손길로 그것을 찢어놓았다.
 빗발은 가늘어졌다간 다시 이어지면서 끊이지 않고 있었다. 빗소리 외에는 아무 소리도 들려오지 않았다. 석이네는 젖은 머리카락에 두 손을 찌르며 무릎을 세우고 주저앉았다.
 "다 어딜 갔지?"
 그녀는 몸을 한번 움칠하면서 중얼거렸다.
 "다 갔나? 총무님이 가더니 하명이도 갔나? 윤재 아저씬 먼 데로 갔지만……."
 석이네는 손을 들어 머리 위를 한번 휘저었다.
 "먼 데로 갔지. 흐흠, 나만 남았군그래, 나만, 흐흐흐."
 석이네는 몸을 끄덕이다가 벽에 기댄다. 그녀의 눈이 힘없이 맞은편 벽을 바라본다. 옛일들이 그녀의 취한 머릿속을 빗줄기처럼 지나간다.
 석이네는 술병을 들어 한 모금 마시고 흔들리는 손길로 오징어를 집어들었다. 하명이는 훤하게 잘생긴 사내지, 그럼 그렇고말고. 칠룡인 빨가벗고 장군 칼차기야. 뛰어보고 날아봐야 난쟁이…… 내 꼴이나 다를 거 없고, 참 연희가 있었구나. 연희는 어딜 갔다지? 연희 허리는 버들이었는데…… 덕보는 어딜 갔을까? 아함, 그놈이 어느새 농사지러 갔나? 미련해도 그놈이 사내는 사내지. 거기 대면 윤재 아저씨야 피도 없는 사람이고, 그런데 우리 총무님이 없으니 내가 찬밥 신세야…… 그래도 날 알아주기는 그 양반이 제일이었는데. 석이네는 혼자 웃다가 중얼거리다가 술병을 들어 한 모금 마시고 몸을 떨었다. 바닥을 내려다보던 그녀의 눈이 손에 가 멎었다. 반지였다.
 지난해였다. 여름밤에 석물(石物)공장 옆에 앉아서 동일이 끼워주던 그 반지였다. 손에 헐거워서 석이네는 그 반지를 금은방에 가서 손에 맞게 고쳐끼었었다.
　석이네는 취한 손길로 그 반지를 젖은 치마에 닦았다. 그러곤 한참 들여다보다가 반지를 뽑아들고 주렁주렁 걸려 있는 무대의상들을 당겨서 또 닦았다. 술병을 집어들며 그녀가 반지를 바닥에 놓았을 때였다. 껌벅껌벅하며 전등에서 불이 나갔다. 칠흑 같은 어둠 속으로 솨하고 빗소리가 쏟아져들어왔다.
　"성냥이 있었는데…… 내가 어디다 뒀지."
　석이네는 더듬거리며 성냥을 찾아 들었다. 몇 번 성냥을 그어대는 사이 불똥을 달고 부러진 성냥불이 툭툭 튀어나갔다. 겨우 불을 붙인 석이네는 반지를 찾아쥐었다. 그때다. 타들어간 성냥불이 그녀의 손을 뜨겁게 했다. 그녀는 털어버리듯 성냥을 버린다. 그리고 다시 불을 켠다. 반지를 손에 끼고 술병을 찾으려는데 성냥은 또 타들어간다. 불을 떨어뜨리고 그녀는 다시 성냥을 그어댄다. 전깃불이 들어오는가, 그녀는 분장실이 훤해지는 것을 느낀다. 전구를 쳐다보던 그녀는 고개를 저었다. 전구에는 분명 불이 들어와 있지 않은데 분장실 안은 점점 훤해지고 있었던 것이다. 석이네는 흠칫 돌아섰다.
　"아악."
　소리를 지르며 그녀가 물러섰을 때, 불길은 이미 벽에 걸린 의상을 태우면서 타올라가고 있었다. 쏟아지는 빗소리는 여전했다. 의상을 태우며 치솟은 불길은 천장까지 넘실거리고 옆으로 퍼져나간 불길은 기름걸레질을 하는 무대마루 위를 타넘어 훅훅 불붙고 있었다.
　비틀거리며 일어선 석이네 눈에는 순간 불이 붙었다. 불길 앞으로 다가서며 옷가지를 집어 불을 덮치려던 그녀의 팔이 허공에서 멈췄다. 천천히 그녀의 팔이 아래로 떨어졌다. 일그러지는 석이네 얼굴이 불빛을 받아 붉게 번들거렸다.
"타거라 타."
이를 가는 듯한 목소리였다.
"타버려! 다 불타 버려라. 난 내 힘으로 여길 떠날 수가 없어. 내 혼자 힘으론."
통곡처럼 중얼거린 석이네는 몸을 돌렸다. 넘실거리는 불길을 뒤로 하고 석이네는 허청허청 폭우 속으로 걸어나갔다.
무대 밑에서 자던 후견들이 튀어나왔다.
"불이야, 불이야."
여기저기서 질러대는 아우성이 빗소리에 묻혀갈 때 숙소에서 잠이 깬 단원들의 고함소리로 칠흑의 어둠 속은 지옥과 같았다.
불길은 천막 밖으로 새어나오지 않고 무대를 불태웠다. 그네타기를 하는 곡예사 두 명과 천막으로 돌아와 숙소에 남아 있던 종길이가 허리에 칼을 꽂고 연기 자욱한 기둥을 기어오르기 시작했다. 천장의 천막을 끊어내리기 위해서였다. 마를 대로 마른 무대는 화염에 싸이고 불길은 넘실거리며 기둥으로 옮겨붙고 있었다. 천장으로 퍼져올라간 연기가 우산처럼 휘면서 천막 안을 메웠다. 위로 올라간 단원들은 천막 중앙을 가로지른 나무를 타고 나가면서 포장을 맨 줄을 끊어나갔다.
"내려와! 기둥에 불이 붙는다!"
밑에 선 단원들의 고함소리가 연기 자욱한 천막 안을 더욱 들끓게 했다. 눈을 떠도 아무것도 보이지 않았다. 연기와 어둠 속에서 종길이는 칼을 밑으로 집어던졌다. 마악 기둥을 타고 내려가려 할 때였다. 밖에서 빗속을 뛰어다니던 단원들의 소리가 아득하게 들려왔다.
"비켜라. 천막이 넘어간다!"

기둥을 타고 내려온 그는 연기와 널름거리는 불길을 헤치고 밖으로 뛰어나왔다. 기둥을 타고 내려오느라 찢어진 손에서 피가 흘렀다. 동물사에서는 불길과 연기 속에서 단원들의 고함소리에 놀란 원숭이가 창살을 들이받으며 날뛰고 있었다.
"안에 있는 사람들 빨리 나와!"
"넘어간다. 넘어가. 무대 쪽이다."
어둠과 빗발이 먹물처럼 끼얹어지는 속에 단원들은 서 있었다. 불길이 그들의 번들거리는 얼굴을 핥으며 넘실거렸다. 기둥에 묶인 줄이 끊어져버린 천막은 가운데가 먼저 풀썩 주저앉았다. 이어서 천막을 버티고 있던 기둥들이 서서히 넘어가기 시작했다. 여기저기서 묶은 새끼가 뜯어지는 소리가 투툭투툭 터져나왔다. 기둥이 부러지는 소리가 불길에 휩싸여갔다. 새끼가 끊어지고 기둥이 부러져버린 천막은 왼쪽으로 빙그르 몸을 틀면서 타오르는 무대의 불길 위에 주저앉았다. 치솟던 불길 위로 천막이 넘어가자 일순 캄캄한 어둠이 사위를 덮었다.

"덕보 입신양명도 이제 끝이로구나."
칠룡이 덕보 팔의 문신을 가리키며 피딱지가 붙은 입술을 매만졌다. 그는 쓰린 배를 문지르며 소주 몇 잔을 거푸 마셨다.
"글쎄다. 오야지 묶을라고 덤빈 놈 다른 집에서 받아줄 리도 없는 거고, 아이구 허리야…… 되게 맞았는가, 젠장헐…… 고향 가 농사나 지을 작정이다만 이거 너무 오래 써커스엘 있다 보니 뼈에 객지바람이 들어가서 주질러앉아 농살 지을라나 모르겠다."
"땅 부칠 거 없거든 와. 나 너한테 소작 놓고 편히 좀 살게."
"좁쌀로 뒤웅박을 파지. 하명이 넌 어쩔래!"
하명은 부서져나가는 햇살을 눈이 아프게 바라보며 앉아 있었다. 고개를 든 그는 덕보와 칠룡을 한참 바라보다가 말없이 눈길을 연희에게 돌렸다.
"연희야, 석이 엄마를 잘 보살펴줘. 광호는 내가 어디든 다른 데로 옮겨줘야 할 텐데……."
"남의 사정 보다가 갈보날까 무섭다. 너는 어쩔 거냔 얘기야, 넌?"
"칠룡아, 아직은 나도 모르겠다. 나야말로 고향집이 있냐 땅이 있냐. 마음 굳게 먹고 사회로 나가야겠어."
그들이 앉아 있는 터미널식당 안으로는 버스들의 부르릉거리는 소리가 끊임없이 들려오고 있었다. 하명의 얼굴에서 고개를 돌리며 덕보도 칠룡이도 입을 다물었다. 열어놓은 문밖으로는 기름이 떨어진 꺼먼 땅바닥을 태우기라도 할 듯 이른 무더위가 한창이었다. 칠룡은 잔술로 시켜놓은 소주를 또 홀짝 들이마셨다.
"너야 오라는 데야 있잖니. 재주 버리고 살 생각이냐?"
"이제 그넬 탈 마음은 아니다."
연희가 칠룡에게 고개를 돌렸다. 그의 술잔에 눈이 가는 연희의 얼굴엔 기미가 까맣게 덮여 있었다.
"몸 아퍼 밥도 못 먹으면서…… 술만 자꾸 마심 어째요."
"죽지 않음 살겠지. 나이 서른이 넘어 병든 몸 끌고 에미 찾아가는 놈이 술이라도 먹어야지 어쩌겠냐."
"칠룡이 논설이야 칠룡이 씨부리는 게 아니라 술이 하는 소리지."
덕보가 말했다. 그러나 그는 웃고 있지 않았다. 차편을 알리는 아나운스먼트가 대합실 쪽에서 웅웅거리며 들려왔다. 하명은 벽 위쪽으로 열어진 창문을 쳐다보았다. 물빛 하늘이 네모지게 오려져서 거기 걸려 있었다. 구름도 없이 한없이 푸르기만 한 하늘이었다. 순간 가슴에 걸린 현(弦) 하나가 퉁하고 울리는 소리를 듣는다. 칠룡아, 네가 피에로 하는 걸 보면서 무슨 생각을 했는 줄 아냐. 가만히 보면 단체에 들어와서 처음 무대에 설 때엔 누구나 피에로부터 시작해, 그렇지? 그런데, 늙어서 재주 못하게 될 때 곡예사는 또 피에로를 하다구나. 이제 생각해 보면, 우리 한 세상 왔다 가는 것도 손님들이 실없이 웃으며 온갖 바보짓이나 골라하는 네 꼴을 보고 앉았다가 옷 털고 돌아가는 거나 마찬가지가 아니겠냐.

"난 우리만 무대 위에 있고 남들은 다 구경꾼이라고 생각했었지. 그래서 외로웠던 거야. 그건 잘못이야. 그게 아니야. 갈보가 구경 오면 그게 구경꾼이지만 우리가 갈보집엘 가면 그땐 우리가 구경꾼이잖아. 난 이제 알 수 있을 것 같아. 사람들이란 저마다 있는 힘을 다해서 살아간다는 거야. 못난 놈도 제 딴에는 자기가 가진 거 남김없이 다 털어서 살고 있다는 걸 이제야 알겠어. 그래…… 이 세상바닥도 써커스바닥이나 똑같아. 손님이 따로없다 뿐이지 분 바르고 옷 갈아입고 재주 피며 살기는 마찬가지란 생각이야. 어디로 가게 될지 아직은 정처가 없다만……."

하명은 햇빛 속에서 가만히 눈을 돌려 칠룡을 바라보았다. 그러곤 천천히 덕보와 연희에게로 눈길을 옮겨갔다.

"어디엘 가 있든 내가 디디고 있는 땅이 무대가 아니겠어. 하늘이 천막이지. 시퍼렇게 살아 있는 목숨 가지고 어디든 발을 붙여 볼란다. 어느 동네든 실수해서 떨어지면 죽고 다치기는 매일반일 테니까."

작품 해설

떠도는 길 위의 인생들
―― 한수산의 『부초』

조성면

『부초』는 한수산 문학의 원형이며 출발점이라 할 수 있다. 왜냐하면 이 소설은 독자들의 탄성을 자아내게 하는 감각적인 문체, 한수산 특유의 따뜻한 휴머니즘 그리고 독자들을 매료시키는 탁월한 대중성 등에 이르기까지 그만의 독자적인 자질들을 잘 보여주고 있기 때문이다. 뿐만 아니라 1976년 『부초』를 발표하기 이전에 그는 이미 데뷔작 「사월의 끝」(1972년)을 비롯하여 장편소설 『해빙기의 아침』(1973) 등 모두 일곱 편의 장·단편을 발표하는 등 기성작가의 반열에 올라가 있었긴 했지만, 그가 이른바 1970년대 대표작가란 명예의 전당에 이름을 올릴 수 있었던 것은 오로지 『부초』라는 문제작이 있었기 때문이다.

그럼에도 그의 작품들은 한참동안 내 머릿속에 터무니없이 왜곡된 기억으로 자리 잡고 있었다. 내가 그의 작품과 처음으로 조우한 것은 이성에 대한 호기심과 관음증적 욕망에 눈을 뜬 까까머리 중학생 시절 한 여성지에서였다. 오늘날처럼 온갖 지식이 해방되고 욕망이 폭주하는 시대에는 그저 시시껄렁한 얘깃거리도 되기 어렵 겠지만, 란제리 차림의 매혹적인 여성지 모델들은 그때 당시의 까까머리 사춘기 소년에게는 관음증적 욕망을 채워줄 수 있는 유일한 대상이자 통로였던 것이다. 누군가에게 들킬지도 모른다는 두려움과 부끄러움 그리고 뜨거운 흥분이 교차하는 상황 속에서 여성지를 넘기던 중학생 소년은 그곳에서 문득 그의 이름과 작품을 발견하게 된다. 여기에 작품이 실려 있다는 이유 하나로 그의 문학에 대한 나의 인식은 이렇게 결정적으로 왜곡되어 버리고 말았던 것이다. 그의 문장에 대해서도 소년은 강렬한 관음증적 충동을 느꼈지만, 불행하게도 그럴 만한 기회가 주어지지 못했다. 어느 누구에게도 들키지 않고 여성지를 훔쳐보아야 하는 사춘기 소년에게는 느긋하게 연재소설까지 읽을 만한 여유 같은 것은 애초부터 없었기 때문이었다.

그러던 내게 그의 작품에 대한 왜곡된 인식이 비로소 제자리를 찾게 된 것은, 엉뚱하게도 대학생 시절 운동권 학생을 소재한 작품이라는 입소문을 타고 대학가에 한동안 인기를 끌었던 강석경의 소설 『숲 속의 방』을 읽게 되면서부터이다. 시대의 아픔과 함께 해야 한다는 소명 의식으로 불타올랐던 그 뜨거웠던 시절 『숲 속의 방』을 통해서 나는 '오늘의 작가상 제1회 수상자가 한수산' 이었다는 것을 확인하고 나는 잠시 커다란 혼란에 빠졌었다. 관음증이 아닌 강한 궁금증이 일어났지만, 곧바로 그의 작품을 찾아서 읽어보지는 못했다. 1980년대 중반 우리에게는 『강좌철학』이니 『우상과 이성』이니 『볼셰비키 혁명사』니 뭐니 해서 읽어야 할 필독서들이 너무도 많았기 때문이었다. 마음의 한구석에 찜찜한 부채로 남아 있던 그의 작품읽기는 문학세미나에 열을 올리던 1990년대 중반에 가서야 이루어졌다. 캄캄한 흑백사진 같았던 과거의 기억을 떠올려 하나씩

곱씹다보니, 문득 이런 생각이 섬광처럼 뇌리에 스친다. 한때 그를 둘러싸고 벌어진 상업주의 논쟁 역시 어쩌면 '사춘기 소년의 여성지 읽기'와 유사한 맥락 속에서 실상보다 더 증폭되고 과장된 측면은 없지 않았던가 하는.

그야 어찌됐든 이 문제작을 통해서 그는 1970년대 대표 작가의 대열에 본격적으로 진입하게 되었을 뿐만 아니라 엄청난 판매 부수가 입증하고 있듯 저 탁발한 대중적 감수성이 더욱 탄력을 받기 시작한 것도 바로 이 무렵부터였으니 『부초』를 한수산 문학의 원형이자 출발점으로 보아야 한다는 것은 이 때문이다.

기실 『부초』는 사랑의 열정으로 뜨거운 연애소설도, 눈물샘을 자극하는 비극적인 드라마도, 또한 짜릿한 긴장과 스릴이 넘치는 활극도 아니다. 작품의 제목 그대로 현실 세계의 주변을 부평초처럼 떠도는 곡예단 사람들의 삶과 애환을 다룬 평범한 이야기일 뿐이다. 그런데도 한 세대 이상 변함없이 지속되는 『부초』의 저 놀랍고 끈질긴 생명력의 비밀은 무엇인가? 우리는 어째서 이토록 은근한 이야기에 매료되는 것인가? 『부초』의 주요 내용과 이력은 이미 널리 잘 알려져 있는 터이니, 중언부언을 피하고 작품의 전반적 특징과 의미를 간단하게 짚어보기로 한다. 그것은 다음과 같이 세 개의 층위로 나누고 통합해 볼 수 있다.

첫째로 작가의 감각적인 문체를 꼽을 수 있다. 작품성이라고 하는 고도로 추상화한 종합적 판단에 이르기에 앞서 우리가 작품에서 맨 처음으로 피부로 느끼고 의식하게 되는 것은 바로 문장이다. 노골적으로 말해서 우리의 감성과 이성에 공감각적으로 작용하는 아름다운 미문들 혹은 자동화한 의미의 체계와 표현의 한계를 넘어서는 문장들을 읽는 즐거움이야말로 문학 작품에서 얻을 수 있는 최

고의 쾌락 가운데 하나라 할 수 있다. 『부초』는 그런 즐거움을 선사해 주는 작품이다. 비유컨대 만약 우리가 문장만을 중심에 놓고 한국 소설사를 기술해야 한다면, 스타일리스트 한수산은 당연히 이태준·김승옥·김훈 등의 작가들과 함께 높은 비중으로 다루어져야 할 것이다. 다음은 『부초』의 한 대목이다.

(전략) 하명이 허공에 몸을 날렸다. 아무것도 없었다. 천장이 거꾸로 뒤집혔다가 쏟아지고, 객석은 하늘로 떠오르고 있었다. 좌르르 사람들이 쏟아지려는 순간 하명은 그네를 놓으며 몸을 허공에서 비틀었다. 물보라 같은 공기가 가슴을 막았다. 발끝에서부터 머리칼까지 불이 붙는 것 같았다. 끝없이 하얀 물보라가 눈앞을 가렸다. 그 파도를 넘어 태기가 보내준 그네가 눈앞으로 천천히 떠올라오고 있었다. 채찍을 들어 말을 치듯이 하명은 그네를 잡았다. 출렁거리며 몸이 흔들리고 있을 때 그는 태기가 섰던 발판 위에 닿는 발의 감촉을 느꼈다. 공중 일회전이었다.
갑자기 하명은 분수처럼 솟아나오는 성욕을 느낀다. (35~36쪽)

장면은 주인공인 하명의 공중 그네 타기를 묘사하고 있는 대목인데, '과연'이라는 탄성을 자아내게 하는 문장들로 가득하다. 아찔한 묘기가 진행되는 순간순간의 과정을 마치 스냅사진처럼 정밀하게 그려냈을 뿐만 아니라 제자리 앉아서 구경하고 있는 관객을 '좌르르 쏟아질 것 같다'며 곡예사가 처한 아찔한 묘기의 순간을 위치를 바꾸어 이렇게 역설적인 방식으로 표현함으로써 극적 긴장을 절묘하게 드러내고 있다. 또한 '쏟아지다', '물보라', '파도', '떠오르다', '분수' 등 물과 관련된 단어들을 활용함으로써 문장과 문장 간의 유기적 관련성을 더욱 높여줄 뿐만 아니라 대단히 독특

한 미감과 이미지를 만들어내고 있음을 확인할 수가 있다. 그리고 아찔한 곡예가 성공한 안도의 순간, "분수처럼 성욕을 느꼈다"라고 말함으로써 독자의 심미적 쾌감 역시 절정에 오르게 되는 것이다. 한수산의 문장들은 작품의 곳곳에서 이처럼 독특한 이미지와 감각적인 문체로 독자들의 이성과 감성을 자극하는 특별한 공감각성을 지닌다.

둘째로 등장인물과 세부(detail)의 핍진성(逼眞性)을 꼽을 수 있다. 당연한 얘기지만, 소설을 포함한 서사 텍스트들의 성패는 대체로 보아 스토리와 담론에 달려 있다고 해도 과언이 아니다. 서사 텍스트를 구성하는 핵심 요소들, 이를테면 사건·인물·배경·플롯 등 스토리의 측면과 인물·대화·묘사·지문·시점·어조 등 담론의 측면이 바로 그러하다. 이 중에서도 특별히 두드러진 요소로 사건과 대화를 이끌어가는 인물을 꼽을 수 있을 것이다. 『부초』의 두 번째 미덕이라면 활어처럼 살아 움직이는 인물들과 서커스단이란 특수사회의 모습을 그대로 텍스트 속으로 옮겨다 놓은 듯한 현실감 넘치는 세부들이다.

우선 등장인물들의 면면을 보자. 단원들의 정신적 아버지 격인 오윤재를 비롯해서 그의 뒤를 이어 단원들의 리더가 되는 김하명, 향긋한 비누 냄새가 날 것 같은 하명의 연인 지혜, 인간미를 가진 일월극단의 오야지 김준표, 권모술수형 인간의 한 전형인 단장의 동생 광표, 계절이 바뀌면 항상 정인(情人) 석이네를 찾아오는 속 깊은 사내 이동일, 아들 석이를 동일에게 보내고 슬픔을 삭이며 나무통을 굴리는 곡예사 여인 석이네, 소주 안주로 소금을 찍어 먹는 난쟁이 곡예사 칠룡, 지혜를 겁탈하고 단원들에게 몰매를 맞고 쫓겨나는 규오, 단원들의 속사정을 구석구석 헤아리는 총무 백명수 등 단원들 모두 공연장에 찾아가면 왠지 만날 수 있을 것만 같은 실감 나는 인물들이다.

곡예단을 소재로 한 작품답게 소설은 공간의 이동과 함께 인물들의 사연이 차례로 소개되면서 씨줄과 날줄로 교직된다. 하명과 지혜와 이뤄지지 못한 가슴 아픈 사랑, 석이네와 동일의 애틋한 만남과 이별, 야비한 후임 단장 광표와 단원들과의 갈등과 충돌, 평생을 객지로 떠돌다 객지에서 생을 마감하는 늙은 마술사 윤재의 죽음, 그리고 곡예단의 천막이 화재로 잿더미가 되는 굵직한 사건에 이르기까지 이야기는 모두 이들을 축으로 담담하게 전개된다.

이들 모두는 각 에피소드들의 중심으로 도드라진 개성과 독자적인 생명력으로 빛을 발하고 있기는 하지만, 그래도 자꾸만 눈길이 가고 특별히 뇌리에 남는 인물들이 있다. 주인공 격인 윤재와 하명에게는 이야기의 무게중심이 쏠려 있으니 이들의 일거수일투족에 우리가 관심을 갖게 되는 것은 당연한 현상이라 해도 작품의 중간 지점에서 불쑥 조역으로 등장한 칠룡이란 인물은 참으로 이채로운 존재라 하지 않을 수 없다. 한국 근대 소설사가 창조한 최고의 개성적인 인물 가운데 하나가 아닐까 할 정도로 칠룡의 형상화는 발군이다.

"혼자 사는 동네에서야 면장이 이장이겠지마는, 단원들 눈이 시퍼렇게 살아 있는데 그건 좀 너무하신 말씀이오."

광표의 얼굴이 변하며 콧구멍이 벌름거렸다. 칠룡은 앞으로 나가 단원들을 향해서 섰다.

"복없는 처녀는 머슴방에 가 누워도 고자 곁에 눕는다더니, 내가 이렇게 몰골이 흉악해서 그런지 만나는 사람마다가 악질이야. 내 한 몸이야 제대로 크지도 못하고 보다시피 요모양이니까 다 부처님 뜻이다 생각하고 참아줄 수 있지마는 남의 일은 그냥 넘길 수가 없더라 이 말이오. 밭 팔아서 논 살 때는 그게 다 이 밥 먹자고 하는 짓이야. 하물며 남이 안 하는 재주 넘어서 피땀 흘려 번 돈을 못 주겠다니 이런 법도 있나? 한번 실수는 써커스 집에서도 상사라 안 그렇습니까? 단장님." (301쪽)

장면의 전후 맥락은 이렇다. 아들을 보낸 슬픔에 석이네가 술을 먹고 공연하다 실수를 하자 분개한 광표가 그녀에게 폭행을 가한다. 임금을 교묘한 방법으로 갈취해 온 그의 처사에 분개하고 있었던 단원들은 이 폭행 사건을 계기로 하명과 칠룡을 중심으로 똘똘 뭉쳐 광표의 전횡에 정면으로 맞서게 된다. 인용문은 광표와 설전을 벌이는 칠룡의 모습을 그린 대목이다. '혼자 사는 동네에서야 면장이 이장도 될 수 있으며, 복없는 처녀는 사내들이 득실거리는 머슴방에 누워도 고자 곁에 눕는다.'는 등 펄펄뛰는 민중어로 어느새 그는 텍스트 밖으로 뛰어나와 생동감 넘치는 현실 속의 인물로 화현한다. 이와 같이 난쟁이 곡예사 칠룡의 형상화는 우리 문학사에서 거의 유례를 찾아보기 어려울 만큼 희귀한 사례이기도 하려니와, 걸쭉하고 겨자처럼 매운 입담은 그를 현실 속의 인간보다 현실적인 존재로 만들어준다. 어디 그뿐이랴. '소주 안주로 소금을 찍어 먹는다' 든지 '항상 전대를 품 속에 지니고 다니면서 일당을 착실하게 모아서 홀어머니를 봉양하며 한두 마지기씩 논을 늘려나가는 것' 이라든지 '색시집에 가는 것을 "목에 수건 걸러 간다."라고 표현하는 것' 등 그의 일상생활의 모습 하나하나가 온통 사실감으로 차고 넘친다. 작품 속에서 칠룡의 압도적 현실성은, 그래서 더욱 돋보인다. 그는 비록 왜소한 불구의 몸이지만, 작품 속에서 느끼게 되는 그의 존재감만큼은 이처럼 거대하고 현실적이다. 현실보다 더 현실적인 개성적인 인물들 역시 『부초』를 읽으면서 경험할 수 있는 또 다른 즐거움이다.

셋째로 특수성과 보편성의 조화를 꼽을 수 있다. 다시 말하면 이 작품이 곡예단이라는 특수한 집단에 속한 인간들의 이야기를 다루면서도 결국에는 인간의 삶과 운명에 대한 보편적 통찰에 이르게 하는 빼어난 풍속사 내지 인생학 교과서로 읽힌다는 점이다.

기실 『부초』처럼 우리 문학사에서 곡예단이란 특수한 집단을 소재로 한 작품은 다섯 손가락을 채 꼽지 못할 정도로 희귀한데, 현재까지 확인한 바로 시로는 박팔양의 「곡마단 풍경」(1933)과 성찬경의 「줄타기 곡예사」(1966)가, 소설로는 황순원의 단편 「곡예사」(1952) 정도가 고작이다. 그러나 황순원의 「곡예사」는, 잘 알려져 있듯이 서커스단과는 하등의 상관이 없는 소설이다. 이것만으로도 『부초』가 우리 문학사에서 대단히 독자적인 지위를 갖는 작품이라는 것을 알 수 있다. 그럼에도 이 『부초』의 독자성은 어느 한 개인, 어느 특수한 사회집단에 국집되어 있지 않고 우리의 고달픈 인생 여정에 대한 날카로운 은유로서 폭넓은 보편성을 가지고 있다는 것, 나아가 섣부른 이념을 덧칠하지 않은 날것 그대로의 생생한 민중성을 보여주고 있다는 데 있다. 아울러 시대의 변화에 따라 부침을 거듭하며 소멸의 위기로 내몰린 한국 곡예사(史)를 통해서 급변하는 우리네 근·현대사에 불어 닥친 변화의 한 국면을 날카롭게 포착하고 재현해 내는 사회사적 상상력 또한 유념해 볼 대목이다.

『부초』는 당대성을 반영하고 재현해 내는 사회학적 텍스트이자 고달픈 인생 여정에 대한 날카로운 은유다. 또한 이 소설은 특수성과 보편성 그리고 이성과 감성을 모두 자극하는 특유의 공감각적 문체로 '인생은 곡예다.'라는 보다 아찔한 명제를 제시하고 있는 은근한 인생론이기도 하다. IMF 사태 이후, 저 신자유주의라는 혹

독한 파고를 경험하고 있기 때문일까? 이런 소설적 명제와 은유가 날카로운 촉감으로 다가오는 것이다. 그래서 『부초』 속의 '부초' 인 하명의 다음과 같은 나지막한 외침은 왠지 귓가에 여운이 긴 이명(耳鳴)으로 남는다.

"난 우리만 무대 위에 있고 남들은 다 구경꾼이라고 생각했었지. 그래서 외로웠던 거야. 그건 잘못이야. 그게 아니야. 갈보가 구경오면 그게 구경꾼이지만 우리가 갈보집엘 가면 그땐 우리가 구경꾼이잖아. 난 이제 알 수 있을 것 같아. 사람들이란 저마다 있는 힘을 다해 살아간다는 거야. 못난 놈도 제 딴에는 자기가 가진 거 남김없이 다 털어서 살고 있다는 걸 이제야 알겠어. 그래…… 이 세상바닥도 써커스바닥이나 똑같아. 손님이 따로없다 뿐이지 분 바르고 옷 갈아입고 재주 피며 살기는 마찬가지란 생각이야. 어디로 가게 될지 아직은 정처가 없다만……." (312쪽)

(문학평론가, 평택대 국문과 겸임교수)

작가 연보

1946년 강원도 인제에서 태어남.
1964년 춘천고등학교 졸업.
1965년 춘천교육대학 입학, 다음 해 자퇴.
1967년 《강원일보》 신춘문예에 시 당선.
1969년 경희대학교 국문과 입학.
1972년 《동아일보》 신춘문예에 소설 「사월의 끝」 당선.
1977년 「부초」로 오늘의 작가상 수상.
        『부초』, 『해빙기의 아침』 출간.
1978년 첫 창작집 『사월의 끝』, 산문집 『젊은 나그네』, 청소년을 위한 3부작 『가을 나그네』, 『바다로 간 목마』, 『어떤 개인 날』 출간.
1980년 『성이여 개절이여』, 연작소설 『네가 풀이었을 때』 출간.
1981년 『욕망의 거리』 출간.
1982년 『유민』 2권, 『이브의 성』 출간.

1984년 제4회 녹원문학상 수상.
1985년 『달이 뜨면 가리다』 출간.
1986년 『거리의 악사』, 『엘리아의 돌계단』 출간.
1987년 창작집 『겨울숲』 출간.
1988년 일본에 감. 『가을꽃 겨울나무』 출간.
1989년 『푸른 수첩』, 산문집 『시간의 숲』 출간.
1991년 현대문학상 수상.
1992년 『진흙과 갈대』, 창작집 『모래 위의 집』 출간. 일본에서 귀국.
1993년 『마지막 찻잔』 출간.
1994년 『그리고 봄날의 언덕은 푸르렀다』, 『먼 그날 같은 오늘』, 산문집 『살고 싶은 여자와 하고 싶은 일』 출간.
1995년 한일비교문화론 『벚꽃도 사쿠라도 봄이면 핀다』를 한일 동시 출간.
『아침에 피고 저녁에 지다』 출간.
1996년 산문집 『이 세상의 모든 아침』, 『사랑의 이름으로』 출간.
1998년 『말 탄 자는 지나가다』 출간.
1999년 『4백년의 약속』 출간.
2000년 산문집 『단순하게 조금 느리게』 출간.
2001년 산문집 『내 삶을 떨리게 하는 것들』, 『꿈꾸는 일에는 늦음이 없다』 출간.
2003년 『까마귀』(전5권) 출간.
현재 세종대학교 국어국문학과 교수.

오늘의 작가총서 8

부초

1판 1쇄 펴냄 1986년 6월 20일
1판 9쇄 펴냄 1994년 5월 20일
2판 1쇄 펴냄 1996년 3월 20일
2판 6쇄 펴냄 2004년 7월 10일
3판 1쇄 펴냄 2005년 10월 1일
3판 4쇄 펴냄 2023년 8월 9일

지은이 · 한수산
발행인 · 박근섭, 박상준
펴낸곳 · (주) 민음사

출판등록 1966. 5. 19. 제16-490호
서울특별시 강남구 도산대로1길 62(신사동) 강남출판문화센터 5층 (우편번호 06027)
대표전화 02-515-2000 팩시밀리 02-515-2007
www.minumsa.com

ⓒ 한수산, 1986, 1996, 2005. Printed in Seoul, Korea

ISBN 978-89-374-2008-5 04810
ISBN 978-89-374-2000-7 (세트)

* 잘못 만들어진 책은 구입처에서 교환해 드립니다.